Un homme à apprivoiser

Judith E. French

Un homme à apprivoiser

Traduit de l'américain
par Anne Busnel

J'AI LU

Titre original :
THE TAMING OF SHAW MACCADE
An Ivy Book, published by The Ballantine Publishing Group,
a divison of Random House, Inc., New York

Pour mon petit-fils, Ry Culver.
Remerciements tout particuliers
à mes merveilleuses éditrices,
Shauna Summers et Charlotte Herscher, ainsi qu'à
mon agent, Joyce A. Flaherty

1

Angel Crossing, Missouri, mai 1849

Rebecca Raeburn eut un frisson d'appréhension en voyant la haute silhouette du cavalier se matérialiser à l'ouest, dans la lueur blafarde du crépuscule.

L'homme à la tête du petit convoi de mules s'avançait dans sa direction. Le martèlement sourd des sabots et le crissement des harnais de cuir étaient à peine audibles, étouffés par l'épais brouillard qui planait sur la Little Smoke River.

D'instinct, Rebecca posa la main sur le lourd pistolet qu'elle gardait en permanence dans la poche de sa jupe. Elle n'était pas poltronne, loin de là. Depuis plus de dix ans qu'elle faisait traverser la Little Smoke River à toutes sortes de gens, elle n'avait jamais rencontré le moindre problème. Et la compagnie des individus les plus frustes n'était pas de nature à la perturber.

Jusqu'à ce soir.

Elle venait d'effectuer la dernière traversée de la journée, transportant à bord du bac trois hommes qui se rendaient dans les mines d'or de Californie. Parvenue de l'autre côté, elle avait tenu à inspecter le contenu de sa nasse à poissons accrochée non loin du ponton. Cela l'avait légèrement retardée, sinon elle aurait déjà regagné l'autre rive à l'heure qu'il était.

Une chouette poussa son ululement lugubre. Rebecca eut soudain la chair de poule tandis qu'elle scrutait les nappes de brume. Selon les Indiens, entendre le cri de la chouette avant le coucher du soleil portait malheur. Elle n'était pas superstitieuse, mais tout de même…

Où diable était passé l'homme qu'elle venait d'apercevoir ?

Elle attendit de longues secondes, peut-être des minutes, mais seul le clapotis de la rivière lui parvenait. À travers les arbres, on ne distinguait nul mouvement.

Puis, tout à coup, l'étranger se matérialisa à quelques mètres seulement du bac.

Le cœur de Rebecca fit un bond. Elle mit un instant à se ressaisir et, en dépit de sa nervosité, lança d'une voix sonore :

— Bonsoir ! Vous voulez traverser ? Ce sera un dollar pour vous et vos bêtes.

— Ce n'est pas donné ! remarqua l'homme d'une voix bourrue.

Rebecca retrouva toute sa maîtrise en entendant ce commentaire inévitable qui rythmait ses journées.

— Vous pouvez nager si vous préférez ! riposta-t-elle.

Finalement, elle s'était affolée sans raison. Il fallait dire que l'inconnu était très grand et bâti en force. Une barbe broussailleuse lui mangeait le visage et ses longs cheveux d'un noir de jais lui donnaient l'air d'un Indien. La crosse d'une carabine pointait hors de son sac de selle et un tomahawk à la lame acérée pendait à sa ceinture. Un montagnard sans doute, ou peut-être un chasseur de bisons ? Il portait une veste de daim ornée de franges et de perles en os qu'une Indienne avait dû passer des semaines, voire des mois, à tanner et à coudre.

Curieuse, Rebecca s'efforça de discerner ses traits sous le chapeau à large bord, mais il faisait déjà trop sombre. Bizarrement, ses craintes resurgirent et elle crut reconnaître le goût du danger sur sa langue. Qu'il soit bandit, saint ou démon, cet homme était capable de soutenir le regard sans sourciller.

— Décidez-vous ! le pressa-t-elle. Le niveau de l'eau est déjà à cinq pieds et monte encore. C'est ma dernière traversée ce soir.

L'homme répondit d'un grognement sibyllin. Il empoigna le pommeau de sa selle espagnole, mit pied à terre et s'avança d'une démarche souple vers le ponton. Sur la plate-forme en rondins, ses hauts mocassins à franges ne faisaient pas plus de bruit que les coussinets d'un chat.

Rebecca souleva le tronc qui servait de barrière à l'entrée de l'embarcadère.

— Dépêchez-vous, il se fait tard.

Elle le regarda conduire sa monture et ses mules vers le bac. Le cheval, comme son cavalier, dégageait force et énergie. Alors que l'homme se tournait à demi pour saisir l'étalon par la bride, Rebecca entrevit à sa ceinture un holster, ainsi qu'une gaine de cuir qui servait d'étui à l'un de ces coutelas que les Indiens utilisaient pour scalper leurs ennemis.

Ce type était un arsenal ambulant !

— Ici, on paie avant de monter à bord, annonça-t-elle en levant la main.

L'homme fourragea dans sa poche et sortit une pièce d'argent qu'il balança dans les airs d'une pichenette. Rebecca l'attrapa au vol et marmonna un mot de remerciement. Sans répondre, il passa devant elle, sa main gantée tenant fermement les rênes de l'étalon. Celui-ci marqua une hésitation et broncha, les naseaux frémissants. L'homme glissa la main sous sa crinière pour le flatter et d'un bond l'animal se retrouva sur le bac. Rebecca nota sa robe peu commune, d'un noir aussi profond que l'ébène, moucheté d'étoiles blanches sur la croupe. Elle avait entendu parler de ces chevaux. Comment les appelait-on, déjà ? Des palooses ? Des paloosas ? Il s'agissait d'une race fort prisée pour sa rapidité et son endurance. Seuls les Indiens en élevaient. On disait qu'ils les considéraient presque comme des humains, que jamais ils n'acceptaient de les céder, quel que soit le prix proposé, et que si un Blanc osait poser la main sur un tel cheval, le châtiment était la mort, sur-le-champ.

Que ces rumeurs soient vraies ou pas, l'étalon était de toute beauté. Oreilles pointées, il secouait sa tête nerveuse où brillaient deux grands yeux intelligents. Bien que son encolure soit luisante de sueur – il avait dû effectuer un long trajet –, il semblait prêt à partir au triple galop.

Quatre mules lourdement chargées et une jolie jument baie, dont la robe mouchetée ressemblait à celle de l'étalon, embarquèrent à leur tour. Lorsque le dernier animal eut grimpé à bord du bac, Rebecca abaissa la barrière.

— Mieux vaut attacher les bêtes, conseilla-t-elle. Le courant est plutôt fort.

— Inutile.

— Comme vous voudrez…

Elle réprima un haussement d'épaules et dénoua la corde d'amarrage. L'attitude distante de l'étranger ne l'aidait en rien à surmonter son malaise. Pas plus que le brouillard et la tombée imminente de la nuit. « Voyons, se rassura-t-elle, si cet individu avait nourri de mauvaises intentions, il les aurait dévoilées sur la terre ferme, non ? »

Elle pointa l'index vers le rivage opposé.

— Vous trouverez un repas chaud et un lit de l'autre côté, à Angel Crossing. Ma famille est propriétaire de la ferme et de l'épicerie. On ne sert pas d'alcool, mais il n'y a pas de punaises dans les draps. Vos chevaux seront sous bonne garde, vous pourrez dormir sur vos deux oreilles.

Silence.

— Si vous désirez boire, vous n'aurez qu'à suivre la piste en direction de l'est. Les MacCade vous vendront du whiskey aussi brûlant que les flammes de l'enfer.

Toujours pas de réponse.

Rebecca se mit à tourner la manivelle qui actionnait le treuil, et le bac s'éloigna lentement du ponton. Intriguée, elle observa l'homme à la dérobée. La façon dont il inclinait la tête lui semblait vaguement familière. Si seulement il n'avait pas fait aussi sombre, elle aurait vu son visage ! Si Shaw MacCade n'avait été tué depuis belle lurette par un éboulement de pierres, elle aurait juré que…

— Comment vous appelez-vous ? demanda-t-elle à brûle-pourpoint.

Il haussa les épaules.

Rebecca continua d'actionner le mécanisme. Comme le bac atteignait l'endroit le plus profond de la rivière, elle insista :

— Vous êtes sûr qu'on ne se connaît pas ?

— La mémoire te revient, Rebecca ?

— Shaw ?

D'un geste brusque, il ôta son chapeau et se planta face à elle.

— Tu n'es pas contente de me revoir ? Tu aurais au moins pu m'embrasser pour me souhaiter la bienvenue, ajouta-t-il de cette voix basse qui la hantait encore.

Rebecca s'était pétrifiée. Un poids énorme lui oppressait la poitrine et elle avait du mal à respirer. Ses jambes la soutenaient à peine.

— Joe Nickerson a dit… que tu étais mort, bredouilla-t-elle enfin. En octobre dernier. Le révérend Jarrell… a même récité des prières pour le salut de ton âme !

— Tu as l'air déçu.

Avec nonchalance, il s'accouda à la barre de bois qui faisait office de rambarde. Le cœur de Rebecca battait toujours la chamade. Inconsciemment, elle recula d'un pas.

— Pourquoi ne m'as-tu pas dit qui tu étais, tout à l'heure ?

— M'aurais-tu laissé monter à bord du bac si je l'avais fait ?

Il rit, sarcastique, et Rebecca eut l'impression d'étouffer, comme le jour où on avait arrêté son père pour meurtre. Puis, en quelques secondes, une fureur noire monta en elle. Comment Shaw osait-il revenir d'entre les morts ?

— Si ma mémoire est bonne, nous ne nous sommes pas séparés en très bons termes, reprit-il avec l'arrogance typique des MacCade.

— C'est exact. Je t'ai surpris dans les bras de ma sœur et je t'ai dit que je ne voulais plus jamais te revoir dans les parages.

En dépit de sa rage, elle s'était délibérément exprimée d'un ton égal. En même temps, sa main s'était furtivement déplacée vers le taquet qui maintenait en place la rambarde. Au dernier moment, Shaw repéra son mouvement et rugit :

— Rebecca, non... !

La barre céda brusquement sous son poids. Il battit des bras pour tenter de rétablir son équilibre, mais ses mocassins dérapèrent sur le pont mouillé. Son grand corps bascula et plongea dans la rivière dans une gerbe d'éclaboussures.

Mains crispées sur la rambarde, Rebecca se pencha pour scruter la rivière à l'endroit où Shaw venait de disparaître. Mon Dieu, qu'avait-elle fait ? L'angoisse grandit en elle. Puis, juste comme elle allait appeler, un bras musclé creva la surface.

Crachant et jurant, Shaw tenta de s'agripper au bac.

— Va au diable, Rebecca !

Rapide, elle saisit la longue gaffe posée sur le pont et lui en assena un coup sur les phalanges. Avec un cri étouffé, il retomba dans l'eau.

— Je t'interdis de m'approcher ! Puissiez-vous rôtir en enfer, toi et tous les MacCade !

— Bon sang, tu veux que je me noie ou quoi ? Laisse-moi remonter ! haleta-t-il en se débattant contre le courant.

— Tu n'as qu'à nager... ou couler ! persifla-t-elle avant de lui lancer sa pièce d'un dollar à la tête. Tiens ! Voilà ton argent ! Je ne transporterai pas un MacCade sur mon bac pour tout l'or du monde !

La rivière était glacée. Shaw sentait sa veste de daim imbibée d'eau le tirer vers le fond. De nouveau, il cria :

— Rebecca !

Sans pitié, elle voulut lui donner un autre coup de gaffe qu'il évita d'un coup de reins. Son genou heurta une grosse racine et, assailli par une vive douleur, il avala une lampée d'eau boueuse. Toussant, il s'efforça de recouvrer son calme et de réfléchir. Ses membres commençaient déjà à s'engourdir. Bien qu'excellent nageur, il connaissait ses limites. S'il continuait d'argumenter avec Rebecca, on retrouverait son corps le lendemain, échoué sur un banc de sable et livré en pâture aux corbeaux.

Sur le bac, Chinook, son étalon, hennit et se cabra, ce qui provoqua un mouvement de panique chez les mules. Rebecca lâcha sa gaffe pour essayer de saisir la bride de l'appaloosa. Aussitôt, Shaw imagina le bac qui chavirait et ses précieuses bêtes précipitées dans l'eau glaciale. Il serra les dents de rage.

« Je vais la tuer ! » songea-t-il avec férocité.

Suffoquant, il éructa un ultime juron et pivota pour se mettre à nager dans le sens du courant. Si ses souvenirs étaient bons, la Little Smoke River formait un méandre abrupt à une centaine de mètres en aval. S'il ne se noyait pas avant, il se laisserait projeter contre la berge à cet endroit et retrouverait la terre ferme.

Ses mouvements de crawl ne tardèrent pas à se ralentir. Ses muscles le brûlaient et sa lucidité s'estompait. Depuis combien de temps était-il dans l'eau ? Quelques secondes ? De longues minutes ? Le brouillard et l'obscurité le désorientaient...

Un amas de branches et de débris le dépassa. Déjà, il ne sentait plus ses pieds, et ses doigts étaient raidis, telles des serres d'oiseau de proie. C'était absurde, totalement absurde ! Il avait parcouru des milliers de kilomètres, combattu des bandits et des pionniers hostiles, échappé à un glissement de terrain, vaincu le terrible blizzard des montagnes, et il allait finir dans cette rivière, noyé par cette maudite fille !

La rive était-elle encore loin ? Il prit une profonde inspiration et se laissa couler. Non, trop profond ! Sa tête émergea de nouveau et il se remit à nager avec une énergie qui le surprit lui-même. Un objet flottant lui heurta le crâne. D'instinct, il s'y accrocha des deux bras. Un tonnelet de bois.

— Merci, mon Dieu ! souffla-t-il.

Cramponné à la barrique, il atteignit la berge sans trop de difficultés. Le soulagement l'envahit quand il sentit enfin le sol fangeux sous ses pieds. Il se redressa et, titubant, se dirigea vers la masse dense des saules pleureurs qui bordaient la rive.

Bientôt, il se mit à grelotter. Avec un grognement, il balança contre un rocher la barrique qui éclata sous le choc. Des débris de bois, il retira une flasque de whiskey. Les quelques gouttes d'alcool qui restaient lui brûlèrent la langue. Il en savoura la chaleur, retourna le flacon pour s'assurer qu'il était bien vide, puis le jeta sous un buisson.

Une crainte l'assaillit soudain et il porta vivement la main à sa ceinture, sachant d'avance que ses doigts ne rencontreraient que la gaine vide du holster.

— Maudite sois-tu, Rebecca !

Il avait acheté ce pistolet quatre-vingt-dix dollars à San Francisco, une arme française de haute précision qui n'avait certainement pas sa pareille à l'ouest du Mississippi. La fureur s'empara de lui, mêlée d'une certaine incrédulité. Après tout ce qu'ils avaient vécu ensemble, pourquoi Rebecca lui avait-elle fait un coup pareil ?

Sans compter qu'il allait peut-être essuyer d'autres pertes. Les sacs ficelés sur le dos de ses mules contenaient tous ses biens, fruit de quatre années de dur labeur. Si Rebecca décidait de les flanquer à l'eau...

Mais il n'allait pas rester là à se lamenter. Il devait enfiler des vêtements secs s'il ne voulait pas mourir de froid. Dents serrées, il se débarrassa de sa veste, de sa chemise et de son pantalon trempés. Ensuite, portant en tout et pour tout son pagne indien et ses mocassins, il franchit le rideau d'arbres pour se retrouver dans une prairie.

La nuit était complète, à présent. Un mince croissant de lune apparaissait de temps à autre entre deux nuages. Au nord, il aperçut les lumières tremblotantes d'Angel Crossing, la ferme des Raeburn. Inutile d'espérer trouver un hébergement là-bas. Bon, il allait faire du feu, se réchauffer tant bien que mal et mettre des habits secs. Mais, tout d'abord, il lui fallait récupérer ses affaires.

Son coutelas pendait toujours à sa ceinture, mais il n'avait guère envie de tomber sur l'un des frères de Rebecca armé d'un fusil chargé. Cela dit, vu l'accueil que lui avait réservé la jeune femme, elle serait fort capable de le descendre elle-même !

Pourquoi ?

D'accord, ils s'étaient quittés lors de circonstances délicates. Rebecca avait d'excellentes raisons de lui en vouloir. Mais pas au point de l'assassiner, tout de même !

Se décidant à agir, il prit la direction d'Angel Crossing et atteignit rapidement le premier corral. Ses pensées demeuraient centrées sur Rebecca. Durant son périple dans l'Ouest, il avait rencontré nombre de femmes ravissantes : exotiques Mexicaines, putains âpres au gain, douces squaws aux yeux noirs dans lesquels un homme pouvait se perdre... Pourtant, le souvenir de Rebecca ne l'avait pas quitté un seul instant. Même si elle était assurément la pire des compagnes qu'un aventurier tel que lui eût pu choisir : autoritaire, têtue, bigote... Sans oublier que c'était une Raeburn.

De tout temps, les MacCade et les Raeburn s'étaient entendus comme chiens et chats. Six siècles de conflits et Dieu sait combien de morts dans chaque clan n'étaient pas venus à bout de leurs différends.

Bien sûr, Rebecca était un sacré numéro. Sensuelle et fichtrement bien roulée ! Pas une beauté classique, non, son menton était trop pointu, sa bouche trop généreuse... Mais, avec ses grands yeux gris qui lui mangeaient le visage et son épaisse chevelure d'or bruni qui hésitait entre le roux et la cannelle, elle ne manquait pas de charme.

Quoi qu'il en soit, elle était devenue complètement folle ! Elle avait essayé de le noyer !

Et il veillerait à ce qu'elle le paie très cher.

Tandis qu'il s'approchait à pas de loup de l'écurie, les chiens se mirent à aboyer, déchirant le silence de la nuit. Shaw jura dans sa barbe. Il les avait oubliés, ceux-là. Certains étaient de vrais molosses qui pesaient dans les cinquante kilos. Et il était à pied...

La sueur perla soudain à son front. Il dégaina son coutelas. Tout à coup, une porte s'ouvrit à l'angle de la maison et une voix de femme s'éleva :

— Jess ! Molly ! Ici !

Les aboiements cessèrent aussitôt et le rai de lumière disparut tandis que le battant se refermait. Shaw avait reconnu la voix de Rebecca.

« Elle sait que c'est moi, pensa-t-il. Elle sait que je m'en suis tiré et que je rôde dans le coin. »

Il secoua la tête et se dirigea vers le corral suivant. Les femmes ! Qui savait ce qui se passait dans leur esprit tortueux ?

Dans l'enclos, il découvrit des chevaux, des mules et des vaches, mais aucune bête qui lui appartienne.

Claquant des dents, il inspecta un autre corral, sans plus de succès. À quoi diable jouait Rebecca ?

Il fut tenté de faire irruption dans la maison pour exiger qu'on lui rende son bien. Si les Raeburn voulaient la guerre, il était prêt à en découdre avec le clan tout entier !

Puis la raison l'emporta sur la colère. Rebecca ne voulait pas faire d'histoires, sinon elle aurait lâché les chiens sur lui ; ou aurait tout simplement demandé à ses frères de lui loger une balle dans le corps !

Shaw glissa deux doigts dans sa bouche et émit un bref sifflement. Quelque part, Chinook lui répondit d'un hennissement anxieux. Le son provenait du corral le plus éloigné de l'habitation. Bien sûr, Rebecca n'avait pas parqué ses bêtes là où son père risquait de les voir. Elle les avait cachées à l'autre bout de la propriété. Elle était peut-être devenue folle, mais elle ne s'abaissait pas à voler les chevaux d'autrui.

Irrité de ne pas y avoir songé plus tôt, Shaw se déplaça sans bruit et distingua bientôt les silhouettes de Chinook, des mules et de la jument Sasha. Tout en leur murmurant des paroles apaisantes, il vérifia rapidement le contenu des sacoches. Rien ne manquait.

Il sortit de son baluchon des vêtements de rechange qu'il enfila avant d'enfourcher le grand étalon. Puis il tourna un regard meurtrier vers la demeure des Raeburn.

— Je ne suis pas près d'oublier ça ! gronda-t-il, les mâchoires crispées.

Il se vengerait plus tard. Tout d'abord, il avait quelque chose de très important à faire, avant de retrouver sa famille dont il avait été si longtemps séparé.

— Une autre fois, promit-il encore.

À regret, il empoigna la longe qui lui permettait de guider le convoi et fit tourner bride à l'appaloosa qui prit le trot en direction de l'est.

2

D'une main légèrement tremblante, Rebecca referma la porte et remit la barre de fer en place. Shaw était là, dehors, elle sentait sa présence. Elle savait bien qu'il était trop bon nageur pour se noyer. D'ailleurs, elle n'avait pas cherché à le tuer. Elle voulait seulement qu'il retourne en Californie, ou aux îles Sandwich, voire en Chine, bref, n'importe où du moment qu'il ne venait pas semer le trouble dans sa famille.

Pourquoi était-il revenu ?

Le désespoir l'envahit. Lorsqu'elle avait appris sa mort, elle avait jeté un voile sur cette partie de son passé. Elle s'était efforcée de l'oublier, de lui pardonner ce qu'il avait fait à Eve. Et elle n'avait pas l'intention de revivre ce cauchemar !

Pourtant, Shaw était de retour. Shaw avec son mètre quatre-vingts, ses quatre-vingt-dix kilos, son chapeau et sa morgue.

— Rebecca ! On t'attend pour dîner ! l'appela son père de la pièce voisine.

— Pourquoi as-tu fait rentrer les chiens ? ronchonna sa grand-mère.

Rebecca se tourna vers les cinq molosses.

— Couché, les chiens ! J'ai dit : « Couché », Jess !

Molly, la plus âgée du lot, se pelotonna sur son vieux tapis au pied de l'escalier, bientôt imitée par les autres. Seule Jess, la plus impressionnante, continua de flairer la porte, les oreilles pointées en avant.

— Couché, Jess !

À contrecœur, l'animal obéit et posa la tête sur ses larges pattes de devant.

L'odeur alléchante du rôti de bœuf et du pain de maïs s'échappait de la salle à manger. Grandma avait allumé toutes les lampes suspendues et des cercles de lumière dorée auréolaient le parquet impeccable de la grande entrée.

Rebecca respira profondément et tâcha de se ressaisir.

Oncle Quinn monologuait à table de sa voix cassée teintée d'un rude accent écossais. Il racontait encore cette chasse à l'ours à laquelle il avait participé dans les Smoky Mountains, une fanfaronnade improbable que toute la famille avait déjà entendue des centaines de fois. Corbett, le frère aîné de Rebecca, riait à gorge déployée et Grandma houspillait ceux qui avaient commencé à grignoter avant que le repas soit bénit.

Rebecca n'avait pas faim. Elle souhaitait seulement rester seule avec ses pensées. Mais puisqu'il n'y avait pas d'hôtes ce soir à leur table, le dîner strictement familial revêtait un caractère un peu particulier. Si elle tentait d'y échapper, on ne manquerait pas de lui poser des questions auxquelles elle n'avait aucune envie de répondre.

Elle ne pouvait mentir à son père, ni aux autres membres de la famille. D'un autre côté, elle n'était pas obligée de mentionner le retour de Shaw MacCade. Pas avant d'avoir décidé quoi faire à ce sujet.

— Rebecca ! On crève de faim ! beugla Welsh. Drummond a déjà avalé la moitié des biscuits !

— J'arrive !

Après s'être lavé les mains et avoir passé un tablier propre sur sa tenue de travail, Rebecca prit place à table entre sa grand-mère et Noah.

L'œil bleu délavé de l'aïeule étincela.

— Tu es en retard, nous commencions à nous inquiéter, fit remarquer la vieille femme.

Jeanne Monro Campbell avait perdu l'œil gauche à la suite d'une rougeole contractée quelques mois après son mariage. Ce qui, de l'avis de Rebecca, ne l'empêchait pas d'être bien plus observatrice que la plupart des gens dotés d'une vision binoculaire.

— Ceux qui veulent traverser la Little Smoke River devront attendre demain matin, reprit Grandma. La nuit, l'embarcadère n'est pas un endroit pour les femmes.

— On s'est dit que, peut-être, tu étais tombée à l'eau et que tu t'étais noyée ! plaisanta Welsh.

— Ou que tu étais partie pour la Californie, renchérit son jumeau Drummond en chipant un autre biscuit dans le plat.

L'air entendu, ils se décochèrent des coups de coude dans les côtes avec des gloussements niaiseux. Rebecca, qui caressait l'espoir de les voir s'assagir à leur majorité, devait se rendre à l'évidence : les jumeaux ne changeaient pas. Facétieux, désinvoltes, irresponsables, ils s'attiraient toujours les pires ennuis. La seule évolution notable était l'intérêt prononcé qu'ils portaient désormais aux jolies filles du voisinage. En général, les étrangers ne parvenaient pas à les distinguer l'un de l'autre. Tous deux étaient grands, bien bâtis et beaux garçons. Ils avaient les mêmes cheveux brun-roux, le même nez fort, les mêmes yeux gris et les hautes pommettes des Raeburn. Et lorsqu'ils souriaient, une fossette identique creusait leur joue. Toutefois, Welsh avait le visage légèrement plus mince et une petite cicatrice sur le menton, souvenir du jour où Drum l'avait poussé du toit de la grange.

Bien que Welsh soit l'aîné d'un quart d'heure, Drum n'avait rien d'un suiveur. Que ce soit pour participer aux réunions pour le renouveau de la foi ou pour décocher le premier coup de poing dans une bagarre, il avait toujours une tête d'avance sur Welsh. Mais quand ce dernier le rattrapait, c'était inévitablement pour semer la pire pagaille.

— Drum, ça suffit ! l'admonesta Grandma en lui flanquant un coup de spatule sur les doigts. Tu attendras l'action de grâce, comme tout le monde !

— Aïe ! Arrête, Grandma ! Un de ces jours, tu vas me casser la main avec ta cuillère ! Je vais avoir une hématome !

— *Un* hématome. Tu es aussi ignare qu'une mule, mon pauvre garçon ! Mais je continuerai de t'inculquer les bonnes manières, même si je dois briser ma spatule sur tes doigts.

— Je ne suis plus un gamin, bougonna Drum.

Le père de Rebecca intervint, sourcils froncés :

— Drum, ne manque pas de respect à ta grand-mère.

— Oui, papa. Pardon, Grandma.

— Que tu aies vingt et un ans ou dix de plus, tu n'en restes pas moins mon petit-fils et tu te conduiras en gentleman à ma table, insista Grandma. Nous sommes dans la maison des Raeburn, pas dans la hutte des MacCade.

Welsh pouffa et Drum lui envoya un autre coup de coude, pour le mettre en garde.

— Il y avait beaucoup de courant, ce soir, déclara Rebecca afin de détendre l'atmosphère.

D'ordinaire, les singeries de Drum l'amusaient, mais, ce soir-là, elles l'irritaient profondément.

— Du courant, ce soir, répéta Noah en hochant la tête.

Bien que son élocution soit confuse, Rebecca n'avait pas de mal à le comprendre, sauf quand il s'agitait exagérément. Noah souffrait d'un retard mental, ce qui ne l'empêchait pas d'être encore plus costaud que les jumeaux. Il pesait déjà cent kilos et n'avait pas fini de grandir. Avec ses cheveux blonds comme les blés, ses yeux bleus et ses traits d'une finesse presque féminine, il avait une frimousse d'angelot. Il n'était pas maladroit, comme on aurait pu s'y attendre chez un handicapé de son gabarit. En fait, il paraissait parfaitement normal à première vue, jusqu'à ce qu'il ouvre la bouche.

Noah devait avoir dans les seize ans puisqu'il avait environ deux ans quand le père de Rebecca l'avait trouvé près de la rivière, ligoté à un cornouiller. Trois lettres brodées au fil rouge ornaient la chemise de l'enfant : un N, un O et un H. Et comme personne n'était venu réclamer le gamin, Poppa avait finalement demandé à un pasteur méthodiste ambulant de le baptiser Noah Raeburn.

La plupart des gens avaient décrété qu'il fallait être fou pour adopter un demeuré, mais Poppa n'y avait pas prêté attention. Il affirmait que rien n'était le fruit du hasard sur la terre de Dieu, et que les créations du Seigneur étaient toujours motivées, même si les raisons qui l'avaient guidé échappaient au commun des mortels.

Quant à Rebecca, ses réflexions n'allaient pas aussi loin. Elle adorait son jeune frère qui le lui rendait bien. Tous deux partageaient un profond amour des animaux et aimaient les plaisirs simples de la vie, telles les pluies d'été ou les premières neiges. Noah n'avait peut-être pas toute sa tête, mais il avait le cœur plus gros que tous les autres garçons réunis.

Poppa se racla la gorge.

— Corbett, c'est ton tour, je crois ?

Tête baissée, Rebecca chercha les mains de ses voisins de table : celle de Grandma, petite, noueuse et veinée de bleu ; et celle de Noah, assez large pour contenir une tête de chou. Rebecca jeta un regard d'avertissement à son frère, pour le prier de ne pas lui broyer les doigts. Souriant, il les saisit aussi délicatement que s'il s'était agi d'un poussin nouveau-né.

Corbett ne s'étendait jamais lorsqu'il récitait l'action de grâce. Lorsque le « Amen ! » collégial résonna, Pilar, la gouvernante, se leva pour aller chercher la nourriture dans la cuisine. On fit circuler les plats et oncle Quinn se mit à discuter avec Poppa de la prochaine élection régionale.

Rebecca alla aider Pilar à sortir un autre pain de maïs du four. Sous divers prétextes, elle effectua ainsi plusieurs trajets entre la table et la cuisinière. Puis, après s'être forcée à avaler quelques bouchées, elle s'excusa et se retira dans sa chambre située au deuxième étage.

Là, elle prit un petit coffret en bois de rose sur l'appui de la fenêtre, puis s'installa sur le lit à quatre piliers après en avoir chassé le chat roux tigré. Débarrassée de ses chaussures, elle replia les jambes et ouvrit le coffret qui contenait ses précieux trésors.

Tout au fond, sous une mèche de cheveux ayant appartenu à sa mère, une broche en argent ramenée d'Écosse et un daguerréotype de sa sœur Eve, elle trouva la petite liasse de lettres attachées par un ruban bleu.

La gorge nouée, elle défit le fragile lien de soie et une pointe de flèche en quartz rose, émoussée par le sable et l'eau, tomba sur ses genoux. À la lueur d'une bougie, Rebecca examina la pierre translucide et une larme perla au coin de sa paupière.

— Oh, Shaw!... Pourquoi as-tu fait cela?

Elle serra la pointe de flèche dans son poing, si fort que l'arête de pierre lui entama la chair. Elle ne s'en rendit même pas compte. Ses pensées remontaient le cours du temps, des années en arrière, quand elle était encore enfant...

— Va jouer dehors! lui avait ordonné Grandma cet après-midi-là. Ne salis pas ta robe et n'oublie pas l'office de ce soir. Et ne t'approche pas de la rivière!

Bien entendu, comme n'importe quelle gamine de huit ans, Rebecca s'était empressée de gagner l'endroit interdit, là où la Little Smoke River s'incurvait brusquement et où les saules pleureurs déployaient leurs lianes.

Un tronc de cornouiller qui s'avançait au-dessus de la rivière offrait un perchoir idéal pour lire, lancer des cailloux dans l'eau ou simplement s'étendre pour contempler les nuages. Pilar prétendait que si un gentil petit catholique priait très fort, il pouvait apercevoir la Vierge Marie ou encore le Christ crucifié dans le ciel. Rebecca, qui n'était ni catholique ni particulièrement gentille, n'avait jamais rien vu de tel. Un jour, elle avait cru reconnaître un troupeau de bisons, et une autre fois, un chef indien sur son cheval cabré. Mais de Vierge, nulle trace. D'ailleurs, de quoi s'agissait-il au juste ?

Elle avait posé la question à Corbett qui lui avait rétorqué en ricanant que les vierges étaient une espèce en voie de disparition, comme les licornes. Peu satisfaite par cette réponse, Rebecca avait été se renseigner auprès de sa grand-mère qui avait poussé les hauts cris. Elle lui avait interdit de prononcer de tels mots et l'avait menacée de lui laver la bouche au savon noir si jamais elle s'avisait de recommencer.

Ce jour-là, il y avait très peu de nuages. Le ciel bleu paraissait infini. C'était le printemps. Les oiseaux chantaient et les rayons du soleil caressaient la figure de Rebecca allongée sur le tronc du cornouiller. L'eau de la rivière, boueuse et agitée, charriait toutes sortes de débris entre les berges : de longs morceaux d'écorce, des feuilles, une vieille botte et même un écureuil bien vivant agrippé à une branche.

Rebecca fixa l'eau qui déferlait sous elle jusqu'à ce que ses paupières s'alourdissent. L'atmosphère printanière la rendait indolente. Était-ce le suave parfum des fleurs des champs, ou le bourdonnement monotone des abeilles répondant au clapotis de la Little Smoke River ? Quoi qu'il en soit, elle était en train de rêvasser au poney gris pommelé que son père avait promis de lui offrir pour son anniversaire, quand elle glissa brusquement et se retrouva projetée dans l'eau !

Elle but la tasse, suffoqua et battit désespérément des bras et des jambes. L'eau limoneuse l'aveuglait, entrait dans son nez et lui piquait la gorge. Paniquée, elle comprit qu'elle allait se noyer.

Et la nuit l'encercla...

— Respire, bon sang !

Quelque chose de dur la frappait entre les omoplates. Elle s'étrangla et, courbée en deux, rejeta quelques décilitres d'eau avant d'ouvrir les paupières. Ses yeux étaient tellement irrités qu'elle distinguait à peine son environnement. Son larynx était en feu et elle avait un goût de terre dans la bouche.

De nouveau, on lui assena de violentes claques dans le dos. Toussant, pleurant, elle se releva et discerna enfin deux grands yeux sombres fixés sur elle.

— Petite idiote ! Tu ne sais donc pas nager ? lança dédaigneusement le garçon.

Il était trempé, tout comme elle. Ses cheveux d'un noir de jais retombaient sur son front bombé. Il devait avoir onze ou douze ans. Il était grand, longiligne et... entièrement nu.

Rebecca s'essuya le visage d'un revers de main, tout en s'efforçant de retrouver son souffle et sa dignité. Une vive chaleur lui embrasa les joues.

— Et toi, tu n'as donc pas de pudeur pour te balader nu comme un ver ? riposta-t-elle.

Voir sa chose ne la dérangeait pas outre mesure. Ayant grandi entourée de quatre frères, elle avait bien des fois entraperçu une paire de fesses blanches ou une chose mollassonne, selon que le côté pile ou face était exposé. Mais ce garçon, qu'il soit indien ou pas, n'avait pas à se promener dans le plus simple appareil, tel Adam en son paradis.

Se redressant de toute sa taille, elle lissa du plat de la main sa robe du dimanche qui dégoulinait et constata qu'une de ses chaussures avait disparu.

— Je ne sais pas d'où tu sors, poursuivit-elle d'un air supérieur. Seuls les sauvages ou les bébés se montrent tout nus devant les gens.

À sa grande satisfaction, elle vit les pommettes saillantes du garçon se colorer vivement.

— Je ne suis pas un Indien, répliqua-t-il. Et c'est toi le bébé ! Je suis peut-être un sauvage mais il ne me viendrait pas à l'idée de me baigner dans la rivière tout habillé.

Elle l'étudia plus attentivement tandis qu'il allait récupérer un peu plus loin son pantalon rapiécé, ses mocassins et sa chemise grossièrement taillée.

— Si tu n'es pas un Indien, qui es-tu ? s'enquit-elle finalement. Je connais tout le monde dans le coin et je ne t'ai jamais vu. Aucun voyageur ne s'est arrêté ici depuis deux jours.

Comme elle s'avançait vers lui, son unique chaussure produisit le son d'une éponge qu'on presse. Consternée, elle s'aperçut alors qu'elle se trouvait du mauvais côté de la rivière.

— Je m'appelle Shaw MacCade. Ce n'est pas la reconnaissance qui t'étouffe ! Je t'ai sauvé la vie et tu n'as même pas l'idée de me remercier.

— Je ne t'avais rien demandé. J'aurais très bien pu m'en sortir seule.

— C'est sûr, tu aurais fini par ressortir ! Toute froide et gonflée comme une...

— Tais-toi ! cria-t-elle en se bouchant les oreilles.

Évidemment, il avait raison. Il l'avait sauvée et elle ne l'avait pas remercié. La situation empirait. Et quand ses frères découvriraient qu'elle devait la vie à un MacCade, ils l'étrangleraient !

— Je sais qui tu es, reprit le garçon. Tu es la fille Raeburn.

— Oui. Rebecca.

Sa lèvre inférieure s'était mise à trembler. Jamais elle ne pourrait cacher ce qui venait de lui arriver. Sa robe trempée et sa chaussure manquante la trahiraient. Grandma lui flanquerait une bonne fessée, ce qui ne l'effrayait pas trop au demeurant, mais l'histoire remonterait jusqu'aux oreilles de Poppa qui se mettrait en colère, si bien qu'elle n'obtiendrait jamais ce poney qu'elle réclamait depuis si longtemps...

Les larmes roulèrent sur ses joues.

— Pas la peine de pleurnicher ! fit le garçon d'un ton bourru.

— Je n'ai pas le droit... de te parler ! répliqua-t-elle entre deux sanglots.

Il appartenait au clan MacCade, ces moins-que-rien auxquels les Raeburn n'adressaient pas la parole. Elle ouvrit la bouche pour lui dire de s'en aller, mais une autre nausée lui tordit l'estomac et, à sa grande honte, elle vomit un jet d'eau sale.

Elle pleurait vraiment maintenant, ce qui ne lui ressemblait pas du tout. Elle n'avait pas bronché quand elle s'était coupé le pied et que Grandma avait dû lui faire neuf points de suture ; ni quand elle avait fait une chute de cheval et qu'une bosse de la taille d'un œuf de cane lui avait poussé sur le crâne...

De sa longue main brune, le garçon lui toucha gentiment l'épaule.

— Arrête de couiner.

— Je... j'essaie !

— Tu crois que j'ai le droit de te parler ?

— Tu ne te gênes pas, en tout cas !

Il sourit, puis haussa les épaules.

— Je cherchais des pointes de flèche, expliqua-t-il. Parfois, après de fortes pluies, elles échouent sur les berges de la rivière. J'en ai trouvé une, regarde, ajouta-t-il en tirant de sa poche une parfaite pointe de quartz. Si tu arrêtes de pleurer, je veux bien te la donner.

— C'est vrai ?

— Ouais. J'en trouverai plein d'autres. Tu sais pourquoi elle est rose ? C'est du sang. Cette flèche appartenait à l'Indien le plus féroce du Missouri.

— Ooooh !

Rebecca tendit la main et il y laissa tomber le précieux trophée.

— Merci, dit-elle doucement. Et merci de m'avoir sauvée. Je... je ne sais pas nager.

— Je m'en suis aperçu quand je t'ai vue gigoter dans la flotte !

— Je la garderai toujours, ajouta-t-elle gravement, les yeux rivés sur la pointe de flèche. C'est le plus beau cadeau qu'un garçon m'ait jamais fait !

Et le premier, en vérité.

— Pas la peine de sortir les violons. C'est juste une pointe de flèche, grommela-t-il.

— Et maintenant ? soupira Rebecca, le regard tourné vers la rive opposée. Je peux marcher jusqu'à l'embarcadère du bac, mais quand mon père va apprendre que je suis tombée à l'eau et que tu m'en as sortie…

— … tu vas prendre une bonne correction, acheva Shaw, les bras croisés sur la poitrine. Écoute, je t'ai sauvée, c'est donc à moi de trouver une solution. Laisse-moi réfléchir. Il y a sûrement un moyen…

— Tu crois ?

— Mais oui, fais-moi confiance. Tu n'es qu'une petite fille. Je vais m'occuper de toi. Et tant que je serai dans le coin, personne ne te fera du mal, je te le garantis.

— Tu me le promets ?

— Bien sûr, puisque je viens de te le dire ! Quand Shaw MacCade donne sa parole, on peut toujours compter sur lui !

3

Rebecca bondit du lit pour aller ouvrir la fenêtre et jeta le petit morceau de quartz rose le plus loin possible.

— Voilà ce que je fais de tes promesses, Shaw !

Et sa sœur ? Shaw n'avait mentionné ni Eve ni son fils. Comment le gamin de onze ans qui l'avait arrachée à la rivière et était devenu son meilleur ami avait-il pu changer à ce point ? *Quand* avait-il changé ? Pourquoi son cœur était-il devenu aussi sec que celui des autres MacCade ?

La grosse bougie de cire allumée sur la table de chevet attira son attention. La flamme, tour à tour jaune et pourpre, semblait l'appeler. Elle décida de brûler les lettres de Shaw, une à une, jusqu'à ce qu'il n'en reste plus que des cendres. Elle n'avait aucune raison de les garder ; la joie qu'elles lui procuraient s'était évanouie depuis longtemps.

Pourtant, elle hésita. Ces lettres étaient son dernier lien avec les aventures secrètes qu'ils avaient partagées. Combien de fois, quand elle se sentait malheureuse, s'était-elle réfugiée dans sa chambre pour les lire et les relire ? En commençant toujours par la première qu'il lui avait envoyée...

Ce souvenir fit naître un sourire sur ses lèvres. Quelle n'avait été sa surprise quand, ouvrant la croisée, elle avait trouvé ce message sur l'appui de la fenêtre, lesté par une pierre grosse comme le poing !

Lentement, ses doigts se refermèrent sur le bout d'écorce sur lequel Shaw, plus de dix ans auparavant, avait griffonné à l'aide d'un bout de charbon : RENDEZ-VOUS AU BIEF PENDANT L'OFFICE DE DIMANCHE SI TU L'OSES. S.

Le moulin à farine était toujours fermé le dimanche, car Abe Pritchett, le meunier, était diacre à la chapelle que fréquentait la famille de Rebecca. Mais l'endroit se situait à plus de cinq kilomètres d'Angel Crossing. Si elle voulait retrouver Shaw là-bas, il lui fallait tout d'abord trouver une excuse pour rester à la maison pendant l'office, puis se rendre au bief à cheval. Et être absolument rentrée avant le retour des siens !

Lors de leur première rencontre, Shaw lui avait sauvé la vie. Ensuite, il avait de nouveau affronté le courant sournois pour lui faire retraverser la rivière, assise à califourchon sur une souche. Rebecca avait été obligée d'avouer à Grandma qu'elle était tombée à l'eau, mais elle s'était bien gardée de lui raconter sa mésaventure en détail. Shaw l'avait tirée de ce mauvais pas en échange de son silence et, par la suite, Rebecca s'était juré de ne plus le revoir. Mais, à peine deux semaines plus tard, il l'avait mise au défi de le rejoindre pour lui apprendre à nager dans le bief du moulin.

Elle n'avait pas hésité une seule seconde à devenir sa complice.

La gorge de Rebecca se contracta douloureusement. Si seulement elle avait su alors dans quel guêpier elle se fourrait ! De nouveau, elle étudia le morceau d'écorce et les lettres malhabiles tracées au charbon. À quoi bon conserver ceci ?

À contrecœur, elle tendit l'objet vers la flamme de la bougie. Mais, au moment où le coin commençait à fumer, elle le lança par terre et s'empressa d'éteindre le bord incandescent.

— Lâche ! s'invectiva-t-elle.

Avec un soupir, elle rangea l'écorce et les lettres dans sa boîte à trésors, avant de s'asseoir sur l'appui de la fenêtre pour contempler le ciel étoilé. De la rivière s'élevait un concert de coassements et de cris de toutes sortes. Non loin, dans le corral, le bétail et les chevaux allaient et venaient, martelant la terre de leurs sabots.

Un air de violon monta bientôt du rez-de-chaussée. Poppa jouait une vieille ballade écossaise qui parlait d'un mari jaloux. Les jumeaux l'accompagnaient en chantant faux à pleins poumons. En temps ordinaire, Rebecca se serait jointe à eux avec enthousiasme mais, ce soir, elle avait besoin de solitude.

Elle décida d'écrire à sa sœur, qui habitait désormais Saint Louis, et s'installa à la petite table. Elle ne rédigea que quelques lignes qu'elle biffa finalement avant de déchirer le feuillet.

— Je regrette de ne pas avoir noyé ce rat ! s'exclama-t-elle, tout en sachant pertinemment qu'elle se mentait à elle-même.

Elle éprouvait toujours des sentiments pour Shaw, en dépit de sa trahison. Et maintenant qu'il était de retour, sa vie ne serait plus jamais la même, elle le pressentait.

Qu'il soit maudit ! Et qu'il aille griller en enfer !

— Que le diable emporte cette fille !

Shaw cracha dans ses mains avant de peser de tout son poids contre le rocher. La sueur coulait sur son front et ses muscles tétanisés protestèrent, mais il parvint enfin à déplacer la masse rocheuse de quelques centimètres. Dans un ultime effort, il s'arc-bouta et le bloc d'une demi-tonne dévala la pente dans une pluie de terre et de graviers, pour venir bloquer l'entrée de la grotte.

Le vacarme effraya les mules qui se mirent à braire en décochant quelques ruades. Shaw les avait solidement attachées à un tronc d'arbre abattu et aucune ne parvint à se libérer de ses liens. Quant aux chevaux, ils se contentèrent de frémir nerveusement.

Shaw massa ses avant-bras douloureux et s'essuya le front à l'aide de son mouchoir déchiré.

— Voilà une bonne chose de faite ! grommela-t-il.

Il ne cessait de penser à Rebecca. Il n'avait pas eu le temps de lui demander si elle s'était mariée depuis son départ, mais c'était peu probable, sinon elle n'aurait pas continué à transférer les voyageurs qui souhaitaient se rendre d'un côté ou de l'autre de la Little Smoke River.

Pourquoi n'était-il pas resté en Californie ? Maintenant que ce territoire était américain, il allait s'ouvrir et se développer. D'abord viendraient les chercheurs d'or, puis les commerçants et les fermiers. Un homme malin pouvait s'y faire une place au soleil.

Finalement, en revenant dans le Missouri, il avait prouvé qu'il ressemblait plus à son père qu'il ne le croyait. Les siens comptaient davantage à ses yeux que les aventuriers déracinés qu'il avait croisés là-bas, dans l'Ouest. Ce sentiment d'appartenance l'avait poussé à retourner vers sa mère, ses frères et sœurs... et Rebecca Raeburn.

Pourquoi diable l'avait-elle poussé à l'eau ? Même s'ils s'étaient quittés fâchés, Rebecca n'était pas du genre rancunier. Et ni lui ni elle n'avaient jamais accordé d'importance à la guerre qui opposait leurs familles respectives depuis des siècles et qui avait commencé dans les Highlands, en Écosse, pour se poursuivre dans les montagnes de la Caroline. Le conflit s'était-il envenimé en son absence ? Quinn, l'oncle de Rebecca, était un véritable enragé. Quant à Murdoch MacCade, le père de Shaw, et à Laird, son frère, ils ne valaient pas mieux. Dans ces conditions, il était étonnant que les deux clans aient continué à vivre dans le même voisinage.

Pour la première fois, Shaw se demanda s'il n'était rien arrivé de fâcheux aux siens. À sa connaissance, il n'y avait eu aucun décès dans la famille depuis qu'oncle Robert s'était noyé en tombant du bac et qu'Angel Crossing était devenu la propriété des Raeburn. Il y avait bien eu quelques bagarres et procès, et un peu de sang versé, mais personne n'était mort. Cependant, cela faisait quatre ans que Shaw était parti, et pas mal de choses avaient pu se produire dans cet intervalle.

Une inquiétude sourde naquit en lui à cette pensée.

Il avait mis plus de temps que prévu à repérer la grotte, y entasser son paquetage et sceller l'entrée. À présent, il était presque minuit. Bien qu'il soit à moins d'une heure de cheval de la maison, il ne se voyait pas déranger ses parents à une heure pareille.

Les vieux souvenirs étaient remontés à la surface quand il avait rampé dans la petite caverne découverte alors qu'il venait de fêter ses dix ans. Relié au monde extérieur par une ficelle nouée à un arbre, il en avait exploré aussi profondément que possible les différents boyaux, avant d'en faire son repaire attitré. Ce petit sanctuaire était l'endroit idéal pour échapper à ses grands frères autoritaires et à ses cadets turbulents. Il avait aménagé la grotte, y apportant de vieilles couvertures, quelques gamelles, des chandelles et de l'amadou pour faire du feu. Parfois, il y passait la nuit, seul dans le noir et le silence absolu. Il s'imaginait alors être un Indien sur le sentier de la guerre, ou encore un rude Highlander qui aurait fui l'ennemi anglais.

Mais un secret est fait pour être partagé et au bout d'un moment, il avait manqué de compagnie. S'il avait parlé de la grotte à Bruce et à Laird, ces derniers n'auraient pas su tenir leur langue. Ils auraient vendu la mèche aux aînés qui auraient certainement dépouillé Shaw de ses trésors. D'un autre côté, à quoi bon savoir que la grotte recelait un superbe crâne de loup ainsi que des peintures rupestres si l'on ne pouvait s'en vanter devant quiconque ?

Shaw avait résolu le problème en faisant jurer le secret à Rebecca qu'il avait amenée sur place le jour de son douzième anniversaire. Il avait construit un feu pour faire griller le poisson fraîchement pêché qui leur avait servi de déjeuner, puis il avait allumé une torche afin de lui montrer la salle la plus profonde où le crâne de loup trônait sur une saillie rocheuse.

C'est dans cette même grotte que, par la suite, ils avaient caché les messages qu'ils se destinaient. Là, à la flamme des bougies, Rebecca lui avait lu des contes et légendes évoquant l'ancienne Écosse, des ballades épiques, et également de la poésie écrite par un certain Walter Scott.

Certaines strophes étaient restées gravées dans sa mémoire. Combien de fois les avait-il déclamées à voix haute, alors que, au cœur de l'hiver, il s'était retrouvé bloqué par la neige dans les montagnes californiennes ? Il aurait pu devenir fou de solitude dans ces moments-là. Heureusement, il avait, pour lui tenir compagnie, son imagination et le souvenir d'une exquise fillette aux cheveux nattés qui lisait gravement un livre. Non, il n'avait jamais vraiment été seul. Rebecca Raeburn était près de lui. Sa voix flûtée lui décrivait le cliquetis des épées qui s'entrechoquaient et le chant triomphant des cornemuses, alors même qu'il était tapi dans une sombre hutte, sur les versants de Big Sur.

— Ah, Rebecca… ! Pourquoi a-t-il fallu que tu grandisses ?

Il chevaucha sur plusieurs kilomètres dans la campagne, jusqu'à trouver une grange où il s'installa pour passer la nuit. Il ne souhaitait pas attirer l'attention sur la grotte en y campant et ne tenait pas à ce qu'on sache ce qu'il avait ramené de Californie. Il serait toujours temps quand il aurait tâté le terrain. Ses voyages lui avaient enseigné qu'un homme qui ne se méfiait pas assez risquait fort de ne pas voir le soleil se lever le lendemain. Il n'allait pas tout gâcher par négligence.

Il ne savait pas encore s'il resterait dans le Missouri. Il avait traversé des régions superbes entre le Pacifique et ici, et s'était laissé dire qu'il existait des sites exceptionnels du côté de Santa Fe. Au cours de ses pérégrinations, Shaw s'était rendu compte qu'il possédait un don pour les langues. Déjà, il parlait couramment l'espagnol. Peut-être réussirait-il à convaincre son frère Laird de venir avec lui ? À eux deux, ils réaliseraient des prodiges.

Mais à peine cette idée lui eut-elle traversé l'esprit que ses pensées dérivèrent de nouveau vers Rebecca Raeburn. L'éloignement lui avait fait oublier ses défauts. S'il avait fui dans l'Ouest, c'était certes parce qu'il ne voulait plus dépendre de son père, mais surtout à cause d'elle. Il s'était cru amoureux, jusqu'au jour où, calme et résolue, elle lui avait déclaré qu'ils ne seraient jamais plus que des amis.

Meurtri et blessé dans son orgueil, il l'avait prise au mot, imbécile qu'il était. Il avait fait les quatre cents coups, déterminé à lui montrer que les autres filles, *elles*, n'étaient pas indifférentes à son charme. Buveur et noceur, il avait écumé les bals, fêtes de villages et autres manifestations, s'affichant chaque fois avec une fille différente. Plus elle était dévergondée, mieux cela valait. À maintes reprises, il avait provoqué des hommes aussi éméchés que lui et déclenché des bagarres générales. Puis, un jour, tout cela s'était brusquement arrêté : Rebecca l'avait surpris alors que, ivre comme d'habitude, il lutinait sa sœur Eve derrière une porte.

Rebecca l'avait traité de porc devant la moitié du comté, clamant haut et fort qu'elle ne lui adresserait plus jamais la parole. Il avait eu la seule réaction logique et avait pris la route de l'Ouest, tâchant de se convaincre qu'il ne fuyait pas mais partait juste vivre sa vie et découvrir le monde.

En vérité, il avait détalé comme un lapin, loin de son patriarche de père et du regard brûlant de mépris de Rebecca Raeburn.

— Il ne faut jamais dire jamais ! murmura-t-il avec un petit rire.

Rebecca lui avait bel et bien parlé avant de le flanquer à l'eau. Hélas ! ses paroles n'étaient pas celles qu'il aurait souhaité entendre. Sans doute était-ce stupide, d'ailleurs. Si Rebecca n'était pas encore mariée, c'est qu'elle était en train de tourner vieille fille. La plupart des femmes convolaient avant leur vingtième anniversaire, et Rebecca devait avoir près de vingt-deux ans à présent. Il n'avait pas bien distingué sa silhouette dans la pénombre, mais sans doute avait-elle changé. Sa taille s'était sûrement épaissie, ses seins tombaient et son visage devait afficher une expression aigrie…

Au prix d'un effort, Shaw se secoua. Bien qu'épuisé, il prit le temps de se laver et de se raser. Il n'allait pas se présenter devant sa mère crotté et dépenaillé. Même si Ma était indulgente envers ses fils, elle ne tolérerait pas qu'il arrive sale comme un goret après quatre ans d'absence.

Enroulé dans sa couverture, il posa la tête sur sa selle et contempla la lune argentée qui semblait toute proche. Rebecca admirait-elle le croissant scintillant, elle aussi ?

Machinalement, il porta la main au petit sac qu'il portait en pendentif autour du cou. À travers le daim encore humide après son bain forcé dans la rivière, il tâta la croix espagnole qu'il avait compté donner à la jeune femme. À présent, ses espoirs s'effondraient et il se demandait bien ce qu'il allait en faire.

Le lendemain matin, Shaw immobilisa son cheval sur un promontoire rocheux situé à environ huit cents mètres de la petite vallée encaissée où son père avait choisi de vivre. Plus de vingt ans plus tôt, Murdoch MacCade avait défriché ces terres de ses propres mains pour construire ensuite la maison, l'écurie, la grange, ainsi qu'un point de vente où, dans les premiers temps, les Indiens venaient troquer leurs marchandises contre d'autres.

Ce commerce avait pris fin au cours de la dernière décennie. Désormais, les visiteurs cherchaient plutôt à acquérir des bœufs, des chevaux ou de l'alcool. La boutique d'origine, aujourd'hui agrandie, servait maintenant de taverne et de distillerie. Souvent, les MacCade organisaient dans l'immense grange des bals, des combats de coqs, des ventes aux enchères ou encore des tournois de lutte, pratiques qui les avaient rendus plutôt impopulaires chez leurs voisins plus conservateurs.

Sur la gauche de la piste, près d'un bras de rivière, un troupeau de vaches broutait tranquillement l'herbe grasse. Plus loin, Shaw aperçut un jeune garçon à cheval qui conduisait trois mules dans un champ. Bien que celui-ci soit trop loin pour que Shaw puisse distinguer ses traits, il se douta qu'il s'agissait d'un des fils de son frère Will.

Tandis qu'il scrutait la prairie, un autre cavalier apparut, échangea quelques mots avec le garçon, puis dirigea sa monture vers la piste. Sa silhouette était familière à Shaw qui se dressa sur ses étriers et agita la main.

— Eh, Bruce !

Son cousin Bruce MacDuff poussa une clameur sauvage que n'aurait pas reniée un guerrier blackfoot, puis éperonna son cheval pour gravir la colline au triple galop.

— Shaw ! Shaw ! hurla-t-il en tirant un coup de fusil en l'air.

Shaw sauta à bas de sa monture pour l'accueillir à bras ouverts. Les deux hommes s'étreignirent dans une vigoureuse accolade, avec force claques dans le dos.

— C'est bon de te revoir, dit Shaw quand il eut retrouvé son souffle.

— Shaw ! Sacré salopard ! On te croyait mort. Le vieux bougre a dépensé soixante-quinze dollars à Noël pour acheter une stèle en marbre à ton nom. Il est fichu de te descendre lui-même pour justifier une telle dépense ! Bon sang, attends que Ma te voie !

Le visage de Bruce, constellé de taches de rousseur, rayonnait. Bientôt, un nuage de poussière s'éleva sur le sentier cahoteux tandis que deux autres cavaliers se portaient à leur rencontre.

— Ewen ! Nigel !

— Shaw !

Shaw sourit spontanément en voyant le plus jeune de ses frères mettre pied à terre.

— Salut, frérot !

Ewen fondit en larmes et se jeta dans ses bras, une demi-seconde seulement avant Nigel.

— Ma foi, vous avez engraissé depuis mon départ !

Ewen avait seize ans, Nigel dix-neuf. Comme tous les MacCade, ils avaient les cheveux noirs et les yeux sombres. Ewen avait déjà cinq centimètres de plus que Nigel. Sous peu, il dépasserait Laird lui-même.

Nigel essaya de parler, s'étrangla sous l'effet de l'émotion et préféra envoyer valdinguer le chapeau de Shawn, avant de lui assener quelques coups de poing bien sentis dans l'épaule.

— Bon sang de bon sang ! répétait Ewen. Attends que Will te voie ! Je lui ai parié mon meilleur chien contre sa carabine que tu n'étais pas mort !

— On a pourtant prié pour le salut de ton âme, fit Bruce.

— Comment va Ma ?

— En pleine forme, répondit Nigel qui avait retrouvé sa voix. Pas plus tard que ce matin, elle a sonné les cloches à Leslie en lui assurant que s'il n'organisait pas bientôt un mariage digne de ce nom, elle le jetterait dehors en gardant Janie et les petits avec elle.

— Ils ont un autre enfant ?

À l'époque où Shaw était parti pour la Californie, son frère Leslie et Janie, sa femme selon la loi commune[1], étaient parents d'une petite fille et habitaient tous trois

1. *Common-law marriage :* certains États reconnaissent cette union légale qui ne nécessite ni cérémonie ni licence. Les époux doivent seulement vivre ensemble et se présenter publiquement comme un couple. *(N.d.T.)*

dans une petite maison de bois située sur la propriété, non loin de la demeure principale où logeaient les parents, ainsi que les frères et sœurs encore célibataires.

Will et Tom, eux, possédaient chacun une maison à proximité, pour abriter leurs familles respectives. Quant à Katie et à son mari Jake, ils avaient construit leur propre maison sur les terres des MacCade.

Ma et Pa aimaient savoir leurs rejetons près d'eux.

— Janie a eu deux petits gars depuis que tu es parti, annonça Nigel, radieux. Et le quatrième est en route ! Ma a prévenu Leslie qu'il ferait bien de garder sa zigoune dans son pantalon tant qu'il ne serait pas passé devant le pasteur. Et comme il ne l'écoutait pas, elle lui a tapé sur la tête avec son balai.

— Inutile de demander comment va Pa ?

— Le vieux est toujours le même : têtu comme une bourrique ! soupira Bruce.

Après la mort de ses parents, emportés par une épidémie de choléra alors qu'il avait deux ans, il avait été recueilli par Murdoch et Fiona MacCade, qui l'avaient élevé comme leur propre fils.

— Pa, Tom et Payton sont allés acheter des génisses chez Allan, mais Will est à la maison. Leslie et lui construisent un poulailler neuf pour Ma. L'ancien était si délabré que les belettes lui tuaient toutes ses poules.

Shaw hocha la tête en souriant. C'était bon de se retrouver de nouveau dans cette ambiance fébrile. Tout à coup, il avait hâte de franchir le seuil de la maison et de revoir sa mère.

— Et Laird ? Que devient-il ?

S'il s'entendait à merveille avec tous ses frères et sœurs, il partageait une complicité particulière avec Laird, qui n'avait qu'un an de plus que lui.

Nigel, soudain livide, se mit à fixer le sol. Shaw sentit un frisson glacé lui parcourir l'échine.

— Que se passe-t-il ? Où est Laird ? Ne me dis pas qu'il est parti… Ne me dis pas qu'il est en prison !

Shaw secoua la tête. Non, pas Laird ! Impossible. Laird était un charmeur, le séducteur du lot, celui qui tombait les filles par dizaines. Il se mettait toujours dans des pétrins incroyables mais s'en tirait chaque fois sans dommage. Laird retombait toujours sur ses pieds.

— Alors ? s'impatienta-t-il.

— Laird est mort. Juste après ton départ. Tu ne l'as pas appris ? dit enfin Ewen dans un souffle.

Shaw se raidit contre la douleur qui lui broyait la poitrine.

— Mort… répéta-t-il. Comment ?

— On lui a tiré dans le dos.

— Il a été assassiné ?

— Par ce salopard de Campbell Raeburn. Il n'y a pas le moindre doute. On a retrouvé le fusil de Raeburn tout près, dans les bois.

— Le père de Rebecca ? Mais… pourquoi aurait-il tué Laird ? Et pourquoi aurait-il abandonné son fusil derrière lui ?

La bouche tordue par un pli amer, Bruce répliqua :

— Le shérif ne s'est pas posé la question, lui. Tout le monde sait que les Raeburn et les MacCade ne peuvent pas se sentir. Et puis, Laird et Campbell Raeburn s'étaient battus chez Pritchett, une semaine plus tôt. Campbell a été arrêté et il a passé deux mois en prison. Il aurait dû être pendu, mais il a engagé cet avocat célèbre de Saint Louis et il a truffé le jury de méthodistes. Finalement, il a été acquitté.

— Je n'arrive pas à y croire… murmura Shaw, sous le choc. Tu es sûr qu'il est coupable ?

— Certain. J'étais là quand ça s'est passé.

Bruce croisa les bras et cracha sur le sol. Shaw le considéra d'un air égaré. Cela semblait tellement irréel ! Laird ne pouvait pas être mort, lui si plein d'énergie et de vitalité…

— Tu as vu Campbell tuer Laird d'une balle dans le dos ?

— Pas exactement, admit Bruce. Le coup a été tiré de la forêt, derrière nous. Laird est tombé. J'ai entrevu le cheval gris de Campbell à travers les arbres. Je n'ai pas vu son visage, mais c'était bien lui. Qu'il aille pourrir en enfer !

La pomme d'Adam proéminente de Bruce roula dans son cou criblé de taches de son.

— J'aurais dû le rattraper et le descendre tout de suite… Mais Laird avait un trou énorme dans le dos. J'ai essayé d'arrêter l'hémorragie… C'était trop tard. Il est mort dans mes bras, acheva Bruce en secouant la tête.

La peine de Shaw augmenta encore, torturante. Il serra les poings.

— Bien, articula-t-il d'une voix rauque. Les garçons, vous allez parquer mes mules dans le corral. Je vous rejoindrai tout à l'heure.

D'un bond, il se remit en selle, si brusquement que l'appaloosa se cabra à demi.

— Où vas-tu ? s'étonna Ewen. Ma ne va pas comprendre…

— Dis-lui que je ne serai pas long.

Bruce ébaucha un mouvement vers sa propre monture.

— Si tu veux, je t'accompagne, proposa-t-il.

— Non. Pour faire ce que j'ai à faire, je n'ai besoin de personne.

Et, résolument, Shaw fit tourner bride à son cheval pour prendre la direction d'Angel Crossing.

4

Près de l'embarcadère, Rebecca releva la tête en entendant les chiens aboyer. Quelques secondes plus tard, un martèlement de sabots retentit sur la piste. Son père, occupé à enfoncer un clou dans une planche branlante du ponton, se redressa. Noah tendit l'index. Il adorait les visites et applaudissait à chaque événement qui venait rompre la monotonie de ses journées.

La grande barrière qui clôturait la propriété était fermée, mais le cavalier n'hésita pas une seconde. L'étalon à la robe noire tachetée s'éleva dans les airs et franchit l'obstacle avec une aisance stupéfiante. Incrédule, Rebecca regarda Shaw MacCade galoper à bride abattue dans leur direction.

— Mais, qu'est-ce que... commença son père, avant de s'exclamer, sidéré : C'est Shaw !

Aussitôt, il se mit debout, son marteau à la main, alors que son ennemi immobilisait son cheval à quelques mètres seulement.

— Shaw, fit Noah en écho.

— Reste tranquille, lui ordonna Rebecca, inquiète.

Quelles que soient les raisons de la présence de Shaw à Angel Crossing, celle-ci ne présageait certainement rien de bon.

— Campbell Raeburn ! Il faut que je vous parle ! lança Shaw d'un ton de défi.

— Tu n'es pas le bienvenu ici, mon garçon, rétorqua Campbell. Ni toi ni aucun MacCade.

Le teint de Poppa avait viré à l'écarlate. Rebecca sentit la peur grandir en elle en apercevant le canon de la carabine posé sur le bras de Shaw.

— Tu n'aurais pas dû venir ! s'écria-t-elle.

Puis, comme Noah poussait un gémissement de détresse, elle l'apaisa de quelques mots :

— Chut... Tout va bien, Noah.

Sans s'occuper d'elle ni de son frère, Shaw dévisageait durement Poppa. Il faisait grand jour et Rebecca fut stupéfaite de constater à quel point il avait changé en quatre ans. Et pourtant, il était toujours le même. Sa mâchoire était plus carrée, ses joues plus creuses, ses pommettes plus saillantes, accentuant sa ressemblance avec ses ancêtres cherokees. Le soleil et le vent de Californie avaient tanné sa peau. Sa barbe avait disparu. Poppa avait eu tort de l'appeler « mon garçon », car, avec ses larges épaules, son torse puissant et ses jambes musclées, Shaw n'avait plus rien d'un adolescent.

Un frémissement bizarre la parcourut, un peu comme lorsque l'orage est sur le point d'éclater.

— On m'a dit que vous aviez abattu mon frère d'une balle dans le dos ! déclara Shaw, dressé sur ses étriers.

— Ce n'est pas vrai ! s'indigna Rebecca en se plaçant spontanément entre les deux hommes.

Son père la repoussa d'un geste.

— Reste en dehors de ça, ma fille. Rentre à la maison.

Sa rudesse inhabituelle et la lueur féroce qui dansait dans le regard de Shaw décuplèrent la frayeur de Rebecca. Elle refusa d'obéir.

— Écoute-moi, Shaw ! Le jury a déclaré Poppa innocent. Tu ne peux pas...

— Tais-toi ! coupa son père. Cela ne regarde que Shaw et moi.

— Viens ! Viens, Rebecca ! cria Noah.

Impassible, sans quitter des yeux le père de la jeune femme, Shaw articula :

— Va-t'en, Rebecca. Laisse-nous. Et emmène ton frère avec toi.

— Pour que tu assassines mon père ? Certainement pas ! Poppa n'a pas tué Laird !

Affolé, Noah geignit de nouveau. Rebecca ne pouvait croire à ce qui était en train de se passer. Elle avait l'impression d'être en plein cauchemar en dépit de la lumière brillante de ce matin de printemps. Les couleurs et les sons lui paraissaient amplifiés, les mouvements autour d'elle ralentis, les détails accentués. La silhouette de Shaw se détachait contre le bleu du ciel. La bouche du cheval était frangée d'écume. Rebecca sentait l'odeur âcre de sa sueur et percevait le grincement de ses molaires contre le mors.

Shaw MacCade offrait une vision presque irréelle. Son chapeau pendait dans son dos, retenu par un lacet de cuir. Ses épais cheveux noirs étaient couverts de poussière. Son nez, autrefois droit et fier, avait été cassé et s'ornait d'une fine cicatrice blanche. Ses yeux, plus noirs que l'obsidienne, brillaient d'un étrange reflet et de fines ridules en marquaient les coins. Il avait l'air atrocement déterminé.

La voix de Poppa arracha enfin Rebecca à sa transe :

— De quel droit viens-tu jusqu'à Angel Crossing pour me menacer, Shaw MacCade ? Je n'ai pas tiré sur ton frère. Mais j'imagine que tu ne me crois pas ! Alors, si tu as l'intention de me tuer, j'aimerais autant que tu ne le fasses pas devant mes enfants.

— Bruce dit qu'il était avec Laird quand cela s'est passé. Il affirme qu'il vous a vu, qu'il a reconnu votre cheval gris. Et que c'est une balle de votre fusil qui a tué Laird.

Poppa ne tiqua pas et Rebecca éprouva une bouffée de fierté à son endroit.

— Pour la balle, je ne le nie pas. Quelqu'un a volé mon fusil quelques jours avant le meurtre. Qui que ce soit, c'est sûrement lui l'assassin. Moi, je n'ai rien fait, ni Quinn ni aucun de mes garçons.

— Shaw, je t'en prie ! plaida Rebecca. Sois raisonnable. Soit Bruce se trompe, soit il ment. Il n'y a pas d'autre possibilité. Tu sais bien que mon père n'est pas un assassin.

Shaw respira profondément et, pour la première fois, porta son regard sur elle. Ses yeux d'Indien se plissèrent.

— J'espère que tu as raison, fit-il. En tout cas, j'ai bien l'intention de découvrir ce qui est arrivé à mon frère. Et quand j'aurai trouvé le coupable, je ferai justice moi-même.

— Le Missouri est un pays civilisé, on ne s'entre-tue pas ici comme dans les montagnes, répliqua Poppa. J'ai été jugé et acquitté par le jury. Je suis aussi désireux que toi de trouver le vrai coupable, mais…

— Oh non ! l'interrompit Shaw, farouche. J'en doute. Laird était plus qu'un frère pour moi. Nous étions comme les deux doigts de la main. Je voulais juste vous entendre me dire les yeux dans les yeux que vous ne l'aviez pas tué.

D'un geste saccadé, il rengaina son arme dans le holster accroché à sa selle. Quelques secondes de silence s'écoulèrent.

— Et maintenant ? demanda Poppa.

— Si vous êtes innocent, vous n'avez rien à redouter de ma part. Mais si vous avez tué mon frère, vous feriez bien d'être sur vos gardes. Parce que si je découvre que vous m'avez menti, je vous enverrai tout droit en enfer.

Sur cette promesse vengeresse, Shaw fit demi-tour et éperonna sa monture. Tandis qu'il s'éloignait au galop, Rebecca, choquée, se laissa tomber à genoux sur le ponton, le cœur battant comme si elle arrivait d'une course folle. Elle avait l'impression que la terre bienveillante du Missouri venait d'être secouée par un terrible séisme.

— Eh bien ! J'en conclus que la mort de Shaw MacCade n'était qu'une légende, marmonna son père. Dommage. Ça ne va pas être facile d'empêcher Quinn de lui sauter à la gorge.

— Oh non ! gémit Rebecca d'une voix enrouée. Assez de toutes ces histoires ! On ne peut donc pas oublier le passé ?

— Facile à dire ! La honte de ta sœur retombe sur toi et sur toute la famille. Shaw a ruiné sa réputation. S'il avait le moindre sens de l'honneur, il aurait pris la décision qui s'imposait et aurait donné son nom à ce petit bâtard.

— Et toi, tu aurais dû permettre à Eve de rester ici, au lieu de la chasser de la maison comme une…

— Tiens ta langue, ma fille ! coupa Poppa, dont la mine se ferma comme chaque fois qu'on mentionnait Eve. Je suis toujours le chef de famille et tu me dois le respect. C'est la faute de ta sœur si elle s'est retrouvée dans une telle situation. Et c'est elle qui est partie de son plein gré.

— Tu me parles comme à une gamine !

— Pour moi, tu en es toujours une. Tu ressembles exactement à ta mère quand je l'ai épousée.

— Eve est aussi sa fille. Elle a commis une erreur mais, justement, elle a d'autant plus besoin de nous que…

— « Tu ne commettras point l'adultère ! » cita Poppa d'une voix frémissante.

— La Bible nous enseigne aussi à pardonner.

— Tu crois que je ne souffre pas de l'avoir perdue ? Tu crois que cela ne me brise pas le cœur de l'avoir élevée pour qu'elle nous trahisse avec un MacCade ? De la voir tourner le dos aux principes que je lui ai inculqués ?

Rebecca soupira.

— Poppa, ne peux-tu faire la paix avec elle ? Pourquoi ne lui demandes-tu pas de rentrer à la maison ?

— Eve sait où me trouver. Dès qu'elle se sera repentie de ses péchés, dès qu'elle reconnaîtra ses erreurs et promettra de vivre selon la loi de Dieu, son fils et elle seront les bienvenus sous mon toit. Je ne suis pas un monstre. Je ne blâme pas l'enfant pour la faute des parents.

— Eve est fière, Poppa. Tu lui as à peine adressé la parole l'année qui a suivi la naissance de Jamie. J'imagine qu'elle s'est sentie obligée de s'en aller.

— Ne me parle pas de fierté ! Et la mienne, alors ? Ma propre fille, engrossée par un MacCade ! Dire que je lui avais trouvé un honnête homme, prêt à l'épouser, à accepter l'enfant, et qu'elle n'a rien voulu entendre !

— Comment aurait-elle pu se marier avec un homme capable de prendre femme contre un lopin de terre ? !

Poppa haussa les épaules.

— Eve a fait son choix. Elle ne peut s'en prendre qu'à elle-même. Comme on fait son lit on se couche !

Écœurée, Rebecca se releva. Elle avait envie de pleurer sur Eve, sur les temps heureux d'autrefois, et sur son père qui avait tant perdu mais était trop obstiné pour tendre la main à sa fille et à son petit-fils.

— Tu savais que Shaw était de retour, dit-il soudain d'un ton accusateur.

— Oui. Il a voulu traverser la rivière hier soir.

— Tu l'as laissé monter à bord du bac ?

— Je ne l'ai pas reconnu tout de suite. Il avait une barbe épaisse et il faisait sombre. Je m'attendais à tout sauf à le trouver là. Et quand j'ai enfin compris qui il était… je l'ai fait tomber à l'eau.

Poppa émit un grognement réprobateur.

— Tu aurais dû me le dire.

— Je sais.

La gorge nouée, Rebecca considéra son père avec anxiété. Elle l'aimait, mais il était si intraitable, si extrémiste quand il s'agissait des MacCade…

— Ne t'éloigne pas de la maison, lui enjoignit-il encore. Si Shaw est dans les parages, mieux vaut se montrer prudent. Tous les MacCade sont des gredins, mais Shaw est le pire de tous. La Bible dit : « Celui qui vit par l'épée mourra par l'épée. » Shaw est le portrait craché de son grand-père et le sang du diable coule dans ses veines.

— Sang du diable ! répéta Noah.

— Voyons, Poppa, Shaw ne me ferait jamais de mal, objecta Rebecca.

— Vraiment ? C'est sans doute ce que pensait ta sœur, elle aussi.

— Gredin ! Gredin ! dit Noah en essuyant ses joues mouillées de larmes.

Rebecca eut envie de se récrier : « Non, Shaw n'était pas un gredin ! Au contraire, il avait l'âme noble. » Mais, en vérité, elle ne connaissait pas l'homme qu'il était devenu. Elle avait vu son visage crispé par la colère et entendu les menaces qu'il avait proférées contre son père. Rétrospectivement, la peur s'empara d'elle. Si ç'avait été Drum ou Welsh, ou encore cette tête brûlée d'oncle Quinn qui avait aidé Poppa à réparer le ponton, les mots amers auraient fort pu se muer en balles de revolver…

Tout à coup, la cloche d'appel retentit de l'autre côté de la rivière.

— Quelqu'un veut traverser, annonça Poppa. Peux-tu aller voir avec Noah ?

— J'y vais. Mais je préfère que Noah rentre à la maison. Quand il est agité, il n'est pas en sécurité sur le bac. Allez, Noah, va aider Grandma. Elle doit bêcher le parterre de fleurs, ce matin.

Tandis que Noah s'éloignait docilement, Poppa hocha la tête :

— Je vais dire aux garçons de ne plus sortir sans arme. On ne sait jamais ce qui pourrait arriver, maintenant que Shaw est de retour.

Le découragement s'empara de Rebecca tandis qu'elle manœuvrait le bac sur les eaux grises de la rivière. À présent que tout danger immédiat était écarté, sa colère contre Shaw repartait de plus belle. Comment avait-il osé revenir ici après ce qu'il avait fait aux Raeburn ?

Poppa et oncle Quinn attachaient une immense importance à l'honneur. À leurs yeux, séduire une femme puis l'abandonner avec son bâtard représentait la pire des infamies. Des hommes avaient perdu la vie pour des fautes moins lourdes. Eve avait peut-être sa part de responsabilité, mais elle avait déjà chèrement payé son inconduite.

Les yeux de Rebecca s'embuèrent comme ses pensées l'entraînaient vers Saint Louis, où Eve et son petit garçon avaient fui, loin de leur famille et de leurs amis. C'était si injuste ! Eve méritait mieux que de trimer six jours par semaine dans une blanchisserie. Leur complicité de naguère lui manquait tant ! Entourées de frères, les deux sœurs avaient tout naturellement formé une sorte d'alliance. Elles se confiaient leurs secrets et se protégeaient mutuellement. Depuis le départ d'Eve, peu de temps après le premier anniversaire de Jamie, elles s'écrivaient régulièrement, mais cela ne remplaçait pas une véritable conversation en face à face. Rebecca se languissait de les embrasser, de les toucher…

Rebecca n'avait caché qu'un seul secret à sa sœur : Shaw MacCade. Au début, elle lui avait tu leur rencontre de crainte qu'Eve la dénonce à Poppa. Plus tard, son amitié pour Shaw s'était transformée en un sentiment plus fort, et l'avouer aurait été purement suicidaire ! Pourtant, elle avait regretté de ne pouvoir se confier à sa sœur, et avait été d'autant plus ulcérée de trouver celle-ci pâmée dans les bras de Shaw. Cette double trahison, alors qu'elle était si profondément amoureuse, avait laissé en elle une blessure indélébile. Depuis, elle barricadait son cœur contre ce genre d'émotions.

Peut-être était-elle comme son père, finalement : incapable d'oublier. Quand ce dernier avait été acquitté du meurtre de Laird, elle avait un temps espéré que les tensions familiales s'apaiseraient et qu'il finirait par pardonner à Eve. Mais à présent que Shaw était de retour, la moindre étincelle était susceptible d'allumer un brasier capable de les détruire tous.

Tout en chevauchant dans la prairie, Shaw ne pouvait s'empêcher de penser à Rebecca. Il s'était totalement fourvoyé en imaginant que les années avaient fait d'elle un laideron aigri. La jeune fille à peine sortie de l'adolescence qu'il avait quittée était devenue une vraie femme. Son corps avait pris des formes, ses joues pleines avaient disparu, accentuant la ressemblance de son visage au menton pointu avec un cœur. Elle lui avait paru plus vulnérable et, en même temps, mille fois plus séduisante avec son teint pur, ses yeux gris frangés de cils noirs et sa lourde chevelure mordorée qu'elle cachait sous un chapeau mais dont s'échappaient de petites boucles qui lui auréolaient le visage. Elle avait toujours été grande, même enfant, et il essayait d'imaginer les longues jambes galbées dissimulées sous sa jupe. Sa taille était si étroite qu'il aurait sans doute pu l'encercler des deux mains. Mais ses hanches, ses seins… Non, décidément, elle n'avait plus rien d'un garçon manqué ! Et sa bouche était faite pour les baisers.

L'expression d'effroi de son regard quand il avait défié son père le hantait encore. Dommage qu'elle ait assisté à cette confrontation. Le fait qu'elle l'ait jeté dans la rivière n'avait rien à voir avec le meurtre de Laird et, en toute franchise, elle n'aurait pas dû se trouver mêlée à tout ça.

Pourtant, tous deux étaient depuis toujours coincés dans cette âpre guerre que se livraient les Raeburn et les MacCade. Shaw se souvenait de ce jour où il l'avait croisée alors qu'elle rentrait de l'école. À l'époque, Pa l'avait déjà mis au travail, bien qu'il n'eût guère plus de quatorze ans. Il aurait aimé poursuivre ses études, mais personne ne lui avait demandé son avis.

Il n'avait qu'à fermer les yeux pour revoir la fillette de onze ans avec ses grands yeux gris et sa queue-de-cheval, ses socquettes déchirées et sa robe chiffonnée parce qu'elle venait de jouer au ballon avec les garçons. Cette journée de printemps, qui avait commencé sous un beau soleil, était devenue maussade avec l'arrivée des nuages. Le vent s'était levé en bourrasques sur la prairie, annonciateur de neige. Shaw, qui savait que le blizzard sournois pouvait se déchaîner très vite et prendre au dépourvu les imprudents, avait proposé de la hisser en croupe pour la rapprocher d'Angel Crossing. Consciente du danger, Rebecca avait accepté avec soulagement. Elle avait jacassé durant tout le trajet et Shaw, qui ne l'avait pas vue depuis longtemps, l'avait écoutée avec indulgence. Mais, alors qu'ils approchaient d'Angel Crossing, ils étaient tombés sur Campbell Raeburn.

Une expression de pure terreur s'était peinte sur les traits de Rebecca — exactement la même que celle qu'elle avait eue un peu plus tôt, lorsqu'il avait apostrophé son père.

Ce jour-là, tous deux avaient été sévèrement punis. Campbell Raeburn s'était arrangé pour que les MacCade apprennent ce qui s'était passé et Shaw avait été fouetté si fort par son père qu'il avait dû dormir sur le ventre pendant une semaine.

— Tiens-toi à l'écart de ces maudits Raeburn ! l'avait prévenu Pa. Et ne t'approche plus jamais de cette fille ! Tu m'as bien compris ?

Shaw avait parfaitement compris, mais cela n'avait rien changé à la relation qu'il avait nouée avec Rebecca. Frondeur par nature, il avait mis un point d'honneur à désobéir. Leur amitié avait perduré jusqu'à ce que la fillette atteigne l'adolescence. C'est alors que les sentiments qu'il lui portait avaient brusquement évolué.

Au bout du compte, Pa avait raison. Il ne fallait pas que les Raeburn et les MacCade se côtoient si l'on voulait éviter les ennuis. Ils se détestaient depuis toujours et il n'y avait aucun espoir de voir changer cet état de fait.

À mi-parcours, il rencontra Bruce, trois de ses frères et deux ouvriers agricoles qui, tous armés jusqu'aux dents, se dirigeaient vers Angel Crossing afin de lui prêter main-forte le cas échéant. Rapidement, Shaw leur expliqua que tout allait bien, qu'il n'avait pas besoin de renforts et qu'il désirait maintenant rentrer pour retrouver le reste de la famille.

Les retrouvailles furent émouvantes. Ma pleura, les frères et beaux-frères de Shaw lui donnèrent des bourrades dans le dos et lui serrèrent la main à plusieurs reprises, sous l'œil curieux de ses neveux et nièces. Même son frère aîné Will parut heureux de le voir, alors que tous deux n'avaient jamais eu d'atomes crochus. Pa, Tom et Payton n'étaient toujours pas rentrés, ce qui n'empêcha pas les autres de s'activer afin de célébrer dignement le retour de Shaw.

Ma ordonna aux garçons de tuer un jeune goret qu'ils firent rôtir sur un lit de braises, jusqu'à ce que la viande juteuse devienne croustillante. Une odeur alléchante flottait dans l'air. Will fit circuler le tonnelet de whiskey et on alla chercher les violons. Bientôt, même les plus jeunes se joignirent à la danse. Les sœurs et belles-sœurs de Shaw ne cessaient d'apporter des plats emplis de nourriture, faisant presque ployer la table sous le poids de leurs mets préférés.

— Tout le monde te croyait mort ! répéta Ma pour la troisième ou quatrième fois. On m'avait affirmé que tu avais été tué par un éboulement, mais j'ai toujours refusé de le croire.

Les larmes coulaient sur ses joues et lui rougissaient les yeux. Shaw lui sourit avec tendresse. Ma était une femme robuste, grande et large d'épaules. En dépit de sa chevelure claire striée de fils gris, elle paraissait plus jeune que son âge et peu d'étrangers devinaient qu'elle avait donné le jour à douze enfants. Shaw comprenait pourquoi, à dix-sept ans, quand elle avait épousé Murdoch MacCade en Caroline du Nord, on la surnommait « la rose du comté de Watauga ».

Les festivités se poursuivirent jusque dans la soirée. Quand le crépuscule tomba, les danseurs s'égaillèrent entre la maison et la taverne, tandis que l'alcool coulait à flots. Ma avait accroché la pancarte *Fermé* sur la porte de la taverne, ce qui n'avait pas empêché quelques visiteurs de s'arrêter pour prendre part à la fête. Il y avait là deux trappeurs, un apprenti chercheur d'or et un marchand ambulant qui s'étaient mêlés en toute simplicité aux membres de la famille pour boire et ripailler.

Pourtant, en dépit de la joie qu'il éprouvait de retrouver les siens après une aussi longue absence, Shaw n'arrivait pas à s'enlever Rebecca de l'esprit.

Ni lui ni elle ne pouvaient rien contre la haine qui dressait leurs deux familles l'une contre l'autre depuis tant d'années. Mais il ne comprenait absolument pas pourquoi elle aussi en était venue à le détester. Et, bien sûr, il n'avait rien arrangé en allant défier son père. Pourtant, il n'avait pas eu d'autre choix. Il était obligé de rechercher le meurtrier de son frère, Rebecca se rendrait à l'évidence après mûre réflexion.

Apprendre la mort de Laird l'avait anéanti. Les autres membres de la famille avaient eu le temps de s'accoutumer à son absence, mais pas lui. Il s'efforçait de prendre part à la liesse, de rire aux plaisanteries de ses frères, de répondre à ses sœurs qui le bombardaient de questions sur l'océan Pacifique et les Rocheuses... Mais, chaque fois qu'il goûtait à l'un des plats que Ma poussait vers lui, un goût de sciure lui envahissait la bouche.

Finalement, il saisit une torche et s'éloigna de la foule bruyante pour traverser le verger et rejoindre le petit cimetière familial enclos d'un mur de pierre. Deux stèles en marbre contrastaient avec les plaques de bois plantées sur les autres tombes. La gorge sèche, Shaw s'agenouilla devant la première et leva sa torche pour déchiffrer l'inscription gravée sur la surface polie.

Shaw J. MacCade
Fils bien-aimé de Murdoch et de Fiona MacCade
2 avril 1824 – août 1848

Il fixait ces mots depuis un long moment quand une voix profonde retentit dans son dos :

— Sacré gaspillage, hein, fiston ?

Shaw se tourna à demi et aperçut une silhouette massive qui se détachait dans la pénombre.

— Pa ?

— Tu t'es enfui en nous laissant croire que tu étais mort.

Comme Shaw se redressait, le poing charnu de Murdoch s'envola pour rencontrer brutalement sa mâchoire. L'impact le rejeta en arrière et il tituba, étourdi.

— Pa !

Avec un grondement de grizzli, Murdoch MacCade broya son fils contre son large poitrail.

— Sacré bon sang, fiston, je pensais t'avoir perdu !

Tandis qu'il serrait Shaw à lui briser les côtes, des rires s'élevèrent non loin.

— Belle droite. Celle-là, tu l'as bien méritée, Shaw ! gloussa Payton.

Tom, qui riait aussi, déclara :

— Bienvenue à la maison, petit frère !

Shaw se libéra de l'étreinte de son père et se frotta le menton. Il avait du sang dans la bouche et l'impression d'avoir reçu un coup de massue sur le crâne.

— Content de te revoir, Pa, fit-il avec une grimace.

— Si tu crois que je vais débourser le moindre dollar pour faire changer la date sur cette stèle, tu te fourres le doigt dans l'œil, mon garçon ! décréta Murdoch, avant de céder également à l'hilarité : Allons ! Je n'ai pas réussi à m'entendre avec ce charlatan d'Allan, mais j'ai retrouvé un fils. La journée n'est pas entièrement perdue.

De sa main calleuse, il frôla la joue de Shaw et poursuivit d'une voix enrouée :

— Tu nous as manqué, fils. Laird et toi, vous aviez plus de fierté à vous deux que toutes vos fillettes de frères. Rien ne fera revenir Laird, mais maintenant que te voilà de nouveau à mes côtés, nous allons faire payer le prix du sang à ces chacals de Raeburn.

5

Rebecca dormit peu les nuits qui suivirent. Après l'annonce de la mort de Shaw, elle avait presque réussi à oublier son fantôme. Mais maintenant qu'il était de retour, assaillie par les souvenirs, elle doutait de tout ce qu'elle avait cru attendre de la vie.

Jusqu'à il y a peu, elle se considérait comme heureuse. Rien ne contrariait son quotidien, hormis l'éloignement forcé de sa sœur Eve. Puis Shaw était réapparu, porté par un vent d'ouest, et sa vie tranquille avait été complètement chamboulée.

Même Angel Crossing avait changé du jour au lendemain. Désormais, Quinn, Poppa et ses frères emportaient des armes partout où ils allaient, même lorsqu'ils se chargeaient des corvées routinières sur la propriété ; et ils exigeaient que les chiens soient lâchés de jour comme de nuit. Les jumeaux avaient fait des réserves de poudre et s'entraînaient au tir. Quant à Corbett, il avait dépensé les économies de toute une vie pour acheter un colt cinq coups flambant neuf chez un armurier de Saint Louis.

Rebecca s'occupait du bac, amenant de l'autre côté de la rivière des chercheurs d'or, des immigrants et des voisins. Corbett, Welsh et Drummond, qui ne s'étaient jamais intéressés au transport des passagers, profitaient de l'état d'alerte générale pour lui laisser tout le travail. Rebecca n'y voyait pas d'inconvénient.

Elle préférait de loin rester près de la rivière plutôt que de servir les clients à l'épicerie ou d'aider Pilar à préparer les repas pantagruéliques. Rien ne lui pesait, du moment qu'elle était trop accaparée pour ruminer le passé.

Quelques fermiers et un pasteur méthodiste de passage à Angel Crossing leur apprirent les dernières nouvelles : il y avait eu une échauffourée à Saint Louis entre des esclavagistes et des abolitionnistes ; et cette tête brûlée de Shaw MacCade n'était pas mort comme on le croyait. Non, il rôdait dans les parages, sûrement en quête d'un mauvais coup. Selon la rumeur, le vieux Murdoch, chef du clan MacCade, s'était lassé d'attendre qu'une hypothétique décision de justice lui rende Angel Crossing. Il avait l'intention de prendre l'affaire en main...

En dépit de la tension latente qui régnait, deux semaines s'écoulèrent sans incident notable. Le samedi 19 mai, Rebecca accompagna Jorgan Anderson à une fête donnée à Eden Spring, petite ville située à environ vingt-cinq kilomètres de chez elle.

Jorgan était un célibataire qui élevait des mules pour les vendre aux pionniers de l'Ouest. Ce fermier d'origine suédoise, âgé d'une quarantaine d'années et plutôt débonnaire, n'était certes pas le soupirant de ses rêves. Néanmoins, il avait bon caractère, sans compter que, depuis quelques années, il était le seul homme de la région à s'intéresser à elle.

En effet, la guerre incessante qui opposait les Raeburn aux MacCade, ajoutée à la disgrâce d'Eve, avait vite découragé les prétendants de Rebecca. Alors que ses amies d'enfance étaient toutes mariées, et mères de famille pour la plupart, elle habitait toujours chez son père.

Petite fille, déjà, elle rêvait d'avoir une maison, un mari et des enfants. Mais, mis à part Shaw, elle n'avait rencontré aucun homme susceptible de partager ses projets et espoirs. Or, même en admettant qu'elle parvienne un jour à lui pardonner ce qu'il avait fait à Eve, l'épouser aurait constitué la pire des trahisons envers sa famille.

Un petit soupir résigné lui échappa, tandis qu'elle se tournait vers le miroir pour contempler la robe qu'elle avait choisi de porter à la fête d'Eden Spring. Des années plus tôt, Shaw lui avait fait clairement comprendre qu'il n'était pas du genre à tomber en quenouille. Plus jeunes, ils n'avaient pas compris quels ennuis leur causerait leur amitié de longue date. Et aujourd'hui, il ne restait rien de ce lien si fort. C'était un parfait étranger qui avait fait irruption à Angel Crossing pour menacer son père.

Alors pourquoi ne cessait-elle de penser à lui ? Et pourquoi des idées aussi saugrenues qu'indécentes peuplaient-elles son esprit ?

Shaw avait tout gâché en revenant d'entre les morts. Ce soir, elle n'avait même pas envie d'aller à ce bal. Elle n'avait toutefois aucune raison valable à invoquer pour annuler sa soirée avec Jorgan. Elle n'avait pas mis les pieds à Eden Spring depuis des mois, elle adorait danser, et elle aurait dû être impatiente de retrouver de vieilles connaissances. Alors qu'en vérité, elle cherchait désespérément une excuse pour rester à la maison.

Jorgan était un homme simple, dur à la tâche. Il ne tarderait pas à demander sa main. Rebecca s'y attendait depuis quelque temps. Or, revoir Shaw l'avait complètement déstabilisée. Elle était agacée à la seule perspective d'entendre toute la soirée Jorgan lui expliquer de quelle manière il curait les sabots de ses mules…

Finalement, une fois descendue au rez-de-chaussée, elle confia ses réticences à son frère Corbett.

— Il vaudrait peut-être mieux que tu ne t'éloignes pas de la maison, reconnut celui-ci. On ne sait jamais, les MacCade pourraient tenter quelque chose. Et puis, nous avons des hôtes payants, ce soir. Tu pourrais aider Grandma.

— Pas question ! intervint la vieille femme, catégorique. Ma fille, tu passes déjà trop de temps ici. Tu iras danser avec Jorgan. Si ma mémoire est bonne, il possède au moins une centaine d'acres et c'est un bon chrétien.

— Je me fiche des terres de Jorgan ! rétorqua Rebecca.

— Peuh ! Tu pourrais tomber sur bien pire, crois-moi. Allons, tu veux finir vieille fille, à tenir la maison pour ton père et Noah ? Il faut que tu déniches un mari, voyons. Et que tu fréquentes des gens de ton âge.

Tournée vers son fils, elle le piqua de la pointe de son aiguille à tricoter pour attirer son attention.

— Campbell, dis à Rebecca d'aller danser. Pour ma part, je ne crois pas que les MacCade nous chercheront noise. Tout ça, ce sont des ragots d'ivrognes !

Drum leva les yeux de la sangle qu'il était en train de réparer et renchérit :

— Grandma a raison. Rebecca ne rajeunit pas. Bientôt, elle aura les cheveux gris et des verrues partout. Hein, oncle Quinn ?

— Ton père ne t'a pas demandé de remplacer les poteaux pourris à l'autre bout du corral, toi ? répliqua oncle Quinn de sa voix traînante qui ne trahissait rien de son tempérament explosif.

En dépit de son impudence naturelle, Drum n'aurait pas commis la folie de tenir tête à un homme qui avait jadis repoussé seul une attaque d'Indiens déchaînés. Souriant, il se leva et se dirigea vers la porte, non sans assener au passage un coup de poing amical sur l'épaule de Welsh.

— Tu t'es engagée envers Jorgan, déclara alors Poppa, pensif. Et un Raeburn ne reprend jamais la parole donnée. Jorgan veillera sur toi. Va et amuse-toi, ma fille.

— Mais… si jamais il se passe quelque chose ici pendant mon absence ?

— Si les MacCade débarquent à Angel Crossing, ce n'est pas un fusil de plus ou de moins qui fera la différence. D'ailleurs, pour être franc, je serai plus tranquille de te savoir au loin, conclut Poppa tout en caressant machinalement sa barbe bien taillée.

Jorgan vint chercher Rebecca dans un haut chariot bâché, accompagné de Dagmar, sa sœur aînée. Celle-ci tenait sur ses genoux son bébé, la petite Annika. Ses deux garçons voyageaient à l'arrière du véhicule, en compagnie d'un gros tonneau de poisson en saumure et d'une jarre de miel sauvage que Jorgan comptait vendre à Ben Nichols, l'épicier qui tenait le magasin général d'Eden Spring.

— J'ai invité Dagmar, j'espère que cela ne vous dérange pas, glissa Jorgan à Rebecca en l'aidant à grimper sur la banquette. Une veuve n'a pas tant d'occasions de prendre du bon temps. Dagmar et les garçons ont hâte de faire les boutiques.

Rebecca se remémora les quelques mots de suédois qu'elle connaissait pour saluer les occupants du chariot. Les joues de Dagmar rosirent aussitôt tandis qu'elle bredouillait quelques mots de bienvenue. Ses fils, paralysés de timidité, ne songèrent même pas à répondre.

Dagmar, qui s'était mariée une première fois à un émigrant anglais, puis une seconde à Sam Hedger, son cadet d'une bonne dizaine d'années, ne maîtrisait toujours pas la langue du pays. Parfois, Rebecca se demandait comment elle parvenait à diriger une maisonnée où personne, ni Sam de son vivant ni ses enfants, ne parlait un mot de suédois.

— De toute façon, il est plus correct que Dagmar nous accompagne, reprit Jorgan. Je suis célibataire et puisque nous allons passer la nuit à Eden Spring…

— Je suis d'accord avec vous, opina Rebecca. Mieux vaut ne pas donner du grain à moudre aux mauvaises langues.

Elle était d'ailleurs heureuse de la présence de Dagmar et des enfants. Les deux garçons devaient être Georg et Fisk, à moins qu'il ne s'agisse de Lars et de Jens… Dagmar avait eu cinq fils de ses deux unions, des garçons aussi blonds que des Vikings, aux yeux très bleus et aux bonnes joues rouges.

Dagmar chuchota quelques mots en suédois et Jorgan traduisit :

— Elle veut savoir comment vont vos frères, votre père et votre grand-mère. Elle dit aussi que les enfants se sont régalés l'autre jour avec le poisson que leur a apporté Noah.

— Tout le monde va bien à la maison. Remerciez-la de ma part.

Dagmar venait à Angel Crossing une fois par mois prendre le thé avec Grandma. Âme charitable, elle ne manquait jamais de demander des nouvelles de la famille.

Tandis que le chariot cahotait sur la piste, Jorgan et Dagmar se mirent à bavarder en suédois, et Rebecca eut tout loisir de s'abandonner à ses pensées. Le temps était superbe. Le paysage de collines verdoyantes couvertes d'herbes hautes et de fleurs sauvages qui ondulaient doucement sous le ciel d'azur était d'une beauté à couper le souffle.

En d'autres circonstances, Rebecca aurait pris un plaisir immense à contempler cette splendeur et, après les rudes corvées de la journée, elle aurait savouré pleinement ce moment de répit. En l'occurrence, elle restait obnubilée par Shaw. Même Annika, adorable avec ses grands yeux gris, ne parvenait pas à l'arracher à ses souvenirs. C'était si injuste ! Shaw mort, elle aurait pu tirer un trait sur le passé et envisager une nouvelle vie. Mais depuis son retour, les regrets et le chagrin l'assaillaient sans pitié.

Ici, dans cette prairie, à l'endroit exact où les arbres rencontraient l'herbe grasse, elle avait rampé dans les fougères avec Shaw pour épier la naissance d'un bébé bison. Et juste à gauche, près de cet escarpement rocheux, elle avait regardé, émerveillée, Shaw s'approcher lentement d'un étalon sauvage avant de le capturer au lasso. Plus loin, là où la piste descendait vers une anse rocailleuse de la rivière, tous deux avaient attaché leurs poneys à un arbre pour pêcher des truites à mains nues. Elle avait glissé et s'était entaillé le pied contre un rocher pointu. Shaw avait confectionné un emplâtre avec des toiles d'araignée, puis avait bandé la plaie à l'aide de son foulard rouge. Il lui avait promis de lui montrer la tanière d'un loup si elle ne pleurait pas. Elle avait serré les dents et retenu ses larmes.

Il n'avait jamais su qu'un jour, Eve et elle s'étaient tapies dans les buissons pour les épier, ses frères et lui, tandis qu'ils se baignaient nus dans la rivière.

« Oh, Shaw... Pourquoi a-t-il fallu que les choses tournent ainsi entre nous ? » se lamenta-t-elle, soudain misérable.

Elle connaissait la réponse à cette question. Tout s'était joué bien avant leur naissance. Aucun Raeburn ne pouvait rester ami avec un MacCade. Il n'y avait pas d'exception à la règle.

Longtemps auparavant – si longtemps que plus personne ne se souvenait de la date exacte –, Robert le Rouge, du clan Raeburn, s'était consumé d'amour pour la fille de son voisin, Betsy MacCade. Le père de Betsy l'avait promise à un certain Gordon mais, le jour du mariage, Robert le Rouge était apparu sur son grand cheval noir et avait enlevé la jeune fille.

Les MacCade et les Gordon pourchassèrent les fugitifs à travers les Highlands et, dans la bataille qui s'ensuivit, Robert le Rouge et l'infortuné Gordon trouvèrent tous deux la mort. Neuf mois plus tard, Betsy mit au monde l'enfant de Raeburn. Folle de chagrin et de honte, elle demanda à Annie, la mère de Robert le

Rouge, ainsi qu'aux jeunes sœurs de ce dernier, de venir sans armes et sans escorte chercher son fils. Mais lorsque les femmes du clan Raeburn parvinrent en vue du château, Betsy jeta le bébé du haut des remparts et ordonna aux hommes de son clan de massacrer tout le monde. D'après la légende, Annie Raeburn, frappée à sept reprises, réussit à se traîner jusqu'au cadavre de son petit-fils et à le prendre dans ses bras ensanglantés. Avant de rendre son dernier soupir, elle maudit les deux clans et jura qu'aucune union ne serait plus jamais scellée entre les Raeburn et les MacCade.

Au fil des ans, les Raeburn cherchèrent à se venger de leurs ennemis. Un meurtre suivit l'autre, tant et si bien qu'on prétendit que l'herbe ne poussait plus sur la lande imprégnée de sang qui s'étendait entre leurs territoires. De l'Écosse jusqu'à la Caroline du Nord en passant par le Missouri, la haine entre les deux familles ne fit que grandir et s'envenimer.

La propre mère de Rebecca, Margaret, avait vu sa vie gâchée par ce conflit sanguinaire. Bien que son père ait été tué par un MacCade dans les montagnes de Caroline alors qu'elle n'avait que trois ans, Margaret s'obstina à épouser Robert MacCade. Ce dernier se noya et elle se remaria avec Campbell, lui apportant Angel Crossing en guise de dot. Par la suite, la querelle concernant la propriété l'empêcha de trouver le bonheur. Elle mourut jeune et emplie d'amertume.

Après tant de trahisons et d'horreurs, pourquoi imaginer que les choses pouvaient changer ?

Rebecca était lucide. Mieux valait épouser un homme honnête et digne de confiance tel que Jorgan Anderson avec qui elle aurait de beaux enfants. Elle ne mènerait peut-être pas une vie palpitante, mais au moins ne serait-elle pas hantée par les fantômes malfaisants et les malédictions de jadis…

— Oui… murmura Rebecca.

— Pardon ? fit Jorgan qui tourna vers elle un visage souriant.

— Hum… C'est une belle journée pour s'amuser, ne trouvez-vous pas ?

« Et pour oublier ce qui ne serait jamais », ajouta-t-elle silencieusement.

Elle lui rendit son sourire et, tout heureux, il fit claquer les rênes sur le dos des mules.

— Oui, une belle journée ! répéta-t-il avec jovialité.

— Faites tourner vos cavalières, messieurs ! Allons, suivez la mesure !

La salle entière vibrait au son du violon, des applaudissements et des claquements de talons sur le plancher. Un vieux monsieur à moustache complètement édenté offrit son bras osseux à Rebecca et lui fit traverser la salle sans manquer un seul pas. À l'autre bout, Jorgan dansait avec Janet Nichols, la femme de leur hôte. Le moulin de Nichols, qui était le plus vaste bâtiment d'Eden Spring, se prêtait tout à fait à ce genre de manifestations, pour peu que les danseurs évitent les piliers de bois et les sacs de céréales entassés dans les coins.

Les spectateurs, jeunes et vieux, étaient alignés le long des murs. Certains attendaient leur tour de s'élancer sur la piste, d'autres se contentaient de regarder. Une douzaine de lampions accrochés aux solives illuminaient les énormes meules et les machines poussiéreuses près de l'estrade où quatre violonistes étaient assis sur des paniers retournés, derrière Patty O'Rourke, manchot et vétéran de la guerre avec l'Angleterre, qui chantait à tue-tête tout en tapant son tambourin contre son genou.

Dehors, sous le ciel étoilé, on avait disposé sur des tables des mets aussi délicieux que variés, ainsi qu'une profusion de pichets de cidre doux, de citronnade, d'infusion et d'eau de source. Chaque invité avait apporté un plat à partager : porc et bœuf rôti, ragoût de gibier, tarte au potiron, pain d'épice, poêlée de légumes.

Des boissons plus fortes étaient également disponibles. Bien que les Nichols soient des baptistes fermement opposés à la consommation d'alcool, rien ne pouvait empêcher les fêtards de se glisser dans les recoins sombres autour du moulin pour boire un coup de bière ou de whiskey. Jorgan ne crachait pas sur une bonne pinte de temps en temps, mais, ce soir, par courtoisie envers Rebecca, il s'abstenait de rejoindre les hypocrites qui, toutes les cinq minutes, invoquaient une excuse quelconque pour sortir et aller s'en jeter un petit.

Comme la danse s'achevait, Jorgan longea la salle pour retrouver Rebecca et lui prendre la main.

— Vous avez soif ? s'enquit-il avec prévenance.

Elle secoua la tête et ils gagnèrent la piste pour former un cercle avec les autres danseurs, tandis que la musique du *Corbeau dans les champs de maïs* s'élevait de l'estrade. Bien vite, Jorgan se mit à souffler comme un bœuf et la sueur lui coula dans les yeux. Néanmoins, il semblait s'amuser autant que Rebecca.

Les musiciens se mirent à jouer de plus en plus vite et les pas devinrent de plus en plus compliqués. Rebecca et Jorgan plongèrent sous l'arche formée par les bras d'un autre couple, avant de se séparer pour se diriger chacun vers un autre partenaire. Rebecca passa des mains d'un cow-boy rougeaud qu'elle voyait pour la première fois à celles d'un convoyeur de bétail pourvu d'une barbe noire. Bien qu'il ait souvent traversé la Little Smoke River à bord de son bac, elle ne réussit pas à se rappeler son nom.

— Vous êtes rudement jolie, ce soir, mam'zelle Raeburn. Pour sûr, la plus jolie de toutes ! la complimenta-t-il en la faisant tournoyer si vite qu'elle faillit perdre l'équilibre.

— Vous exagérez…

Elle ne put finir sa phrase, car sa main échappa soudain à celle du convoyeur et elle se trouva projetée contre un autre danseur.

Deux bras forts se refermèrent autour de sa taille et une voix profonde chuchota à son oreille :

— Bonsoir, Rebecca.

Elle leva les yeux et, stupéfaite, vit le visage de Shaw MacCade à quelques centimètres du sien.

— Ferme la bouche, chérie, sinon les mouches vont y entrer, plaisanta-t-il.

Rebecca s'efforça de se ressaisir. Elle était déjà en sueur après cette danse endiablée et, dès que Shaw l'avait enlacée, elle avait eu l'impression de s'embraser littéralement. Son cœur battait follement sous l'effet de l'excitation.

— Lâche-moi, Shaw…

Il la tenait si étroitement qu'elle sentit les muscles durs de ses cuisses contre ses jambes et la faible odeur d'alcool dans son haleine.

— Tu es saoul ! s'écria-t-elle d'un ton accusateur.

— Pas encore, chérie. Mais la nuit ne fait que commencer.

Résolument, elle le repoussa, paumes plaquées contre son large torse. Autant chercher à renverser un mur de pierre.

— Shaw, je t'en prie ! Les gens vont…

Une main s'abattit alors sur l'épaule de Shaw et la voix de Jorgan, teintée d'un accent suédois qu'il avait pourtant perdu depuis des années, s'éleva :

— Il y a un problème, Rebecca ? Pardon, mais je suis avec cette demoiselle.

— Je vois, dit Shaw qui lâcha la jeune femme et recula d'un pas.

— Tout va bien, Jorgan, s'empressa d'assurer Rebecca. J'ai failli tomber et Shaw…

— Vous vous connaissez ? coupa Jorgan en enveloppant Shaw d'un regard méfiant.

— Rebecca et moi sommes de vieux amis. Nous avons en quelque sorte grandi ensemble.

Shaw ponctua ces paroles d'un grand sourire. Il était décidément ivre pour se comporter de façon si…

si… Rebecca aurait dû lui en vouloir d'avoir menacé son père et de l'impliquer dans une telle scène, au beau milieu de la piste de danse. Pourtant, son attention restait stupidement focalisée sur ses cheveux noirs rejetés en arrière qui dégageaient son front haut, et sur cette minuscule coupure près de la joue, résultat sans doute d'un coup de rasoir malheureux.

— De vieux amis ? répéta Jorgan, dont le regard passait de l'un à l'autre. Possible. Mais ce soir, la demoiselle est avec moi.

— Je comprends, acquiesça Shaw, sans quitter Rebecca des yeux. Alors, prenez bien soin d'elle, Sven.

— Il se nomme Jorgan. Jorgan Anderson, corrigea Rebecca, qui tâchait de reprendre contenance, car quelques danseurs s'étaient immobilisés pour les observer avec curiosité. Jorgan, voici Shaw MacCade.

Shaw inclina la tête et murmura :

— Enchanté. Bon, eh bien, réserve-moi une danse pour tout à l'heure, Rebecca.

— Je vous ai dit qu'elle m'accompagnait ! répliqua Jorgan, d'un ton franchement belliqueux, cette fois.

— Nous verrons cela.

Comme Shaw s'éloignait avec nonchalance sous le regard furieux de Jorgan, Rebecca se hâta de glisser son bras sous le sien.

— Venez, Jorgan. Les autres nous attendent. Ne vous tracassez pas, Shaw est un peu…

— Ne s'agit-il pas du MacCade qui…

— S'il vous plaît, pas maintenant. J'en entends déjà bien assez sur le sujet à la maison. Ce soir, je veux juste m'amuser un peu et…

— Il ne vous regardait pas de manière convenable.

— Il a dû lever le coude. Mais il ne vous cherche pas querelle. Regardez, voilà Jessica et son mari, ajouta-t-elle en lui pressant le bras. Hou, hou ! Jessica !

De mauvaise grâce, Jorgan se laissa mener vers le couple qui s'avançait à leur rencontre.

— Non, pas convenable du tout! maugréa-t-il encore.

Une heure s'écoula avant qu'un bruit de voix en colère retentisse près de l'estrade. Les musiciens marquèrent une hésitation, puis reprirent leur morceau, avant de laisser retomber leurs archets. Rebecca et les personnes qui l'entouraient se tournèrent pour voir ce qu'il se passait.

Un groupe d'hommes s'était massé dans un coin et discutait avec animation. Le ton montait.

— Nous ferions mieux de sortir, conseilla Jorgan à Rebecca.

Mais déjà, des imprécations et injures sonores fusaient. Bientôt, on entendit une chaise se renverser. Une bagarre avait éclaté.

— C'est Shaw MacCade! cria une voix. Il se bat avec le nouveau forgeron!

Rebecca tendit le cou et aperçut Shaw et le forgeron qui se colletaient à mains nues. Puis quelqu'un sauta sur Bruce MacDuff, le cousin de Shaw, et lui décocha un coup de poing dans la mâchoire. L'instant d'après, deux autres cow-boys se joignirent à l'empoignade.

Soudain, Shaw envoya une solide droite à son adversaire qui fut précipité dans la foule et s'écroula de tout son long. Shaw se jeta sur lui et tous deux roulèrent sur le plancher dans un brutal corps à corps. Deux femmes se mirent à hurler. L'épouse du forgeron, secouée de sanglots convulsifs, se tenait la joue. D'autres hommes commencèrent à se pousser et à s'invectiver violemment.

— Attention, Shaw! Il a un couteau! prévint un des MacCade.

Rebecca eut le temps d'entrevoir l'éclat métallique d'une lame avant que Jorgan ne la prenne par le bras pour l'entraîner vers la sortie la plus proche. Mais l'issue était bloquée par les curieux restés dehors qui s'agglutinaient à l'entrée pour tenter de voir le spectacle.

Quelqu'un bouscula le convoyeur barbu qui s'affala sur Jorgan. Celui-ci le repoussa brutalement et, avant que Rebecca puisse intervenir, les deux hommes s'empoignèrent. Une femme furieuse se dressa devant Rebecca et l'apostropha en allemand. Pour échapper à la virago, Rebecca se retrancha derrière deux fermiers qui tentaient de s'étrangler mutuellement. Elle lança un regard autour d'elle. Atteindre la porte paraissait impossible avec la foule qui se pressait de toutes parts. Peu désireuse de participer à la mêlée, elle recula progressivement vers un angle de la salle et, pour éviter d'être de nouveau happée dans la cohue, se jucha sur une pile de sacs de farine.

Un des violonistes, perché sur une poutre, riait à gorge déployée. Il remarqua Rebecca assise sur son perchoir, lui cria quelque chose qui fut couvert par le vacarme ambiant, puis avala une bonne lampée d'une petite flasque avant d'entamer *Le diable dans le poulailler* d'un archet guilleret.

Rebecca essaya de repérer Shaw, en vain. Lorsque l'instituteur s'écroula au pied des sacs de farine et demeura étendu pour le compte, elle envisagea de rejoindre le violoniste sur sa poutre afin de se mettre définitivement à l'abri. Mais un lampion explosa soudain dans une pluie de tessons et de gouttes d'huile brûlantes qui se répandirent sur le plancher de bois. La seconde suivante, des flammes s'élevèrent et une clameur paniquée résonna dans la salle.

— Au feu !

6

En trois secondes, la bagarre prit fin. Quelques courageux coururent piétiner les flammes, mais la plupart des gens, terrifiés, se mirent à courir en tous sens, tandis qu'une épaisse fumée noire envahissait la salle. Des prières étouffées se mêlèrent aux cris et aux jurons. Puis, après un instant de confusion totale, la foule se rua d'un seul mouvement vers la sortie.

Le plancher saupoudré de farine prit feu et les flammes orangées léchèrent rapidement le mur le plus proche pour grimper jusqu'au toit. La visibilité devint quasi nulle et Rebecca commença à avoir des difficultés à respirer.

Suffoquant, les yeux larmoyants, elle arracha une manche de sa robe et appliqua le tissu contre sa bouche. Gagner la porte était illusoire avec cette foule en furie qui bloquait le passage. Comme elle cherchait des yeux une autre issue, elle aperçut un étroit couloir qui s'enfonçait à l'intérieur du moulin. D'un mouvement souple, elle se laissa glisser au bas de la pile de sacs de farine, au moment même où un deuxième lampion éclatait. Surprise, elle leva les bras pour se protéger le visage des projections de verre brisé. Puis, comme elle avançait dans la fumée, elle trébucha sur quelque chose et s'étala de tout son long avec un cri aigu. Ses paupières la brûlaient et les larmes trempaient ses joues. À tâtons, elle explora le sol. Ses doigts rencontrèrent les débris d'un violon.

« Ne pas s'affoler, surtout ne pas s'affoler ! » s'admonesta-t-elle.

Le couloir n'était pas très éloigné. Elle devait poursuivre sa progression.

Elle tenta de se relever et, prise d'une violente quinte de toux, comprit que l'air était plus respirable près du sol. À quatre pattes, elle jeta un coup d'œil autour d'elle, totalement désorientée. C'est alors qu'un faible gémissement attira son attention.

Elle tendit l'oreille et, parmi les cris et trépidations de semelles, discerna de nouveau le son plaintif.

— Rebecca ! Rebecca, où es-tu ? appela une voix familière.

— Shaw ? Je suis là !

— Où ?

L'incendie rugissait telle une tornade sur la prairie. Des vagues de chaleur frappaient la jeune femme en pleine figure et lui cuisaient les bras. Recroquevillée sur le sol, elle perçut une fois de plus des pleurs affolés, non loin sur sa gauche.

— Reste où tu es ! Je viens te chercher ! fit la voix de Shaw.

Son instinct de survie lui dictait d'attendre, cependant quelque chose de plus fort encore la poussa à ramper en direction des sanglots.

— Qui est là ? appela-t-elle.

— Rebecca ! hurla Shaw.

Hésitante, elle s'immobilisa. Si elle se rapprochait de Shaw, il la trouverait et saurait la faire sortir, elle n'en doutait pas. L'incendie la terrifiait. Mais ces pleurs exprimaient un tel effroi…

Oubliant toute prudence, elle avança de quelques mètres supplémentaires.

— Maman… maman…

L'enfant, à demi asphyxié, ne parvenait plus à crier. Galvanisée, Rebecca se mit à tâtonner frénétiquement dans l'obscurité, jusqu'à ce que sa main accroche une petite chaussure. Ses doigts se refermèrent sur une minuscule cheville et elle tira de toutes ses forces.

— Je te tiens ! N'aie pas peur ! Nous allons sortir de là.

Puis, avec l'énergie qui lui restait, elle hurla :

— Shaw ! Shaw !

Rebecca prit vaguement conscience d'un souffle d'air frais sur son visage. Elle inspira une grande goulée, toussa, recommença, et se sentit un peu mieux.

— Tu ne risques plus rien, maintenant. Tu peux la lâcher, dit Shaw à côté d'elle.

Un enfant pleurait tout près. Le bruit semblait assourdissant. Comme les bras de Rebecca restaient crispés sur le petit corps, deux mains fortes les saisirent.

— Tout va bien, assura Shaw. Sa mère est là. Rends-lui sa fille, chérie.

Rebecca ouvrit les yeux, distingua le visage noir de suie et sillonné de larmes d'une jeune femme. Un homme à la mine tout aussi anxieuse se tenait près d'elle.

— Hetty ? Hetty ? balbutia la femme.

— Maman !

— Vous avez sauvé ma petite Hetty ! Nous pensions l'avoir perdue. Oh, loué soit le Seigneur !

Rebecca consentit enfin à libérer la fillette que sa mère étreignit sauvagement. Elle bredouilla quelques mots, puis se laissa aller contre le torse de Shaw. Ses paupières, lourdes comme du plomb, se refermèrent et un nouvel accès de toux lui déchira la poitrine. Enfin, le souvenir de leur fuite précipitée lui revint en mémoire. Elle se redressa dans un sursaut.

— La petite fille ? Elle va bien ?

— Mais oui. Une môme qui braille aussi fort est en pleine forme. Reste tranquille quelques minutes, le temps de retrouver tes esprits. Et respire profondément pour désencrasser tes poumons.

Elle obéit, docile. Sa gorge la brûlait, ses yeux larmoyaient et elle avait un goût de cendre dans la bouche.

— De... l'eau, réclama-t-elle.

— Bruce, amène-moi le seau.

Le cousin de Shaw tendit sa torche à l'un des frères MacCade – ce devait être Ewen –, et s'approcha avec un seau en fer-blanc. Shaw passa le bras autour des épaules de Rebecca et la soutint tandis qu'elle appliquait ses lèvres contre le bord du récipient pour boire avidement. Elle n'avait jamais rien goûté d'aussi délicieux que cette eau tiède qui sentait vaguement l'œuf pourri !

— Doucement. Tu vas te rendre malade, la prévint Shaw en écartant le seau.

Peu à peu, la vision de Rebecca s'éclaircit et elle distingua plus nettement ses yeux de jais, son visage et cette petite estafilade sur sa joue. Elle remarqua également ses phalanges rougies et gonflées, alors qu'il levait la main pour lui caresser doucement le front.

— Je... je me sens mieux, déclara-t-elle, très consciente du contact de sa peau sur la sienne.

Elle aurait dû le repousser, maintenant. Les gens les observaient. Mais elle était si bien dans ses bras qu'elle ne trouvait pas le courage nécessaire pour se dégager. Sans la quitter des yeux, Bruce et Ewen échangèrent quelques mots à voix basse. Rebecca les ignora et s'efforça de dominer son malaise. Elle avait encore du mal à réfléchir, mais n'aurait su dire si c'était parce que la fumée l'avait intoxiquée ou parce que les bras de Shaw l'encerclaient étroitement.

— Elle te dit qu'elle va bien ! grommela soudain Ewen. Il est temps de rentrer, Shaw.

— Les Raeburn vont nous étriper si tu ne t'éloignes pas d'elle, renchérit Bruce.

Shaw les réduisit au silence d'un regard noir.

— Il ne faut pas... Nous ne pouvons pas... protesta faiblement Rebecca.

— Chut ! Allons, bois encore un peu. Ne bouge pas et respire calmement.

Impossible de se dérober. Elle but encore quelques gorgées d'eau, reposa la tête contre son épaule et regarda autour d'elle. Sur sa gauche, une centaine de mètres plus loin, se dessinaient les contours fumants du moulin. Des silhouettes se déplaçaient dans la nuit illuminée par les torches. Des hommes avaient formé une chaîne pour se passer des seaux d'eau.

— Je ne comprends pas... Le moulin n'a pas brûlé ?

— Non. Il avait plus de fumée que de feu.

Alors que Shaw ôtait son chapeau, elle vit qu'une de ses paupières était enflée et qu'une trace de sang séché maculait son menton. Puis, elle reporta son attention sur les MacCade. Bruce était le seul, en dehors de Shaw, à n'avoir jamais montré d'animosité envers les Raeburn. Elle n'avait jamais eu peur de lui, alors qu'elle craignait Will et Nigel. Quant à Ewen, il était entré à l'école quand elle-même s'apprêtait à la quitter et il ne lui avait jamais adressé la parole.

Comme s'il avait lu dans ses pensées, Ewen changea la torche de main et marmonna :

— Une fois les gens sortis, les hommes sont allés remplir les seaux et le feu a été maîtrisé. Il n'y a pas énormément de dégâts.

Ewen avait la lèvre inférieure fendue et son nez avait doublé de volume. Il était tout en bras et en jambes, comme n'importe quel adolescent en pleine croissance.

— Y a-t-il des blessés ? s'inquiéta Rebecca.

— Non, juste quelques bleus et égratignures, répondit Bruce.

— Un convoyeur de mules s'est cassé deux doigts. Et quelqu'un a volé deux barriques de whiskey à Dan...

— La ferme, Ewen ! l'interrompit Shaw. Rebecca n'a pas besoin d'un compte rendu détaillé de la bagarre. La petite et toi, vous l'avez échappé belle, ajouta-t-il en pressant l'épaule de la jeune femme.

Rebecca eut un frisson au souvenir des tourbillons de fumée noire qui avaient failli les engloutir à jamais, l'enfant et elle.

— Si tu n'étais pas venu me chercher... Mais peut-être n'y aurait-il pas eu d'incendie si tu n'avais pas déclenché cette bagarre ?

— Ce n'était pas sa faute ! le défendit Bruce. C'est ce crétin de forgeron ! Ewen dansait avec sa femme et il en a pris ombrage.

— Il doit la traiter comme ces deux esclaves qu'il fait trimer chez lui, parce qu'il l'a giflée devant tout le monde, renchérit Ewen.

— Et toi, bien sûr, il a fallu que tu t'en mêles ? fit Rebecca qui dévisageait Shaw.

— Je ne tolère pas qu'on frappe une femme. Même s'il s'agit de son mari. Et je déteste les négriers.

— Moi aussi. C'est le seul point commun entre nos deux pères. Mais crois-tu que le forgeron traitera mieux sa femme maintenant que tu lui as cassé la figure ? À mon avis, il va plutôt se venger sur elle.

— Bruce, Ewen, allez donc jeter un coup d'œil aux chevaux, ordonna Shaw avec brusquerie.

La conversation tourna court et les deux hommes s'éloignèrent en direction du moulin, après avoir salué Rebecca d'un vague geste de la main. Celle-ci soupira.

— Enfin, une chose est sûre, je te dois la vie.

— Tu m'as fait une peur bleue quand j'ai atteint les sacs de farine pour découvrir que tu avais disparu !

Le timbre profond de sa voix déclencha un frisson chez Rebecca. Ici, dans la nuit, il n'était pas difficile de lui parler. Même si elle décelait dans ses paroles, pourtant bien anodines, une intensité particulière.

— Tu aurais pu t'enfuir sans te préoccuper de moi, comme les autres, fit-elle remarquer.

— Pas tous les autres. Tu as sauvé cette petite fille au péril de ta vie. C'était très courageux de ta part.

— Ou très téméraire. Tout était si confus avec cette fumée, ces cris... Mais toi, tu étais tout près de la porte. Pourquoi n'as-tu pas...

Il l'empêcha de poursuivre en posant deux doigts sur ses lèvres. Puis, glissant le bras autour de sa taille, il l'aida à se relever. D'un geste vif, il ôta sa chemise.

— Tiens, enfile ça. Ta robe est toute déchirée.

— Mais il fait froid... Je ne veux pas...

— J'ai une veste dans mon sac de selle.

— Merci.

Elle jeta la chemise sur ses épaules et expliqua :

— C'est moi qui ai arraché ma manche. J'ai respiré à travers le tissu pour ne pas inhaler trop de fumée.

Elle se sentait encore un peu étourdie et désorientée. Elle savait bien qu'il ne fallait surtout pas qu'on la voie en public avec la chemise de Shaw sur le dos, mais du vêtement tiède émanait une odeur virile et rassurante qui réveillait en elle d'agréables souvenirs.

Elle tressaillit involontairement en sentant son regard s'appesantir sur elle et son cœur se mit à tambouriner dans sa poitrine. Allons, si elle n'y prenait garde, elle allait perdre tout sens commun.

— Tu es une fille intelligente. La plus maligne que je connaisse.

— Et toi, le garçon le plus rebelle.

— Je ne suis plus un garçon, Rebecca.

— Peut-être. Mais, apparemment, tu ne t'es pas beaucoup amendé dans l'Ouest. Tu as toujours le chic pour t'attirer des ennuis.

— C'est vrai, reconnut-il de bonne grâce.

Un chariot tiré par deux mules passa devant eux, suivi par un cavalier et un couple à pied. Les gens se dispersaient peu à peu. Rebecca entendit un enfant pleurer dans la nuit et une voix de femme lui répondre dans une langue étrangère.

— Je vais retourner avec mes amis, décida-t-elle. Je suis venue avec les Anderson. Ils doivent être morts d'inquiétude et...

— Ils sont partis.

Rebecca ouvrit de grands yeux.

— Comment cela, partis ? Jorgan ne m'aurait jamais laissée ici ! Il a promis à mon père de...

— Bruce et Ewen ont eu une discussion avec lui. Ils lui ont dit que je te raccompagnerai chez toi.

— Tu n'avais pas le droit ! Je te suis très reconnaissante de m'avoir sauvée, mais cela ne t'autorise pas à...

— Trop tard, Rebecca. Ce type ne te mérite pas, de toute façon. Sinon, jamais il ne t'aurait abandonnée dans le moulin en flammes.

— Tu es injuste. Nous avons été séparés dans la bousculade. Jorgan...

— Il est sorti, pas toi. Cela en dit assez long sur son caractère, non ? Il te fait la cour ? Tu pourrais trouver bien mieux qu'un muletier, tu sais.

— Je ne vois pas en quoi cela te regarde ! Je choisis de sortir avec qui je veux.

— Nous en discuterons un autre jour. Il se fait tard. Préfères-tu rentrer ou passer la nuit en ville ?

Rebecca le considéra avec une soudaine méfiance.

— Qui m'assure que tu dis bien la vérité ? Que Jorgan est effectivement parti ? s'enquit-elle.

— Je ne mens jamais. Tu devrais le savoir.

Elle haussa les épaules et, tournant les talons, se dirigea d'un pas chancelant vers la route.

— Je suis assez grande pour rentrer toute seule. Merci beaucoup, Shaw, lança-t-elle sans se retourner.

— Tu ne vas pas marcher jusqu'à Angel Crossing ! s'exclama-t-il en lui emboîtant le pas. Je te rappelle qu'il y a près de vingt-cinq kilomètres...

— Et alors ? J'en suis capable.

— Ne sois pas stupide. Attends un instant, je vais aller chercher mon cheval et nous...

— Pas question ! Poppa me tuera s'il me surprend avec toi. Je trouverai bien un voisin qui me ramènera, ou bien je ferai la route à pied. Tu en as assez fait pour ce soir.

Comme il lui saisissait le bras pour tenter de la raisonner, elle se dégagea d'un geste brusque.

— Laisse-moi tranquille ! Les gens vont déjà jaser sur nous, inutile d'empirer les choses.

Elle pressa le pas en dépit de ses jambes flageolantes, de façon presque mécanique, un pied après l'autre, jusqu'au moment où elle atteignit la piste creusée d'ornières qui partait vers le nord-ouest. C'était une nuit de pleine lune et les rayons scintillants déversaient une lumière argentée bien suffisante pour marcher sans lanterne.

« Je n'ai pas peur ! » se répétait-elle.

Car rien ne la terrifiait plus que le danger qu'elle laissait derrière elle.

— Voyons, sois raisonnable.

Shaw, monté sur Chinook, suivait Rebecca depuis un bon moment. Elle ne ralentissait pas l'allure et refusait de lui répondre. Ils avaient déjà dû parcourir quatre kilomètres depuis Eden Spring.

— Pourquoi es-tu tellement en colère contre moi ? demanda-t-il pour la deuxième fois. Tu n'es tout de même pas amoureuse de ce grand benêt de Suédois ?

Sans prévenir, elle pivota. Son mouvement brutal effraya l'étalon qui se cabra à demi.

— Hooo, doucement, mon garçon ! fit Shaw, la main posée sur l'encolure de l'animal.

Chinook reposa ses antérieurs mais arqua l'échine et, oreilles pointées, se mit à piétiner nerveusement la terre de ses sabots.

— Tu veux vraiment m'obliger à prononcer ces mots, n'est-ce pas, Shaw ?

— Eh bien, oui. Malgré ce qui s'est passé avant mon départ pour la Californie, tu n'avais pas le droit de me jeter à l'eau, l'autre jour.

— Vraiment ?

D'une voix durcie, il poursuivit :

— Est-ce à cause de ton père ? Tu m'en veux parce qu'on l'a jugé pour le meurtre de Laird ?

— Cela n'a rien à voir avec nos parents ou l'arrestation de Poppa. Je suis navrée pour Laird. Tu ne vas peut-être pas me croire, mais c'est la vérité. Non, si je suis en colère contre toi, c'est parce que... parce que...

— Crache le morceau !

Chinook, naseaux frémissants, caracolait sur la piste. Shaw tira sur les rênes pour lui rappeler qui était le maître.

— Enfin, Rebecca, dis-moi ce que tu as sur le cœur !

— Eve !

— Eve ?

D'un bond, il sauta à bas de sa monture et vint se planter devant elle.

— Quoi, Eve ? Tu m'en veux encore parce que je l'ai embrassée un soir de beuverie, il y a quatre ans ? D'ailleurs, c'est plutôt elle qui...

— Non ! C'est parce que Eve...

La voix de Rebecca se fêla. Shaw changea aussitôt d'attitude.

— Il est arrivé quelque chose à ta sœur ?

— On peut le dire !

Les rayons de lune se reflétaient dans les yeux de la jeune femme qui luisaient d'une manière étrange. Mais il y avait plus que de la colère en eux : une douleur infinie que Shaw percevait avec netteté.

— Je ne comprends rien à ce que tu racontes ! s'énerva-t-il.

— Eve a eu un bébé.

— Elle s'est mariée ? Je n'en savais rien...

— Elle a eu un bébé il y a trois ans. Un petit garçon. Ton fils, Shaw.

Shaw eut le souffle coupé. Puis il prit une profonde inspiration et, du pouce, repoussa en arrière son chapeau à large bord. Il jura doucement entre ses dents.

— Bon sang ! Ainsi, voilà de quoi il s'agit. Tu penses que...

— Ne songe pas à me berner avec tes mensonges ! Je sais que tu es le père. Toute ma famille le sait. Eve nous l'a dit. Tu l'as séduite, ensuite, tu l'as abandonnée alors qu'elle était enceinte !

Rebecca avait craché ces mots. Elle pleurait, à présent, le corps secoué de petits sanglots. Calmement, Shaw répondit :

— Ce n'est pas vrai.

— Je ne te crois pas ! Tu mens pour mieux te défiler. Je te déteste !

Tout à coup, elle se jeta sur lui, poings fermés, et il dut lui emprisonner les poignets pour ne pas recevoir une grêle de coups. De vrais coups, bien assenés, pas des tapes de fillette hystérique. C'est lui-même qui lui avait appris à se battre et aujourd'hui, endurcie et musclée par les rudes travaux, elle savait s'y prendre.

— Rebecca, arrête !

— Menteur !

— Je te dis d'arrêter !

Finalement, il n'eut d'autre choix que de la ceinturer et de l'écraser contre sa poitrine afin de l'empêcher de bouger. Hors d'elle, elle se débattit en silence, essayant de lui décocher des coups de pied de ses bottes ferrées.

— Écoute-moi. Ce n'est pas moi, je te le jure, chuchota-t-il, les lèvres dans ses cheveux.

— Je t'ai vu... je t'ai vu avec Eve !

— Tu m'as vu l'embrasser, c'est tout.

— Non, ce n'est pas tout ! Tu avais la main sous sa...

— D'accord, d'accord, j'avoue. J'étais ivre et elle était plus que consentante. Je l'ai un peu... tripotée, mais c'est tout.

Rebecca cessa de se démener et leva sur lui un regard anéanti.

— Ma sœur... Ma propre sœur, Shaw !

— Je ne peux pas être le père de son enfant. C'est impossible. Nous n'avons jamais... Bon sang, nous ne devrions pas être en train de discuter de telles choses !

Avec un soupir, il la saisit aux épaules et la tint à bout de bras pour la regarder droit dans les yeux.

— Eve est une jolie fille. Pourquoi me serais-je privé de l'embrasser si elle en manifestait le désir ? Tu m'avais fait clairement comprendre que je ne t'intéressais pas. Mais les choses n'ont pas été plus loin. J'avais trop bu, de toute manière, et elle...

— Oui, c'est une habitude chez toi. Même ce soir, il a fallu que tu t'enivres ! grinça-t-elle.

— Je ne suis pas saoul.

Il était peut-être un peu éméché en début de soirée, mais l'incendie lui avait rendu les idées claires. L'incendie et... cette terreur qui l'avait saisi quand il avait perdu Rebecca dans la fumée !

— Je ne suis pas un alcoolique, insista-t-il. J'ai juste pris une bière. Et même si je n'avais pas bu une goutte, j'aurais quand même rossé ce salopard de forgeron.

— Évidemment. Tu aimes te battre, comme tous les MacCade.

Il laissa retomber ses bras et recula d'un pas.

— Ainsi, nous en sommes arrivés là, murmura-t-il. À critiquer et insulter la famille de l'autre. Nous nous étions pourtant juré de ne jamais nous laisser entraîner dans ce conflit.

— *Nous* ? Ce mot ne signifie plus rien, Shaw. Mon père a failli jeter Eve à la rue quand il a appris qu'elle attendait un enfant. Le savais-tu ? T'en souciais-tu ? Elle a été déshonorée. Le moins que tu pouvais faire était de l'épouser après avoir obtenu d'elle ce que tu voulais...

— Tu ne m'écoutes donc pas ? Faut-il employer des mots plus crus pour te convaincre ? Je n'ai jamais couché avec ta sœur. Pas une seule fois.

Rebecca s'essuya les yeux du revers de la main.

— Et Libby Hurd ? J'imagine que tu n'as pas couché avec elle non plus ?

Shaw serra les dents. La chevelure de Rebecca sentait la fumée, mais il percevait toujours le parfum plus subtil qui émanait de son corps ; un parfum qui l'avait obsédé alors qu'il se trouvait à des milliers de kilomètres de là. Et, en cet instant, il la désirait encore. Il avait envie de la toucher, de l'embrasser, de sentir ses courbes douces sous ses mains...

— Tu ne vas pas nier, cette fois, hein ? le défia-t-elle.

— Le problème n'est pas ce qui s'est passé ou non entre Libby et moi. Libby Hurd est...

Il s'interrompit. Il n'aimait pas dire du mal d'une femme, même quand, de notoriété publique, celle-ci était de mœurs légères. En Californie, Libby aurait pu faire fortune dans les campements dressés un peu partout près des mines en vendant ses charmes qu'elle offrait pour rien dans le Missouri. Libby était une bonne nature, joyeuse et gourmande de la vie. Il n'allait pas lui jeter la pierre.

— Tu ne nies pas pour Libby et tu t'imagines que je vais te croire pour Eve !

Il soupira. Rebecca était une vraie furie quand elle s'y mettait ! Personne n'avait la caboche plus dure qu'elle. La dernière fois qu'il l'avait vue se mettre dans un tel état, c'était le jour où son père avait noyé une portée de louveteaux dans la rivière. Elle n'avait que seize ans, alors.

— Eve ne m'a jamais menti ! s'écria-t-elle. Je ne vois pas pourquoi elle l'aurait fait à ce moment-là, à propos du père de son enfant.

— Et moi ? T'ai-je jamais menti ?

— Je n'en sais rien. C'est bien le problème, Shaw. Je n'en sais rien.

— Alors, c'est un point qu'il nous faut éclaircir sans tarder, tu ne crois pas ? Où habite Eve ? Nous allons lui poser directement la question. Peut-être recouvrera-t-elle la mémoire ?

— C'est impossible. Plus rien ne la retenait ici. Elle est partie vivre à Saint Louis et travaille maintenant dans une blanchisserie. Cela fait deux ans que je ne l'ai pas vue.

— Et durant tout ce temps, tu as cru que…

— Son fils te ressemble, Shaw. Il a tes cheveux et tes yeux.

— Comme beaucoup de gamins ! Cela ne fait pas de moi son géniteur pour autant.

— Et elle lui a donné ton deuxième prénom : James. Elle l'appelle Jamie.

— Quand est-il né exactement ?

— Huit mois après ton départ. Peu de temps après… après la mort de ton frère, acheva-t-elle en se raidissant.

— Laird…

Sourcils froncés, Shaw réfléchit. Était-il possible qu'Eve ait folâtré avec Laird ? Ou avec Bruce ?

— Poppa a eu le cœur brisé, enchaîna-t-elle. Déjà, qu'Eve l'ait couvert de honte en se commettant avec un MacCade… Mais quand tu t'es enfui…

— Tu n'entends donc rien de ce que je te dis ?

Shaw s'efforça de maîtriser la colère qui le gagnait, de ne pas penser que, peut-être, la mort de Laird avait quelque chose à voir avec la grossesse d'Eve.

— Dans ma vie, j'ai commis nombre d'erreurs dont j'ai honte aujourd'hui, reprit-il. Mais séduire ta sœur et l'abandonner enceinte n'en fait pas partie.

— Alors, pourquoi m'aurait-elle affirmé le contraire ?

— Par rancœur, peut-être ? Ou pour protéger quelqu'un, le véritable père, par exemple. Comment le saurais-je ?

Sur ces mots, il saisit les rênes de Chinook, glissa le pied dans l'étrier et se jucha en selle.

— Pourquoi es-tu parti ? demanda encore Rebecca d'une voix presque inaudible.

— Monte et je te le dirai.

La jeune femme redressa fièrement la tête et le fusilla du regard.

— Je préférerais me jeter nue dans les flammes de l'enfer ! répliqua-t-elle.

7

— Ne sois pas stupide, voyons. Tu peux aussi bien te disputer avec moi à cheval. Il reste vingt kilomètres jusqu'à Angel Crossing.

— Je le sais parfaitement.

— Si tu as l'intention de râler durant tout le trajet, tu auras besoin de tes forces, non ?

Rebecca avait toujours été têtue comme une mule. C'était un de ses traits de caractère dominants.

Contre toute attente, elle lui tendit soudain la main.

— D'accord. Mais cela ne signifie pas que je gobe tes mensonges !

Il la hissa derrière lui et elle lui passa les bras autour de la taille.

— Je suis parti pour tout un tas de bonnes raisons, commença-t-il. Notre histoire était finie. Je voulais voir du pays, découvrir ce qu'il y avait de l'autre côté des collines, et aussi m'éloigner de mon père avant de me résigner à recevoir ses ordres comme Will ou Tom. J'ai toujours eu une nature indépendante, tu le sais, et Pa est un homme exigeant.

Rebecca ne répondit pas. Le dos bien droit, elle prenait soin de ne pas le toucher plus que nécessaire, mais son souffle tiède lui chatouillait la nuque et ses longues jambes étaient pressées contre les siennes. Il percevait la chaleur de son corps à travers la couche de vêtements qui les séparait et se surprit à regretter qu'elle ne soit pas assise devant lui… Il avait conscience du désir qu'elle éveillait chez lui. Mais il y avait autre chose. La sentir si proche l'excitait et, en même temps, l'emplissait d'une étrange appréhension. Puis ce fut la nostalgie qui l'envahit à la pensée de ce qui avait existé entre eux autrefois.

Il ne l'avait pas demandée en mariage quatre ans plus tôt et il n'oserait jamais lui avouer pourquoi.

D'une pression du genou, il mit Chinook au petit trot. Les mots lui manquaient pour expliquer ce qu'il éprouvait. Il n'avait jamais été très loquace quand il s'agissait de traduire ses sentiments.

— Tu es la personne qui me connaît le mieux au monde, reprit-il.

— Je croyais te connaître, mais peut-être me suis-je trompée ?

— Enfin, je t'ai confié des secrets que je n'ai jamais révélés à mes propres frères ! Pas même à Laird. Je n'ai jamais compris pourquoi tu avais rompu. Tu ne voulais plus que nous nous rencontrions en cachette, ni même que nous restions amis. Et tu refusais que nous devenions plus que cela.

— Tu sais très bien pourquoi.

— Non. Tu m'as brisé le cœur, Rebecca.

— Je ne souhaite pas en parler, répliqua-t-elle d'une voix durcie. C'était assez difficile à vivre la première fois.

— Vraiment ?

Il se souvenait de ce jour comme si c'était hier. Il l'avait embrassée et, tout à coup, tout s'était écroulé.

— Inutile de revenir là-dessus, articula-t-elle. Tu es un MacCade et je suis une Raeburn. Rien ne changera jamais cela. Ton père me considérera toujours comme la fille du meurtrier de Laird.

— Tu m'as affirmé que ton père n'y était pour rien.

— Bien sûr, mais personne ne le croit, excepté les Raeburn. Il y a eu trop de sang versé entre nos familles. Celui de ton frère, celui de ton oncle Robert, et tous les autres si l'on remonte à l'époque où nos ancêtres vivaient dans les montagnes d'Écosse. Et puis... il n'y avait pas que cela, reconnut-elle avec un soupir désolé.

— Quoi d'autre ?

— Nous sommes différents, Shaw. Tu sais combien j'aime Angel Crossing. J'aime la paix et une certaine tranquillité. J'aime dormir dans le même lit chaque nuit et voir le soleil se lever sur la même colline le matin. J'aime planter des rosiers et des pommiers en sachant que je serai là pour en sentir le parfum et en cueillir les fruits. Je n'ai que faire des vastes territoires inconnus qui restent à explorer de par le monde. Tu l'as dit toi-même : tu n'es pas du style à te ranger, à prendre femme pour lui faire une nichée de marmots.

Ces paroles frappèrent Shaw en plein cœur. Il les avait prononcées jadis en toute sincérité. À présent, il ne savait plus pourquoi. Il prenait aujourd'hui la mesure de ce qui avait été à sa portée et qu'il avait irrémédiablement perdu. Ce bilan lui laissait un goût amer dans la bouche.

Il était parti dans l'Ouest en quête d'or, alors que le plus beau trésor du monde se trouvait ici, chez lui, dans le Missouri.

— Les Raeburn et les MacCade ! murmura-t-il avec dérision pour juguler l'émotion qui montait en lui. Ils se sont toujours haïs, mais nous nous étions promis de ne pas tomber dans le piège. Nous étions amis et nous nous étions juré que nos familles ne réussiraient pas à se dresser entre nous.

— Ce n'est pourtant pas faute d'avoir essayé !

Shaw hocha la tête. Il portait encore les cicatrices des coups de ceinture que lui avait donnés son père quand il l'avait surpris en compagnie de Rebecca. Mais plus les coups pleuvaient, plus sa résolution grandissait : non, rien ni personne ne les séparerait.

— Nous étions tous deux de sacrées têtes de mules ! convint Rebecca.

— Et je n'ai pas changé. Tu sais, je n'aurai de cesse de retrouver l'assassin de mon frère. En même temps, je peux essayer de découvrir qui est le père de Jamie.

— J'en serais ravie. Mais la logique me dit que c'est toi et personne d'autre.

D'un geste impulsif, il saisit la main de la jeune femme et s'émerveilla de sentir la force de ses doigts minces. Rebecca n'était pas une faible femme. Elle avait de la poigne. Ses paumes étaient calleuses à force de manœuvrer le bac sur la rivière depuis tant d'années.

— Tu as de bonnes raisons de me soupçonner, reconnut-il. Cependant, tu sais que je ne suis pas un menteur. Je n'ai pas conçu cet enfant. Me donnes-tu une chance de te le prouver, en souvenir de tout ce que nous avons partagé ?

— D'accord... je veux bien essayer, souffla-t-elle à contrecœur.

Ils parcoururent quelques kilomètres en silence avant d'entendre derrière eux le raclement des roues d'un chariot sur la piste.

— Tu as peur qu'on te voie avec moi ? lui demanda Shaw.

— Je ne sais pas... Non... Enfin, inutile de jeter de l'huile sur le feu, n'est-ce pas ? Regarde là-bas, ajouta-t-elle en désignant un petit bois en contrebas de la route. Il y a une source. Tu pourras y abreuver ton cheval et le laisser se reposer un peu. Il porte quand même double charge.

— Bon, très bien.

D'un claquement de langue, Shaw lança Chinook au trot et le dirigea vers le bois. Ils atteignirent le couvert des arbres et attendirent que le chariot les dépasse.

— Satisfaite ?

L'étalon, qui avait senti l'eau toute proche, souffla bruyamment par les naseaux. Shaw le conduisit jusque dans la petite clairière abritée où jaillissait la source. L'eau formait une mare étincelante bordée d'une plage de sable fin.

Rebecca se laissa glisser à terre et alla s'agenouiller sur la rive pour boire dans le creux de sa main. Shaw l'imita.

— Mon père va avoir une attaque quand il saura que je suis rentrée avec toi, fit-elle remarquer.

— Ne pouvons-nous éviter de parler d'eux ? Rien qu'un moment, je t'en prie... Ne pouvons-nous oublier nos familles et redevenir les amis que nous étions ?

— Tu m'en demandes beaucoup !

Après s'être aspergé le visage d'eau fraîche, Rebecca alla s'asseoir sur un rocher plat. Shaw fit la grimace.

— Voilà comment tu me remercies de t'avoir sauvé la vie !

— Si tu étais un vrai gentleman, tu ne reviendrais pas sur...

— Je n'ai jamais prétendu être bien élevé !

Il lâcha les rênes de Chinook et vint s'installer près de la jeune femme qui, aussitôt, s'écarta.

— Eh ! je ne mords pas.

— Mais moi, peut-être.

Ils éclatèrent de rire et l'atmosphère se détendit sensiblement. Paisible, Chinook se mit à brouter l'herbe qui poussait entre les pierres.

— Tu ne crains pas qu'il s'effraie et se sauve ?

— Non. Les appaloosas sont différents des autres chevaux. Les Nez Percés pensent qu'ils sont en partie humains. Chinook aurait plongé au cœur de l'incendie si je l'avais sifflé tout à l'heure. Les Indiens les élèvent comme des enfants, ils admettent même les poulains dans leurs tipis.

— J'ai entendu parler de ces chevaux. On dit que les Indiens refusent de s'en séparer, qu'ils ne les vendraient pour rien au monde.

— C'est vrai, en général. Mais j'ai sauvé une jeune squaw que trois trappeurs voulaient malmener. Elle s'appelait... Ah ! Je suis incapable de prononcer son nom correctement, mais il signifie « Première Neige »…

Alors qu'il parlait, sa main frôla celle de Rebecca qui tressaillit et se rejeta en arrière comme s'il l'avait brûlée. Shaw laissa échapper un petit rire.

— C'est moi qui t'effarouche, on dirait. Tu n'as pas peur d'être seule avec moi, quand même ?

— Pourquoi, je devrais ?

— Probablement.

— Parle-moi de cette squaw. Était-elle jolie ?

— Comme un cœur. Des yeux noirs comme des mûres et des cheveux de jais. Mais inutile d'être jalouse, elle n'avait pas plus de dix ou onze ans.

— Oh… une gamine.

— Oui. On dit que les montagnards sont de vrais durs à cuire. Ces trappeurs-là étaient juste trois salauds de la pire espèce. Ils sont tombés sur Première Neige alors qu'elle cherchait des fagots avec sa grand-mère. Ils ont tué la vieille squaw et ont capturé la petite, histoire de s'amuser un peu avec elle…

Il s'interrompit. Inutile d'en dire plus, Rebecca avait saisi. Elle le comprenait toujours à demi-mot, de toute façon.

— Bref, je suis intervenu avant que ces fumiers n'aient eu le temps de lui faire du mal, enchaîna-t-il. J'ai tâché de les convaincre qu'ils avaient intérêt à la relâcher.

— Et alors ? Ils l'ont fait ?

Il haussa les épaules.

— Je lui ai donné un de leurs chevaux comme monture et un fusil chargé. Je la raccompagnai chez elle quand une douzaine de guerriers de la tribu nous ont soudain encerclés. Le père de Première Neige montait Chinook. Pendant une minute ou deux, j'ai bien cru que je ne vivrais pas assez longtemps pour leur raconter ce qui s'était passé ! Mais Première Neige a gardé la tête froide. Elle a expliqué à son père où se trouvaient les corps des trappeurs et…

— Tu les as tués ? Tous les trois ?

— Je leur avais laissé la possibilité de partir. Je ne savais pas encore qu'ils avaient tué la vieille squaw. Mais ils ont voulu me tirer dessus... Les Nez Percés ont estimé qu'ils avaient une dette d'honneur envers moi. Ils ont absolument tenu à me donner Chinook, ainsi que l'une de leurs plus belles juments.

— Chinook est un cheval magnifique.

— Il est bien plus que cela. C'est mon ami. Je sais que je peux compter sur lui, quoi qu'il advienne.

Shaw avait saisi un petit caillou qu'il retourna entre ses doigts et finit par lancer dans la mare dont la surface se troubla de cercles concentriques.

— C'est ainsi que je te voyais autrefois, murmura doucement Rebecca. Comme un homme droit et courageux.

Il releva la tête et, cette fois, ne put résister à la tentation. Oubliant toute prudence, il glissa un bras autour de sa taille et chercha sa bouche.

— Shaw ! Non...

Son baiser la réduisit au silence et, bientôt, elle fut incapable de lui résister. Elle aurait dû le repousser, protester, fuir... Pourtant, yeux clos, elle lui rendit son baiser avec fougue. Sa bouche avait un goût de miel. Ses bras qui l'emprisonnaient lui procuraient une délicieuse sensation de chaleur.

Cela ne ressemblait en rien à leur tout premier baiser qui l'avait à la fois terrifiée et émoustillée, et lui avait fait comprendre que l'enfance était bel et bien terminée. Ce baiser-ci lui semblait parfaitement naturel, comme si sa place en ce monde se trouvait là, contre la poitrine de Shaw.

Sa veste en daim était douce sous ses paumes. Sans y penser, elle noua les bras autour de son cou pour l'attirer plus près. Une joie vibrante l'envahissait. Elle entrouvrit les lèvres et sa langue rencontra la sienne. La sensation grisante lui donna presque le tournis. Elle était incapable de réfléchir, d'anticiper sur le moment présent. Tête inclinée, elle buvait son souffle à la saveur épicée, à l'écoute des réactions incroyables de son propre corps.

Les doigts de Shaw s'emmêlèrent dans ses cheveux tandis qu'il chuchotait son prénom. Les épingles tombèrent une à une et les épaisses mèches croulèrent sur ses épaules sans qu'elle s'en soucie.

Doucement, il la repoussa contre le rocher plat et ses lèvres abandonnèrent les siennes pour butiner la base de sa gorge.

— Rebecca… Rebecca…

La jeune femme était parcourue de frissons. Elle se sentait aussi vulnérable que si un tourbillon furieux l'avait emportée dans le lit de la rivière. Comment un homme pouvait-il se montrer aussi dur et tendre à la fois ? Elle sentait contre sa peau le picotement de sa barbe naissante et la pression de sa bouche, alors que ses mains couraient sur elle, tour à tour légères et pesantes.

De nouveau, il murmura son nom, puis lui saisit le menton et lui suça la lèvre inférieure, avant de dessiner le contour de sa bouche du bout de la langue.

Frémissante de plaisir, Rebecca ouvrit enfin les yeux et se redressa.

— Shaw… Il ne faut pas…

Il la libéra si brusquement qu'elle en fut stupéfaite. De longues secondes s'écoulèrent, durant lesquelles elle chercha des mots qui ne venaient pas. Gagnée par une intolérable sensation de frustration, elle plaqua la main contre ses lèvres tremblantes.

— Je suis… désolée ! balbutia-t-elle.

— Désolée de m'avoir embrassé ? Ou désolée d'avoir arrêté ?

Elle prit une profonde inspiration, puis avoua honnêtement :

— Les deux, je crois.

— Je n'avais pas l'intention de t'embrasser.

Il se leva, ramassa son chapeau et s'approcha de Chinook. Rebecca cilla pour retenir les larmes brûlantes qui s'accumulaient sous ses paupières.

— Je sais, dit-elle. C'est autant ma faute que la tienne.

Les pensées se bousculaient dans son esprit en déroute. Était-ce ainsi que les choses s'étaient passées entre Shaw et Eve ? Avaient-ils échangé un baiser qui avait brouillé leur sens de la morale et déclenché une passion aussi dévorante qu'incontrôlable ?

Lui avait-il menti ?

Les rênes de Chinook dans la main, Shaw pivota face à elle.

— Viens, je te ramène chez toi, dit-il avec rudesse.

Et, comme elle hésitait, il s'écria :

— Dépêche-toi ! Sinon, je ne réponds plus de rien…

Rebecca faillit répliquer vivement, mais le bon sens l'en empêcha. Elle se leva, tandis que Shaw enfourchait l'étalon d'un mouvement souple, puis, à son tour, elle se jucha derrière la selle. D'un coup de poing, Shaw enfonça son chapeau sur son front.

— Tiens-toi bien, lui intima-t-il. Il va falloir galoper si tu veux être rentrée chez toi avant l'aube.

— Je devais passer la nuit à Eden Spring.

— Peut-être, mais si tu restes avec moi jusqu'à demain matin, cela ne va pas arranger ta réputation.

— Elle est déjà ruinée, de toute façon, marmonna Rebecca.

Un claquement de langue et Chinook bondit en avant. Secouée, Rebecca se raccrocha à la taille de Shaw. Elle avait la bouche sèche et son cœur battait encore follement. Elle avait toujours tant à dire et tellement de questions à poser…

Avait-elle trahi Eve en embrassant Shaw ? Ou était-ce l'inverse qui s'était produit ? Si c'était sa sœur qui avait menti et non Shaw… Et même s'il n'était pas le père de Jamie, comment avait-elle pu lui permettre de prendre de telles privautés quand il était un MacCade ?

— Attention aux basses branches, prévint Shaw comme ils sortaient de la clairière.

À cet instant, une chouette au vol pesant glissa silencieusement devant eux. Surpris, Chinook se cabra légèrement.

— Oh là, mon vieux ! l'apaisa Shaw. Tout va...

Un coup de feu claqua dans la nuit et une pluie de morceaux d'écorce leur tomba sur la tête. Rebecca poussa un cri quand l'étalon se dressa sur ses postérieurs en faisant un bond de côté. Elle faillit être désarçonnée et se cramponna à Shaw. Une seconde détonation retentit presque aussitôt.

Shaw, couché sur l'encolure, empoigna l'avant-bras de Rebecca.

— Descends ! lui cria-t-il.

Puis il saisit son fusil accroché à la selle avant de se laisser glisser à terre à son tour. Accroupi à côté de Rebecca, il émit un sifflement stridulant qui envoya Chinook au galop à travers le bois.

— Ça va ? souffla-t-il.

— Oui.

Courbée en avant, elle gagna un gros cornouiller et se mit à l'abri derrière le tronc.

— Ne bouge pas de là ! lui intima Shaw qui se mit à ramper dans les buissons.

Il atteignit un endroit d'où l'on avait une bonne vue sur la clairière et les bois environnants. Aux alentours, rien ne bougeait. Il n'entendait que le bruit de sa propre respiration et les craquements des branches dans le vent.

Plusieurs minutes se passèrent. Il priait pour que Rebecca lui obéisse et se tienne tranquille. Il fallait obliger le tireur à se montrer. Mais une bonne demiheure plus tard, à bout de patience, il se glissa de nouveau vers le cornouiller.

— Rebecca ?

— Je suis là !

Il leva la tête et l'aperçut, assise sur la branche d'un arbre voisin sur lequel il ne l'avait pas entendue grimper.

— Tu ferais une bonne Indienne, la complimenta-t-il.

— Ils sont partis ?

— Je crois. Reste ici, je vais inspecter les parages. Si jamais tu entends des coups de feu, retourne sur la piste et rentre avec Chinook.

— Je ne vais pas t'abandonner ici !

— Il n'y a pas trente-six solutions. Soit je prendrai le cheval du tireur, soit je n'en aurai plus besoin.

— Mais... s'ils sont plusieurs, Shaw ?

— Les ennemis en surnombre ne m'ont jamais fait peur, rétorqua-t-il avant de s'enfoncer dans l'obscurité.

La lune était basse sur l'horizon quand il rejoignit enfin Rebecca. Assise sur un rocher, elle tenait par la bride l'étalon qui broutait tranquillement.

— Qui que soient ces types, ils sont partis, annonça-t-il.

— Tes nuits sont-elles toutes aussi trépidantes ? s'enquit la jeune femme qui s'était levée et se massait le creux des reins.

— Certaines.

Cette fois, il la fit monter devant lui, au cas où ils seraient surpris dans une autre embuscade chemin faisant. Il ne voulait surtout pas qu'elle prenne une balle qui lui serait destinée.

— Qui a bien pu nous tirer dessus ? demanda-t-elle d'une voix lasse, presque enfantine, qui rappela à Shaw leurs jeunes années.

— Tu as le choix : ta famille ou la mienne.

— Un de mes frères ? Mon oncle ? Non, ils ne courraient jamais le risque de me blesser.

— Peut-être était-ce ce grand Suédois qui s'est entiché de toi ? suggéra-t-il avec un ricanement.

— Jorgan n'est pas quelqu'un de violent. De plus, je l'ai déjà vu tirer et je t'assure qu'il serait incapable de toucher un éléphant dans un couloir !

— Justement, notre mystérieux tireur nous a ratés. En tout cas, je sais maintenant que quelqu'un aimerait me voir manger les pissenlits par la racine.

— À moins qu'on ait juste voulu nous faire peur ?

— Un avertissement ?

Shaw soupesa mentalement l'hypothèse. Ce n'était pas impossible. Peut-être n'en voulait-on pas vraiment à leur vie. Mais dans le doute…

— Tu as un sacré sang-froid, fit-il remarquer. La plupart des femmes se seraient mises à hurler. Je suis fier de toi.

— J'avais peur, avoua-t-elle en se serrant contre lui.

— Bon. Qu'allons-nous faire maintenant ?

— Je croyais que tu voulais me raccompagner à la maison ?

— Ne fais pas semblant de ne pas comprendre.

Elle soupira :

— C'est compliqué, Shaw…

— Je vois. Tu penses toujours que j'ai séduit ta sœur.

— Je ne sais pas vraiment quoi penser… à propos de ce qui s'est passé ce soir et…

— Une chose est sûre : rien ne sera jamais plus pareil entre nous. Ce baiser a tout changé, Rebecca.

— Non, non ! J'étais sous le choc de l'incendie, tu avais bu… Cela ne signifie rien.

Shaw avait un mal fou à ne pas l'écraser entre ses bras et enfouir son visage dans ses mèches soyeuses. Il avait envie de faire remonter ses mains sur ses seins, de la jeter à terre et de lui faire l'amour follement, passionnément. Et tant pis si elle était une Raeburn et si le prix à payer était une balle dans la peau ! Il ne songeait qu'à embrasser sa bouche pulpeuse, encore et encore.

Et elle aussi le désirait.

Pourtant, elle avait raison : la situation était compliquée. Non seulement il devait lui prouver qu'il n'avait pas séduit sa sœur mais, en plus, il lui fallait débusquer le meurtrier de Laird. Et voilà qu'on venait justement de le prendre pour cible !

Il pointa l'index vers l'horizon :

— Angel Crossing est juste derrière cette colline. Je vais te déposer là-bas et ensuite…

— Non, je vais finir la route à pied. La nuit a été suffisamment éprouvante. Tu ne dois pas t'approcher de la maison. Poppa pourrait te voir et te tirer dessus.

— Il en serait bien capable ! reconnut Shaw avec un rire bref.

— Il faut le comprendre. Il est déjà persuadé que tu as déshonoré Eve. Il ne va pas rester sans rien faire si tu recommences avec moi.

— Tu crois que c'est mon intention ?

— Ce que je crois ne change rien, Shaw. Rentre chez toi. Et laisse-moi le temps de faire le tri dans mes pensées.

— Tu penses que j'ai peur de me retrouver face à ton père ?

— Mais non ! Écoute, les miens ne m'attendent pas ce soir. Ils seront tous endormis. Si tu arrives sur ton cheval, les chiens vont aboyer comme des fous et tout le monde bondira du lit pour voir ce qui se passe. Et ensuite…

— Bon, très bien, capitula-t-il en mettant pied à terre. J'imagine que tu ne vas pas m'embrasser pour me souhaiter bonne nuit ?

— Perspicace ! le complimenta-t-elle en souriant.

— Prends soin de toi, Rebecca. Je vais te suivre jusqu'à la barrière.

— Ne t'inquiète pas, Shaw.

Un long moment, il la regarda s'éloigner en direction du ranch. Une peur insidieuse lui nouait les entrailles. Aurait-il l'occasion de la reprendre dans ses bras un jour ? Ou leur histoire s'achevait-elle là ?

Fataliste, il remonta en selle et, penché sur l'encolure de Chinook, murmura :

— Bah ! Qu'importe... On dit qu'un homme voué à la pendaison ne se noiera jamais, n'est-ce pas, mon vieux ?

Et avec un rire désabusé, il lança sa monture à travers la prairie.

8

Shaw rejoignit Rebecca et l'accompagna jusqu'à la grande barrière.

— Tout ira bien, assura Rebecca. Personne ne me tirera dessus chez moi.

Elle voulait s'éloigner de lui le plus vite possible, avant qu'il ne tente de nouveau de l'embrasser. Elle n'avait pas confiance en elle. Et puis, elle avait besoin de réfléchir et c'était impossible tant qu'il était près d'elle.

Après une hésitation, Shaw murmura :

— Tout à l'heure, quand nous avons échappé à ces coups de feu… je crois que tu avais raison. Le tireur a visé haut. On voulait simplement nous effrayer.

— Mais qui ?

Rebecca était fatiguée et la migraine lui martelait les tempes. Bientôt, il ferait jour et elle devrait se lever pour vaquer à ses occupations quotidiennes si elle ne voulait pas éveiller les soupçons. Mais comment se comporter comme si de rien n'était quand Shaw venait de bouleverser son existence ?

— Il me serait facile de prétendre qu'il s'agit d'un de tes frères, reprit-il. En réalité, ce pourrait tout autant être l'un des miens. Bruce et Ewen savaient que j'avais l'intention de te ramener chez toi. Ils auraient pu couper à travers champs et nous rattraper.

— Tu penses qu'ils en seraient capables ?

— Bon sang, je n'en sais rien ! Ewen n'a pas digéré la mort de Laird.

— Et toi ?

— Inutile d'en parler. Tu sais très bien ce que j'ai ressenti.

Oh oui, elle le savait ! Shaw n'était pas du genre à crier sur les toits ce qu'il avait l'intention de faire, mais jamais il n'oubliait un coup fourré. Si un Raeburn était coupable...

Atterrée, elle secoua la tête. Mieux valait ne pas penser à la réaction de Shaw s'il mettait la main sur l'assassin de son frère.

Celui-ci lui effleura le bras de la main et elle sentit son cœur manquer un battement. Pour l'heure, elle ne songeait qu'au bien-être infini éprouvé entre ses bras, à la douceur de ses lèvres sur les siennes, au contact de ses muscles durs contre son corps.

— Le pire reste à venir, Rebecca, dit-il pensivement. Plusieurs incendies se sont déclarés spontanément chez nous. Le bétail a été dispersé. Et la semaine dernière, quelqu'un a percé un trou dans la barque de mon père. Préviens les tiens. S'ils sont surpris en train de rôder sur nos terres, ils n'auront peut-être qu'une balle dans la peau en guise d'avertissement.

Rebecca se raidit, sur la défensive.

— Tu crois qu'un Raeburn se livre à ces actes de vandalisme ? Ce pourrait être n'importe qui ! Même des esclavagistes. Ton père ne cache pas ses opinions abolitionnistes. J'ai entendu dire qu'il avait chassé deux négriers de la taverne au début du printemps. D'après Welsh, ils se sont plaints en ville qu'ils ne pouvaient même pas se payer une chopine chez les MacCade.

— C'est possible. Mais Pa pousse Will à présenter sa candidature au poste de shérif. Et il a engagé un autre avocat pour porter de nouveau plainte contre ton père. Il veut récupérer Angel Crossing, et aussi percevoir un dédommagement sur les bénéfices du bac.

— Quoi ? Mais cela fait presque trente ans ! Il doit être fou s'il…

— Pa n'est pas fou ! Il peut être mauvais comme une teigne, mais il est assez malin pour savoir que s'il s'obstine à intenter procès sur procès, il tombera un jour sur un juge plus bienveillant que les autres à son égard. Quant à Will, il est à la botte de Pa. S'il est élu shérif, il s'arrangera certainement pour rendre la vie difficile aux Raeburn. Quand il a quelque chose en tête, Pa n'est pas du genre à lâcher le morceau. Je devais te mettre au courant de tout cela, Rebecca. Je ne veux pas de secrets entre nous, conclut-il.

Durant un long moment, il la considéra avec une telle intensité qu'elle sentit ses paumes devenir moites. Finalement, il hocha la tête et frôla du doigt le bord de son chapeau.

— Bonne nuit, Shaw. Et encore merci de m'avoir arrachée à cet incendie.

— Au revoir, Rebecca.

Rebecca savait qu'elle trouverait la porte fermée, aussi se rendit-elle directement dans l'écurie. Là, elle dénicha une couverture dans la sellerie, et alla s'installer dans le grenier à foin. Ses pensées étaient si confuses qu'elle était sûre de ne pas trouver le sommeil. Cependant, l'épuisement eut vite raison d'elle.

Elle s'éveilla en sursaut, juste après le lever du soleil, descendit l'échelle et attendit que Pilar aille chercher les œufs dans le poulailler pour se glisser dans la cuisine et gagner rapidement sa chambre.

Un peu plus tard, rafraîchie par un brin de toilette et changée, elle tomba sur son père qui l'attendait dans le vestibule. À son côté, deux chiennes, la langue pendante, la saluèrent en remuant la queue.

— Bonjour, Poppa ! lança-t-elle d'un ton léger.

Un coup d'œil au visage fermé de Campbell suffit à lui faire comprendre que sa ruse n'avait pas marché.

— J'attends tes explications. Cela ne te suffit pas que ta sœur se soit conduite comme une putain ? Tu veux suivre le même chemin ?

Rebecca rougit jusqu'aux oreilles.

— Ce n'est pas ce que tu crois, Poppa. Shaw...

— Non ! tonna-t-il. Je t'interdis de prononcer le nom de ce démon sous mon toit !

Une veine palpitait sur son front écarlate et il frémissait d'une rage prête à se déchaîner d'un instant à l'autre.

— Tu ne comprends pas...

La protestation de Rebecca mourut sur ses lèvres au moment où son père levait la main pour la gifler. Incapable d'esquisser le moindre mouvement, elle le fixa avec incrédulité. Même au comble de la fureur, Poppa n'avait jamais levé la main sur elle depuis ses onze ans.

— Monte dans ta chambre, ordonna-t-il d'une voix sourde. Si tu restes ici, je ne sais pas ce que je...

Sa voix se fêla soudain et des larmes brillèrent dans ses yeux. Il laissa retomber son bras.

— C'en est assez, ma fille. Je tuerai Shaw MacCade de mes propres mains plutôt que de le laisser flétrir ton honneur.

— Tu te trompes, Poppa. Il y a eu un incendie au moulin et...

— Vous en avez tous deux assez dit ! lança oncle Quinn qui venait de s'interposer entre eux.

— Je ne vais pas laisser ma fille tomber dans la déchéance comme...

— Je n'ai rien fait de mal ! plaida Rebecca.

Son père se borna à émettre un grognement avant de tourner les talons et de disparaître. La chienne Molly s'avança vers Rebecca pour lui effleurer le genou de sa truffe. Rebecca s'agenouilla et enfouit son nez dans le pelage de l'animal.

— Tu joues avec le feu, ma nièce, déclara oncle Quinn en la prenant doucement par le bras pour l'obliger à se relever. Tu connais pourtant les MacCade. Tu vas briser le cœur de ton pauvre père si tu continues comme ça.

— Shaw a risqué sa vie pour sauver la mienne. Il m'a raccompagnée à la maison, c'est tout.

Oncle Quinn plissa ses yeux gris acier et Rebecca ne put s'empêcher de frissonner. Son oncle s'était toujours montré patient avec elle, il n'avait même jamais élevé la voix, alors qu'il ne se privait pas de le faire avec ses frères. Mais l'enfance de Rebecca avait été bercée d'histoires terribles où son oncle n'avait pas le beau rôle. Elle savait qu'il n'hésiterait pas à agir si jamais la situation s'envenimait entre les Raeburn et les MacCade.

— Méfie-toi, Rebecca. Souviens-toi de ce que Shaw a fait à ta sœur. Souviens-toi que c'est à cause de lui qu'Eve est partie à Saint Louis. Non, ne m'interromps pas ! Tu crois peut-être que je ne suis pas au courant de tes escapades, quand tu te faufilais dehors pour rejoindre ce garçon alors que tu étais à peine en âge de tenir sur un cheval ?

— Nous étions des enfants… des camarades…

— Ce n'est plus pareil aujourd'hui. Il ne peut y avoir d'amitié entre un homme et une femme qui ne sont pas apparentés. Si tu tiens à Shaw, débrouille-toi pour ne pas être responsable de sa mort.

Un petit muscle tressautait près de la paupière d'oncle Quinn. Son regard semblait transpercer Rebecca jusqu'au tréfonds. Un terrible soupçon naquit en elle. Se pouvait-il qu'oncle Quinn ait tué Laird MacCade à cause d'Eve ?

— J'ai vu ta mère s'enticher de Robert MacCade, poursuivit-il, alors que ton père l'aimait depuis qu'ils étaient enfants. Mais Margaret n'en démordait pas, elle voulait son Robert qui était aussi diabolique que son frère Murdoch. Elle a défié les siens en l'épousant envers et contre tous, et regarde ce qui est arrivé…

Rebecca tressaillit, tandis qu'une sensation de froid la paralysait. En cet instant, elle sut, aussi certainement qu'elle savait que le soleil se lèverait le lendemain matin, que c'était bien oncle Quinn qui leur avait tiré dessus cette nuit. Il n'avait pas voulu les atteindre, bien entendu. Sinon, tous deux seraient morts à l'heure qu'il était. Il s'agissait seulement d'un coup de semonce.

— J'ai chassé l'ours avec Robert MacCade, continua-t-il. Et nous étions aussi compagnons de beuverie, avant que je ne renonce définitivement à l'alcool. Quand il avait bu, Robert était le diable en personne.

Stupéfaite, Rebecca écoutait de toutes ses oreilles. Il arrivait rarement qu'oncle Quinn prononce autant de mots d'affilée ; et encore plus rarement qu'il évoque sa belle-sœur Margaret.

— Un soir, Robert MacCade a battu ta mère, si sauvagement qu'elle a failli perdre un œil et a fait une fausse couche. Elle attendait des jumeaux. Ton père l'a trouvée près du bac, effondrée dans une mare de sang. S'il ne l'avait pas ramenée à la maison, elle serait morte. Ensuite, c'est moi qui ai empêché ton père d'aller trouver Robert pour le tuer de ses propres mains.

Rebecca était devenue livide. Elle recula contre le pilier à la base de l'escalier et souffla :

— Personne ne me l'avait jamais dit…

— Tu n'avais pas besoin de le savoir… jusqu'à aujourd'hui. Une semaine plus tard, Robert avait cuvé son vin et il est venu chercher ta mère. Il pleurait, il disait qu'il était désolé, qu'il ne pouvait vivre sans elle. Il jurait que plus jamais il ne boirait une goutte d'alcool. Et elle est repartie avec lui. Mais il y a une justice sur cette terre, car deux semaines plus tard, il s'est noyé. Depuis, les MacCade sont persuadés qu'elle l'a tué pour s'approprier Angel Crossing.

— Mais… c'était un accident, n'est-ce pas ? Grandma m'a dit qu'il avait glissé du bac.

— Ils étaient seuls, ce matin-là. La rivière était haute et il tombait des cordes. Personne ne sait ce qui s'est vraiment passé, sauf Margaret, Robert et le Tout-Puissant.

Machinalement, Rebecca caressa la tête de Molly assise à ses pieds.

— Tu ne penses tout de même pas que ma mère aurait...

— Ce n'étaient pas mes affaires! coupa oncle Quinn. Quoi qu'il en soit, Robert MacCade n'a eu que ce qu'il méritait. C'était une époque terrible, Rebecca. Terrible! Murdoch et Robert étaient unis comme les deux doigts de la main. Voilà pourquoi Murdoch a juré qu'il se vengerait, coûte que coûte.

— Poppa n'aurait jamais épousé maman s'il l'avait soupçonnée d'avoir tué Robert. Tu le connais.

— Oh oui! Mais même s'il a finalement obtenu la femme qu'il voulait, il a été trompé. Une partie de Margaret est morte avec Robert MacCade. Campbell n'a eu qu'une coquille vide. Elle l'a épousé, a élevé ses enfants, mais elle ne l'a jamais aimé comme elle aimait Robert. Campbell est devenu propriétaire du bac et d'Angel Crossing, mais cela n'a jamais remplacé l'amour de ta mère.

— Poppa ne m'a jamais dit...

— Quand ta mère est morte, tu étais trop jeune pour comprendre ce qui se passait entre eux. Écoute-moi bien, Rebecca. Mon frère ne plaisante pas quand il dit qu'il ne te laissera pas suivre les traces d'Eve.

Rebecca eut un mouvement d'humeur.

— Il prétend qu'Eve est une putain. Ce n'est pas vrai!

Le chagrin assombrit soudain le regard de son oncle qui répliqua :

— Chérie, à l'automne dernier, quand je me suis rendu à Saint Louis pour acheter cette grosse poulie en fer... j'ai vu Eve sortir de la maison d'Adeline Fleur. Une maison où aucune femme honnête ne mettrait jamais les pieds.

— C'est sûrement une méprise... Eve travaille dans une blanchisserie. Elle me l'a dit dans ses lettres. Elle doit s'occuper du linge des clients, ce qui explique que tu...

La bouche d'oncle Quinn se plissa en un rictus de dégoût.

— Eve était ivre ! Elle était pendue au bras d'un muletier et portait une robe... Écoute, je n'ai jamais prétendu être un saint, je sais reconnaître une prostituée quand j'en vois une. Eve n'existe plus pour nous. Elle a sombré dans la débauche. À cause de Shaw MacCade. Ne t'avise pas de l'oublier !

Lorsque la cloche de l'embarcadère sonna pour avertir que quelqu'un voulait traverser, Rebecca alla chercher le passager, puis revint accoster au ponton où l'attendait Noah. Son frère demeura silencieux jusqu'à ce que le voyageur, une fois son transfert payé, s'éloigne à grands pas.

Rebecca comprit que Noah voulait lui dire quelque chose.

— Que se passe-t-il ?

Souriant, il tira de sa poche un objet qu'il lui présenta fièrement.

— Noah trouvé. À toi !

Dans sa large paume reposait la pointe de flèche en quartz rose que Rebecca avait récemment jetée par la fenêtre de sa chambre.

— Merci, dit-elle simplement en saisissant l'objet.

Rayonnant, Noah se mit à danser d'un pied sur l'autre. Elle l'embrassa. Elle ignorait comment il avait retrouvé son trésor, mais elle y voyait un signe du destin.

— Tu veux bien attacher les amarres ? le pria-t-elle. Merci beaucoup.

Tandis qu'il s'empressait d'accéder à sa requête, elle songea, comme souvent, que Noah était beaucoup plus malin qu'il n'y paraissait à première vue. Même s'il s'exprimait de manière aussi maladroite qu'un gamin de quatre ans, il se montrait d'une grande sensibilité, en particulier avec les animaux blessés ou malades. Il montait à cheval, pêchait et chassait comme n'importe quel adolescent de son âge. Et bien qu'il aimât s'isoler dans la prairie ou les collines, où il s'attardait souvent des heures durant, jamais il ne se perdait.

— Que ferions-nous sans toi ? murmura-t-elle en glissant la pointe de flèche dans la poche de sa jupe.

Elle lui donna encore quelques instructions, puis rentra pour se mettre à la recherche de sa grand-mère qu'elle trouva dans la salle à manger, en train de servir le café au voyageur qui avait passé la nuit chez eux.

— Je vais t'aider, lui proposa Rebecca qui s'emparait déjà du pot.

Quand le client eut terminé son petit déjeuner, réglé sa nuitée et pris congé, Grandma enveloppa Rebecca d'un regard interrogateur.

— Tu veux en discuter ? demanda-t-elle.

Sans attendre la réponse, elle passa dans le salon qui servait seulement pour les travaux de couture ou pour recevoir les hôtes de marque. Rebecca referma la porte derrière elle. Pilar travaillait à Angel Crossing depuis des années, mais son plus grand plaisir consistait à colporter les derniers cancans d'une maison à l'autre. Et Rebecca ne tenait pas à ce que ses propos soient répétés.

— Je crois qu'il faut que je parte.

Sa grand-mère blêmit. La mine défaite, elle s'assit sur le canapé à haut dossier qui avait fait partie de sa dot des années auparavant.

— Viens t'asseoir près de moi, intima-t-elle en tapotant le cuir usagé du coussin. Je sais que ton père t'a prise à partie ce matin, mais...

— Il m'a grondée comme une gamine ! Je n'ai plus l'âge d'être traitée ainsi.

— Dans ce cas, conduis-toi comme une femme.

La rancœur de Rebecca s'estompa. La main ridée posée sur la sienne, bien que légère comme une plume, avait la force de conduire un attelage à quatre. Rebecca adorait sa grand-mère qui lui avait enseigné tout ce qu'elle savait sur la féminité dans une maison essentiellement peuplée d'hommes. Grandma lui avait appris à lire et à écrire, à trouver des herbes médicinales, à coudre, à suturer une plaie, à préparer le civet de lapin ou encore des biscuits légers et croustillants. Elle l'avait soignée et veillée quand elle était malade, l'avait bercée quand elle avait peur du noir.

— Ne quitte pas la maison à cause de ton père. Il a déjà perdu une fille. S'il te perd toi aussi, cela le tuera.

— Mais pourquoi ? Pourquoi a-t-il forcé Eve à partir ? Pourquoi sa maudite fierté compte-t-elle plus que ses enfants ? Il pense qu'Eve est une putain ! Tu le savais, Grandma ?

Incapable de rester assise, Rebecca se leva pour faire les cent pas dans le salon. Grandma ferma son unique œil et croisa les bras sur sa maigre poitrine. Rebecca ne l'avait jamais vue verser une seule larme et, en cet instant, son visage parcheminé demeurait sec. Mais elle émit un long soupir, tellement vibrant de désespoir que Rebecca en eut la chair de poule.

— C'est à cause de cette malédiction ! gémit-elle en se balançant sur le canapé. La malédiction d'Annie Raeburn. Nous ne pouvons y échapper. Elle nous a poursuivis par-delà les océans et les montagnes. Et elle ne se conjurera pas avant la disparition totale d'un des deux clans.

Rebecca retourna près de son aïeule et s'agenouilla pour lui prendre les mains.

— Non, dit-elle d'un ton apaisant. Cela n'a rien à voir avec la malédiction. C'est juste la haine qui nous rend tous fous.

— Si tu t'en vas, que deviendrons-nous ? Qui s'occupera de Noah ? Qui s'occupera de moi ? Corbett ?

Les jumeaux ? Depuis que tu es toute petite, c'est grâce à toi que nous formons une famille, Rebecca. Tu adores la rivière alors que ton père la déteste. Et tes frères ne l'aiment pas beaucoup non plus. Depuis que tu es en âge de monter à cheval, c'est toi qui maintiens Angel Crossing à flots.

Une douleur infinie enfla dans la poitrine de la jeune femme.

— Mais comment puis-je rester, Grandma ? Comment puis-je m'asseoir à la table de Poppa quand ma sœur n'y est pas conviée ?

— Tu as du cœur, tu es capable de pardonner à ton père, car tu l'aimes en dépit de ses faiblesses. Et tu dois rester. Tu ne peux tourner le dos à ton héritage et à tes devoirs.

— Suis-je censée oublier Eve ? articula Rebecca avec amertume.

— Bien sûr que non. Simplement, il faut être deux pour se réconcilier. Ta sœur et ton père se ressemblent trop, il n'y en a pas un pour racheter l'autre ! Elle devrait rentrer, lui demander pardon et lui promettre de se comporter décemment. Quant à toi, tu dois prouver à ton père ta loyauté envers la famille. Donne-lui ta parole que tu ne reverras jamais Shaw MacCade et tout s'arrangera.

Rebecca sentit ses membres s'engourdir.

— Poppa déteste Shaw parce qu'il est convaincu qu'il est le père de Jamie. Mais s'il se trompait ?

— Shaw a nié ? Et tu as préféré le croire plutôt que de croire ta sœur ?

— Eve pourrait nous avoir menti...

— Pourquoi prends-tu la défense de ce bon à rien ? Es-tu comme ta mère ? Veux-tu épouser un MacCade et briser le cœur des tiens ?

— Je ne sais pas ce que j'éprouve pour Shaw. Ce que je sais, c'est que nous étions autrefois de bons camarades, et que ce serait une piètre preuve d'amitié si je n'essayais pas au moins de découvrir la vérité.

— Alors, le sang coulera sur cette terre, ma fille. Cela s'est déjà produit et j'ai prié pour ne plus jamais voir cela. J'ai lavé le corps de mon frère Angus et je l'ai enterré avant son vingt et unième anniversaire. Et j'ai pleuré sur les tombes de mes deux cousins, assassinés tous deux par des MacCade.

— À t'entendre, on jurerait qu'ils ont des cornes et les pieds fourchus ! Tu les hais de tout cœur.

— Les haïr ? Ce que je hais, c'est la mort, les larmes des femmes et des orphelins !

Rebecca se tut quelques instants, puis reprit :

— Sais-tu qu'un incendie s'est déclaré pendant la fête à Eden Spring ? Je me suis retrouvée prisonnière de la fumée, avec une toute petite fille. C'est Shaw qui nous a sauvées. Il aurait pu fuir comme tous les autres, mais il ne l'a pas fait. Cela ne signifie rien pour toi ?

— Es-tu sa maîtresse ?

Rebecca se leva d'un bond, les joues en feu.

— Non. Non, Grandma.

— Alors, tu as le temps de réfléchir. Le temps de rompre tout lien avec lui avant qu'il ne soit trop tard. Dans votre intérêt à tous les deux. Car, vois-tu, ton Shaw pourrait bien être le premier à mourir.

— Ce n'est pas *mon* Shaw ! Et oncle Quinn m'a déjà adressé la même mise en garde.

— Eh bien, penses-y.

— J'y réfléchirai, acquiesça Rebecca.

— Promets-moi de ne pas quitter Angel Crossing.

— Je ne peux pas, Grandma.

— Nous avons besoin de toi. Je ne suis pas éternelle et, quand mon heure sera venue, toi seule pourras t'occuper de Noah. C'est un ange de Dieu, mais ce monde est trop dur pour lui. Si on ne le traite pas avec douceur, il s'étiolera et mourra.

— Je sais.

Lèvres tremblantes, son aïeule se leva.

— Tu es une Raeburn. Tu dois oublier Shaw MacCade.

— Je sais, répéta Rebecca.

— Reste ici pour gérer Angel Crossing. Trouve-toi un bon mari et donne-moi des petits-enfants à gâter. N'est-ce pas ce qu'il y a de mieux dans la vie ?

— C'est ce que j'ai toujours souhaité, Grandma.

Rebecca serra la vieille femme dans ses bras avant de quitter le salon pour retourner au ponton. Inconsciemment, elle glissa la main dans sa poche et sentit le morceau de quartz lui réchauffer les doigts, comme si une existence secrète pulsait au cœur de la pierre. Déroutée par la sensation réconfortante qui la gagnait, elle sourit. Son imagination lui jouait des tours !

Pourtant, comme elle débouchait au grand air, il lui sembla tout à coup qu'elle avait le cœur plus léger.

Les paroles de sa grand-mère résonnaient encore dans sa tête : « Trouve-toi un bon mari, donne-moi des petits-enfants... »

Gonflant ses poumons d'air pur, elle leva les yeux vers le ciel d'azur du Missouri.

— Et si je l'avais déjà trouvé ? chuchota-t-elle. S'il était là, devant moi, depuis toutes ces années, mais que je ne puisse pas l'avoir ?

9

Il ne serait jamais venu à l'idée de Campbell Raeburn de s'excuser. Au mieux prit-il sa fille à part le lendemain, juste avant le dîner, pour lui dire :

— Je t'aime, Rebecca. Dieu me pardonne, tu as toujours été ma préférée. Tu dois me croire, je sais ce qui est mieux pour toi.

— Par conséquent, tu ne me fais pas confiance ! rétorqua-t-elle.

Le visage de son père se décomposa. Elle remarqua les cernes sombres sous ses yeux injectés de sang et s'en voulut de lui causer de la peine, même s'il n'était pas question qu'elle cède du terrain.

— D'ordinaire, j'ai confiance en ton jugement, dit-il gravement. Mais tu es jeune et tu possèdes la nature impulsive de ta mère. Une jeune femme innocente peut être submergée par des forces maléfiques qu'elle ne comprend même pas.

— Moi aussi je t'aime, Poppa. Tu as toujours été un bon père pour moi. Seulement, je ne peux oublier que tu as chassé Eve et Jamie de la maison. Cela m'anéantit de savoir qu'elle n'a pas le droit de demander notre aide quand elle en a le plus besoin.

Poppa mit un long moment à lui répondre :

— Je n'ai rien à ajouter à propos de ta sœur. C'est à ton sujet que je m'inquiète, à présent. Réfléchis aux conséquences de tes actes. Et si tu fais la sourde oreille malgré mes mises en garde, sois certaine de récolter ce que tu auras semé. « Tu honoreras ton père et ta mère », cita-t-il avec solennité.

— « De tout ton cœur et de toute ton âme. » Jérémie, vingt-deux.

Une étincelle s'alluma dans le regard de Campbell.

— Presque. Trente-deux. Si tu n'étais pas une fille, j'aurais peut-être fait de toi un pasteur.

Il la serra dans ses bras et ajouta :

— Ne laisse pas Shaw MacCade se dresser entre nous, Rebecca. Il ne vaut pas un seul des cheveux de ta tête.

— Tu te rends compte, j'espère, que tu marches au bord d'un précipice ?

La mère de Shaw jeta une boule de pâte sur la planche en bois et entreprit de la pétrir énergiquement. Comme son fils ouvrait la bouche, elle enchaîna :

— Non, Bruce ne t'a pas dénoncé. Ni Ewen. Mais les nouvelles vont vite quand un MacCade se met à tourner autour d'une Raeburn.

— Ma ! Je ne suis plus un gamin. Tu ne vas pas me sermonner comme…

— Ça suffit, mon garçon !

Ma se redressa et s'essuya le front du revers de sa main enfarinée. On n'était qu'en milieu de matinée, mais le soleil avait déjà réchauffé la vallée. On se serait cru en août. Et le poêle à bois augmentait encore la température ambiante.

— Je t'ai porté et mis au monde dans le sang et la douleur. Cela me donne le droit de te donner un conseil si je veux. N'essaie pas de me raconter des sornettes, mon fils ! J'en entends bien assez de la bouche de ton père, acheva-t-elle en le menaçant de son rouleau à pâtisserie.

Shaw chassa le chat blanc qui ronronnait sur ses genoux depuis un moment, se leva et saisit son chapeau sur la table. Il avait entendu dire que les femmes du Sud étaient douces et affables. Ceux qui rapportaient ces fadaises n'avaient certainement jamais rencontré Fiona MacCade !

— N'espère pas te sauver ainsi. Assieds-toi, je n'ai pas terminé, lui ordonna-t-elle, l'index pointé vers la chaise.

Avec une grimace, elle posa son rouleau à pâtisserie usé, souvenir familial rapporté d'Écosse, et s'épousseta les mains sur son tablier délavé. Puis elle alla jeter un coup d'œil par la porte pour vérifier que personne ne traînait dans les parages, avant de revenir se camper devant Shaw.

— As-tu couché avec Rebecca Raeburn ? demanda-t-elle à voix basse.

— Non ! Et ce n'est pas le genre de question qu'une mère pose à son fils adulte !

— Tu crois peut-être que je ne sais pas comment on fait les enfants ? Et que je ne me suis pas rendu compte que tu la reluquais depuis qu'elle a douze ans ? Voyons, pourquoi ne poserais-je pas la question ? Il y a gros à parier que c'est à cause d'un jupon que Laird s'est fait tuer.

Shaw se raidit, au point que les coutures de sa chemise tendue sur ses épaules faillirent craquer.

— Tu penses que Campbell Raeburn l'a descendu parce qu'il tournait autour d'Eve ?

— Je n'ai pas dit cela. Mais ton père le croit, c'est certain.

Elle haussa les épaules. Sa robe grossière lui comprimait l'estomac et la poitrine. Elle avait été si souvent lavée qu'il était impossible de déterminer sa couleur d'origine. Ses cheveux, autrefois blond clair, avaient foncé et étaient désormais striés de fils gris. Quelques mèches rebelles s'échappaient de son chignon. Son visage couvert de taches de rousseur était aussi bronzé que celui d'un Indien et prématurément ridé par les intempéries du Missouri. Personne, pas même son fils aimant, n'aurait pu prétendre que Fiona MacCade était encore une beauté. Mais personne non plus ne doutait de sa détermination ou de son habileté à analyser les situations et les gens.

— Si tu crois Campbell Raeburn innocent, tu dois avoir ta petite idée quant à l'identité de l'assassin, supputa Shaw.

— Détrompe-toi, je ne sais rien. Je dis simplement que ton frère s'est fait descendre à cause d'une fille. Par Campbell ou par quelqu'un d'autre. Laird a toujours été un beau parleur et un coureur. Tout le monde le sait.

Shaw avait du mal à croire qu'il avait ce genre de conversation avec sa mère.

— Je ne pense pas que…

— Tu ne penses pas, c'est bien là le problème ! coupa Fiona. Tu laisses ce qui te pend entre les jambes réfléchir à ta place. Écoute, j'ai perdu trois fils : mon premier-né parce que le cordon ombilical s'est enroulé autour de son cou, un fils de dix ans qui s'est fait mordre par un serpent et enfin Laird. Je n'ai pas envie que le cimetière familial s'agrandisse encore. On ne peut pas exiger cela d'une mère.

— Ma, je…

— Non, écoute-moi. Je connais Rebecca Raeburn. C'est un beau brin de fille. Elle est courageuse et elle a plus de bon sens que tous ses frères réunis. Mais elle n'est pas pour toi. Les Raeburn sont des chanteurs de psaumes, pas des chats sauvages qui jurent et qui boivent. Si tu lui cours après, tu vas diviser le comté en deux, comme ce tremblement de terre à New Madrid Way, il y a quarante ans.

— Ma…

— Tais-toi ! Laisse-moi te dire ce qui m'étouffe, poursuivit-elle en lui pressant la main. Tu veux absolument savoir qui a tué ton frère, n'est-ce pas ? Je ne peux pas t'en empêcher. Mais je te conjure de te tenir à l'écart de Rebecca. Je t'aime trop pour te perdre.

Surtout quand des douzaines de jolies filles accepteraient de danser nues jusqu'à l'autel pour avoir la chance de t'épouser.

— Qui te dit que je veux me marier ? Tu me connais, tu sais bien que je ne suis pas du genre à m'installer sur un lopin de terre pour cultiver du maïs et des patates. J'ai encore du pays à voir.

— Peuh ! C'est ce que tu dis... Mais souviens-toi : ne t'approche pas de cette fille.

— Pa sait-il que je l'ai ramenée chez elle après l'incendie ?

— Tu crois peut-être que tu n'en aurais pas déjà entendu parler s'il était au courant ? Ton père ne changera pas, Shaw. Il est plus buté qu'une mule du Tennessee. Quoi qu'il en soit, il y aura sûrement quelqu'un qui se fera un plaisir de lui apprendre la nouvelle. Aussi, tu ferais bien de l'éviter, lui aussi. Même s'il prend de l'âge, il sait toujours se servir de ses poings.

— En effet ! grommela Shaw en se frottant la mâchoire. J'ai eu droit à un accueil plutôt musclé l'autre jour. Mais ça ne change rien. Je n'ai plus peur de lui.

— Je n'ai jamais dit ça. Je t'avertis juste que ton père...

— Inutile de me faire son portrait, ma mémoire est excellente.

Fiona soupira.

— C'est un homme dur et exigeant, mais il a de bonnes raisons de l'être. Et c'est un bon père et un bon mari. Jamais il n'a levé la main sur moi. Mon propre père était un faible et je t'assure que je l'ai vu frapper ma mère plus souvent qu'à son tour. Les MacDuff étaient des gens de qualité, soi-disant. Ils avaient d'immenses terres en Caroline, mais au lieu de les exploiter eux-mêmes, ils préféraient acheter des esclaves et les faire trimer à leur place.

— Je l'ignorais ! s'exclama Shaw.

— Il n'y a rien de pire que l'esclavage. Les MacCade sont peut-être des voyous, mais aucun d'eux ne s'abaissera jamais à acheter ou à vendre un autre être humain. Les MacDuff, eux, n'ont pas hésité à emprunter la voie de la facilité. Ils plient dans le vent comme les roseaux. Ton cousin Bruce est ainsi fait et tu le sais. Notre famille a besoin d'un homme fort. Il vaut mieux avoir un mur de pierre derrière lequel s'abriter quand une tornade dévaste la prairie.

Fiona se détourna et, de nouveau, se mit à pétrir la boule de pâte.

— Tu penses que la tempête va s'abattre sur nous, Ma ?

— Oui, les ennuis vont arriver, Shaw, aussi sûrement que l'hiver prochain. Peut-être pas aujourd'hui, ni demain... Mais tant que les Raeburn et les MacCade vivront sur le sol du Missouri, le sang coulera.

— Et il n'y a aucun moyen d'empêcher cela ?

— Je l'ai cru, autrefois. Quand la mère de Rebecca a épousé le frère de ton père, j'ai pensé que la guerre était finie. Mais cette vieille malédiction écossaise a de nouveau frappé. Ton oncle Robert est mort et avec lui tout espoir de voir un jour s'entendre les deux clans.

Shaw se leva et vint se placer derrière sa mère qu'il entoura tendrement de ses bras.

— Tu m'as manqué, Ma.

— Ne me prends pas pour une idiote, je sais bien ce que tu veux !

Riant, il plongea l'index dans la boule de pâte et en arracha un morceau qu'il goba prestement.

— Fiche le camp de ma cuisine ! Tu auras tous les gâteaux que tu voudras au déjeuner.

— Oui, Ma.

— Et tu diras à tes frères que la prochaine fois que l'un d'eux rentre saoul et me tire de mon sommeil, je vous plonge tous dans un tonneau de goudron !

— Oui, Ma !

— Je ne plaisante pas. Ni pour ça ni à propos de la fille Raeburn.

— J'ai compris, Ma.

Elle proférait toujours de sombres menaces quand Shaw sortit de la cuisine. Il était inutile de discuter plus longtemps de Rebecca. D'autant qu'il avait déjà pris sa décision la concernant.

Pour l'heure, il allait débaucher Bruce et se rendre avec lui à l'endroit où Laird avait été abattu. Il s'était déjà rendu deux fois sur place, néanmoins, il était peut-être passé à côté d'un indice. Et, qui sait ? Bruce pouvait se rappeler brusquement un détail crucial qui désignerait à coup sûr l'assassin…

Cette semaine-là, Rebecca eut tant de passagers à transporter sur le bac qu'il lui fut relativement facile de ne pas penser à Shaw pendant la journée. Mais une fois le dîner avalé, quand elle se retrouvait dans l'intimité de sa chambre, c'était une autre histoire. Plus rien ne l'empêchait alors de rêver à lui des heures durant.

Le vendredi, un groupe de vingt-deux colons qui se rendaient dans l'Oregon passa la nuit à Angel Crossing. Ils achetèrent des provisions à l'épicerie et firent ferrer leurs mules. Rebecca aida Pilar à confectionner le repas du soir. Elle organisa le campement, montra aux femmes où trouver de l'eau potable et soigna, grâce aux herbes médicinales de sa grand-mère, les plaies bénignes telles qu'ampoules et piqûres infectées.

Un peu plus tard, une jeune femme fluette apparut à la porte de derrière. Elle tenait par la main un gamin aux cheveux roux et portait dans ses bras un nourrisson. La mère, à peine sortie de l'adolescence, marchait pieds nus et semblait paralysée par la timidité. Son aîné avait une plaque de teigne sur le bras et le bébé souffrait d'une sérieuse conjonctivite.

Rebecca les mit à l'aise en leur offrant du lait et des biscuits au miel. Puis elle pila des graines pour en faire un onguent qu'elle appliqua ensuite sur la teigne du garçonnet. Enfin, après s'être soigneusement lavé les mains à l'aide du savon fabriqué par Pilar, elle prépara une solution de plantes antiseptiques pour en bassiner les yeux du bébé.

— On n'a pas beaucoup d'argent, avoua la femme. Mais je peux vous donner un plant de poirier pour vous dédommager.

Sachant que refuser équivaudrait à l'insulter gravement, Rebecca accepta le plant que la femme alla chercher à l'intérieur de son chariot bâché. Ensuite, elle lui montra le buisson de mûres, près du bois. Les baies ne seraient pas consommables avant la fin de l'été, cependant on pouvait mâcher les feuilles afin de soulager les rages de dents, ou encore les faire bouillir pour guérir la dysenterie et les maux d'estomac. Rebecca conseillait toujours aux colons qui partaient dans l'Ouest d'emporter des réserves de feuilles de mûrier en cas d'urgence pendant le voyage.

Tôt le matin suivant, Rebecca, son frère Corbett et leur père commencèrent à embarquer sur le bac chariots, mules et passagers. Et la journée était déjà bien avancée lorsqu'ils effectuèrent la dernière traversée.

Rebecca se dit qu'elle avait juste le temps de planter le petit poirier avant de se mettre à la préparation du dîner. Elle le piqua dans le sol, derrière la maison, et dressa avec soin un petit monticule de terre autour du mince tronc. Tout en s'activant, elle songeait aux autres plants que le fermier et sa femme emportaient dans l'Oregon. Fleuriraient-ils un jour ? Produiraient-ils de beaux fruits sur un quelconque rivage bordant l'océan Pacifique ?

Curieusement, elle n'avait jamais éprouvé l'envie de se joindre aux troupes de pionniers qui s'en allaient conquérir de nouveaux territoires. Comme elle l'avait dit à Shaw, elle adorait le Missouri et la rivière. Elle ne s'imaginait pas traversant des déserts arides ou franchissant des montagnes hostiles pour tout recommencer de zéro, là où il n'y avait ni église, ni magasins, ni voisins.

Dans la Bible, Ruth quittait sa famille pour rejoindre une contrée étrangère avec la mère de son défunt mari. « Ton peuple sera le mien », avait lu Rebecca. En admettant que Shaw lui ait dit la vérité à propos d'Eve, en admettant qu'il lui demande de le suivre, d'abandonner ce pays qu'elle aimait tant et tous les êtres qui lui étaient chers, en serait-elle capable ?

Cette pensée la fit grimacer. Et elle se demanda si Ruth aurait fait preuve du même courage si sa belle-mère avait été une MacCade !

Le samedi après-midi, Rebecca, sa grand-mère, son oncle, Noah, Pilar et Corbett se rendirent à la chapelle où avait lieu une cérémonie spéciale. Cette journée avait été déclarée fériée et l'on avait laissé le bac et la propriété sous la garde des jumeaux.

Tous les membres de la famille avaient fière allure dans leurs plus beaux habits d'été. Grandma avait cousu un costume neuf pour Noah. Quant à Rebecca, elle avait revêtu une robe de mousseline verte ornée de motifs floraux dont l'ample jupe accentuait la finesse de sa taille. La couture n'était pas son principal talent, chaque broderie avait été exécutée à la main par son aïeule. Comme le disait Pilar en se moquant gentiment d'elle : « Rebecca a la main aussi lourde en couture qu'aux fourneaux ! »

Le pasteur de la paroisse se nommait John Jarrell mais, ce jour-là, deux frères méthodistes, les révérends William et Wilson Albright, qui arrivaient de l'Ohio, avaient été invités à prêcher.

Après deux longs sermons, les femmes de la congrégation apportèrent les paniers de nourriture qu'elles avaient préparés pour le repas que devaient partager les fidèles.

À la tombée du jour, tout le monde se réunit sur les berges de Rocky Creek, une petite anse formée par la Little Smoke River. Des baptêmes d'adultes devaient y avoir lieu. En dépit de son handicap, Noah ferait partie de ceux qui seraient entièrement immergés avant de devenir des membres à part entière de l'Église. Les révérends Albright célébreraient la cérémonie.

Une procession de dix pécheurs masculins, dont Noah et l'un des fils de Dagmar, Hedger, s'avança. Les hommes, vêtus de robes blanches, et les trois pasteurs entrèrent dans l'eau jusqu'à la taille. Rebecca remarqua combien Noah était excité. Un sourire radieux illuminait son visage et il ne cessait de se trémousser. Même s'il ne saisissait pas vraiment la signification du baptême, il était ravi d'être ainsi au centre de l'attention générale.

Les deux prêcheurs de l'Ohio portaient de lourdes toges noires. Leurs chemises blanches amidonnées et leur cravate dépassaient de leur col de satin. Un haut chapeau complétait leur costume.

Un accoutrement plutôt bizarre pour aller patauger dans une crique, songea Rebecca avec irrévérence.

En dépit des regards sévères que lui lançaient son père et sa grand-mère, elle avait toutes les peines du monde à conserver son sérieux. Un coup d'œil au révérend Jarrell lui apprit que ce dernier s'amusait tout autant du cérémonial pompeux organisé par ses invités. John Jarrell, en homme raisonnable qu'il était, avait choisi de porter une simple chemise et un pantalon noir retenu par des bretelles.

À l'intérieur de la chapelle, Mary Baker, l'organiste, plaqua sur son clavier les notes d'un hymne ancien. Les voix du chœur s'élevèrent, tâchant de conférer tout le lyrisme et la majesté voulus à la cérémonie. À cet instant, Noah se prit le pied dans une racine et trébucha. Il voulut se rattraper au bras de William Albright et tous deux s'étalèrent dans l'eau.

Dagmar Hedger poussa un cri de détresse, mais Noah réussit à se remettre debout et, souriant de toutes ses dents, agita la main vers Poppa. Le révérend William Albright récupéra son chapeau qui flottait près de lui et s'efforça de recouvrer sa dignité, tandis que le chœur entonnait *Amazing Grace* avec quelques fausses notes.

Le révérend Wilson Albright se mit à prier devant le premier pécheur. Il haussa le ton afin de couvrir les voix du chœur qui finirent par se taire après quelques hésitations. Pourtant, un autre bruit parasita bientôt le rituel : une sorte de trépidation lointaine d'origine indéterminée. Dressant l'oreille, Rebecca regarda autour d'elle. On aurait dit des chevaux au galop, ou encore un troupeau emballé. Le son provenait apparemment de l'autre côté de la rivière.

La berge opposée s'élevait à environ un mètre soixante-dix au-dessus du niveau de l'eau. Des cornouillers, des saules et des épineux y poussaient en liberté. Rebecca se souvenait qu'au-delà s'étendait une prairie herbeuse qui se prolongeait par une colline abrupte.

Tout à coup, un cerf jaillit d'un épais buisson et plongea tête la première dans la rivière. Les chiens de Jeff Baker se mirent à aboyer comme des forcenés en tirant sur leurs chaînes. Oubliant d'un coup pasteurs et baptême, Noah cria de ravissement en pointant le doigt vers le cerf qui rejoignait à présent la rive et dont les bois majestueux se dressaient vers le ciel.

Le grondement sourd s'amplifiait. Soudain, un mufle massif perça les broussailles et, sous le regard stupéfait de Rebecca, une femelle bison sauta dans l'eau, suivie par son veau mugissant.

Les pasteurs et toute la congrégation battirent précipitamment en retraite au moment où une trentaine de bisons piétinaient les buissons pour foncer aveuglément dans la rivière. Certains tombaient directement; d'autres, apercevant le danger, tentaient de freiner au dernier moment mais, poussés par ceux qui arrivaient, finissaient par plonger à leur tour dans l'eau peu profonde. Les premiers, agités de soubresauts, traversèrent la crique tant bien que mal et réussirent à atteindre la plage de graviers, avant de reprendre leur course folle en direction de la chapelle, dans un concert de mugissements affolés.

La panique régnait parmi les fidèles. Les femmes hurlaient, les chevaux hennissaient, les chiens aboyaient. Les bisons mugissaient et grognaient, la gueule couverte d'écume. Tout à coup apparut un jeune mâle qui semblait fermer le cortège. D'un bond presque gracieux, il s'élança par-dessus la berge...

Rebecca retint un cri. Le bison était monté par un cow-boy fermement cramponné à l'épaisse toison qui couvrait sa bosse.

Les yeux écarquillés, elle vit l'homme et la bête disparaître dans une gerbe d'éclaboussures à l'endroit où la rivière était la plus profonde. Puis, quelques instants plus tard, le bison émergea, furieux, et gagna la rive en s'ébrouant tel un chien mouillé. Ses cornes recourbées étincelèrent quand il se tordit l'échine pour se débarrasser de celui qui osait le considérer comme une vulgaire monture.

Soudain, le cow-boy lâcha prise et tomba. À la vitesse de l'éclair, le bison fit volte-face et chargea, ses sabots foulant frénétiquement l'eau boueuse. Par réflexe, l'homme saisit une racine qui dépassait de la berge et se hissa promptement hors de portée de l'animal.

Privé de son adversaire, le bison poussa un mugissement de rage, avant de faire demi-tour vers la plage. Il parcourut encore quelques dizaines de mètres en aval, puis, tête baissée et queue haute, fonça dans les broussailles qui l'avalèrent.

Sur ces entrefaites, deux cavaliers surgirent sur la rive opposée. Hilares, ils lancèrent leurs chapeaux en l'air en poussant des clameurs sauvages. Rebecca reconnut immédiatement deux des frères MacCade. Puis ce fut Bruce MacDuff qui stoppa brutalement sa monture devant le précipice. Son cheval bai se cabra et une pluie de cailloux et de terre dévala la pente. Tout à coup, la berge s'effondra, précipitant Bruce et son hongre dans la rivière.

Sidérée, Rebecca reporta son attention sur le cowboy qui était toujours suspendu à sa racine. Comme il relevait la tête, son large chapeau glissa en arrière, révélant son visage bronzé. Son regard noir croisa celui de Rebecca. Alors, avec un large sourire, il ôta son couvre-chef de sa main libre et le porta à son cœur dans un geste d'une galanterie exagérée.

— Bonsoir, mademoiselle Raeburn. Belle nuit pour une petite chevauchée, ne trouvez-vous pas ? lança Shaw MacCade.

10

— Es-tu blessé ? cria Rebecca en voyant Shaw, qui avait lâché la racine, demeurer immobile, de l'eau jusqu'aux genoux.

— Bah ! Je n'en sais trop rien... Soit je me suis cassé quelque chose, soit je suis trop saoul pour marcher ! répondit-il avec un sourire fanfaron.

Le cœur de Rebecca s'emballa. Elle n'était que trop consciente des regards des paroissiens braqués sur elle. Son père serait certainement furieux qu'elle ait adressé la parole à Shaw, mais elle n'avait pu s'en empêcher. Elle n'oubliait pas qu'elle lui devait la vie. Refuser de lui parler en public aurait été une lâcheté sans nom.

— Tu prétends que tu ne peux pas marcher, mais tu es capable de monter un bison ? s'étonna-t-elle.

Il sourit de nouveau. Même ivre, même couvert de fange, il dégageait toujours ce charme ravageur qui la bouleversait.

— Je ne suis jamais saoul au point de ne pouvoir me tenir à califourchon... sur quoi que ce soit !

Il traversa le bras de rivière et, parvenu devant elle, lui tendit la main. Elle n'hésita qu'une demi-seconde, puis ses doigts se refermèrent sur les siens et il grimpa sur la rive, l'air triomphant. Rebecca se mordit la lèvre, partagée entre le soulagement et l'irritation. Shaw était dans un état ! Une de ses manches avait été arrachée et il manquait la moitié des boutons sur sa chemise trempée. Son pantalon, déchiré sur une dizaine de centimètres, révélait une cuisse musclée. Ses mocassins, en revanche, étaient intacts et il avait miraculeusement conservé son chapeau. Mis à part une ecchymose sur la joue, une lèvre fendue et des paumes écorchées, il s'en tirait à bon compte.

Quelques secondes s'écoulèrent avant qu'il ne demande d'un air beaucoup moins bravache :

— Vous êtes réunis… pour une raison particulière ?

— Un baptême.

— Ah…

Rebecca tendit le cou et aperçut Bruce, au milieu de la rivière, qui tentait de remonter à cheval. Chaque fois qu'il posait le pied sur l'étrier, le hongre faisait un écart. Apparemment, Shaw n'était pas le seul à être pris de boisson.

— Tu devrais avoir honte…

— J'ai tenu un bon moment sur ce fichu bison, hein ? Ils ont parié dix dollars que je n'arriverais pas à…

— Rebecca ! tonna une voix grondante.

La jeune femme frémit en voyant son père qui s'approchait à grandes enjambées. À deux pas derrière suivaient son oncle et les deux révérends de l'Ohio.

— Shaw ! Va-t'en vite ! souffla-t-elle.

— J'ai l'habitude, tu sais. Mais bon, je crois qu'il est temps de tirer ma révérence.

Deux fossettes se creusèrent dans ses joues. Il enfonça son chapeau sur son crâne, l'inclina sur son front, puis tourna la tête vers son cousin :

— Bruce ! Tu me ramènes ?

Bruce était enfin parvenu à se jucher en selle et guidait sa monture vers la rive. Le hongre bai sauta sur la berge qui s'éboula légèrement sous ses postérieurs.

— Désolé, je ne peux pas rester pour le baptême ! lança encore Shaw.

Il planta un baiser sur la bouche de Rebecca, tendit la main à Bruce et, d'un bond, se retrouva en croupe. Bruce éperonna le hongre.

— À plus tard, Rebecca ! cria Shaw tandis que le cheval s'élançait sur la petite plage.

Les deux révérends s'écartèrent brusquement. Oncle Quinn leva un poing menaçant alors que les deux cavaliers passaient au galop devant la congrégation ahurie, avant de disparaître dans les bois.

Sans un mot pour son père ou son oncle, Rebecca tourna les talons et rejoignit sa grand-mère et Noah. Elle demanda à ce dernier d'ôter sa robe blanche mouillée qu'elle alla ensuite rincer dans l'eau de la crique. Il lui était cependant difficile d'ignorer les regards qui s'appesantissaient sur elle et les murmures indignés qui s'élevaient de la foule. Et, surtout, elle avait du mal à faire comme si de rien n'était, quand le baiser de Shaw l'avait troublée au plus profond de son être.

Elle aurait dû être furieuse contre lui. En réalité, il avait fait vibrer en elle des émotions interdites qui ne s'étaient pas étcintes après son départ. Elle était capable de garder la tête haute et d'affronter les commérages, mais rien n'étouffait la petite voix qui chuchotait dans sa tête : « Je le désire. Que Dieu me vienne en aide, je le désire en dépit de tout... »

Elle avait seize ans lorsqu'elle s'était rendu compte qu'elle éprouvait bien plus que de l'amitié pour Shaw. Ils étaient trop grands pour jouer à des jeux d'enfants, mais tout de même en âge de pêcher et de nager dans la rivière, ou encore de rester étendus dans l'herbe par un bel après-midi, à regarder les nuages défiler dans le ciel.

À cette époque, Shaw la considérait toujours comme une gamine. Il la taquinait comme il taquinait ses jeunes frères. Mais il se confiait également à elle, lui parlait des filles à qui il s'intéressait ou bien de celles qui lui faisaient les yeux doux. L'air détaché,

Rebecca feignait de le conseiller, quand en vérité elle avait envie de clamer : « Regarde-moi, Shaw ! Ne suis-je pas assez jolie pour toi ? Ne suis-je pas toujours à tes côtés ? »

Combien de nuits blanches avait-elle passées à penser à lui ? Pourtant, il ne remarquait rien, ou faisait semblant de ne rien remarquer.

Un an, puis deux avaient passé. Peu à peu, leurs rencontres s'étaient espacées. Pourtant, chaque fois qu'il lui envoyait un message pour lui demander de le retrouver à la grotte, ou bien chaque fois qu'elle l'apercevait de loin, la même fièvre incontrôlable la brûlait.

Un baiser ! Ses espoirs n'allaient pas plus loin. Elle savait bien qu'elle ne pourrait jamais avoir Shaw, qu'en le choisissant elle trahirait sa famille. Elle pensait à lui comme à son Roméo. Dans son esprit, ils étaient deux amants maudits voués à ne jamais connaître le bonheur ensemble.

Jusqu'à ce jour où son rêve s'était réalisé...

Shaw l'avait regardée comme jamais il ne l'avait fait auparavant. Il l'avait attirée dans ses bras et l'avait embrassée sur la bouche, un instant sublime, éblouissant, merveilleux...

Plus tard, Corbett avait pris Rebecca à part :

— Je t'ai vue ! Je t'ai vue avec Shaw MacCade !

— Ne le dis pas à Poppa, je t'en prie ! l'avait-elle supplié.

— Si tu recommences, je le lui dirai. Et aussi à oncle Quinn. Il suivra Shaw dans les bois et il le tuera en laissant son cadavre aux coyotes !

Rebecca avait pris la menace au sérieux. Oncle Quinn était tout à fait capable de tuer quelqu'un. Aussi avait-elle brutalement rompu avec Shaw, sans lui fournir d'explication. Bien qu'anéantie, elle n'avait pas faibli dans sa détermination. Elle était prête à renoncer à lui pour lui sauver la vie.

Puis elle l'avait surpris dans les bras de sa sœur.

Elle avait compris alors qu'elle n'était pas aussi forte qu'elle le pensait. Incapable d'accepter la vérité, elle avait reporté sa colère sur Shaw.

Maintenant, il était de retour et tout recommençait. Elle était de nouveau tombée amoureuse de lui, alors qu'ils n'avaient aucun avenir. Elle ne savait pas si elle pouvait le croire quand il affirmait ne pas être le père de Jamie, et elle ne savait pas non plus si ses intentions étaient honorables ou s'il ne voyait en elle qu'une conquête facile.

Pire, Shaw avait promis de retrouver l'assassin de son frère et de faire justice lui-même…

Rebecca aurait donné n'importe quoi pour qu'Eve soit auprès d'elle en ce moment. Elle se sentait si seule, si impuissante et perdue ! Pourquoi ne parvenait-elle pas à oublier Shaw ?

La voix autoritaire de Grandma la rappela soudain à l'ordre :

— Rebecca ! Il est temps !

Avec un soupir, Rebecca essora soigneusement la robe blanche de Noah, puis se dirigea lentement vers le groupe de fidèles.

Plus tard, quand la cérémonie de baptême fut achevée, tout le monde se réunit dans la chapelle pour prier et chanter. La plupart des paroissiens venaient des quatre coins du comté, aussi plusieurs familles avaient-elles décidé de passer la nuit sur place. On camperait sous la tente ou l'on bivouaquerait sous les chariots, avant d'assister le lendemain à l'office du dimanche et de partager un dernier repas en communauté.

Les visiteurs avaient installé leurs chariots autour d'un grand feu de camp. Les femmes servirent le dîner composé de soupe, de pain et de viande froide. Bientôt, les enfants et les personnes âgées s'endormirent, enroulés dans des couvertures, tandis que les plus vaillants prolongeaient la soirée en veillée. Ed Bonwell se mit à gratter sa guitare et des voix s'élevèrent pour reprendre un hymne familier.

Trop excitée pour dormir et peu désireuse de se laisser entraîner dans une discussion à propos de Shaw, Rebecca s'éloigna discrètement en direction de la chapelle. Elle n'avait pas parcouru plus d'une dizaine de mètres quand elle tomba sur Jorgan Anderson accompagné de Nanci Jo Pratt.

Un peu plus tôt, à deux reprises, Jorgan avait eu l'occasion de parler avec Rebecca. Il l'avait ignorée. À présent, son visage exprimait une franche réprobation.

— Bonsoir, dit-elle. Belle soirée.

— Mademoiselle Raeburn, se borna-t-il à la saluer d'un air guindé.

Nanci Jo, que Rebecca connaissait depuis l'enfance, se contenta de renifler et glissa son bras sous celui de Jorgan.

— Je suis navrée de ce qui s'est passé à Eden Spring, l'autre soir… commença Rebecca.

— C'est ce qui pouvait arriver de mieux, coupa Jorgan. Vous n'êtes pas le genre de femme que j'ai envie de fréquenter.

— Jorgan me fait la cour, maintenant, précisa Nanci Jo.

— Parfait, murmura Rebecca d'un ton aussi neutre que possible. Je vous trouve parfaitement assortis, tous les deux.

Et, ravalant une remarque plus caustique, elle s'éloigna d'un pas vif. En ce qui concernait Jorgan, la question était donc réglée. Rebecca n'éprouvait aucun regret, même si Grandma serait terriblement déçue de la voir laisser filer un si beau parti. En fait, Rebecca se sentait soulagée d'un grand poids. Et c'est le pied léger qu'elle poursuivit son chemin.

La chapelle, très rustique, était construite en simples rondins. Pour appeler les fidèles à se rassembler, on se servait d'une cloche accrochée à la porte. À l'intérieur, il n'y avait que des bancs de bois brut, une table qui faisait office de chaire et un orgue.

Rebecca s'assit dans un coin, près de la porte. À la lueur de l'unique lampe restée allumée, elle voyait au fond de l'édifice John Jarrell et l'un des deux révérends Albright, qui discutaient apparemment du déroulement de la journée du lendemain.

Un bruit de bottes résonna tout à coup sur le plancher. Tournant la tête, Rebecca reconnut la haute silhouette de l'homme qui venait de faire son entrée. Impossible de se méprendre, même avec cette faible luminosité. C'était bien Shaw. Que diable venait-il faire en un tel lieu ?

Elle retint son souffle de peur qu'il ne s'aperçoive de sa présence. Shaw demeura immobile un instant, puis s'avança résolument vers les deux pasteurs, son chapeau à la main.

— Messieurs, je crois que je vous dois des excuses, déclara-t-il.

Les deux autres lui jetèrent un regard surpris et le révérend Jarrell eut un petit rire indulgent.

— Quel plaisir de vous voir ici, monsieur MacCade ! Je suis désolé que vous ayez manqué la cérémonie.

Albright roulait des yeux sévères, mais Shaw ne lui prêta pas attention.

— Mes frères et moi ignorions qu'un baptême était prévu, reprit-il. Nous étions un peu... Enfin, les choses ont dérapé. Je vous prie de m'excuser si je vous ai interrompus.

— Si c'est le prix à payer pour voir un MacCade franchir le seuil de ma chapelle, vous pouvez jeter un troupeau de bisons dans la rivière tous les jours ! plaisanta Jarrell.

Albright grinça :

— Vous vous rendez compte que quelqu'un aurait pu être blessé ? Ou tué ? Vous avez mis en danger la vie de femmes et d'enfants. Je n'ai jamais rien vu de plus...

— Je vous le répète, je suis désolé.

Shaw n'avait pas élevé la voix, il n'avait ébauché aucun mouvement en direction du révérend Albright, mais Rebecca sentit aussitôt le danger planer sur le petit sanctuaire. Albright recula, manifestement apeuré.

— Afin de me racheter, je voudrais faire un don, poursuivit Shaw qui avança jusqu'à la table et y déposa un petit sac de cuir. Tenez, c'est de la première qualité.

— De l'or ? s'exclama Albright, la main tendue vers le sac. Laissez-moi voir...

— Je ne l'ai pas apporté pour vous !

D'un geste rapide, Shaw confisqua le sac que le révérend Albright tentait de saisir et le lança à Jarrell. Ce dernier inclina la tête en souriant.

— Merci, mon fils, dit-il en serrant la main à Shaw. Cela nous sera fort utile pour réparer la fenêtre. Nous apprécions à sa juste valeur votre généreuse contribution. Tout comme nous apprécierions votre présence aux prochains offices.

Shaw le considéra un moment, un sourire amusé aux lèvres, puis répondit :

— Vous savez ce qu'on dit dans la Bible à propos des brebis égarées, révérend. Eh bien, je suis cette brebis galeuse qui s'est écartée du troupeau bien-pensant. Néanmoins, vous transmettrez mes excuses à vos paroissiens... et en particulier à Mlle Rebecca Raeburn.

— On devrait vous faire arrêter ! maugréa Albright. Pour ivresse et tapage dans un lieu public !

— Ce n'est pas nécessaire, je crois, objecta Jarrell. À mon avis, cela ne se reproduira pas.

— En effet, convint Shaw. Je ne pense pas remonter de sitôt sur un bison.

Rebecca en avait assez entendu et, de crainte que Shaw ne la surprenne et ne s'imagine qu'elle l'espionnait, elle préféra s'éclipser subrepticement. Elle venait de quitter la chapelle quand un bruit de pas retentit derrière elle sur les graviers. Sans réfléchir, elle plongea derrière un buisson et resta tapie là, jusqu'à ce que Shaw passe devant elle.

Nerveuse, elle attendit encore quelques minutes. Au loin, une chouette ulula dans la nuit. Rebecca sortit alors de sa cachette pour se diriger vers le cercle de chariots.

— Rebecca ! chuchota une voix.

Surprise, elle réprima un petit cri. Comme deux bras forts l'encerclaient, une vague de frissons l'assaillit et ses jambes flageolèrent.

— C'est moi. Je ne voulais pas te faire peur...

— Je n'ai pas peur, mentit-elle.

Elle était terrifiée. Shaw était si impressionnant, si grand, si large d'épaules... À travers ses manches, elle sentait la dureté de ses biceps. L'espace d'un instant, elle fut si troublée qu'elle en perdit l'usage de la parole.

— Viens avec moi, je voudrais te parler, lui dit-il.

— Laisse-moi tranquille...

— Impossible.

— Pourquoi ? Tu vas encore m'attirer des ennuis.

— Nous n'allons pas discuter ici, on pourrait nous surprendre.

Elle aurait dû crier, détaler à toutes jambes. Mais elle était aussi faible qu'un nouveau-né, incapable d'aligner deux phrases cohérentes. En cet instant, elle l'aurait suivi jusqu'en enfer s'il l'avait exigé.

Il lui prit la main et, résolument, l'entraîna vers la crique.

— Attention, il y a des trous, la prévint-il alors qu'ils avançaient presque à tâtons dans la nuit.

Lorsqu'il s'estima à l'abri des oreilles et des regards indiscrets, il ôta sa veste de daim et la posa sur le sol humide.

— Assieds-toi.

Rebecca obéit sans discuter.

— Je suppose que tu as entendu ce que j'ai dit à Jarrell ?

Il n'avait pas l'air ivre et, cette fois, elle ne détectait aucune odeur suspecte dans son haleine. Il sentait le savon et le cuir, des fragrances viriles et plaisantes.

Après s'être assis près d'elle, il lui effleura la joue de ses doigts calleux, dans un geste familier et affectueux.

— Je... je ne cherchais pas à t'épier... bredouilla-t-elle.

— Inutile de t'excuser. Je me suis conduit comme un bel imbécile, n'est-ce pas ?

Avec nonchalance, il lui passa le bras autour des épaules. Rebecca cessa de respirer. Elle ne cillait même plus.

— Eh bien ? Tu ne me traites pas de brute avinée ? s'étonna-t-il, amusé.

— Tu es une brute avinée.

Il allait l'embrasser. Elle le savait. Éperdue, elle jeta un regard autour d'elle. Si jamais son père, son oncle ou un de ses frères passait dans le coin...

— Shaw, nous ne devrions pas...

Il posa vivement un doigt sur ses lèvres.

— Chut ! Laisse-moi parler. Je tiens à m'excuser auprès de toi. J'étais sincère tout à l'heure, avec Jarrell. Bruce, mes frères et moi, nous avons un peu forcé sur le whiskey. Mais nous n'avions pas l'intention de gâcher votre fête.

Il s'était raidi et les mots se bousculaient dans sa bouche. Sans doute craignait-il qu'elle ne l'interrompe. Manifestement, il n'avait pas l'habitude de présenter ses excuses. Cet effort lui coûtait.

Le sentiment de culpabilité qui tenaillait Rebecca s'estompa un peu. Bien sûr, elle n'aurait pas dû se trouver là avec lui. Mais il avait visiblement besoin de vider son sac.

— J'accepte tes excuses, dit-elle doucement.

De nouveau, il lui frôla le visage, lui caressa le front, la joue, le menton. Il était si proche d'elle... Très certainement, il allait essayer de l'embrasser. Le lui permettrait-elle ?

— C'est très important pour moi, murmura-t-il. Je me soucie vraiment de ton opinion.

— À cause de notre... amitié ?

Sans s'en rendre compte, Rebecca avait levé la main. Ses doigts tremblants couraient à présent sur la joue râpeuse de Shaw.

— C'est important parce que tu représentes beaucoup à mes yeux.

Rebecca sentit soudain la sueur lui perler entre les seins. Son souffle se précipita imperceptiblement. Shaw laissa échapper un petit rire.

— Tu as envie que je t'embrasse, hein ?

— Moi ? Pas du tout, je...

— Menteuse !

— Je ne suis pas comme Eve ! Je ne cours pas après les garçons.

— Tu as un tempérament passionné, Rebecca.

— Dis plutôt que je suis folle de rester dans le noir avec l'homme qui a trahi ma sœur.

— Tu n'y crois pas toi-même.

— Ah bon ? Et pourquoi ?

— Parce que tu me connais. Je t'ai donné ma parole et je ne mens jamais.

C'est vrai, il ne lui avait jamais menti. Et elle avait envie de le croire. Ô combien !

— Pourquoi n'as-tu jamais douté de la parole d'Eve ? insista-t-il. Quand tu nous as surpris ensemble, tu t'es mise dans une colère noire contre moi, mais...

— J'en ai aussi terriblement voulu à Eve. Nous nous sommes disputées. J'ai même menacé de lui casser la figure... Mais ensuite, j'ai réfléchi. J'ai compris que je n'avais aucun droit sur toi. J'étais juste jalouse et blessée que...

— Tu as pardonné à Eve, mais pas à moi.

— Je t'ai détesté pendant des jours, des semaines... Après ton départ, j'ai appris... j'ai cru que c'était toi qui l'avais mise enceinte.

— Je vois.

— Je ne pouvais pas rester fâchée contre Eve, tu comprends. Pas quand tous les autres lui tournaient le dos. Poppa avait tellement honte ! Tout le pays la montrait du doigt...

— Et tu as cru les racontars ?

— Non. C'est Eve qui m'a affirmé que tu étais le père de son enfant. C'est ce qu'elle nous a dit à tous.

— Et à présent, qui crois-tu ? Elle ou moi ?

— Je... je n'en sais rien, avoua Rebecca, désemparée.

— Oh, si ! Tu sais très bien que je t'ai dit la vérité. Et que tu meurs d'envie que je t'embrasse.

D'un geste brusque, elle le repoussa.

— Toujours aussi imbu de toi-même, Shaw MacCade !

Il éclata de rire.

— Je le devine toujours quand tu bluffes, Rebecca ! Allez, vas-y ! Embrasse-moi si tu l'oses ! Je te mets au défi.

Il avait raison. Avec lui, impossible de feindre. Il la connaissait par cœur.

— Si je vais tout droit en enfer, ce sera ta faute, marmonna-t-elle.

— Un baiser n'est pas un péché. Seuls les imbéciles le pensent. Toutes les honnêtes filles aiment qu'on les embrasse.

— Tu en sais long sur le sujet, n'est-ce pas ?

— Beaucoup plus que toi, en tout cas.

Rebecca inclina la tête, ferma les yeux... et s'abandonna au plaisir interdit. L'abysse.

11

La bouche de Shaw captura la sienne et Rebecca sentit une joie sauvage bouillonner en elle. Grisée, elle savoura son goût en oubliant tout le reste, et leur baiser s'éternisa…

Quand enfin ils s'écartèrent, elle tremblait de la tête aux pieds.

— Tu as froid, remarqua-t-il tendrement.

Il l'enlaça pour lui communiquer sa chaleur et le cœur de la jeune femme se gonfla de bonheur.

— J'ai passé un hiver dans les montagnes de l'Ouest, reprit Shaw, presque pour lui-même. Là-bas, il fait un froid terrible, inimaginable. C'est l'enfer blanc.

Rebecca écoutait sa voix, se laissait bercer. Sa joue vibrait contre la sienne. C'était très mal d'être ici avec lui, mais elle ne savait plus pourquoi. Comme dans un rêve, leurs lèvres se joignirent de nouveau. Ils se goûtaient, se nichaient l'un contre l'autre.

— Tu étais seul dans les montagnes ? chuchota-t-elle.

— Oui.

La bouche de Shaw glissa sur ses pommettes, ses paupières, le lobe de son oreille. Rebecca soupira. Chacun de ses baisers lui donnait l'impression de se dissoudre un peu plus de l'intérieur.

— Tu ne sais pas… l'effet que tu me fais ! souffla-t-il, le nez enfoui dans son cou, avant de réclamer ses lèvres une fois de plus.

Sa langue s'insinua entre ses dents et plongea dans sa bouche qu'il explora délicatement. Rebecca était transportée. Comment avait-elle pu vivre sans savoir qu'un simple baiser pouvait procurer autant de plaisir ? Le monde recelait-il d'autres secrets aussi merveilleux ? Les caresses de Shaw devenaient de plus en plus audacieuses. Elle avait envie de s'abandonner, de donner autant qu'elle recevait, pourtant, son instinct lui dictait de ne pas aller trop loin, trop vite, de garder un semblant de contrôle.

— Parle-moi… parle-moi des montagnes. Parle-moi du froid, murmura-t-elle.

— Pas maintenant…

— S'il te plaît.

— D'accord. Mon coéquipier a été tué dans un glissement de terrain, juste avant les premières neiges.

— Le bruit a couru que c'était toi qui avais trouvé la mort dans cet accident.

— Non. C'était Arturo. Il s'appelait Arturo Sanchez.

La main de Shaw emprisonna la nuque de Rebecca et souleva la masse de ses cheveux. Une vague de petits frissons la secoua quand il déposa une pluie de baisers dans son cou. Désespérément, elle s'agrippa à son bras pour s'ancrer dans le concret, lutter contre la houle sensuelle qui menaçait de l'emporter.

— Arturo, répéta Shaw. Un bon ami. Le meilleur qui fût.

Il l'embrassa sur le front et elle se déplaça légèrement pour glisser ses doigts dans ses épais cheveux noirs. La sensation l'émerveilla.

— Rebecca, tu joues avec le feu…

Oncle Quinn lui avait dit quelque chose de similaire. Mais, ce soir, elle était prête à défier le feu. Ses doigts trouvèrent l'ouverture de sa chemise et osèrent s'aventurer sur la peau tiède et lisse de ses épaules. Au point où elle en était, elle irait sûrement griller en enfer, de toute façon. Et s'ils s'arrêtaient, elle mourrait sur place.

— Les vieux chercheurs d'or nous avaient prévenus contre les hivers terribles de Big Sur, dit-il encore.

— Mais vous n'avez pas écouté.

— Nous avions découvert un gisement et nous ne voulions pas que quelqu'un d'autre se l'approprie. Nous avions décidé de rester là-bas jusqu'au printemps.

— Vous avez trouvé de l'or ?

Rebecca sentait l'odeur de l'herbe écrasée monter jusqu'à ses narines. Au-dessus de l'eau noire de la rivière, elle apercevait de temps en temps le vol lumineux d'une luciole. Les doigts de Shaw couraient le long de sa colonne vertébrale. Il la massait, la caressait.

— Le père d'Arturo était revenu de ces montagnes avec un genou brisé... et une pépite d'or de la taille d'une noisette. Arturo était gamin à l'époque. Son père est resté handicapé, il n'a jamais pu repartir. Avant de mourir, il a dessiné une carte.

Rebecca eut vaguement conscience que Shaw faisait sauter le premier des boutons qui fermaient le dos de sa robe. Elle ouvrit la bouche pour protester, mais ce fut une question qui franchit ses lèvres :

— Arturo et toi, vous avez retrouvé le gisement ?

— Presque. Nous avons réuni des provisions et du matériel, du fourrage pour les chevaux. Mais nous n'étions pas préparés à endurer les rigueurs de l'hiver.

Un autre bouton céda.

— Une mule a gelé debout dans l'enclos, si bien que j'ai fini par faire entrer mon cheval dans notre cabane.

Un autre bouton.

— Puis la neige s'est mise à tomber. Il a neigé, neigé... comme si c'était la fin du monde.

Le col du corsage retomba et il embrassa doucement la chair dévoilée. Rebecca tressaillit. Ses yeux se fermèrent, tandis que son cœur tambourinait dans sa poitrine. Elle avait l'impression que deux personnes se disputaient en elle : l'une, blottie contre Shaw, n'avait conscience que de la chaleur de son corps; l'autre, détachée, lui posait des questions sur un ton normal, sans honte ni crainte d'être découverte.

— J'ai dû grimper sur le toit de la cabane pour déblayer la neige qui menaçait de l'ensevelir.

Ses lèvres butinaient l'épaule dénudée de Rebecca. Il écarta doucement une mèche de cheveux égarée. Chaque fois qu'il la touchait, Rebecca frémissait. Une langueur étrange s'était emparée d'elle. Que lui arrivait-il ? Comment Shaw pouvait-il lui faire éprouver de telles sensations, contre lesquelles elle n'avait aucune défense ? L'avait-il ensorcelée ? Était-ce ainsi que sa sœur Eve avait perdu la tête ?

— Quand nous avons été à court de foin et de maïs, j'ai été obligé de tuer mon cheval, poursuivit-il, une note de regret dans la voix. J'ai pensé d'abord le remettre en liberté, mais il n'aurait pas tenu une seule nuit dans ce froid. Et la neige était déjà trop épaisse pour qu'il puisse regagner la vallée.

Rebecca ferma les yeux et tenta d'imaginer une telle solitude. Mais elle était incapable de fixer ses pensées quand le corps de Shaw était si proche du sien. En dépit des couches de jupons qui les séparaient, elle percevait l'évidence physique de son désir. Et, au lieu d'en être effrayée, elle se sentait gagnée par une puissante exaltation.

Puis il immisça la main sous sa chemise pour cueillir un sein au creux de sa paume et elle eut l'impression que le monde explosait. Des vagues de plaisir brûlant se répandirent en elle, prenant naissance au creux de son ventre pour se propager dans tout son être.

— Oh ! oh... haleta-t-elle.

Shaw rit doucement, ôta sa main et l'embrassa sur le front.

— Mon Dieu ! balbutia-t-elle en se sentant rougir violemment. Je n'ai jamais... C'est ma faute, je...

— Chut ! Tout va bien, assura-t-il en lui caressant doucement les cheveux. Tu crois que je ne sais pas que tu es innocente, Rebecca ?

— C'est mal… Nous…

Il l'embrassa pour la faire taire et reprit :

— Tu ne veux pas écouter la fin de mon histoire ?

Elle déglutit convulsivement, hocha la tête. Il entreprit de reboutonner sa robe et enchaîna :

— Un jour, en janvier ou peut-être en février, un couguar a essayé de pénétrer dans la cabane par la cheminée. J'ai dû rester éveillé toute la nuit pour entretenir le feu. Il ne me restait plus beaucoup de bois et… Bon sang, mais c'est une véritable armure que tu portes ! s'exclama-t-il en tâtant les dures baleines de son corset.

Rebecca cacha son sourire contre son épaule. Il remit en place le dernier bouton.

— C'est grâce à toi si je n'ai pas perdu l'esprit cet hiver-là, conclut-il finalement. Voilà, tu es décente.

— Grâce à moi ? Mais… comment ?

Avec douceur, il la fit basculer sur la veste de daim avant de s'étendre près d'elle. Rebecca avait encore les joues en feu au souvenir de ce qui venait de se passer. Elle ne valait décidément pas mieux que sa sœur. Elle était même pire, car Shaw, lui, n'avait pas été jusqu'au bout de son plaisir. Et c'était lui qui s'était arrêté à temps, pas elle.

Le menton appuyé au creux de la main, il la considérait pensivement.

— Grâce à toi et à sir Walter Scott. Ses poèmes m'ont accompagné durant des semaines. Je les récitais, seul dans la cabane, perdu au milieu des montagnes.

Rebecca se rappela l'époque où, cachés dans la grotte, tous deux répétaient les strophes, encore et encore, jusqu'à les connaître par cœur.

— « Tiens ta langue, mon cher père, car je ne puis retenir ma peine… » cita-t-elle, se remémorant ce chant poignant qui parlait d'amour perdu et qui lui faisait toujours monter les larmes aux yeux.

— Si quelqu'un m'avait vu arpenter la petite cabane, en train de déclamer du Walter Scott… Peut-être avais-je bel et bien perdu la raison, en définitive ?

Shaw ôta la chaînette qu'il portait autour du cou et la glissa dans la main de Rebecca.

— Tiens, c'est pour toi. C'était celle d'Arturo.

Rebecca baissa les yeux et admira la croix d'argent qui étincelait sous la lune.

— C'est très beau, murmura-t-elle. Mais Arturo n'avait-il pas une famille ? Quelqu'un qui aimerait…

— Non. Il était fils unique. À l'origine, cette croix appartenait à sa mère, Estrella, qui est morte en le mettant au monde. Arturo m'en a fait cadeau. Aujourd'hui, elle est à toi.

— Je ne m'en séparerai jamais, affirma Rebecca en attachant la chaîne autour de son cou.

— *Estrella* signifie « étoile » en espagnol.

Yeux clos, Rebecca se coula contre lui. Elle voulait garder en elle le précieux souvenir de cette nuit et le chérir jusqu'à son dernier souffle.

— Il ne faudra plus nous revoir, Shaw. Plus jamais.

— Ne fais pas de promesse que tu ne pourras tenir.

— Je t'en prie…

— J'ai connu beaucoup de femmes dans ma vie, l'interrompit-il, mais pas une qui m'ait fait éprouver ce que je ressens auprès de toi.

— C'est peut-être juste… de la lubricité ?

— Oui, certainement ! convint-il dans un rire. Mais il y a plus que cela entre nous.

— Quoi donc ? chuchota-t-elle d'une voix presque inaudible.

De l'amour ?

— Des ennuis. De gros ennuis qui se profilent à l'horizon ! prophétisa-t-il, la mine assombrie tout à coup.

— Je sais. Tu devrais partir, maintenant. Je saurai bien retrouver mon chemin toute seule.

— Je vais te ramener.

— Non, je t'en supplie ! Je vais suivre la rivière. À l'heure qu'il est, on aura forcément remarqué mon absence. Mes frères doivent déjà être à ma recherche. Je ne veux pas qu'ils nous trouvent ensemble.

Elle se leva, remit un peu d'ordre dans sa chevelure. Shaw se redressa à son tour et tenta de l'attirer dans ses bras, mais elle le repoussa.

— Tu as raison, admit-il à regret.

Elle attendit qu'il ait disparu pour se laisser tomber sur le sol humide de la petite plage et pleurer, pleurer toutes les larmes de son corps sous le ciel étoilé, pour ce qui aurait pu être et ne serait jamais.

Rebecca crut qu'elle avait réussi à se glisser sous le chariot familial sans éveiller aucun membre de la famille. Mais, le lendemain matin, son père, son oncle et Corbett l'accueillirent avec des regards outragés. Et tandis qu'on partageait le petit déjeuner avant l'office du dimanche, aucun homme ne lui adressa la parole, excepté Noah.

Alors que Pilar emportait les assiettes sales, Grandma s'approcha de Rebecca et lui jeta :

— As-tu perdu l'esprit, ma fille ? Tu veux décidément provoquer une tuerie entre les Raeburn et les MacCade ?

— Mais je...

— Ne mens pas. Où étais-tu hier soir ? Je suis peut-être à moitié aveugle, mais je ne suis pas sourde. Je t'ai entendue te faufiler sous le chariot. Tu me fais honte ! Tu ne penses qu'à toi, pas à la famille. Je te croyais plus intelligente. Si Quinn vous surprend ensemble, il logera une balle dans la tête de Shaw et lui posera des questions ensuite.

— Mère, tu es prête ? s'enquit oncle Quinn.

Grandma ôta son tablier, se coiffa d'un chapeau de paille noir et saisit sa Bible.

— J'arrive, fils.

Elle accepta le bras qu'il lui tendait et tous deux se dirigèrent vers la chapelle. Rebecca se joignit à la procession de fidèles qui entonnaient un psaume. Il lui fut néanmoins impossible de se concentrer sur le sermon. La croix que lui avait offerte Shaw lui brûlait la peau, cachée entre ses seins. Elle ne pouvait s'empêcher de penser à lui, aux caresses intimes qu'il lui avait prodiguées, et cela suffisait à éveiller le désir au creux de son ventre. Des images interdites défilaient dans son esprit, de plus en plus dérangeantes. Quel genre de dévergondée était-elle pour imaginer de telles turpitudes pendant le prêche ?

D'un autre côté, comment oublier Shaw ? Mourir lui serait plus facile que de renoncer à lui. Pourtant, si elle s'entêtait à le voir, elle serait responsable de sa mort. Et cette perspective était trop horrible pour être envisagée...

Les paroissiens se levèrent pour chanter la prière finale et recevoir la bénédiction du pasteur. Puis la foule se dispersa au-dehors. Pilar, Rebecca et Grandma emboîtèrent le pas à Corbett, bientôt suivies par le reste des hommes. On salua une dernière fois les voisins et amis, puis Corbett et Noah attelèrent les mules au chariot.

Quelques minutes plus tard, celui-ci cahotait sur la piste poussiéreuse qui ramenait la famille à Angel Crossing. Poppa et oncle Quinn se mirent à discuter du sermon du révérend Jarrell, pendant que Noah fredonnait une chanson à un crapaud qu'il avait déniché dans les bois, près de la chapelle. Rebecca avait pris place sur le siège avant, à côté de Corbett qui conduisait les mules. Grandma, à l'arrière avec Pilar, ménageait ses vieux os sur une pile de couvertures.

Au bout d'un moment, Corbett se mêla à la conversation entre son oncle et son père :

— Jarrell ne tourne jamais autour du pot. Son discours est clair et précis. En comparaison, le révérend Albright était si ennuyeux ! Ça lui a pris une bonne heure pour simplement dire que…

Il se tut brusquement et tira sur les rênes.

— Poppa, regarde ! cria-t-il.

Au loin, une épaisse colonne de fumée noire s'enroulait autour du faîte des arbres, de l'autre côté de la rivière.

— C'est la maison ! s'exclama Rebecca. Il y a le feu à Angel Crossing !

Le reste du trajet parut durer une éternité. Quand enfin ils atteignirent l'embarcadère, ce fut pour se rendre compte qu'on avait sectionné les cordes qui permettaient de tirer le bac d'une rive à l'autre. Il fallut les remplacer avant d'effectuer la traversée. Puis on fit le compte des exactions perpétrées par les vandales : la remise à bois avait brûlé, des clôtures avaient été abattues, le bétail dispersé, et les cochons lâchés dans la maison.

Les jumeaux étaient livides. L'attaque avait eu lieu très tôt dans la matinée et ils n'étaient pas sur place au moment des faits.

— Où étiez-vous ? Pourquoi n'y avait-il personne pour garder la maison ? tonna oncle Quinn.

— Vous étiez censés veiller au grain ! renchérit Poppa. Et les chiens ? Où étaient les chiens ?

— Nous les avions enfermés dans la grange pour qu'ils ne nous suivent pas, répondit Welsh du bout des lèvres.

Oncle Quinn le saisit par le col de sa chemise et le souleva du sol.

— Des ivrognes ! Voilà ce que vous êtes ! Des imbéciles imbibés d'alcool !

Avec mépris, il rejeta Welsh et leva le poing.

— Vous n'êtes pas des hommes, vous ne méritez même pas que je vous casse la figure ! Je devrais vous coller sur mon genou et vous flanquer une bonne raclée, c'est tout ce que vous méritez !

— On n'est pas saouls ! protesta Drummond. Bien sûr, on a bu quelques...

— Pas un mot ! coupa Poppa. À moins que ce ne soit pour me dire le nom de ceux qui ont fait ça !

— On ne les a pas vus. On s'est précipités pour essayer d'éteindre le feu dans la remise, mais il était trop tard et...

— Bande de crétins ! aboya Corbett en crachant dans la poussière. Vous n'avez vraiment rien dans le crâne !

— C'était samedi, hier soir. Il y avait un mariage à Beau Littleton. On n'a pas pensé que...

— C'est bien le problème ! Vous ne pensez jamais ! Vous êtes allés faire la foire pendant que les MacCade incendiaient Angel Crossing !

Sur ces mots, oncle Quinn se mit à inspecter le sol à la recherche d'empreintes. Rebecca intervint :

— Rien ne dit qu'il s'agit des MacCade.

— Toi, rentre à la maison ! lui intima rudement son père. Bien sûr qu'il s'agit des MacCade !

— Pourquoi auraient-ils fait une chose pareille ?

— Parce qu'ils veulent nous chasser d'Angel Crossing. Depuis toujours !

— Nous devrions attendre d'avoir plus de preuves avant de les accuser.

Rebecca réfléchissait. Shaw ne pouvait être coupable. Non, impossible... Et pourtant, n'était-il pas un habitué des virées tapageuses ? Sous l'emprise de l'alcool, on pouvait aller très loin. Pas plus tard que la veille, lors de la cérémonie de baptême...

— Sers-toi de ta tête, voyons ! rétorqua Poppa. Qui d'autre que les MacCade nous en voudrait à ce point ? Hein ? Quel vandale ordinaire prendrait la peine de libérer les cochons dans une maison ?

— Ouais, c'est signé ! approuva Corbett. Ils nous ont vus au baptême, hier soir. Ils savaient qu'ils auraient le champ libre à Angel Crossing. Nous aurions dû rentrer directement, mais nous avons eu le malheur de croire que Welsh et Drummond sauraient défendre la maison. Espèces de bons à rien ! marmonna-t-il en jetant aux jumeaux un regard de dégoût. Bon Dieu, Noah a plus de cervelle que vous deux réunis !

— Ne jure pas devant ta sœur, l'admonesta son père. Et toi, Rebecca, je t'ai déjà dit de rentrer à la maison.

Rebecca obtempéra pour aller aider Pilar et Grandma à nettoyer les déjections des cochons. La gouvernante vitupérait en espagnol après les intrus qui avaient laissé sa cuisine dans un tel état. Elle devait les maudire, eux et leurs descendants, jusqu'à la quatrième génération.

— Nous nous occupons du ménage, déclara Grandma à Rebecca. Va plutôt voir dans la boutique si ces scélérats ont volé quelque chose.

Il n'existait pas de communication entre les quartiers d'habitation et le bâtiment qui servait de magasin. Rebecca ressortit donc pour mesurer l'étendue des dégâts.

Sur la façade de l'épicerie, un volet avait été arraché de ses gonds. Deux carreaux avaient volé en éclats. Heureusement, le cadenas tenait toujours sur la porte. Rebecca tourna la grosse clé de métal dans la serrure et pénétra dans la pièce plongée dans une semi-pénombre.

Deux grosses pierres gisaient sur le sol, au milieu des bris de verre. Par ailleurs, rien ne semblait avoir été endommagé. Néanmoins, Rebecca étudia soigneusement les lieux. Son regard glissa sur le comptoir où étaient empilés des couvertures et des sacs de semence, puis le long des quatre murs où, pendus à des crochets, étaient disposés outils, lampes, licous, cordages et pièges. Plus loin étaient entreposés des sacs de farine, de sel, de haricots secs. Derrière le comptoir, dans une vitrine, étaient rangés des aiguilles, des bobines de fil, des paires de ciseaux et des canifs. Des seaux de clous, de chevilles de bois et de fers à cheval s'alignaient le long du mur du fond. Quant à l'argent liquide et aux articles les plus onéreux tels que pistolets, munitions et boussoles, Poppa les cachait dans la cave située sous l'habitation principale.

Munie d'un marteau, de vis et d'un tournevis, Rebecca répara le volet extérieur. Puis, comme elle regagnait la maison, elle croisa Corbett qui en sortait, un fusil et une boîte de cartouches à la main.

— Où vas-tu ? Pourquoi as-tu besoin de ton arme ?

— Nous allons rendre une petite visite à nos chers voisins. Oncle Quinn a trouvé des empreintes qui mènent droit chez les MacCade.

— Vous êtes fous ! C'est trop dangereux ! Quelqu'un pourrait se faire tuer…

— J'espère bien, du moment que c'est un MacCade ! lança Drum qui venait d'apparaître à son tour, son fusil sur l'épaule et un colt glissé dans sa ceinture. Vous les femmes, vous feriez bien de vous enfermer à double tour quand on sera partis.

— Corbett, ne fais pas cela ! implora Rebecca. Drum, cela n'a rien à voir avec la chasse au lapin. Tu pourrais recevoir une balle. Grandma ! Dis-leur que c'est une folie !

Grandma, poings sur les hanches, se campa sur le perron.

— Ne gaspille pas ta salive, ma fille. Les hommes n'écoutent jamais la voix de la raison. Mais ils n'ont pas besoin d'emmener Noah avec eux. Hein, Quinn ? Noah a un corps d'homme, mais l'esprit d'un petit enfant. Il n'a rien à faire dans cette expédition.

— Tout ira bien. Tu te fais trop de souci pour lui. C'est un Raeburn, oui ou non ? Et il tire aussi bien que ces coyotes de MacCade.

Rebecca se cramponna au bras de Corbett.

— Va chercher le shérif ! Vous n'allez tout de même pas déclencher un bain de sang pour une malheureuse remise qui a brûlé !

— Si on les laisse faire, ils viendront bientôt incendier nos lits ! rétorqua son frère qui se dégagea d'un mouvement sec.

Welsh, qui arrivait monté sur son hongre et tenait la monture de son jumeau par la bride, renchérit :

— C'est une affaire d'hommes, Rebecca. Ne t'en mêle pas.

En désespoir de cause, Rebecca courut dans la cour où son père attendait, déjà juché sur son cheval.

— Poppa ! N'y va pas, je t'en prie !

— Reste avec ta grand-mère.

Et, sans écouter ses protestations, les cinq cavaliers partirent au galop, sous les aboiements excités des chiens et les piaillements affolés des poules.

Rebecca demeura quelques secondes interdite, à regarder leurs silhouettes qui s'éloignaient dans un nuage de poussière. Puis elle entendit Pilar qui l'appelait. Au lieu de rentrer, elle se précipita dans l'écurie et longea les box en courant, passant rapidement en revue les montures qui restaient. Enfin, elle trouva la jument qu'elle cherchait et qui piaffait nerveusement au fond de sa stalle.

— Echo ! appela-t-elle doucement.

Âgée de trois ans seulement, la pouliche avait une belle robe lustrée striée de noir et quatre chaussettes noires. Elle était à peine débourrée, mais plus rapide que n'importe quel autre cheval de l'écurie. Si elle ne désarçonnait pas Rebecca d'entrée de jeu, celle-ci avait une petite chance d'atteindre la propriété des MacCade avant les hommes.

Le geste sûr et rapide, Rebecca glissa le harnais sur la tête de la jument, lança le tapis de selle sur son dos, puis boucla la sangle de la selle. Pilar et Grandma avaient sans doute deviné ses intentions. Elle devait se dépêcher…

Elle guida Echo vers une porte latérale et, d'un mouvement brusque, retroussa jupe et jupons pour poser le pied sur l'étrier. Echo tressaillit et se cabra à demi.

— Tout doux, tout doux…

Sans cesser de lui parler à mi-voix, Rebecca enfourcha la jument. Celle-ci partit alors en diagonale, tête baissée, tout en mâchonnant son mors.

— Pas de ça maintenant, ma jolie !

À cet instant, la voix sonore de Pilar s'éleva de la cour :

— Rebecca ! Descends de cheval ! Viens ici tout de suite ! Ta grand-mère veut…

— Ne t'inquiète pas ! cria Rebecca sans se retourner. Je suis une femme et je n'ai pas d'arme. Personne ne s'en prendra à moi.

Elle piqua des deux et Echo bondit en avant.

Lorsqu'elle atteignit la grande barrière, elle n'avait toujours pas été désarçonnée. Rassurée, elle scruta l'horizon et distingua les silhouettes minuscules de son père, de son oncle et de ses frères. Plus que jamais déterminée, elle fit bifurquer la jument en direction de la rivière. Les autres avaient de l'avance sur elle, par conséquent, elle allait couper à travers bois.

Ses doigts relâchèrent les rênes et, penchée en avant, elle talonna Echo qui partit comme une flèche.

12

Echo dévala au galop un raidillon rocailleux et termina par une glissade impressionnante qui flanqua une belle frousse à Rebecca. Mais, peu après, elle parvint sans encombre sur les terres des MacCade, bien avant les hommes de sa famille. Echo écumait et sa robe luisait de sueur. Pourtant, elle avançait toujours à un train soutenu.

Lorsque Rebecca tira sur les rênes, la jument se mit à frapper le sol de ses sabots.

Deux gamins pieds nus, qui jouaient au ballon dans la cour, regardèrent Rebecca avec des yeux comme des soucoupes, avant de se ruer vers la maison pour disparaître à l'angle.

— Attendez ! Revenez ! appela-t-elle en vain.

Un vieux chien à l'oreille déchiquetée rampa hors du porche sur les trois pattes qui lui restaient et aboya sans conviction. Aussitôt, une douzaine de molosses à l'air féroce se matérialisèrent autour de Rebecca. Babines retroussées sur leurs dents pointues, ils se mirent à gronder.

— Allez-vous-en ! leur cria Rebecca.

Les oreilles d'Echo se couchèrent en arrière. La jument tourna la croupe et botta l'un des chiens qui s'enfuit en jappant.

— Hou, hou ! appela encore Rebecca. Il y a quelqu'un ?

Gardant un œil sur la meute et les rênes bien en main, elle inspecta son environnement avec curiosité. C'était la première fois qu'elle mettait les pieds chez les MacCade.

Sur sa gauche se dressaient une vaste maison à plusieurs ailes et multiples cheminées ainsi que trois – non, quatre – maisons en rondins construites à l'ombre des arbres. Au-delà se trouvaient, disposées au hasard, une forge, une écurie, une grange et quelques remises. Des chevaux, des bœufs et des mules broutaient l'herbe dans les corrals avoisinants, tandis que la volaille caquetante s'égaillait dans toute la ferme. Des pigeons, une cane suivie de ses huit canetons, deux chevaux et un veau déambulaient en liberté dans la cour.

Une enseigne peinte à la main était accrochée près de la porte d'entrée. Un simple nom y était inscrit : *MacCade*.

Un mince filet de fumée s'échappait en volutes de la cheminée principale. Mais nulle présence humaine n'était visible.

— Il y a quelqu'un ? appela de nouveau Rebecca.

Les chiens aboyèrent de plus belle et le veau se tourna pour l'observer de ses grands yeux bruns. Pas de réponse. Puis une des fenêtres d'une des maisons en rondins s'ouvrit et une femme à la peau basanée apparut dans l'encadrement. Elle cria quelque chose que Rebecca ne comprit pas. Plus loin, un petit garçon jaillit d'une des remises pour disparaître dans l'écurie.

Comme Rebecca guidait Echo vers le bâtiment, un homme immense à la mine patibulaire se matérialisa soudain sur le seuil. Velu et noir de poil, il avait le poitrail aussi large que celui d'un grizzli. Une cicatrice violette, souvenir d'une ancienne brûlure, partait de son arcade sourcilière pour se perdre dans sa barbe broussailleuse. Bien que ses favoris et ses longs cheveux soient striés de gris, il semblait avoir la vigueur de ses vingt ans.

Le géant s'immobilisa et cala la tête de sa cognée sur le bout de sa botte.

— Que venez-vous faire ici, Rebecca Raeburn ?

Rebecca sentit des gouttes de transpiration perler à son front. Un goût de sciure lui envahit la bouche.

— Monsieur MacCade ? Monsieur Murdoch MacCade ?

— Je vous connais. Vous êtes la fille de Campbell Raeburn. Vous n'êtes pas la bienvenue ici. Ni vous ni personne de votre famille.

— Je vous en prie, il faut que je vous parle...

— Pa ? Que se pass...

Shaw venait de sortir de l'écurie. Il se figea en apercevant Rebecca.

— Rebecca ? Que fais-tu là ? Va-t'en !

— Non ! Vous devez m'écouter. Des vandales s'en sont pris à Angel Crossing, ce matin. Ils ont incendié la grange et libéré le bétail.

Murdoch la toisa de ses yeux noirs sous ses sourcils grisonnants.

— Et en quoi cela me concerne-t-il ?

— Mon oncle affirme que les empreintes mènent ici. Les miens pensent que vous avez fait le coup. Est-ce... est-ce vrai ?

Murdoch empoigna sa cognée et l'abattit contre un poteau. La lame tranchante s'enfonça profondément dans le bois. Il beugla :

— Pour qui vous prenez-vous ? Vous osez venir jusque chez moi pour m'accuser de...

Shaw s'interposa vivement entre son père et la jeune femme.

— Pa, est-ce que Payton et Tom sont rentrés la nuit dernière ? Et Nigel et Leslie ? Et Bruce ? Ce pourrait être n'importe lequel d'entre eux...

— Pourquoi, tu es au courant de quelque chose que j'ignore ? gronda Murdoch, poings serrés.

Sur ces entrefaites, une grande femme d'âge indéterminé surgit dans la cour et dispersa les chiens à coups de balai.

— Fichez-moi le camp !

— Laisse mes chiens tranquilles ! tonna Murdoch. Ils ne font que leur travail.

— Dieu nous préserve ! Tu as sûrement besoin de tes chiens pour te protéger de cette fille !

Après avoir marché droit sur Echo, elle tendit la main à Rebecca.

— Bonjour. Je suis Mme MacCade. Vous pouvez m'appeler Fiona.

— Ravie de vous rencontrer. Je suis Rebecca...

— Je sais qui vous êtes. Ce que je ne sais pas, c'est pourquoi vous êtes ici. Quoique... j'aie ma petite idée sur la question, ajouta Fiona avec un coup d'œil soupçonneux à Shaw.

— Elle dit que quelqu'un a mis le feu à Angel Crossing ce matin, expliqua Murdoch. Et elle prétend que ce sont nos gars qui ont fait ça.

— Non, non ! Je n'ai rien dit de tel, se récria Rebecca. Je dis juste que ceux qui ont fait le coup sont repartis en direction de votre ferme.

— Et alors ? Si Campbell avait des questions à me poser à ce sujet, il ne pouvait pas se déplacer en personne ? Faut-il qu'il ait la trouille pour envoyer sa fille à sa place !

Shaw intervint d'une voix durcie :

— Pa, je t'en prie ! Tu parles à une dame.

— Tu ne vas tout de même pas me donner des leçons de politesse devant une intruse ? !

— Oh, arrêtez, vous deux ! lança Fiona. Vous ne valez pas mieux que les chiens ! Elle ne serait pas venue jusqu'ici si...

— Ce n'est pas mon père qui m'envoie ! cria Rebecca, fébrile. Lui, mon oncle et mes frères sont en route. Ils vont arriver d'un instant à l'autre. Je voulais vous prévenir parce que… parce que si vous parvenez à discuter avec eux…

— Discuter avec un Raeburn ? ricana Murdoch. Autant discuter avec le mur de cette écurie ! Si les Raeburn viennent ici pour chercher les ennuis, ils vont les trouver, je vous le garantis !

— Oh, écoutez-moi ! Je…

Les paroles de Rebecca furent couvertes par un martèlement de sabots et un concert d'aboiements. Elle se tourna sur sa selle et vit Bruce et Ewen arriver au grand galop. Ewen était affalé sur l'encolure de son cheval, sa chemise tachée de sang au niveau du bras.

— Ewen est blessé ! hurla Bruce. Quinn Raeburn lui a tiré dessus ! Et tous les Raeburn sont en chemin pour nous attaquer !

La première pensée de Shaw fut de mettre Rebecca à l'abri. Il saisit la bride d'Echo et cria :

— Pied à terre, vous autres ! Et mettez-vous à couvert !

Du coin de l'œil, il vit Bruce aider Ewen à descendre de cheval. La plaie saignait abondamment mais, à entendre Ewen jurer comme un charretier tandis que son cousin le soutenait vers la maison, la blessure ne devait pas être gravissime.

À sa grande surprise, Rebecca ignora son ordre et tira sur les rênes.

— Non ! Je suis venue ici pour empêcher un massacre et je ne vais pas me cacher pendant que…

Le reste fut couvert par les hennissements de la jument qui se cabrait violemment. Shaw affermit sa prise sur les guides pour l'obliger à reposer les antérieurs. Echo lui donna un coup de tête, cherchant à le mordre, et Rebecca en profita pour déchausser les étriers et se laisser glisser contre le flanc droit de la jument.

Shaw attendit qu'elle soit hors de portée des sabots pour lâcher l'animal et se précipiter à la poursuite de la jeune femme qui courait vers le chemin.

— Rebecca, reviens ! Bon sang ! Ma, rentre à la maison ! cria-t-il par-dessus son épaule.

Au même instant, son père rugit :

— Fiona, rentre tout de suite !

Shaw rattrapa Rebecca et la saisit par l'épaule pour la faire pivoter face à lui. Déséquilibrée, elle s'écroula, l'entraînant dans sa chute.

— Rebecca, arrête !

Mais elle ne l'écoutait pas et se débattait comme une furie de ses poings et de ses pieds. Un coup atteignit Shaw au front et lui rejeta la tête en arrière. Rebecca était beaucoup plus petite que lui et bien moins forte. Si elle avait été un homme, il l'aurait étendue pour le compte en moins de dix secondes. Mais comme il ne voulait pas lui faire mal, il avait de la peine à la maîtriser. Finalement, il réussit à lui emprisonner les poignets et, assis à califourchon sur elle, la cloua au sol. Elle cessa aussitôt de se démener et, une lueur de défi dans les yeux, le dévisagea.

À cet instant, le clan Raeburn débarqua dans la cour, fusils pointés sur eux.

— Lâche ma fille ! tonna Campbell Raeburn, dressé sur ses étriers.

Tant bien que mal, Shaw se redressa sans cesser de ceinturer Rebecca d'un bras ferme. Il leva la main, paume ouverte, pour montrer qu'il n'était pas armé. Noah dégringola de son cheval et, son fusil à la main, se rua en avant.

— Pas mal à Rebecca !

Un coup de feu éclata et le garçon se pétrifia, l'air affolé. Il baissa les yeux et, incrédule, considéra l'auréole écarlate qui s'agrandissait sur sa cuisse droite. Puis, avec un gémissement plaintif, il s'affala sur le sol, tandis que son arme lui échappait des mains. Rebecca poussa un cri perçant.

Welsh Raeburn se leva sur les étriers et pointa son pistolet. Une détonation retentit. Shaw entendit la balle lui siffler aux oreilles. En écho, un autre coup de feu fut tiré de l'une des maisons en rondins.

Shaw se jeta au sol, entraînant Rebecca avec lui, au moment où une pétarade nourrie s'élevait dans la cour. Puis la déflagration plus puissante d'une carabine retentit tout près. Paniqués, les chevaux hennirent. Rebecca se tortilla frénétiquement pour échapper à Shaw dont les narines captaient l'odeur de la poussière, du sang et de la poudre.

Quelques secondes s'écoulèrent, aussi lentes que des heures. Enfin, une voix féminine et volontaire résonna :

— Arrêtez, bande de vauriens ! Posez vos armes ou je vous jure que je les tue tous les deux !

La jupe grossière de Ma frôla la joue de Shaw. Interdit, il sentit le métal froid d'un canon se poser sur sa nuque.

— Ma ?

— La ferme, Shaw ! Ne bouge pas un seul muscle ! Murdoch, tu sais que je suis capable de le faire ! clama sa mère. Crois-moi, je le jure devant Dieu. Si vous ne reculez pas tous, je les envoie tous les deux devant le Seigneur !

Les Raeburn, pétrifiés, fixaient Ma qui était retombée dans le silence. On n'entendait plus que les sanglots angoissés de Noah, recroquevillé en position fœtale, et le piétinement nerveux des sabots sur le sol dur.

Soudain, Drummond leva son fusil. Shaw croisa son regard mais, avant qu'il puisse réagir, il vit Quinn donner un violent coup de crosse sur le crâne de son neveu. L'arme lui échappa des mains et tomba dans la poussière. Drummond se serait écroulé si Quinn ne l'avait retenu et hissé sans ménagement en travers de sa propre monture.

— Nous vous avons entendue, Fiona ! lança Quinn. Vous avez raison. Nous sommes tous en train de devenir fous. Laissez partir ces gamins, maintenant.

— Pas question. Pas avant que vous n'ayez tous lâché vos armes, Raeburn et MacCade !

— On ne peut pas ! protesta Campbell. Qui va empêcher vos hommes de nous descendre les uns après les autres quand nous serons désarmés ?

— Personne ne vous tirera dessus. Nous sommes des MacCade, pas des Comanches sans foi ni loi. Murdoch, à toi de montrer l'exemple.

Murdoch MacCade leva les yeux sur Campbell. Après une hésitation, il proposa :

— La trêve ?

Comme Campbell acquiesçait d'un bref hochement de tête, Murdoch remit son pistolet dans son holster et hurla :

— Les MacCade, rengainez vos armes !

Fiona attendit que les Raeburn aient eux aussi rangé leurs armes pour ôter le canon de sa carabine de la nuque de Shaw.

— Qu'attends-tu ? Laisse-la partir, lui ordonna-t-elle en désignant Rebecca.

Celle-ci sauta sur ses pieds dès qu'elle se retrouva libre et se précipita vers Noah. Fébrile, elle agrandit l'accroc fait par la balle dans le pantalon et appuya de toutes ses forces sur la plaie afin de stopper l'hémorragie.

Fiona passa sa carabine à Janie, la concubine indienne de Leslie.

— Apportez-moi des bandages.

Shaw rejoignit les rangs des MacCade. À en croire les regards noirs qu'échangeaient Murdoch, Will et Payton avec les Raeburn, la fusillade était susceptible de reprendre à tout moment.

Une fois son stock de jurons épuisé, Murdoch MacCade lança :

— Je n'ai jamais demandé à mes gars de mettre le feu à Angel Crossing. Ce n'est pas mon genre de me cacher derrière mes fils ou des femmes.

— C'est Ewen qui nous a tiré dessus en premier, rétorqua Campbell, ses yeux gris aussi froids que le métal. Lui et Bruce MacDuff. Nous venions ici pour te demander des comptes et démêler les fils de cette histoire, mais tes garçons ont ouvert le feu sans se poser de questions.

— Il y a un blessé dans chaque camp. Vous devez tous être contents, non ? ironisa Shaw. Maintenant, que chacun rentre chez soi avant que le pire ne se produise.

— Des menaces ? gronda Welsh, pâle comme la mort et le front couvert de sueur.

Shaw reporta son attention sur lui et le vit tel qu'il était : un gamin mort de peur mais incapable de fermer sa grande gueule.

— Nous pouvons installer Noah dans la maison, proposa Fiona. Il faut extraire la balle…

— Nous allons le ramener chez nous, coupa Quinn.

— Comme vous voudrez. Mais je n'ai jamais tourné le dos à un homme ou à un animal blessé. Il n'aurait rien à craindre sous mon toit.

— Si je me trompe sur l'identité de ceux qui ont mis le feu à ma remise… commença Campbell.

— Tu aurais dû y réfléchir avant de venir ici ! jeta durement Murdoch. Maintenant, récupère les tiens et fiche-moi le camp d'ici. Et n'oublie pas ta fille ! Elle n'a pas à venir tourner autour de mon fils.

Shaw fit un pas vers Campbell Raeburn.

— Ce que vous avez vu en arrivant ici n'était pas ce que vous croyez. Je me couperais les deux bras plutôt que de faire du mal à Rebecca, affirma-t-il.

— Tu n'as pas eu ces scrupules avec Eve ! rétorqua Campbell, la voix vibrante de mépris.

Fiona insista auprès de Quinn :

— Au moins, emmenez votre neveu dans un chariot. C'est idiot de le faire chevaucher jusqu'à Angel Crossing. Il va se vider de son sang.

Quinn hocha la tête et Fiona ordonna à ses fils d'aller atteler deux mules au chariot.

— Et mettez une bonne couche de paille à l'arrière. Ce garçon souffre.

— Comment va Ewen ? s'enquit Quinn.

— La balle n'a pas touché l'os. Il survivra si la gangrène ne se met pas dans la plaie. Merci d'avoir posé la question.

Drum avait repris conscience et, encore groggy, s'appuyait contre sa monture, la tête entre les mains. Shaw alla récupérer Echo, puis s'approcha de Rebecca, agenouillée auprès de Noah.

— Perd-il toujours du sang ?

— Je n'en sais rien. Il a besoin d'un médecin, répliqua-t-elle avec froideur.

— Ma sait s'y prendre avec les blessés, elle…

— Non ! Je m'occupe de lui.

Puis elle releva la tête pour le regarder droit dans les yeux et poursuivit :

— Cela n'aura jamais de fin, n'est-ce pas ? Ils ne cesseront jamais de s'entre-tuer, jusqu'à ce que…

— Chut ! Ne parle pas comme ça. Tu veux que je…

— Je ne veux rien de toi ! Juste que tu te tiennes à l'écart des miens. Retourne en Californie ! Ou n'importe où. Mais laisse-nous vivre en paix.

La douleur fusa dans la poitrine de Shaw, lui comprima la gorge.

— D'accord, murmura-t-il. Si c'est ce que tu souhaites…

— C'est exactement ce que je souhaite ! Il n'y a pas d'autre solution.

Il acquiesça d'un mouvement raide de la tête et tourna les talons.

Il était presque minuit quand Rebecca gravit l'escalier pour rejoindre sa chambre. À leur retour, Grandma avait levé les yeux au ciel lorsqu'on avait émis l'idée d'appeler un médecin afin de soigner Noah.

— Il sera mort avant que le docteur arrive, avait-elle assuré. Non, installez-le sur la table de la cuisine. Je sais quoi faire. Ensuite, ce sera au Seigneur d'en décider…

Elle avait lavé la blessure avec de l'eau dans laquelle avaient bouilli des feuilles de noyer. Puis elle avait donné une sangle en cuir à mordre à Noah. Poppa, oncle Quinn, Corbett et Welsh avaient maintenu les membres du jeune garçon tandis que Grandma ôtait la balle et les esquilles d'os. Drum était là lui aussi, mais il avait tellement mal au crâne qu'il n'avait été d'aucune utilité.

Sous l'œil vigilant de Grandma, Rebecca avait préparé une décoction de racines qu'on ferait boire régulièrement au blessé et qui servirait également à baigner la plaie. Ensuite, les deux femmes avaient jugulé l'hémorragie en appliquant un cataplasme de poudre d'alun. Noah était resté conscient durant toute la durée des opérations.

— Noah blessé ! Noah mal ! répétait-il à tout bout de champ.

Pour finir, Poppa avait lu des passages de la Bible et Grandma avait apposé ses mains bienfaisantes sur la tête de Noah. Maintenant, le blessé était au lit, veillé par oncle Quinn.

— C'est assez, vous avez fait ce que vous avez pu, avait-il déclaré à Rebecca et à Grandma. Si la fièvre se déclare ou si l'hémorragie reprend, je vous préviendrai. Campbell ou Corbett me remplaceront auprès de lui quand je serai fatigué.

Rebecca ne se rappelait pas avoir jamais été aussi épuisée. Ses paupières semblaient de plomb. Elle était vidée de toute énergie, tant sur le plan physique qu'émotionnel. Son père ne lui avait fait aucune remarque à propos de son escapade chez les MacCade, ce qui ne signifiait pas qu'il ne lui dirait pas son fait plus tard. Le lendemain, très certainement, elle écoperait d'une punition bien méritée pour avoir désobéi.

Au pied de l'escalier, Molly gémit doucement. Rebecca se retourna avec lassitude pour commander à la chienne de rester où elle était. Ce soir, elle voulait rester seule. Elle n'avait même pas pris la peine d'emporter une lampe. Inutile d'avoir de la lumière pour se traîner jusqu'à son lit et s'y laisser tomber.

Parvenue sur le palier, elle alla jeter un coup d'œil à Noah. Ce dernier s'était endormi. Il avait le teint blême, mais respirait presque normalement.

— N'oublie pas, oncle Quinn : tu as promis de m'appeler s'il se passe quelque chose, rappela-t-elle à son oncle.

— Mais oui. Ne t'inquiète pas. J'ai vu des hommes se remettre de blessures bien pires. Noah guérira.

— Je l'espère tant !

Elle quitta la pièce et gravit la dernière volée de marches qui menait à sa chambre. Après avoir repoussé la porte, elle se dirigea à tâtons vers le lit... et se figea soudain. La fenêtre était ouverte et les rideaux voletaient doucement, soulevés par la brise nocturne. Pourtant, elle était certaine d'avoir fermé la croisée la veille, au moment de partir pour la chapelle.

Les charnières métalliques de la porte grincèrent. Rebecca tressaillit et, le cœur battant, souffla :

— Qui est là ? Pilar, c'est toi ?

Aucun de ses frères n'avait le droit de pénétrer dans sa chambre depuis qu'elle avait atteint l'âge de dix ans. C'était une des règles inflexibles instaurées par Poppa.

L'oreille dressée, elle retint son souffle. Bien que la chambre soit parfaitement silencieuse, son instinct lui disait qu'elle n'était pas seule.

— Je vous préviens, j'ai une arme, prétendit-elle d'une voix mal assurée.

Elle rassembla son courage et fit un pas vers la porte. Alors, quelque chose de doux et de tiède lui glissa entre les chevilles.

— Miaouuu…

— Cricket ?

Pestant contre sa propre stupidité, elle se baissa pour ramasser le chat. Mais l'animal se tortilla et lui échappa avant de filer sous le lit.

— Que fais-tu ici ? Tu chasses les souris ?

Elle faillit rire de soulagement. Elle avait vraiment eu peur et les poils de ses bras étaient encore hérissés. C'était sûrement l'épuisement qui la faisait sursauter ainsi au moindre bruit. Elle avait besoin de pleurer un bon coup, cela irait mieux ensuite. La journée avait été particulièrement riche en émotions. Il y avait d'abord eu l'incendie de la remise, puis cette violente confrontation avec les MacCade, la blessure de Noah et, enfin, cet instant terrible où elle avait compris que tout espoir de bonheur avec Shaw venait de voler en éclats.

Elle avait de la peine et elle était en colère. Pour l'heure, elle ne voulait pas penser à lui.

Machinalement, elle tendit la main vers le lit… et ses doigts rencontrèrent un torse masculin !

Une main d'acier se posa sur sa bouche avant même qu'elle puisse pousser un cri.

— Chut ! C'est moi.

La frayeur décupla la fureur de Rebecca. Elle tenta de le griffer, le frappa en plein visage, puis éclata en sanglots. Il la ceintura promptement et, tandis qu'elle se débattait, ils tombèrent sur le lit, bras et jambes emmêlés.

— Arrête ! Tu ne veux tout de même pas me tuer ?

— Tu es fou ! haleta-t-elle. Si on te trouve ici, tu ne repartiras pas vivant !

— Cela t'arrive souvent de menacer les gens avec des pistolets invisibles ?

— Ne plaisante pas ! Si je crie, mes frères seront là en trois secondes.

— Tu souhaites me voir mort, Rebecca ?

— Tu es sûrement ivre ! jeta-t-elle avec dédain et bien qu'elle ne perçoive aucune odeur d'alcool. Tu ne comprends donc pas que mon père et mon oncle sont capables de t'abattre comme un chien s'ils te surprennent dans ma chambre ?

Il l'embrassa. Le temps d'un éclair, elle lui abandonna sa bouche, cédant à l'éblouissement qui s'emparait d'elle. Puis la raison reprit le dessus et elle le repoussa.

— Non !

— Rebecca, je ne laisserai pas les choses ainsi entre nous. Il fallait que je te voie, que je comprenne pourquoi...

— Comment es-tu entré dans ma chambre ?

— Par la fenêtre. Tu ne croyais tout de même pas que j'étais passé par la cheminée ?

— Mais les chiens ? Ils n'ont pas aboyé ?

— J'ai amené la chienne de Will. Elle est en chaleur et la dernière fois que j'ai vu les molosses de ton père, ils lui filaient le train en direction de la rivière.

— Tu es content de toi, hein ? Tu n'avais pas le droit de venir ici, Shaw...

— Qui en a plus le droit que moi ?

De nouveau, il tenta de l'embrasser. Elle détourna la tête.

— Tout à l'heure, quand j'essayais de parler à ton père, tu m'as traitée comme... comme si j'étais...

— Une femme ?

— Tu es comme mon père ! Tu crois que je n'ai pas plus d'importance qu'une gamine, qu'on peut me donner des ordres, que je suis trop stupide pour...

— Je pense que tu es aussi courageuse qu'intelligente. Mais je n'allais pas te regarder te faire tuer sans réagir. Tu aurais pu recevoir une balle.

— Une balle tirée par ta folle de mère ?

Il se mit à rire.

— Ma n'aurait jamais pressé la détente.

— Ce n'est pas l'impression qu'elle m'a donnée.

— En tout cas, elle a mis fin à la bagarre, non ? Pa est une sacrée tête de cochon. Quand il est en colère, rien ni personne ne peut l'arrêter. Sauf Ma. Elle est son talon d'Achille.

Shaw glissa la jambe par-dessus celles de Rebecca pour mieux l'immobiliser. Puis, doucement, il lui prit la joue au creux de la main.

— Nous nous sommes séparés en ennemis. Je ne pouvais pas en rester là, murmura-t-il.

— Non, je t'en prie ! gémit-elle. Nous n'avons rien à faire ensemble. Je te l'ai déjà dit. Tout ce que tu cherches, c'est une fille facile qui...

— Tais-toi ! Tu es la femme que je veux. Je souhaite vivre auprès de toi. Tu sais, rien ne nous oblige à rester ici et à les regarder s'entre-tuer. Nous pouvons partir, en Californie par exemple. Ou bien au Texas. N'importe où, loin de toute cette haine.

Une émotion confuse, teintée d'espoir, enfla en Rebecca. Comme ce serait facile de fuir, d'oublier Noah et Grandma pour ne plus penser qu'à elle et au seul homme qui ait su faire chavirer son cœur ! Shaw la désirait et c'était réciproque. Mais il ne lui avait pas parlé d'amour. Il ne lui avait pas demandé de l'épouser.

— Lâche-moi, lui enjoignit-elle.

— Écoute-moi, j'ai de l'argent. Je peux t'emmener où tu le désires.

Une question lancinante s'imposa à Rebecca. Avait-il fait la même proposition à Eve ?

Elle n'était toujours pas sûre de le croire quand il affirmait ne pas être le père du petit Jamie. Même si elle se résolvait à abandonner sa famille, ce doute persisterait toujours en elle et leur empoisonnerait l'existence. Il grandirait, la consumerait et finirait par détruire leur couple.

— Puis-je te faire confiance, Shaw ?

Elle se rendit compte qu'elle prononçait ces mots à voix haute au moment même où ils franchissaient ses lèvres.

— Bien sûr.

— Tu accepterais de quitter ta famille, tes parents, tes frères et tes sœurs ? Pour toujours ?

— Tu me demandes si je tiens à toi plus qu'à eux, c'est cela ?

Il se pencha et elle sut que si elle lui permettait de l'embrasser encore, elle ne serait plus capable de contenir l'urgence de son désir.

— Tu ne devrais pas être là ! s'écria-t-elle soudain. Laisse-moi ! Va-t'en ! Je ne peux pas partir avec toi, Shaw. Je ne sais même pas si j'en ai envie. Et je ne sais toujours pas si je te crois à propos d'Eve.

— Si tu ne me connais pas après toutes ces années, alors tant pis ! Tu as raison, je vais partir, se rebiffa-t-il.

La souffrance contenue dans sa voix la meurtrit comme un coup de poignard. Il la lâcha brusquement, se redressa et, l'instant d'après, il enjambait la fenêtre pour se fondre dans la nuit.

Rebecca se força à demeurer étendue sur le lit et s'interdit de le rappeler. Elle avait bien fait de le renvoyer. Ici, il courait un trop grand danger. Elle aurait dû le chasser de son esprit, plonger dans un sommeil réparateur, mais ses incertitudes la taraudaient. Finalement, elle prit une décision. Elle irait voir Eve à Saint Louis, d'abord pour vérifier que celle-ci allait bien et qu'oncle Quinn s'était trompé sur son mode de vie ; et puis, il fallait que, les yeux dans les yeux, Eve lui dise la vérité sur le père de Jamie.

Rebecca ressentait également le besoin de mettre de la distance entre elle et Shaw, du moins tant qu'elle n'aurait pas la réponse à ses questions.

Un long moment, elle resta immobile. Finalement, elle se leva, craqua une allumette et alluma la lampe posée sur sa table de chevet. Rapidement, elle rassembla quelques affaires dans un baluchon qu'elle laissa tomber par la fenêtre. Elle rédigea un bref message pour sa grand-mère et le déposa sur son oreiller.

— Criquet ! appela-t-elle doucement.

Après avoir attrapé le chat, elle le poussa dans le couloir et ferma la porte à clé. Puis, comme Shaw l'avait fait un peu plus tôt, elle enjamba l'appui de la fenêtre.

13

Presque deux jours plus tard, Rebecca héla Joe Turner et ses marins qui, à l'aide de leurs longues gaffes, étaient en train de détacher le *Kentucky Gal* de l'embarcadère de Prior Landing, sur le Missouri. Rebecca était à pied après avoir laissé sa mule aux bons soins d'un fermier mennonite.

— Eh, Joe ! Vous avez de la place sur votre rafiot ?

— Ça dépend pour qui, rétorqua Joe en crachant sa chique de tabac dans la rivière.

— Pour moi. Et je peux payer.

Joe se claqua la cuisse et fit signe à ses hommes de se rapprocher du ponton.

— Ça marche. Content de vous accueillir à bord !

Joe Turner avait une quarantaine d'années. Petit et râblé, il avait aussi mauvais caractère que n'importe quel capitaine de ferry. Son crâne énorme était aussi chauve qu'un oignon, bien que son menton, ses bras et ses pieds nus soient couverts de poils rouquins. Plusieurs fois par an, Joe remontait une cargaison jusqu'à la Little Smoke River et, chaque fois, il passait la nuit à Angel Crossing.

Il abaissa la planche de deux mètres de long qui servait de passerelle aux passagers.

— Sapristoche, qu'est-ce que vous faites dans le coin ?

— Je vais à Saint Louis voir des parents.

— Seule ? C'est-y que vous auriez perdu la boule ?

Avec l'aisance d'un homme qui avait passé toute sa vie sur l'eau, Joe s'avança sur la planche et tendit une main velue à Rebecca pour l'aider à grimper.

— Ne vous inquiétez pas pour moi, je sais me défendre, assura-t-elle.

— Pour sûr. Mais je vais pas vous emmener jusqu'en ville. Je vais chercher de la marchandise à Booneville, du côté de Jeff City.

— Dans ce cas, je me débrouillerai pour aller jusqu'à Jefferson, puis je prendrai le vapeur pour rejoindre Saint Louis.

Joe lui confisqua son baluchon dès qu'elle fut montée à bord du bac et le lança à un de ses hommes, un mulâtre dégingandé.

— Range-moi les affaires de Mlle Raeburn là où elles seront pas mouillées, ordonna-t-il, avant d'appeler un marin à casquette rouge : Baptiste ! Relève la planche. Et vous autres, tas de rats de rivière, vous avisez pas d'adresser la parole à la dame ! On ne crache pas et on ne jure pas. Si vous la regardez seulement, je vous jure que je vous arrache les castagnettes pour les donner à gober aux poissons-chats !

Aucun des hommes d'équipage n'émit d'objection. Joe écarta une caisse de marchandises pour permettre à Rebecca de s'asseoir sur le toit de la cabine.

— Vous pouvez aller à l'intérieur si vous voulez. Mais il fait chaud à crever, là-dedans.

— Non, ça ira très bien comme ça, merci. Et j'insiste pour payer ma place.

— Eh, pas question ! grogna Joe. Tenez, regardez plutôt ça...

Il tira de sa poche un petit pistolet et le lui tendit.

— Vous me feriez bien plaisir de le prendre si vous voyagez toute seule, mam'zelle. Moi, je préférerais lâcher l'ancre en territoire injun plutôt que de marcher dans les rues de Saint Louis après le coucher du soleil.

— Je ne peux pas prendre votre pistolet ! Il vaut certainement...

— Bah, juste un emprunt. Vous me le rendrez la prochaine fois qu'on se verra.

Rouge d'embarras, Joe se gratta la panse.

— Merci mille fois, mais je ne sais pas si...

— Bon sang de bois ! beugla Joe en se levant brusquement. Qu'est-ce que c'est que ce foutoir ! ?

Un autre ferry venait d'apparaître au détour d'un méandre et leur fonçait dessus. Joe se jeta sur la godille et pesa de tout son poids pour faire virer l'embarcation, pendant que ses marins se ruaient tous à bâbord. Muscles bandés, suant à grosses gouttes, les hommes enfoncèrent leurs gaffes dans le fond boueux de la rivière. À la dernière seconde, le *Kentucky Gal* pivota et libéra juste assez d'espace pour permettre à l'autre bateau de le croiser. La collision fut évitée de justesse.

Joe, qui n'avait cessé de jurer durant toute la manœuvre, persista à invectiver la terre entière longtemps après que tout danger fut écarté. En raison de la direction du vent, les voiles n'étaient pas déployées et les marins continuèrent de pousser sur leurs gaffes. À plusieurs reprises, quelques-uns descendirent même sur la berge pour hisser le bateau au moyen d'un long filin relié au mât.

Ils progressaient lentement, mais Rebecca n'en avait cure. Des falaises escarpées bordaient la rivière au sud. Le paysage boisé était entrecoupé çà et là de champs cultivés et de fermes. Des faucons zébraient le ciel de leur vol rapide. Elle aperçut même deux aigles dorés. La circulation était dense sur le Missouri : on y croisait de petits bateaux à vapeur aussi bien que des barques et des canoës. Il y avait toujours quelque chose de nouveau et d'intéressant près de la rivière.

S'éloigner d'Angel Crossing était exactement ce qu'il lui fallait pour se remettre les idées en place. Les événements s'étaient tellement précipités depuis cette nuit brumeuse où elle avait fait monter Shaw à bord du bac ! Lorsqu'il était près d'elle, lorsqu'il l'embrassait, toute raison la désertait et elle redevenait alors cette fille qui l'avait aimé si désespérément jadis. Avant de prendre une décision quelconque, il lui fallait déterminer si le violent désir qui la submergeait dès qu'il la touchait s'apparentait à de l'amour, ou bien à quelque chose de plus primaire.

Et puis, il y avait Eve et Jamie. Quelle que soit l'envie que Rebecca avait de croire à la version de Shaw, le bon sens exigeait qu'elle ait la preuve de son innocence. Si elle apprenait qu'on l'avait accusé à tort, la haine s'apaiserait peut-être entre les Raeburn et les MacCade. Shaw et elle pourraient alors reprendre leur histoire là où ils s'étaient arrêtés, expliquer à leurs familles respectives qu'ils tenaient l'un à l'autre et ensuite... on verrait bien où cela les mènerait !

Elle n'oubliait pas que Shaw avait été absent quatre longues années, durant lesquelles il avait changé, mûri, s'était durci. Si jamais il découvrait l'identité de celui qui avait tué Laird, elle devrait le convaincre de ne pas se substituer à la loi. Leur couple n'aurait aucune chance si Shaw s'obstinait à faire justice lui-même.

Distraitement, Rebecca pianotait sur le toit de la cabine. Un soupir lui échappa. Elle était sans doute bien naïve de penser qu'un jour ces miracles se réaliseraient. Espérer changer un MacCade était aussi utopique que de vouloir changer la pluie en soleil. Toutes ces rêveries étaient vides de sens.

En revanche, elle pouvait intervenir concrètement en faveur d'Eve. Oncle Quinn avait beau la considérer comme une vulgaire catin qui vendait ses charmes pour subsister, Rebecca n'y croyait pas une seconde. Une fois le doute dissipé, elle persuaderait Eve de rentrer à la maison pour faire la paix avec Poppa. Celui-ci serait furieux que Rebecca se soit rendue seule à

Saint Louis, mais il lui pardonnerait sûrement si elle revenait avec sa sœur.

Rebecca fouilla dans son réticule à la recherche de la pointe de flèche en quartz rose. Le contact de la pierre la rassura et elle se convainquit d'avoir pris la bonne décision. Comment aurait-elle pu rester à Angel Crossing alors que son univers paisible avait été brusquement plongé dans le chaos ? Elle avait besoin de prendre du recul pour réfléchir. Elle aimait Shaw depuis qu'elle avait quinze ans. C'était ainsi. Mais elle était la seule à pouvoir décider de ce qu'elle ferait à propos de cet amour.

Oserait-elle renoncer à Angel Crossing et à tous ceux qu'elle aimait pour un homme qui ne lui avait même pas demandé de l'épouser ?

La corne d'un vapeur retentit et l'arracha à sa méditation. La main devant les yeux pour se protéger du soleil, elle observa les passagers groupés sur le pont du bateau. Le vent s'était levé et l'air semblait vibrer d'une étrange exaltation. Avec un petit effort, Rebecca aurait pu prétendre que c'était la poussière soulevée par la brise qui lui piquait les yeux et les faisait larmoyer, et non la pensée de Shaw qu'elle avait laissé derrière elle.

Quinn pointa son fusil sur la poitrine de Shaw.

— Donne-moi une seule bonne raison de ne pas débarrasser la planète d'une racaille de ton espèce, gronda-t-il.

Derrière lui, deux molosses, babines retroussées sur leurs crocs étincelants, l'échine hérissée, se tenaient prêts à bondir. Shaw assura sa prise sur les rênes de Chinook qui arqua l'encolure. D'une voix contenue, il répondit :

— Je vous prie de me laisser parler à Rebecca. Je ne suis pas venu chercher la bagarre.

— Ça reste à prouver.

Quinn avait arrêté Shaw au niveau de la grande barrière qui ceinturait Angel Crossing. Quarante-huit heures s'étaient écoulées depuis que Rebecca avait chassé Shaw de sa chambre. Le premier jour, il s'était juré de ne plus la revoir. Puis sa détermination avait faibli. Peut-être ne supportait-elle plus leurs rencontres clandestines ? Peut-être désirait-elle simplement qu'ils se voient au grand jour ? S'il affrontait sa famille...

— Comment va Noah ? demanda-t-il.

Quinn plissa les yeux. Shaw le fixait sans ciller, attentif au moindre de ses mouvements. Le canon du fusil n'avait pas dévié d'un pouce.

— Noah tient le coup.

— Bien. Ewen est en voie de guérison. C'est une bonne nouvelle.

— Ce qui le serait, c'est que les MacCade fichent le camp en Californie !

Shaw étudiait son adversaire avec attention. Était-ce Quinn qui avait descendu Laird ? À maintes reprises, il s'était rendu sur les lieux où son frère avait trouvé la mort. Trop de temps avait passé pour qu'il puisse relever des traces significatives, néanmoins il continuait d'espérer... quoi ? Il n'en savait rien au juste. Si ce n'était pas Campbell qui avait tiré sur Laird, c'était peut-être l'un des jumeaux ? Corbett n'était pas du genre à tuer quelqu'un de sang-froid. Mais Quinn... Quinn était d'un autre style. Shaw avait rencontré nombre d'hommes de sa trempe en Californie, des individus qui ne s'embarrassaient pas de scrupules.

— J'ai réfléchi, déclara-t-il soudain. Il se pourrait bien que vous soyez celui que je recherche, celui qui a assassiné mon frère.

— Tu en as du culot d'insulter quelqu'un qui te tient au bout de son fusil !

— Quelqu'un haïssait suffisamment mon frère pour lui tirer une balle dans le dos.

— Ou peut-être Laird s'est-il simplement trouvé au mauvais endroit au mauvais moment ?

— Peut-être, admit Shaw.

La tension augmenta d'un cran. La pluie s'était mise à tomber et crépitait doucement, imprégnant petit à petit la veste de Shaw. Il attendait, prêt à dégainer si Quinn faisait mine de bouger l'index.

— Rebecca est presque sûre que son père n'a pas fait le coup, reprit-il.

— Non, Campbell n'a rien à voir là-dedans. Il était avec moi cette nuit-là. Nous chassions.

— Un bon alibi pour vous deux !

— Le jury a été convaincu, en tout cas.

— Pas n'importe quel jury.

Un sourire matois s'inscrivit sur le visage de Quinn. Lentement, il baissa son arme.

— Rebecca n'est pas ici, annonça-t-il.

— Où est-elle ?

— Partie.

— Partie ? Où ça ?

Shaw sentit un frisson d'appréhension le parcourir. Lentement, Quinn posa le canon de son fusil au creux de son bras, avant d'ouvrir la barrière.

— Tu ferais mieux d'interroger Grandma. Entre. Mais profil bas, hein ! Corbett est à la maison et il ne sera peut-être pas d'humeur à recevoir de la visite.

D'un ordre sec, il calma les chiens qui s'étaient avancés en grondant, puis il s'écarta pour laisser le passage à Shaw.

Jeanne Monro Campbell, la grand-mère de Rebecca, observait Shaw du perron de la maison. Derrière elle, il reconnut deux autres femmes : Pilar, la gouvernante espagnole, et Dagmar Hedger.

— Bonjour, madame Campbell. Bonjour, mesdames, les salua-t-il en ôtant son chapeau.

Sourcils froncés, Grandma Campbell se tourna vers les autres femmes :

— C'est l'heure de la tisane pour Noah. Si cela ne vous dérange pas... ?

Dès que Pilar et Dagmar eurent disparu, Grandma Campbell fit face à Shaw.

— Je craignais que Rebecca ne soit partie avec toi. C'est ce que pense son père.

— Je le lui ai proposé. Elle a refusé.

Il immobilisa sa monture près des marches, les rênes dans une main, son chapeau dans l'autre. Quinn et les chiens étaient retournés près du corral principal. Corbett était pour l'instant invisible, mais son instinct soufflait à Shaw que plusieurs paires d'yeux le surveillaient en cet instant même.

— Ça ne me surprend pas, commenta Grandma.

La vieille femme faisait son âge. Sa paupière ridée retombait sur son unique œil. Elle avait l'air fatiguée et s'appuyait contre la rambarde du porche.

— Vous n'êtes pas faits l'un pour l'autre, ajouta-t-elle. Nos familles sont maudites. Les jeunes comme vous n'y croient pas, mais cette malédiction est bien réelle.

La pluie se faisait plus fine. À l'ouest, là où le soleil plongeait vers l'horizon, le ciel se dégageait.

— Avec un peu de chance, on pourrait conjurer le mauvais sort, rétorqua Shaw. Je n'ai pas fait de tort à Eve et je n'ai pas l'intention de déshonorer Rebecca. C'est la vérité, que vous me croyiez ou pas.

— Peut-être, peut-être pas... Quinn m'a raconté comment tu avais protégé Rebecca pendant la fusillade, l'autre jour... Je tiens à ma petite-fille comme à la prunelle de mon œil, avoua-t-elle après une hésitation perceptible.

— Moi aussi, je tiens à elle.

— Si je te dis où elle est partie, me promets-tu de me la ramener ? Sur ce que tu as de plus sacré, Shaw MacCade ?

— Je vous le promets.

Elle opina du chef, fouilla dans sa poche et lui tendit un morceau de papier chiffonné. Rapidement, Shaw parcourut le message.

— Saint Louis ! murmura-t-il.

— Tu iras la chercher ? J'ai tellement peur pour elle ! Peur de ce qu'elle découvrira là-bas...

— Je la trouverai. Vous avez ma parole, madame Campbell.

— Suis la rivière, conseilla-t-elle. Rebecca a pris une mule, voilà pourquoi Campbell et les jumeaux pensaient que vous vous étiez enfuis ensemble. Ils n'ont pas voulu m'écouter. Mais je connais ma petite-fille. L'eau de la rivière coule dans ses veines.

— Très bien, je...

— Une chose encore. Si tu vois Eve... dis-lui... dis-lui que je l'aime et qu'elle me manque.

Rebecca ouvrit les yeux et se retrouva dans le noir total. Il lui fallut quelques secondes avant de se souvenir qu'elle était couchée sur une pile de fourrures dans la cabine du *Kentucky Gal*. Les peaux de lynx, de renards et de castors que Joe Turner emportait dans l'Est constituaient une cargaison précieuse et, surtout, elles formaient un nid douillet.

Langoureusement, elle s'étira, savourant la douceur de la fourrure contre sa peau nue. Elle se rendit compte alors que ce n'était pas ce luxe inhabituel qui l'avait arrachée au sommeil, mais la chaleur du corps masculin étendu à côté d'elle.

Bien qu'elle ne puisse distinguer ses traits dans l'obscurité, elle ne douta pas une seconde de son identité.

— Comment m'as-tu retrouvée ? chuchota-t-elle.

— Tu pensais m'échapper ? Ah, ma Rebecca ! Je t'aurais suivie jusqu'aux portes de l'enfer.

La voix familière de Shaw, au timbre profond et velouté, la fit frissonner. Vivement, elle posa ses doigts sur ses lèvres.

— Chut ! Les marins... Ils vont nous entendre.

— Et alors ?

— Ils penseront que...

— Et ils auront raison ! Tu es à moi. Maintenant et pour toujours.

La main de Shaw cueillit un de ses seins dont la pointe se dressa aussitôt. Sa bouche captura la sienne dans un baiser brûlant et possessif. Rebecca ne pouvait lui résister, pas plus qu'elle ne pouvait s'envoler à tire-d'aile au-dessus de la rivière. Le désir jaillit en elle, impérieux. La nuque calée au creux du bras de Shaw, elle renversa la tête en arrière et lui abandonna sa bouche, sa gorge, ses seins... Son ventre la brûlait.

— Rebecca... Ma Rebecca... Je t'aime ! murmura-t-il avec passion.

Ses baisers avivèrent encore le feu qui la consumait. Elle avait l'impression que ses veines charriaient de la lave. Les lèvres et la langue de Shaw couraient sur sa peau, la torturant délicieusement. Haletante, elle commença à se trémousser sous lui, sans bien savoir ce qu'elle recherchait au juste. Puis, comme il refermait ses lèvres sur son mamelon, elle écarquilla les yeux dans le noir, stupéfaite et éblouie. Elle ignorait qu'un homme pouvait sucer les seins d'une femme comme un bébé. Mais une mère allaitant son enfant n'éprouvait certainement pas ces sensations inouïes. En dépit de son innocence, Rebecca se rendait bien compte que cela n'avait rien à voir.

— J'ai envie de toi, Rebecca.

Chaque fois que ses doigts la frôlaient, les flammes du désir incendiaient tout son corps. Au prix d'un effort surhumain, elle redressa la tête, posa la main sur son épaule.

— Il ne faut pas...

Ils n'étaient pas mari et femme. Elle s'était promis de ne laisser aucun homme prendre des libertés avec elle. Mais Shaw n'était pas n'importe quel homme, et elle était sans défense face aux plaisirs qu'il lui faisait découvrir. Dans ses bras, elle ne ressentait ni peur ni honte.

Avec un soupir, elle s'arqua contre lui pour lui offrir ses seins frémissants qui appelaient les baisers.

— Oui… oui ! C'est si bon ! gémit-elle.

— Tu es à moi, rien qu'à moi.

Cramponnée à ses larges épaules, elle s'émerveilla de l'impression de puissance qui émanait de cet homme aux muscles noueux.

— Tu es belle, si belle !

Ses mains rugueuses descendirent le long du dos de Rebecca, puis vinrent épouser les fermes rondeurs de ses fesses.

— Je t'aime, Shaw. Je t'ai toujours aimé.

— Touche-moi.

Elle ne demanda pas où. Elle savait. Enhardie, elle effleura cette partie de son anatomie qui trahissait la violence de son désir. Le grondement sourd qu'il exhala ne fit qu'accroître sa propre excitation.

— Laisse-moi te caresser aussi, Rebecca…

Elle sentit sa main glisser sur son ventre, effleurer le buisson de boucles entre ses cuisses. Quand ses doigts experts s'aventurèrent plus bas, elle tressaillit, et poussa un petit cri lorsqu'il explora plus profondément son intimité…

Une voix, d'abord lointaine, puis de plus en plus proche, résonna à son oreille :

— Madame ! Madame, vous allez rater votre bateau !

Quelqu'un la secouait. Rebecca se dressa dans un sursaut. Elle était en nage. Une jeune fille était penchée sur elle. Non loin, une vieille femme protesta :

— Éteignez cette lampe ! Il y a des gens qui essaient de dormir, ici !

Le cœur battant, Rebecca s'assit sur le lit.

— Vous m'avez demandé de vous réveiller le moment venu, lui rappela la jeune domestique. Le monsieur est venu, il a dit qu'il fallait embarquer maintenant ou trouver un autre bateau.

L'esprit encore confus, Rebecca se leva. Avait-elle rêvé ? Où était-elle ? Où était Shaw ?

— Vous venez ? insista la servante. Sinon, je retourne me coucher.

Rebecca revint brutalement sur terre. Shaw n'était pas là. Il n'avait jamais été là. Et ce qui venait de se passer n'était qu'un songe torride.

Une vive chaleur lui embrasa les joues comme elle se remémorait la scène impudique née de son imagination. Elle se frotta les yeux, se repassa en mémoire les récents événements. Elle n'était plus à bord du *Kentucky Gal*. Elle avait dit au revoir à Joe et à ses marins la veille. Mais le capitaine avait tenu à lui trouver un logement respectable et l'avait conduite chez la veuve Murphy, pour qu'elle puisse prendre un repas chaud et dormir quelques heures avant de poursuivre son périple.

La servante aux joues grêlées par la variole approcha sa lanterne du visage de Rebecca.

— Décidez-vous, marmonna-t-elle.

Dans un troisième lit, une autre femme se plaignit de ne pouvoir dormir. Un bébé se mit à pleurer.

— J'arrive, chuchota Rebecca.

Rapidement, elle saisit ses bas, ses chaussures et son baluchon. Elle s'était couchée tout habillée et s'en félicitait, à présent. Elle suivit la lanterne dans une volée de marches grinçantes et, parvenue sur le palier, fut accueillie par des relents de chou bouilli et de lait aigre.

— Par ici, fit la domestique en pénétrant dans une cuisine mal éclairée.

Elle souleva la lourde barre qui condamnait la porte donnant sur l'extérieur et expliqua encore :

— Prenez à droite, puis à gauche, puis encore à droite. Allez jusqu'au bout de la rue. Le monsieur m'a dit que le bateau était amarré au quai. C'est le dernier sur la gauche, après la barge à bétail. Il vous demande de vous dépêcher.

Rebecca se retrouva dans la rue noyée de brume. Le battant se referma derrière elle, la privant de toute lumière. Elle s'assit sur les marches du perron afin d'enfiler ses bas et ses chaussures. La nuit était tiède et tranquille. Le soleil n'était pas près de se lever, constata-t-elle, les yeux fixés sur l'est.

Elle longea la ruelle étroite et déserte. Qu'avait donc dit la petite bonne ? À droite, à gauche, à droite. C'était assez simple. Ses pas résonnaient sur les pavés boueux. Après s'être trompée deux fois de direction et avoir abouti dans un cul-de-sac, elle déboucha enfin sur les quais. Quelques bateaux dansaient là au gré des flots. Rebecca s'engagea sur la gauche et marcha dans une profonde flaque d'eau.

— Zut ! pesta-t-elle en empoignant sa jupe pour la soulever.

Un piaillement retentit et une ombre furtive fila dans l'obscurité. Dents serrées, Rebecca s'obligea à avancer. Elle n'allait pas se laisser effrayer par un rat. Elle était armée, elle avait le pistolet de Joe dans son baluchon. Elle pouvait se défendre. Si jamais quelqu'un essayait de…

Tout à coup, elle se figea. La barge dont avait parlé la servante se trouvait amarrée là. À la faible lueur d'une lanterne accrochée à un poteau, Rebecca discerna les yeux et les cornes des bovins parqués à bord. Elle percevait également leur odeur. Et au-delà, le long du quai… il n'y avait rien. Absolument rien. Aucun bateau.

Les eaux noires clapotaient. Aux alentours, on n'entendait rien d'autre. Choquée, Rebecca comprit que le bateau qui devait l'emmener à Jefferson City – et dont le capitaine l'avait délestée du prix du trajet – était parti sans elle.

14

Retourner à la pension de famille et réveiller la propriétaire à une heure aussi indue était impensable. Rebecca n'était même pas sûre de retrouver la maison dans le noir. Résignée, elle se pelotonna sur le perron d'une épicerie en gros et se résolut à attendre l'aube.

L'aurore amena une fine pluie qui transforma rapidement la ville en champ de boue. Des passants matinaux dévisageaient Rebecca qui soutenait hardiment leurs regards. Lorsque le propriétaire de l'épicerie vint ouvrir sa boutique en bougonnant, elle lui acheta de quoi composer un petit déjeuner frugal : du fromage, des raisins secs, une boîte de biscuits et une pinte de cidre qu'il lui servit dans une timbale en fer-blanc.

Les biscuits étaient tellement rassis qu'ils semblaient avoir été confectionnés bien avant la naissance de Rebecca. Plutôt que d'y laisser une dent, elle dépensa encore quinze *cents* pour un petit sachet de mélasse dans laquelle elle trempa les gâteaux afin de les ramollir. Puis, munie de son baluchon, elle trouva un endroit isolé près d'un puits où elle se lava les dents et natta ses cheveux.

Elle ne prit pas la peine de se laver le visage. La pluie s'était transformée en averse drue et chaque centimètre de peau exposé reluisait autant que si elle s'était énergiquement frottée au savon. Elle avait des vêtements propres dans son sac, mais à quoi bon se changer pour se faire tremper illico ?

Toute la journée, elle tenta de trouver une embarcation susceptible de l'emmener à Saint Louis ou à Jefferson City. Finalement, elle dénicha un bateau à aube dont ni la coque ni l'équipage ne paraissaient de la prime jeunesse. Mais lorsqu'elle voulut payer le voyage, le capitaine la considéra d'un air revêche et secoua la tête.

— On n'a pas de place pour les filles comme toi, ici. Va faire ton commerce ailleurs.

— Je ne sais pas pour qui vous me prenez, mais je vous assure que…

— T'es sourde ? Descends de mon bateau ou je te flanque à la baille !

Comme elle battait en retraite, un couple à l'élégance ostentatoire gravit la passerelle en sens inverse, suivi par un esclave ployant sous les bagages. La femme avait les cheveux d'un roux criard et deux plaques de fard rose vif sur les joues.

Rebecca comprit alors que ce n'était pas sa mise qui avait offensé le capitaine, mais bien le fait qu'elle voyageât seule, ce qui la faisait paraître plus suspecte encore qu'une grisette en compagnie d'un joueur de poker.

Encore sous le choc de ce rejet brutal, elle s'efforça de réfléchir. Elle devait atteindre Jeff City, coûte que coûte. Mais, pour la première fois depuis qu'elle avait quitté Angel Crossing, le doute et la peur l'assaillirent. Elle était partie avec quelques dollars et pièces de monnaie en poche, somme qui, sur le moment, lui avait semblé plus que raisonnable. À présent, elle se demandait si cela lui suffirait pour gagner Saint Louis, puis faire le trajet inverse.

La propriétaire de la pension de famille lui avait pris un dollar contre le grabat mité sur lequel elle avait dormi. Et le petit déjeuner lui avait coûté quarante-trois *cents*. Anxieuse, Rebecca se mordilla l'ongle. Aurait-il mieux valu vendre la mule plutôt que de la confier au fermier mennonite ?

Elle avait pris la décision de continuer par la route lorsqu'un nouveau bateau s'approcha du quai. Rebecca retourna dans l'épicerie et acheta pour soixante *cents* de provisions et de cidre, avant de retourner vers le *Mackinaw* qui venait d'accoster.

Cette fois, la chance était avec elle. Le capitaine, un homme rougeaud d'origine allemande, lui confirma qu'il amenait sa cargaison jusqu'à Saint Louis. Il n'y avait pas de cabine à bord, aucun endroit où se protéger du soleil ou de la pluie, mais il ne voyait pas d'inconvénient à embarquer un passager supplémentaire. Contre deux dollars, il l'emmènerait à Saint Louis.

Promenant sa chique de sa joue droite à la gauche, il tendit la main.

— Deux dollars ? C'est scandaleux ! se récria Rebecca.

L'équipage – elle en avait compté sept membres – et les deux autres passagers n'avaient rien de chic. L'embarcation à fond plat était encombrée de caisses dont une contenait des oies caquetantes et une autre un cochon qui couinait sans relâche. Comme confort, on pouvait certainement trouver mieux.

— Alors, c'est oui ou c'est non ? s'impatienta le capitaine. Si ça ne vous intéresse pas, quelqu'un d'autre prendra la place.

— Un dollar maintenant et un autre à l'arrivée, marchanda-t-elle.

Le capitaine accepta d'un hochement de tête et empocha le dollar. Rebecca monta à bord. Ignorant les regards salaces des deux autres passagers, elle s'installa sur le pont, près de la poupe.

Bien que la plupart des marins soient descendus sur le quai, elle s'obstina à ne pas bouger. Le bateau était peut-être vieux et délabré mais, au bout du compte, il finirait bien par descendre la rivière.

Et chaque méandre franchi la rapprocherait des réponses qu'elle était venue chercher de si loin.

Après avoir découvert la mule chez le fermier mennonite, Shaw avait espéré rattraper rapidement Rebecca. Mais une semaine s'était écoulée et son inquiétude augmentait avec chaque heure qui passait.

Trop de dangers guettaient une jeune femme qui voyageait seule sur la rivière. Elle pouvait se faire dévaliser ou enlever. Elle pouvait se faire tuer.

Quant à son enquête sur l'assassinat de Laird, elle n'avait pour le moment abouti nulle part. Bruce jurait qu'il avait aperçu le cheval de Campbell dans la forêt ce soir-là. Mais cela ne désignait pas pour autant le père de Rebecca comme le coupable. Sans compter que Shaw ne le voyait pas tirer dans le dos de quelqu'un. Non, s'il devait soupçonner un Raeburn, il penchait plutôt pour Quinn.

Quoi qu'il en soit, il n'avait pas avancé d'un pouce dans son investigation. Il piétinait et n'avait en fait qu'une intuition : c'est en découvrant qui était le père du petit garçon d'Eve qu'il parviendrait à élucider le meurtre de son frère.

Pour l'heure, retrouver Rebecca primait sur toute autre chose. Son absence éveillait une frustration lancinante en lui. Toutes les malédictions du monde ne l'empêcheraient pas de penser que la vie sans elle ne valait pas la peine d'être vécue.

Il galopait de l'aube au coucher du soleil, poussant son grand appaloosa jusqu'à l'extrême limite de ses forces, et s'arrêtait le moins longtemps possible, juste pour demander autour de lui si quelqu'un avait aperçu la jeune femme. La nuit, il attachait l'étalon et la jument Sasha, s'enroulait dans une couverture et dormait jusqu'aux premières lueurs de l'aurore. Il mangeait sur le pouce et ne buvait que de l'eau.

Le huitième jour, la chance lui sourit enfin.

Il découvrit Rebecca près d'une taverne, à un jet de pierre de la rivière. Le dos contre la porte d'une remise, elle menaçait de son pistolet ridiculement petit une bande de marins patibulaires.

Un géant édenté s'avança vers elle, la mine menaçante.

— Lâche cette arme. Tu ne pourras pas nous tuer tous ! rugit-il.

Le sang de Shaw ne fit qu'un tour. Il sortit son fusil de son holster et tira. La balle était censée ricocher sur le sol, à quelques centimètres du pied de l'ivrogne, mais celui-ci avait bondi au même instant et le projectile se logea dans sa botte éculée. Il poussa un cri et, vociférant, s'écroula dans la poussière en se tenant le pied.

Les autres hommes reculèrent.

— Rebecca ! Ne tire pas ! hurla Shaw.

Il lança Chinook au galop et, passant au ras de la remise, saisit la jeune femme à bras-le-corps et la jeta en travers de la selle.

— Accroche-toi !

Un coup de feu claqua. Sur leur gauche, un homme armé d'un gourdin bondit. Le grand étalon fit un écart et la brute faillit être piétinée par Sasha.

Shaw galopa quelques minutes avant de quitter brusquement la route en direction d'un petit bosquet d'arbres. Enfin, il ralentit l'allure.

— Ça va ?

— Mon sac ! Il est resté sur le bateau !

— Tant pis. Nous n'allons pas traîner dans le coin à attendre qu'ils nous plongent dans le goudron et nous roulent dans les plumes !

Il l'aida à se redresser et elle jeta un regard désespéré en arrière.

— Mes vêtements ! Je n'ai rien à me mettre...

— Je t'achèterai une robe.

Au trot, il gagna une prairie voisine bordée par une route. Là, il consentit à mettre Chinook au pas.

— Es-tu en état de monter ? s'enquit-il.

Le petit pistolet toujours serré dans son poing, Rebecca se tourna à demi pour lui lancer un regard ahuri.

— Bien sûr !

— Tu n'es pas blessée ?

— Non.

Il tira sur les rênes et dénoua la longe qui reliait les deux chevaux. Rebecca se laissa glisser à terre et enfourcha Sasha. Rapidement, elle ajusta les étriers.

— Elle a la bouche sensible, mais elle est très rapide, prévint-il.

— Mieux vaut ne pas s'attarder. Ces types sont vraiment mauvais. Et tu as tiré dans le pied de ce marin.

— Ce n'est pas moi qui ai engagé les hostilités. Que leur as-tu fait pour les mettre dans un état pareil ?

— Pas grand-chose. J'ai juste ouvert la porte de la remise.

— Et ?

— J'étais à bord du bateau quand le capitaine a décidé de faire halte dans cette taverne pour boire un verre. L'aubergiste a annoncé qu'il venait de capturer un raton laveur, qu'il l'avait enfermé dans la remise. Des clients avaient amené leurs chiens de combat et ils ont commencé à lancer des paris pour savoir combien de temps le raton laveur tiendrait face à la meute.

Shaw fit la grimace :

— Je connais ça. Dans l'Ouest, on organise des combats de chiens contre des rats. Un jour, j'ai vu un Espagnol miser une paire de poneys sur la victoire de son chien et il les a perdus. C'est incroyable, les sommes que ces abrutis engagent dans ces enjeux stupides. Mais tu es folle de t'être mêlée de ça, ajouta-t-il, rembruni.

— Je n'allais pas les laisser torturer ce pauvre raton laveur !

— Ils auraient très bien pu lâcher leurs chiens sur toi.

Rebecca haussa les épaules avec un petit sourire.

— C'est que je ne pensais pas me faire surprendre au moment où j'ai ouvert la remise !

Plus tard, quand ils furent certains d'être en sécurité, Shaw fit une halte près de la rivière pour permettre aux chevaux de se désaltérer et de se reposer un peu.

— Ne laisse pas Sasha boire trop d'un seul coup, recommanda-t-il à Rebecca.

Son regard restait tourné vers le ciel. Depuis une demi-heure, de sombres nuages s'amoncelaient et le tonnerre grondait. À présent, le vent se levait, ébouriffant la crinière et la queue de leurs montures. L'atmosphère s'alourdissait de minute en minute.

— À t'entendre, on dirait que je ne me suis jamais occupée d'un cheval ! se moqua Rebecca. Tu es presque aussi autoritaire que mon père. Tu pourrais avoir un peu confiance en moi.

Il reporta son attention sur elle et étudia ses joues rosies par le grand air, ses cheveux en bataille et ses yeux qui brillaient. Frissonnant rétrospectivement à l'idée de ce qui aurait pu lui arriver, il s'écria :

— Tu aurais pu te faire tuer dans cette taverne !

— Pourquoi t'es-tu lancé à ma poursuite ? questionna-t-elle sans faire cas de sa remarque. Je t'ai pourtant dit que je ne voulais plus jamais te revoir.

— Tu mentais.

Il lui tourna le dos et entreprit de bouchonner Chinook. Si elle lui affirmait qu'il se trompait et qu'elle avait prononcé ces mots en toute sincérité, il ne voulait pas voir l'éclat de ses grands yeux gris.

— Il fallait que je me rende à Saint Louis. Seule.

— Tu aurais dû me le dire. Je t'y aurais emmenée. C'était stupide de t'enfuir comme ça. Ton père est aux quatre cents coups.

— Et toi, Shaw ?

— Si tu me demandes si je tiens à toi, tu connais déjà la réponse.

Il saisit une cantine en aluminium dans le sac de selle. L'eau de la gourde serait tiède, mais tant pis. À cet endroit, l'eau boueuse de la rivière n'était probablement pas potable.

À l'horizon, le ciel virait au gris-noir. Un éclair zébra soudain les nuages. Si la tempête se rapprochait, il allait falloir trouver un abri.

— Tu as soif? demanda-t-il en lui tendant le récipient.

Rebecca but quelques gorgées. Lorsqu'elle lui rendit la gourde, leurs doigts se frôlèrent et Shaw tressaillit, comme chaque fois qu'il la touchait. Elle était belle à couper le souffle. Aucune autre femme n'avait cet éclat dans le regard, ce sourire radieux qui illuminait ses traits.

Rebecca lui passa les rênes de Sasha avant d'aller s'agenouiller près de l'eau pour s'asperger le visage, la nuque et les bras.

— Je paierais cher pour un baquet d'eau fumante et un pain de savon ! soupira-t-elle.

Aussitôt, il se la représenta nue dans une baignoire. Sa réaction physique fut immédiate et, de nouveau, il se détourna, cette fois pour cacher la preuve de son désir.

— Tu aurais pu te faire tuer, répéta-t-il sombrement. Ou pire. Une femme qui voyage seule…

— Tu veux que je te remercie, c'est ça ?

Elle se releva et vint se planter devant lui. Les gouttelettes d'eau avaient mouillé le devant de son corsage qui collait à sa poitrine. Shaw ne pouvait détacher son regard d'elle. Si elle était sublime dans ces vêtements poussiéreux, de quoi aurait-elle l'air dans une robe en soie… ou sans robe du tout ?

— Rebecca…

— Non, l'interrompit-elle, main levée. Je te suis très reconnaissante, mais ne crois pas pour autant que je… Que nous allons… Enfin, tu comprends.

— Que nous poursuivions jusqu'à Saint Louis ou que nous retournions à Angel Crossing, peu m'importe. En tout cas, nous resterons ensemble. Je t'ai sauvée *in extremis* tout à l'heure. À partir de maintenant, je ne te quitte plus des yeux.

— Pour ruiner ma réputation ? Pour que les gens parlent de moi avec autant de mépris que lorsqu'ils évoquent ma sœur ?

— C'est différent…

— Je ne vois pas en quoi.

— Tu juges Eve avec sévérité, Rebecca.

— Non, plus maintenant. Avant, je la trouvais frivole et faible, mais depuis que tu es revenu, j'ai compris qu'il était très facile de… Non, je ne condamne pas Eve pour avoir aimé un homme, conclut-elle en secouant la tête.

— Et si les rumeurs à son sujet étaient fondées ? Si elle ne travaillait pas dans une blanchisserie ?

Une expression douloureuse passa sur le visage de Rebecca. Il enchaîna :

— Tu sais, j'ai connu pas mal de ces femmes qui exercent le plus vieux métier du monde. La plupart ne le font pas par goût ou par vénalité. Elles tentent juste de survivre. Et c'est une existence particulièrement pénible. En général, les putains ne font pas de vieux os.

— Tu as l'air d'en savoir long sur la question !

— Il m'est arrivé de payer des femmes, reconnut-il avec une moue. Je n'en suis pas spécialement fier mais, parfois, la solitude et l'alcool amènent un homme à des actes qu'il regrette par la suite. J'ai couché avec ces filles, mais jamais je ne les ai méprisées.

— Alors, si nous… Si tu obtiens ce que tu veux de moi…

D'un geste vif qu'elle n'avait pas prévu, il lui encercla le poignet et la ramena contre lui. Sa bouche s'écrasa sur la sienne. Rebecca se débattit à peine quelques secondes. Puis sa tête se ploya en arrière et ses bras se nouèrent tout naturellement autour du cou de Shaw.

Il avait tellement envie d'elle qu'il aurait voulu la prendre ici, tout de suite, l'étendre sur l'herbe et goûter chaque centimètre carré de sa peau soyeuse. Et qu'importe si l'orage se faisait de plus en plus menaçant ! Il avait besoin d'elle et il savait que s'il ne se déclarait pas maintenant, il la perdrait à jamais.

— Décide-toi, Rebecca. Soit tu m'aimes, soit non.

— Je t'aime. Je t'aime vraiment, Shaw.

De nouveau, un éclair illumina le ciel. Shaw savait bien qu'il aurait dû se préoccuper de la tempête imminente, mais les yeux de Rebecca s'étaient embués et il n'avait jamais pu résister à une femme en larmes.

— Non, ne pleure pas, chérie... Tu sais que je ne te ferai jamais souffrir.

— Je ne sais pas. C'est justement le problème. Je ne te connais plus, Shaw...

— Je t'ai proposé de fuir avec moi.

— Et de quitter ta famille... et la mienne ?

— Oui. Qu'ils s'entre-tuent si cela leur fait plaisir. Moi, je te rendrai heureuse, je te le jure.

— Ne jure pas ! s'exclama-t-elle, la main posée sur ses lèvres.

Ce simple geste décupla le désir de Shaw. Il devait prendre sur lui pour ne pas déchirer son corsage et révéler ses seins laiteux dont ses mains se languissaient. Il voulait en embrasser les pointes dressées, les sucer longuement jusqu'à la faire gémir, écarter ses cuisses fuselées et plonger en elle...

— Viens, trouvons un abri. Sinon, nous serons trempés d'ici quelques minutes.

Ils ne pouvaient rester ici, à découvert, où n'importe qui pouvait les apercevoir. Même s'il mourait d'envie de la posséder, pas question de la prendre dans la boue et le froid. Il voulait se montrer tendre et attentionné, car il devinait que ce serait la première fois pour Rebecca.

— Il y a une ferme, pas très loin, poursuivit-il d'une voix rauque. La maison principale a brûlé, mais il reste encore une grange qui semble solide.

— Tu veux que je passe la nuit dans le foin avec toi ?

— Ose me soutenir que tu ne me désires pas autant que je te désire…

Effrayée, elle humecta ses lèvres gonflées par les baisers, puis jeta un regard éperdu autour d'elle.

— Prête-moi ta jument, supplia-t-elle soudain. Ou mets-moi dans la prochaine diligence. Laisse-moi partir ! Maintenant, avant qu'il ne soit trop tard. Je ne peux pas me donner à toi si nous ne sommes pas mariés. Ce serait un péché.

— Tu as peur de ce que les gens diront sur toi ?

— Non. J'ai peur de me mépriser ensuite.

— C'est ton Dieu qui nous a faits tels que nous sommes, Rebecca. Il est tout à fait naturel qu'un homme et une femme…

— C'est également *ton* Dieu, Shaw.

Résolument, elle s'écarta. Il sut qu'il avait perdu la partie et une vague de déception le submergea.

— Je ne suis pas comme toi, constata-t-il entre ses dents.

— Non. Mais c'est justement parce que j'ai envie de toi si fort que je ne peux aller contre mes principes. Ce serait mal. Si je violais les lois auxquelles j'adhère, je ne me le pardonnerais jamais.

Un roulement de tonnerre retentit au-dessus de leurs têtes. Les chevaux humèrent l'air de leurs naseaux frémissants. Chinook se mit à frapper le sol de son sabot. Les éléments n'allaient pas tarder à se déchaîner.

— Je ne peux pas te laisser faire quelque chose que nous regretterions par la suite l'un et l'autre, insista Rebecca.

La température avait brusquement fraîchi. Pourtant, Shaw avait la bouche sèche. Pourquoi cette femme le tenait-elle ainsi en son pouvoir ? Pourquoi oubliait-il toutes les autres auprès d'elle ? Bon sang, il n'avait pas fait l'amour une seule fois depuis son retour de Californie !

De nouveau, il tenta de l'amadouer en lui parlant doucement, comme à une pouliche qu'on apprivoise :

— Je ne ferai rien que tu ne désires aussi, Rebecca. Je t'en prie…

— Tu ne comprends pas. Bien sûr que je le désire. Mais je ne *peux* pas…

D'un geste, il la réduisit au silence. Les éclairs striaient maintenant le ciel à intervalles rapprochés, mais ce n'était pas ce qui l'alarmait. En fait, il trouvait terrifiant de désirer Rebecca à ce point sans savoir si, un jour, ce besoin serait assouvi.

Il ne voulait pas seulement l'entendre gémir de plaisir sous lui. Non, il voulait également se réveiller auprès d'elle chaque matin, la sentir pelotonnée contre lui, entendre son rire joyeux et voir l'amour briller dans ses yeux gris.

— L'orage arrive. Remonte en selle, ordonna-t-il. Décide-toi. C'est soit moi et cette grange, soit la rivière qui va bientôt être en crue.

Chinook broncha alors qu'il insérait le bout de sa botte dans l'étrier. Le vent se mit à souffler en rafales tourbillonnantes, accentuant la nervosité des chevaux.

— Tu ne me donnes pas vraiment le choix ! cria Rebecca avant de grimper en selle.

— J'espère bien ! rétorqua-t-il en talonnant Chinook.

15

La grange obscure sentait le moisi, mais après une chevauchée sous la pluie battante, Shaw était soulagé de trouver un toit et de solides murs en rondins. Ils dessellèrent leurs montures, puis les étrillèrent soigneusement à l'aide de bouchons de paille avant de se préoccuper enfin d'eux-mêmes.

— Il faut se réchauffer, décréta Shaw. Il y a des bûches près de l'entrée. Essaie de trouver du petit bois.

En quelques minutes, ils construisirent un foyer et, bientôt, de joyeuses flammes dansantes leur fournirent lumière et chaleur. Rebecca s'agenouilla près du feu, mains tendues. Shaw alla chercher une gamelle et de la nourriture dans le sac de selle.

— Je n'ai pas de café, seulement du thé et du sucre, annonça-t-il.

— Et ça, qu'est-ce que c'est ?

— Du pemmican. Un mélange de viande de bison séchée et de baies. Tiens, enfile ça, ajouta-t-il en lui tendant une chemise propre qu'il avait également récupérée dans le sac.

— Je ne peux pas mettre une de tes…

— Bon sang, mets cette chemise ! Et enveloppe-toi les jambes dans ma couverture pendant que ta jupe sèche.

Elle renonça à discuter et se tourna pour ôter son corsage. Shaw retint son souffle en voyant ses épaules nues dévoilées. Elle ne garda que sa camisole et passa rapidement la chemise qu'elle boutonna jusqu'au cou. Le vêtement lui tombait jusqu'aux genoux et elle dut retrousser les manches, bien trop longues pour elle.

Elle se tourna face à lui.

— Voilà. Satisfait ?

L'espace d'un instant, il crut revoir l'ancienne Rebecca qui le considérait toujours de ses yeux pétillants de malice.

— Pas tant que tu garderas ta jupe, rétorqua-t-il en remuant le feu à l'aide d'un long bâton.

— N'y compte pas ! La jupe et les jupons restent en place, merci bien.

— Tu ne me fais pas confiance ?

Elle s'assit face à lui, près de la flamme, et entreprit d'ôter les épingles qui maintenaient ses cheveux.

— C'est à moi que je ne fais pas confiance, répondit-elle tranquillement.

— Ce n'est pourtant pas la première fois que nous nous réfugions dans une grange pendant un orage.

— C'est vrai, admit-elle en souriant.

Un jour, tous deux s'étaient aventurés dans les collines à la recherche d'un bouvillon égaré. Quand le tonnerre s'était mis à gronder, ils s'étaient abrités sous un surplomb rocheux et avaient fait du feu. Cette fois-là, il n'avait pas eu à demander à Rebecca d'enlever ses vêtements, elle s'était enveloppée dans une couverture pendant que sa robe séchait.

— Tu te fiais à moi à l'époque. Qu'est-ce qui a changé aujourd'hui ?

— Je n'étais qu'une gamine et toi mon ami. Je ne pensais même pas qu'il puisse se passer quelque chose entre nous.

— Pourtant, j'étais un MacCade.

— La situation était beaucoup plus simple. Je savais ce que je voulais : attraper un poisson plus gros que ceux que tu pêchais, apprendre à nager aussi bien que toi, ramasser un plein seau de mûres...

Machinalement, elle dénoua sa natte et se passa les doigts dans ses cheveux qui retombèrent en désordre sur ses épaules. Elle était belle comme un ange.

— Et maintenant, que veux-tu ? insista-t-il après lui avoir tendu un morceau de pemmican et une tasse de thé fumante.

— La tranquillité. J'en ai assez de cette guerre qui oppose nos familles. Je veux que ma sœur et son petit garçon reviennent à la maison, qu'ils nous accompagnent à l'office du dimanche et qu'ils s'assoient à la table de Poppa.

— Et pour toi, tu ne souhaites rien ?

— Hum... des bottes sèches ?

Il se mit à rire. Dehors, le grondement du tonnerre s'apaisait, mais la pluie continuait de crépiter sans relâche sur le toit de la grange. Une faible odeur de pommier s'élevait du feu. Il aurait voulu lui dire que tout ce qu'il désirait au monde se trouvait là, à portée de main, pourtant les mots demeuraient bloqués dans sa gorge. Le simple fait d'être ici, près d'elle et loin de leurs familles, lui procurait une immense satisfaction. Toutefois, cela ne lui suffisait pas.

Rebecca sirotait son thé en tortillant ses orteils devant les flammes orangées. Shaw ne put empêcher son regard de glisser sur les mollets gainés par les bas noirs. Il voulut prendre un petit pied dans ses mains pour le réchauffer, mais Rebecca lui décocha une violente ruade.

— Eh ! du calme, bon Dieu ! protesta-t-il.

— Alors, pas touche ! Et ne jure pas devant moi.

— Tu es bien exigeante. Tu ne veux pas que je boive, tu ne veux pas que je jure... J'imagine qu'il est hors de question de sortir une blague à tabac en ta présence ?

— Pour chiquer ou pour fumer ?

— Quelle différence ?

— Aucune. Les deux sont de très mauvaises manies. Quand j'aurai ma propre maison, j'interdirai l'usage du tabac chez moi.

— Cela ne me posera pas de problème.

— Sans doute. Mais nous ne sommes pas près de vivre sous le même toit. Ni de partager le même tapis de couchage, si c'est ce à quoi tu penses.

— L'idée te semble donc si effroyable ?

Tête inclinée, elle le considéra d'un air pensif. Son regard gris filtrait entre ses épais cils sombres.

— J'ai essayé de te fuir, Shaw. Depuis ton retour, tout est devenu compliqué.

— Pourquoi crois-tu que je t'ai poursuivie ?

— Pour me corrompre et m'entraîner dans une vie de péché !

Elle reprit son sérieux et ajouta :

— Comment le saurais-je ?

— Je n'ai jamais pu t'oublier. Je pense à toi à longueur de journée et je rêve de toi la nuit.

— Et tu aimerais être encore plus proche de moi, hein ?

— Éventuellement.

Bon sang ! Rien que d'y songer, il en avait la bouche sèche. Il se racla la gorge et reprit :

— Mais si je ne cherchais qu'un soulagement temporaire, il y a longtemps que j'aurais culbuté une fille quelconque. Dis-moi, t'es-tu jamais demandé pourquoi nous avions bien accroché dès le premier jour, tous les deux ?

— C'est faux ! Tu m'as traitée de pleurnicheuse !

— Mais je t'ai donné ma pointe de flèche.

— Et je l'ai gardée.

Shaw devint grave :

— Tu te rappelles ce poème de Walter Scott qui disait : « Le véritable amour est un don que Dieu a fait à l'homme seul sur terre... » ?

— Oui. Tu détestais ce poème ! Tu préférais ceux qui parlaient d'épées et d'archers.

— J'ai oublié presque tous les vers, mais j'ai retenu la fin : « Le lien d'argent, le lien de soie... »

Yeux baissés, Rebecca poursuivit dans un murmure :

— « … qui unit les corps et les âmes par le cœur et par l'esprit. »

Il se rapprocha, lui saisit la main.

— Épouse-moi, Rebecca.

Elle releva vivement la tête, lui jeta un regard incrédule.

— C'est censé être une plaisanterie ?

— Non, dit-il, la poitrine gonflée par l'émotion. Je veux que tu deviennes ma femme. Maintenant. Aujourd'hui.

Rebecca voulut se lever et se rendit compte que ses jambes ne la supportaient pas. Le cœur battant, la gorge nouée, elle retomba assise.

— Tu t'es enfin résolu à prononcer ces mots ! murmura-t-elle, abasourdie.

Elle s'attendait tellement à ce qu'il lui propose un tout autre arrangement, comme celui qui existait entre Leslie et sa concubine Janie !

— Tu m'as toujours répété que tu ne te marierais jamais…

— J'avais mes raisons.

— Tu voulais garder ta liberté, ne pas être entravé par les responsabilités familiales.

— Ce n'est pas aussi simple, protesta-t-il.

— Alors quoi ? Explique-moi.

Le front de Shaw se couvrit tout à coup d'une fine pellicule de sueur.

— Je… je n'ai jamais eu le courage de te l'avouer, souffla-t-il.

Pleine d'appréhension, Rebecca le regarda fixement. Il lui aurait donc caché quelque chose ? Mais quoi ? Était-il devenu un hors-la-loi ? Sa tête était-elle mise à prix quelque part dans l'Ouest ?

— À présent, étant donné la façon dont les choses ont tourné… peut-être que cela n'a plus autant d'importance, continua-t-il.

Un frisson glacé parcourut Rebecca.

— Tu es déjà marié ?

— Hein ? Non ! C'est moi qui... Enfin... Voilà, il y a un risque... un risque pour que je ne puisse pas avoir d'enfants.

— Quoi ?

— J'ai eu les oreillons à l'âge de quatre ans. J'ai bien failli en mourir, m'a appris Ma par la suite. Elle m'a également dit que les fièvres violentes peuvent rendre un homme stérile. Irrémédiablement.

— Ce sont des histoires de bonne femme ! se récria Rebecca qui ne voulait pas croire à une telle éventualité.

Bien sûr, elle n'envisageait pas d'avoir un bébé dans l'immédiat. Mais la pensée que jamais elle ne porterait l'enfant de Shaw avait déclenché en elle une souffrance intolérable.

— Depuis mes quatorze ans, je n'ai pas mené la vie d'un saint, je te prie de le croire. Pourtant, aucune femme n'a jamais attendu un enfant de moi. C'est la réalité, Rebecca. Tu dois l'accepter.

— Tu ne m'en as jamais parlé.

— Ce n'est pas le genre de choses dont un homme se vante. Mais je ne pouvais te demander de m'épouser sans te prévenir.

— C'est tout à ton honneur.

Elle avait l'impression d'avoir reçu un coup de poing en plein estomac. Pourquoi ? Elle avait toujours su qu'il n'y avait pas d'espoir pour eux. Shaw venait juste de lui demander l'impossible. Alors pourquoi regrettait-elle les enfants d'un homme qui ne pourrait jamais être à elle ?

— Une femme est en droit d'attendre de son mari qu'il lui donne des enfants, reprit-il. Si c'est essentiel pour toi, je le comprendrai. Mais si tu peux vivre sans donner le jour... je serai très honoré que tu acceptes de devenir ma femme.

— Si la situation était différente... Si nous pouvions... J'ai toujours pensé qu'une femme devait faire passer son mari avant tout. Mais... je n'arrive toujours pas à croire que tu me fasses cette proposition ! bégaya-t-elle.

Il rit doucement devant sa confusion et concéda :

— Ça n'a pas été facile. J'ai toujours privilégié ma liberté. Mais tu es têtue. Et si je ne peux t'avoir autrement qu'en passant devant le pasteur... je m'incline.

Rebecca secoua la tête, les yeux brûlants de larmes.

— Tu n'as rien à craindre, Shaw. Je ne peux pas accepter. Même si j'en meurs d'envie, c'est impossible.

Tendrement, il lui caressa la joue et chuchota :

— Ose dire que tu ne m'aimes pas.

— Je ne peux pas t'aimer !

— Pourquoi ? Je viens de rompre la promesse solennelle que je m'étais faite de rester célibataire. Je souhaite te donner mon nom et prendre soin de toi chaque jour de ma vie. Que veux-tu de plus ?

Une douleur infinie envahissait Rebecca. Elle se souvenait qu'un jour, quand elle était enfant, elle avait vu passer un chariot dans lequel se trouvaient une femme brune et sa petite fille. La femme chatouillait la fillette perchée sur ses genoux qui riait à gorge déployée. Rebecca les avait regardées avec envie, songeant à sa propre mère, morte et enterrée, à son parfum au lilas et à son rire argentin. Poppa disait toujours que l'envie était un grand péché, pourtant elle n'avait pu s'empêcher de jalouser très fort cette petite fille. Et elle avait éprouvé une souffrance infinie à l'idée qu'elle-même ne reverrait jamais le sourire de sa mère.

— Je t'aime, Shaw. Mais je ne peux quitter les miens. Ils ont besoin de moi.

— Tu crois que ma famille n'a pas besoin de moi ?

— Et puis, tu vas trop vite. C'est trop tôt... Nous nous sommes à peine revus depuis ton retour...

— Je suis resté le même. Je n'ai pas changé.

Une bourrasque de vent s'engouffra par la porte de la grange restée ouverte. Rebecca fut giflée par la pluie dont les gouttes se mêlèrent aux larmes qui roulaient sur ses joues.

— Je ne peux oublier mes devoirs pour ne songer qu'à mon propre bonheur, murmura-t-elle. Je t'en prie, essaie de comprendre.

Les traits de Shaw s'étaient durcis. Il se releva brusquement.

— Il n'y a rien à comprendre. Soit tu m'aimes assez pour devenir ma femme, soit ce n'est pas le cas !

— Non, ce n'est pas si simple !

Secouée de sanglots, elle se dressa à son tour pour se jeter dans ses bras. Oh oui, elle l'aimait ! Elle l'aimait au point de vendre son âme au diable pour lui. Mais... c'était impossible !

— Je n'abandonnerai pas ma famille ! hoqueta-t-elle. J'en suis incapable. Et je ne prendrai pas le risque de te faire tuer en échange d'un bonheur éphémère.

— Et moi, je ne peux me passer de toi ! Je l'ai compris le jour où ton père, ton oncle et tes frères ont débarqué chez moi avec leurs fusils. J'ai bien cru te perdre à jamais et je me suis rendu compte que je tenais à toi plus que tout au monde.

— Non... je ne t'apporterais que du chagrin. Imagine... imagine que tu découvres que c'est mon père qui a tué ton frère ? lança-t-elle soudain en se reculant pour le regarder dans les yeux. Que ferais-tu alors ?

L'expression sauvage qui s'inscrivit sur les traits de Shaw était une réponse assez éloquente en soi.

— Il ne l'a pas fait, j'en suis sûre, s'empressa-t-elle d'ajouter. Du moins, je l'espère. Mais ce pourrait être oncle Quinn ou Corbett, ou même les jumeaux. Crois-tu que je le supporterais si tu te vengeais sur l'un d'eux ? Que je pourrais dormir auprès de toi, vieillir à tes côtés, en sachant que tu as leur sang sur les mains ?

Il débita une série de jurons, d'une voix que la colère faisait frémir.

— Oh, Shaw, ne me hais pas ! souffla Rebecca, désemparée.

— Écoute, je comprends ton dilemme. Mais si nous partions très loin du Missouri, si...

— Nous enfuir ? Mais les questions nous poursuivraient où que nous allions. Es-tu le père de Jamie ? Suis-je la sœur d'un assassin ? Le temps ne guérirait pas ces blessures. Elles se gangrèneraient et nous empoisonneraient l'existence.

Il secoua la tête avec irritation.

— Je vais t'accompagner à Saint Louis. Une bonne fois pour toutes, Eve te dira la vérité à propos de son bébé.

— Oh, Shaw... Je n'aurais pas dû ramener ça sur le tapis. Je te crois. C'est juste que... je ne comprends pas pourquoi Eve m'a menti. Cela ne s'est jamais produit auparavant.

— Ton père l'a chassée d'Angel Crossing, n'est-ce pas ?

— D'une certaine façon, oui. Eve a commis une erreur. Elle n'est pas foncièrement mauvaise, mais elle est têtue, rebelle et un peu téméraire.

— Alors, elle ne te ressemble pas.

Rebecca ignora le commentaire et poursuivit :

— Poppa était furieux contre elle et mortifié à cause de sa grossesse. Pourtant, il l'a soutenue. Dès que son ventre a commencé à s'arrondir, il lui a cherché un mari. Les mauvaises langues se seraient tues si Eve s'était mariée, même si elle avait accouché au bout de cinq mois. Poppa a proposé cinquante acres à Clyde Thomas, l'employé agricole de Dagmar Hedger, et Clyde a accepté. Pas Eve. Elle a dit qu'elle n'aimait pas Clyde et qu'elle ne pourrait jamais respecter un homme capable d'endosser la paternité d'un bâtard en échange d'un lopin de terre. Poppa et elle se sont disputés toute la nuit. Par la suite, ils se sont à peine adressé la parole. Eve a attendu que le bébé ait un an, puis elle a empaqueté ses affaires et nous a annoncé qu'elle partait pour Saint Louis chercher un emploi. Poppa lui a ri au nez, il a dit qu'elle reviendrait bien vite la queue entre les jambes, qu'il lui donnait à peine un mois pour rentrer au bercail. Le ton a monté et Poppa a fini par crier que si elle allait vivre en ville, elle échouerait dans un bordel.

— Et Eve est quand même partie ?

— Oui. J'ai supplié Poppa de lui pardonner, d'aller la chercher, mais il est aussi obstiné et orgueilleux qu'elle. C'est impossible de les faire changer d'avis quand ils se sont mis une idée en tête.

— J'ai remarqué ça chez ton père !

— C'est quelqu'un de bien, Shaw. Je sais ce que les tiens pensent de lui, mais...

— Je ne veux pas parler de ma famille, je veux parler de nous, coupa-t-il. Et je ne vais certainement pas te laisser aller seule à Saint Louis.

— Il le faut pourtant.

— C'est hors de question !

— Je ne peux pas non plus rester seule avec toi, objecta-t-elle en reculant d'un pas.

— Tu as peur... que je te prenne de force ? s'exclama-t-il, partagé entre la colère et l'incrédulité.

— Non. C'est juste que...

— Est-ce parce que tu es amoureuse de quelqu'un d'autre ? Dis-moi la vérité !

— Non !

L'idée en soi était risible. Durant ces années où Shaw s'était exilé, Rebecca n'avait jamais regardé un autre homme. Shaw avait gardé la clé de son cœur, bien qu'elle l'ait cru mort à l'époque.

— Il n'y aura jamais que toi, assura-t-elle doucement.

— Pour moi aussi, il n'y a que toi. Par conséquent, il n'y a qu'une seule solution. Marions-nous, puis je t'emmènerai à Saint Louis. Nous retrouverons ta sœur et nous passerons des heures merveilleuses ensemble.

— Et après ? Quand il faudra rentrer à la maison ?

Il resta silencieux quelques secondes, soupira :

— Si je ne peux t'avoir toute la vie, je me contenterai de quelques jours. À Saint Louis, nous serons mari et femme mais, ensuite, si tu veux toujours retourner à Angel Crossing, je te laisserai partir. Tu pourras redevenir la fille de Campbell Raeburn. Personne ne sera au courant.

— Une union temporaire ? Non, Shaw. Le mariage est censé durer toute la vie. Ce serait injuste envers toi. Si jamais tu rencontrais une femme…

— Il n'y a que toi, je te le répète.

— Tu dis cela aujourd'hui, mais d'ici quelques années…

— Je sais ce que je dis, Rebecca. Tu souhaites un mariage qui dure toute la vie ? Mais la vie peut être très longue ou très courte. Imagine que je me noie dans la rivière le lendemain de nos noces…

— Ne dis pas des bêtises pareilles, voyons !

— Tu serais veuve, non ?

— Oui, mais…

— C'est le seul moyen, chérie. Je n'aimerai jamais une autre femme que toi.

Il l'attira dans ses bras et l'embrassa avec tant de ferveur qu'elle fut prise de vertige.

— Je te le promets, assura-t-il avec solennité. Je t'ai attendue une éternité et je te veux ce soir dans mon lit. Je suis prêt à tout pour cela. À toi de choisir si tu désires une alliance à ton doigt ou pas. Quant à moi, quoi qu'il advienne, j'aurai la conscience tranquille.

16

Le cœur de Rebecca s'affola. Cet homme qui l'étreignait si fort, qui exigeait qu'elle capitule, n'était plus le camarade de jeu de son enfance. Il n'avait plus rien en commun avec le Shaw qu'elle avait taquiné et traité comme un frère. Son regard avait une lueur menaçante qui l'exaltait et l'effrayait à la fois.

— Tu es en train de me dire que nous devrions nous marier… simplement pour pouvoir faire l'amour ensemble ? balbutia-t-elle.

Les mains de Shaw la parcouraient, la caressaient, la réclamaient. Il lui était difficile de penser normalement quand il jouait de son corps comme un violoniste de son instrument. Il souleva à deux mains la masse épaisse de sa chevelure et se pencha pour lui mordiller le cou. Rebecca tressaillit en sentant sa langue courir sur sa peau et se demanda comment un simple attouchement pouvait la faire vibrer ainsi.

Avec un gémissement, elle chercha ses lèvres et il l'embrassa fiévreusement, jusqu'à ce qu'elle se cramponne à ses épaules pour ne pas chanceler.

— Épouse-moi, Rebecca. Sinon…

Sa main s'était posée sur son sein dont il agaça la pointe du pouce. Une décharge de plaisir secoua Rebecca, et une deuxième lorsqu'il lui saisit les fesses pour presser ses hanches contre les siennes.

— C'est ta dernière chance de rester une honnête femme, l'avertit-il d'une voix rauque. Si tu refuses, je vais te rendre folle de désir, au point que tu ne pourras pas résister à la tentation.

Rebecca s'alarma. Non, il ne pouvait la menacer de... Aucun homme convenable n'abuserait ainsi d'une dame. Était-il capable de... Le lui permettrait-elle ? Mais oui, bien sûr. Déjà, son corps tremblait de passion. Elle était bien près de succomber, en dépit de sa conscience qui le lui interdisait.

— Ai-je le choix... ? souffla-t-elle. Je t'épouserai, Shaw. Je serai ta femme, mais seulement pour quelques jours. Ensuite, tu dois me promettre de me laisser partir.

— Je ne renonce pas aisément à ce qui m'appartient. Je te veux pour épouse pour la vie, et plus encore. Mais je ne t'obligerai pas à respecter tes vœux si tu souhaites vraiment t'en libérer.

Il scella ses paroles d'un baiser et ses mains s'égarèrent de nouveau. Résolument, elle s'écarta.

— Arrête ! Nous ne ferons rien tant que nous ne serons pas passés devant le pasteur !

— Tu veux sortir sous cette pluie battante ?

— Il ne pleut presque plus et l'orage s'éloigne.

— Nous pourrions rester ici jusqu'à demain matin, suggéra-t-il d'un ton pressant.

— Non ! Soit nous nous marions aujourd'hui, soit jamais.

— D'accord. Je ne t'ai attendue que trop longtemps, chérie.

« Et moi donc ! » faillit-elle s'écrier. Elle se retint au dernier moment. Shaw n'avait pas besoin d'encouragements, sinon elle perdrait sa virginité sur l'heure ! Elle devait se cramponner à ses principes et à sa moralité.

— Miles City n'est qu'à une quinzaine de kilomètres. Nous ferions mieux de nous mettre en route si nous voulons trouver un pasteur avant le coucher du soleil.

Rebecca ne répondit pas. Elle ne songeait qu'à une chose : bientôt, elle serait unie à Shaw en toute légalité. Elle serait sa femme, mais pas une MacCade. Non, jamais une MacCade.

Ils suivirent la piste boueuse jusqu'à un embranchement, puis empruntèrent le chemin qui longeait la rivière. Quelques kilomètres plus loin, ils croisèrent un fermier qui leur confirma qu'ils se trouvaient bien sur la route de Miles City.

— C'est une ville qui s'étend de plus en plus, leur précisa-t-il. Il y a un port, trois magasins généraux et des auberges.

Parvenus à destination, Shaw et Rebecca laissèrent leurs montures dans une écurie de louage avant de réserver une chambre au Philadelphia Hotel, sous le nom de M. et Mme MacCade. La mine réprobatrice du propriétaire s'effaça quand Shaw jeta sur le comptoir une pièce d'or afin de payer le gîte et le couvert. Une fois Rebecca installée dans la chambre, il décréta :

— J'ai besoin d'une tenue correcte et je vais te donner de quoi t'acheter une robe, ainsi que…

— J'ai de l'argent. Je ne vais pas prendre le tien !

Elle ignorait d'où Shaw tenait sa fortune. La plupart des fermiers du coin voyaient une pièce de dix dollars tous les cinq ans. Et aucun n'en possédait !

— Tu vas être ma femme et c'est à moi de veiller sur toi, objecta-t-il avec fermeté. Tu ne vas tout de même pas te marier dans cette robe déchirée et tachée…

Rebecca capitula, plutôt soulagée. Bien qu'il lui restât un peu d'argent, elle n'avait certainement pas de quoi s'offrir une nouvelle garde-robe. Shaw n'avait pas reparlé de la cérémonie et elle-même n'avait pas osé aborder de nouveau le sujet, néanmoins, s'il avait réellement l'intention de se mettre en quête d'un pasteur pour les unir, elle ne pouvait se présenter devant lui en guenilles.

— Le problème, reprit-elle, c'est que je ne peux même pas entrer dans une boutique dans cet état.

— Tu as eu une rude journée, hein ? fit Shaw avec un sourire. Bien, voilà ce que nous allons faire : je vais demander qu'on te monte un baquet, de l'eau chaude et du savon. Tu vas te laver et faire une petite sieste. Tu en as besoin ! J'ai aperçu un magasin d'articles féminins tout à l'heure, plus bas dans la rue. Je te ferai apporter un assortiment de vêtements et tu te pomponneras en attendant mon retour. Qu'en dis-tu ?

Rebecca esquissa une moue. Laisser à Shaw le choix de la robe n'était peut-être pas une bonne idée. Toutefois, elle n'allait pas sortir vêtue de fripes, et la perspective d'un bain chaud lui semblait paradisiaque.

Vingt minutes plus tard, une petite bonne blonde, vêtue d'une robe noire et d'un tablier blanc, frappa à la porte de la chambre et entra, les bras chargés de paquets.

— Le cabinet de toilette des dames se trouve au rez-de-chaussée, madame. Vous pouvez passer par l'escalier de service. C'est ce que font nos clientes en général. Je vais aller vous tirer de l'eau au puits. Nous avons aussi du savon français et des serviettes propres. M. Mitchell se vante de diriger l'hôtel le plus confortable de la ville.

La servante déposa les paquets sur le lit avant de faire une petite révérence.

— Je vais vous aider à vous habiller, proposa-t-elle encore. Je sais coudre et aussi coiffer les dames. Je m'appelle Mattie. Votre monsieur m'a payée pour que je m'occupe de vous, mais vous pouvez me donner un pourboire, vous ne le regretterez pas. J'économise pour mon mariage, ajouta-t-elle sur le ton de la confidence.

Rebecca lui sourit. Elle n'avait pas l'habitude de la ville et c'était la première fois qu'elle mettait les pieds dans un hôtel. Elle avait besoin d'un guide et, dans cette optique, la pétulante Mattie lui serait certainement d'un grand secours.

Presque deux heures plus tard, Rebecca se tourna pour la troisième fois vers la fenêtre qui donnait sur la rue. Elle avait procédé à ses ablutions, était coiffée et avait revêtu une élégante robe bleu ciel brodée de minuscules boutons de rose. La jupe, longue et ample, s'évasait en corolle autour de la taille étranglée, et le bustier s'agrémentait d'un col de dentelle irlandaise. Les manches étroites s'élargissaient au coude et se terminaient par une bordure de mousseline vaporeuse qui ajoutait une note de sophistication. La tenue était complétée par des bottines en chevreau que Rebecca ne se lassait pas d'admirer dans la glace.

Sur le lit étaient posés une paire de gants, en chevreau également, un joli chapeau de paille décoré de petites roses, un châle bordé de longues franges, ainsi qu'un vanity-case en cuir qui contenait les sous-vêtements et articles de toilette indispensables à toute dame de qualité. Shaw n'avait pas fait les choses à moitié et Rebecca était à la fois ravie et intriguée. D'où tenait-il cette science de la mode féminine ? Et d'où tirait-il son argent ?

Comme les minutes s'écoulaient, l'anxiété la gagna peu à peu. Pourquoi Shaw ne rentrait-il pas ? S'était-il ravisé à propos de leur mariage ? Lui avait-il fait parvenir tous ces articles ravissants dans l'unique but de se faire pardonner, alors qu'il prenait la poudre d'escampette ?

Évitant de regarder le lit, Rebecca ouvrit la porte pour jeter un coup d'œil dans le couloir. Il n'y avait là qu'un haut miroir à cadre doré et une lourde commode en bois de rose sur laquelle était posé un vase de fleurs. Le parquet reluisait. L'escalier était désert et toutes les autres portes fermées.

De la salle à manger située au rez-de-chaussée s'élevaient un cliquetis de vaisselle, ainsi que les notes de *Home, sweet home*. Quelqu'un jouait du piano pendant que les clients dînaient. Des odeurs alléchantes de dinde et de jambon grillés parvenaient jusqu'aux narines de Rebecca dont l'estomac se mit à gronder de façon fort peu raffinée.

Avec un soupir, elle retourna se poster près de la fenêtre. Elle était affamée, habillée comme une fille de banquier, et coincée dans cette luxueuse chambre d'hôtel. D'ici, Angel Crossing lui apparaissait comme le paradis. Au moins, sur la Little Smoke River, elle savait qui elle était et ce qu'elle faisait !

Un bruit de pas dans le couloir la fit se retourner. Un coup fut frappé à la porte et la voix de Shaw s'éleva :

— Rebecca ? Es-tu décente ?

Comment pouvait-elle être décente alors qu'elle partageait une chambre d'hôtel avec un homme qui n'était pas son mari ? Nerveuse, elle répondit :

— Oui. Entre.

Shaw pénétra dans la pièce et annonça :

— J'ai trouvé quelqu'un pour nous marier. Mais, avant tout, je veux savoir si tu me fais vraiment confiance ou s'il subsiste des doutes dans ton esprit concernant ma conduite avec Eve. Je t'ai presque forcé la main tout à l'heure, mais…

Submergée de soulagement par son retour, Rebecca répondit en toute sincérité :

— Je te crois, Shaw. Je te le jure.

— C'est primordial, tu sais. Si tu nourrissais encore des soupçons à mon égard…

— Je t'aime. Vraiment. Et j'ai confiance en toi. Si tu veux, nous ne sommes pas obligés d'aller à Saint Louis. Nous pouvons…

— Non. Il faut qu'Eve rétablisse la vérité. J'ai l'impression qu'il existe un lien entre le père de Jamie et le meurtre de Laird. Si nous arrivons à élucider l'affaire, il y a une petite chance pour que le calme revienne entre les MacCade et les Raeburn. Et je tiens à te prouver mon innocence, Rebecca. Simplement, je voulais entendre de ta bouche que tu avais foi en moi.

Il s'avança vers elle et l'embrassa doucement. Rebecca se sentit fondre. Shaw était si fort, si solide, si… réel. Il était la seule personne sur laquelle elle puisse compter.

Shaw retourna ouvrir la porte et un petit homme sec apparut sur le seuil. Vêtu d'un gilet, d'un manteau et d'un haut-de-forme démodés, il avait une barbe et des cheveux blancs frisés, des yeux d'un bleu profond, un long nez pointu et des joues rubicondes.

Rebecca jeta un regard interloqué à Shaw et, pour la première fois, remarqua sa tenue. Il était habillé comme un vrai gentleman : chemise blanche, cravate immaculée, pantalon et veste gris perle, bottes neuves. Pour un peu, on l'aurait pris pour un riche homme d'affaires !

— Votre Honneur, je vous présente ma future femme, Mlle Rebecca Raeburn. Rebecca, voici le juge Clayton qui va officier pendant la cérémonie.

— Un juge ? Mais tu avais parlé d'un pasteur…

Le juge se racla la gorge et intervint :

— Cette union sera parfaitement légale, mademoiselle. Je suis dûment assermenté par l'État du Missouri. Si vous avez le moindre doute sur ma légitimité…

— Non, c'est juste que…

— Le propriétaire de l'hôtel et sa femme nous attendent dans le grand salon, interrompit Shaw en prenant Rebecca par le bras. Si tu es prête, nous allons en finir avec cela et M. le juge pourra retourner savourer son dîner.

— Excellente chère ! approuva le juge. J'ai commandé de la dinde et toutes les garnitures. Et comme je déteste manger froid... Mme Jacob est une très bonne cuisinière. Elle élève elle-même sa volaille.

Étourdie, Rebecca se laissa guider dans l'escalier. Il ne fallut que quelques minutes pour qu'ils échangent leurs vœux devant deux étrangers qui leur servaient de témoins, sous le regard curieux de la petite Mattie. L'affaire expédiée, Rebecca et Shaw réintégrèrent leur chambre. La seule différence, c'est qu'une alliance en or brillait désormais au doigt de Rebecca.

En leur absence, quelqu'un avait dressé la table. La porcelaine, l'argenterie et le cristal étincelaient. Des plats au fumet appétissant les attendaient : dinde rôtie, purée de pommes de terre, pois cassés, sauce crémeuse.

— J'espère que tu ne vois pas d'inconvénient à ce que nous dînions ici, dit Shaw en lui tirant une chaise. Je préférais t'avoir pour moi seul. Tu aimes la dinde ?

— J'ai tellement faim que je mangerais une mule !

Puis, consciente du peu d'élégance de sa réplique, elle éclata de rire. Shaw, souriant, lui tapota la main.

— Je ne te recommanderais pas le mulet bouilli, néanmoins, c'est toujours mieux que de mourir de faim, reconnut-il.

— À propos, et tes chevaux ?

— Je me suis arrangé avec le type de l'écurie de louage. Il va les garder en pension jusqu'à notre retour de Saint Louis.

— Tu es sûr que nous devons les laisser dans cette ville ? Et si le propriétaire de l'écurie était malhonnête ?

— Je me suis renseigné sur son compte. Il vit ici depuis huit ans, il est marié, a quatre enfants et fréquente assidûment l'église de Sainte-Marie. Chinook et Sasha seront bien mieux chez lui qu'à Saint Louis. Nous ferons le reste du trajet par la rivière.

Rebecca hocha la tête, ferma les yeux et récita une courte prière. Puis, avec un soupir de satisfaction, elle entama son repas.

— Délicieux ! commenta-t-elle. Dépêche-toi avant que je ne m'attaque aussi à ton assiette !

— J'ai essayé de trouver un gâteau de mariage, mais je n'ai rien déniché de mieux qu'une tarte aux pommes.

Il remplit un verre en cristal de vin rouge et le lui offrit. Rebecca secoua la tête.

— Non, merci. Je ne bois pas d'alcool.

— Même pas pour ta nuit de noces ?

— Surtout pas pour ma nuit de noces !

La température de la pièce parut grimper d'un cran. Rebecca feignit de se concentrer sur le contenu de son assiette. Elle répondait de manière évasive aux questions de Shaw, car ses pensées la ramenaient sans cesse à ce qui allait se passer ensuite, dans le grand lit en bois de rose recouvert d'une courtepointe de satin bordeaux. Plus elle y songeait, moins elle avait faim. Shaw, lui, continuait de faire honneur au repas, même s'il ne buvait pas une goutte de vin.

— Tu as arrêté de boire ? s'enquit-elle d'un ton léger.

— Oui. Totalement.

— Quand ?

Il posa ses couverts, s'essuya les doigts sur sa serviette et regarda Rebecca droit dans les yeux.

— Le lendemain du jour où je me suis couvert de ridicule en chevauchant ce bison devant tous les paroissiens. J'ai dit au révérend Jarrell que j'étais désolé et je le pensais vraiment.

— Et depuis, tu es au régime sec ?

— J'ai bu un nombre incalculable de bouteilles depuis l'âge de douze ans. Il est temps d'en laisser un peu pour les autres, je crois.

— Et… cela a-t-il quelque chose à voir avec moi ?

— En partie. Quand l'abus d'alcool commence à amoindrir les facultés d'un homme, il est grand temps de s'arrêter.

— J'en suis heureuse.

Elle ne savait que dire et n'arrivait plus à avaler une bouchée. Elle n'avait même pas envie de goûter la tarte aux pommes qui avait pourtant l'air succulente. D'un autre côté, elle avait peur de quitter la table, peur de ce qui allait suivre.

— Merci pour la robe, dit-elle enfin. Je n'en ai jamais eu d'aussi belle. Tu n'aurais pas dû dépenser autant d'argent. Je ne pourrais pas porter toutes ces jolies choses à Angel Crossing et…

— Tais-toi. Tu es superbe. Vous êtes superbe, madame MacCade, plus belle encore que…

— Oh ! L'attestation de mariage ! Ne devrions-nous pas en avoir un exemplaire ?

— Demain matin. Le palais de justice était fermé ce soir. Les employés gardent tous les documents officiels sous clé. Le juge m'a promis que nous aurions le certificat signé dès 9 heures. Il enverra son assistant à l'hôtel et fera contresigner le papier par le propriétaire et son épouse.

Quelque chose dut le gêner dans l'attitude de Rebecca, car il plissa soudain les paupières et chercha son regard.

— Tu doutes de moi ? Tu crois que j'ai fait appel à un faux juge pour mieux te tromper et…

— Non ! Je sais bien que tu ne serais pas malhonnête avec moi.

Elle chassa résolument ses craintes. L'alliance luisait doucement à son annulaire gauche. Désormais, elle était une respectable femme mariée qui dînait à l'hôtel en compagnie de son époux. Bientôt, elle serait une femme à part entière.

Elle leva les yeux sur Shaw et lui adressa un sourire crispé. Il s'était rasé et une petite coupure marquait sa joue. Sa main était posée sur la sienne et lui communiquait sa chaleur. Troublée, Rebecca s'agita sur son siège. Elle aurait souhaité se trouver n'importe où plutôt que dans cette chambre où trônait l'immense lit. Elle avait l'impression d'être un lapereau tétanisé devant un chien sur le point de bondir.

— À quoi penses-tu ?

— Je pense… je pense que tu ressembles plus à un pirate qu'à un jeune marié.

— Vraiment ? Et toi, tu ressembles à un ange.

— Inutile de me flatter ! Je suis lucide. Je sais que je ne suis pas une beauté. Je suis trop grande et…

— Tu es splendide, comme une fleur des champs.

Brusquement, Rebecca enfouit son visage entre ses mains. Dans l'instant, Shaw se retrouva près d'elle. Il la prit dans ses bras et lui souleva le menton pour déposer un baiser sur ses lèvres.

— J'ai peur, avoua-t-elle dans un chuchotement.

— Chérie, chérie… Tu n'as jamais eu peur de rien, surtout pas de moi.

— Mon Dieu ! Qu'avons-nous fait ?

— Rebecca, ce n'est que moi. Je ne te ferai jamais de mal, tu le sais.

De nouveau, il l'embrassa et, cette fois, la douceur de ses lèvres et de ses mains réveilla en elle cette langueur familière. Son baiser devint plus exigeant et Rebecca oublia tout ce qui n'était pas Shaw.

Il la souleva dans ses bras et la porta vers le lit. À cet instant, un coup fut frappé à la porte et une voix anxieuse appela :

— Madame ? Madame MacCade ?

— Allez-vous-en ! jeta Shaw qui s'était immobilisé.

— Madame, c'est moi, Mattie ! Je vous en prie, il faut que je vous parle !

— Demain ! gronda Shaw.

— C'est très important ! Si vous attendez demain, ils vous attraperont, c'est sûr !

Shaw déposa Rebecca au bord du lit.

— Ne bouge pas, lui intima-t-il. Je reviens tout de suite.

Puis, à grandes enjambées, il alla ouvrir la porte.

— Je me demande bien ce qui peut être si important pour venir importuner une dame le soir de ses noces ! fulmina-t-il.

Mattie, qui ne portait plus sa robe noire ni son tablier blanc, pénétra dans la chambre, les yeux écarquillés de frayeur.

— Madame, il y a trois hommes armés chez le shérif ! Ils sont à la recherche d'une femme et offrent une récompense à quiconque pourra les aider. Ils savent qu'elle est en ville et qu'elle ne voyage pas seule. Et...

Mattie se tut quelques secondes, le temps de reprendre son souffle, puis :

— Ils affirment qu'elle a été emmenée contre son gré et ils menacent de pendre celui qui l'a enlevée !

17

Rebecca sentit le sang se retirer de son visage.

— C'est Poppa et mes frères ! s'écria-t-elle. Il ne faut pas qu'ils nous trouvent ici !

— Tu es majeure. Il ne peut pas t'empêcher de te marier. D'ailleurs, il est temps de mettre un terme à cette farce ! Nous allons l'affronter. Nous aurions déjà dû...

— Non !

Le cœur battant, les mains glacées, elle s'écarta de Shaw.

— Je sais que c'est difficile à comprendre, mais je ne veux pas faire de peine à mon père et...

— Tu es puérile, Rebecca. Je suis ton mari et...

— Poppa sera furieux ! Cela risque de dégénérer en règlement de comptes.

— Dis-moi, est-ce pour lui ou pour moi que tu as peur ?

— Pour vous deux ! Je ne veux pas que l'un de vous tue l'autre. Poppa n'acceptera jamais un mariage civil. Il prétendra que ce n'est pas valable. Il me forcera à rentrer à la maison. Je ne retrouverai jamais Eve, et peut-être ne te reverrai-je jamais non plus !

Le regard de Shaw se durcit.

— Je ne suis pas homme à tourner le dos au danger.

— Je t'en prie, Shaw ! Fais-le pour moi... Je connais mon père. Il risque de ne même pas te laisser le temps de t'expliquer. Il n'est pas question de fuir, nous allons simplement… gagner une position plus stratégique.

Il céda enfin devant ses suppliques.

— Très bien. Comme tu voudras.

Sa voix trahissait sa réprobation. Cependant, Rebecca ne flancha pas. Elle n'était pas prête à une confrontation avec son père. Aimer Shaw ne l'empêchait pas d'aimer Poppa.

Elle lança un regard éperdu à Mattie.

— Pouvez-vous nous aider ? Mon père et mes frères sont plutôt du genre à tirer d'abord et à poser des questions ensuite.

— Prenez l'escalier de service, dépassez le cabinet de toilette des dames. Au bout du couloir, vous trouverez une porte munie de barreaux. On s'en sert pour apporter le bois de chauffage et le verrou est à l'intérieur. Je le tirerai quand vous serez partis.

— Merci !

Rebecca ramassa son vanity-case et se tourna vers Shaw.

— Viens, dépêchons-nous avant qu'il ne soit trop tard.

— Je me range à ton avis. Mais je n'ai pas peur d'eux, rétorqua-t-il, la mine sombre.

— Je le sais bien.

— Vous prendrez la rue sur votre gauche, reprit Mattie. Il y a une blanchisserie tenue par un Chinois, un pâté de maisons plus loin. Coupez à travers la cour. De là, vous apercevrez les quais.

Rebecca fouilla dans son sac et en tira un dollar.

— C'est pour vous, dit-elle en glissant la pièce dans la main de la jeune servante. Pour votre mariage.

— Je leur dirai que vous vous êtes évaporés dans les airs ! assura Mattie avec un large sourire.

Rebecca retint un soupir. Comme elle aurait aimé que cela fût possible !

Ils auraient dû partager le même lit ce soir-là mais, la nuit tombée, ils se retrouvèrent sur le pont du *Maryland,* tandis que les lumières de Miles City s'estompaient au loin.

Shaw gardait Rebecca au creux de ses bras, mais elle savait qu'il ne lui avait pas pardonné leur départ précipité.

— Maintenant, Dieu sait quand j'aurai mon certificat de mariage ! se désola-t-elle.

— Tu as changé d'avis ? Tu veux que je demande au capitaine de nous débarquer ?

— Non...

Chaque mille parcourut augmentait la distance entre Shaw et Poppa. Le clapotis de l'eau et le vrombissement du vapeur la rassuraient. Cette fois, dotée d'un mari et d'un bagage, elle n'avait eu aucun mal à se faire accepter à bord du *Maryland*. Mais le bateau était de taille modeste comparé aux autres vapeurs du Mississippi. Il n'y avait pas de cabines privées, seulement un petit salon réservé aux dames où Rebecca aurait pu se reposer en compagnie d'une douzaine d'autres femmes. Ces quartiers étaient strictement interdits aux hommes et une matrone à l'air revêche en gardait l'entrée afin de faire respecter le règlement. Mais, en dépit de son épuisement, Rebecca préférait rester sur le pont supérieur, blottie contre Shaw.

Un orchestre passait parmi les passagers. Au son du banjo, ils chantaient de vieilles ballades, tandis qu'un gamin noir dansait dans l'espoir de récolter quelques piécettes. Quatre messieurs, installés autour d'une petite table qu'un steward avait disposée à leur intention, disputaient une partie de poker.

Du pont inférieur s'élevait le mugissement du bétail. Là, entre les ballots de marchandises, s'entassaient les voyageurs moins fortunés. Ils s'adossaient à la rambarde pour fumer la pipe ou, assis sur une caisse, mangeaient des haricots dans des gamelles cabossées. Des odeurs fortes d'huile, de tabac et de sueur animale se mêlaient à celles du bœuf rôti et des patates douces servis dans la salle à manger des premières classes.

— As-tu réfléchi à ce que tu ferais si tu ne retrouves pas Eve ? s'enquit Shaw.

— Il n'y a pas de raison. Je dois la retrouver.

Rebecca n'avait pas envie de parler de sa sœur. Elle préférait parler d'eux. Shaw devait comprendre que c'était précisément parce qu'elle l'aimait tant qu'elle craignait pour sa vie.

— Saint Louis est une ville importante, objecta-t-il. J'ai entendu dire qu'il y avait là-bas des voitures assez grandes pour embarquer une quarantaine de personnes. Bruce m'a expliqué qu'on appelle ça un omnibus. Il est allé à Saint Louis l'hiver dernier. Il a payé cinq *cents* pour visiter toute la cité. Je suppose que le chemin de fer ne tardera pas à arriver là-bas.

— Quarante personnes ? À mon avis, il a exagéré ! s'exclama Rebecca avec un rire forcé.

— Il n'avait pas l'air.

— Il faudrait que je le voie pour le croire. Je ne sais pas si j'aimerais prendre le train. Oncle Quinn dit que c'est encore plus bruyant qu'un vapeur. J'ai lu quelque part que les locomotives allaient à plus de trente kilomètres heure et qu'elles crachaient de la fumée et des étincelles. Il paraît aussi que certaines explosent.

— Parce que les vapeurs n'explosent pas, peut-être ? se moqua gentiment Shaw. Tu ne changeras jamais, Rebecca ! Ta grand-mère dit que l'eau de la rivière coule dans tes veines et c'est sûrement vrai !

— Peut-être. Je n'imagine pas vivre dans un endroit où je n'entendrais pas le bruit de l'eau, où je ne pourrais la voir étinceler au soleil dès le saut du lit…

Un long soupir échappa à Shaw.

— Ne sois pas fâché contre moi, je t'en prie. Je ne le supporte pas ! souffla-t-elle.

— J'ai l'impression que nous nous cachons de nos familles depuis toujours. Il est temps que cela cesse, tu ne crois pas ?

— Je me sens déchirée… Je t'aime, Shaw, mais j'aime aussi les miens. Je ne sais pas si j'aurai le courage de les abandonner un jour.

— Je ne veux plus en parler, trancha-t-il d'une voix sourde. Nous en avons déjà discuté cent fois. Ne gâche pas les instants que nous partageons, si c'est tout ce que nous devons avoir.

Mais Rebecca avait besoin de se débarrasser de ce poids qui l'oppressait.

— Nous ne sommes pas seuls au monde, insista-t-elle. Il y a Eve et son petit garçon, Noah et Grandma. Je m'inquiète pour eux. Je n'aime pas savoir Eve si loin de la maison alors qu'elle a besoin de nous.

— Dans ce cas, il ne fallait pas l'en chasser.

— Si Poppa s'amadouait, je suis sûre que les autres en feraient autant.

— On dit que les MacCade sont des gens durs, pourtant, nous n'avons jamais tourné le dos à aucun membre de notre famille. J'ai lu la Bible. N'enseigne-t-elle pas la tolérance et le pardon ?

À court d'arguments, Rebecca ne répondit pas. Shaw laissa passer quelques secondes avant de demander :

— Sais-tu où trouver ta sœur, ou allons-nous devoir arpenter Saint Louis au hasard ?

— Eve m'a écrit. Elle vit dans une pension de famille sur High Street dirigée par une certaine Mme Thelma Brown. La maison est verte, elle ne devrait pas être trop difficile à localiser.

— Tant mieux. Dans ce cas, j'irai chercher Eve et je te la ramènerai.

Rebecca retint ses larmes. L'espoir renaissait en elle. MacCade ou pas, Shaw était quelqu'un de bien. D'une manière ou d'une autre, ils réussiraient.

Les violons et un bandonéon remplacèrent le banjo. Rebecca ne reconnaissait pas l'air, mais les notes, vibrantes et poignantes, s'égrenaient au-dessus des eaux noires de la rivière, suscitant à la fois du bonheur et de la tristesse en elle. Elle appuya la tête contre l'épaule de Shaw, huma son parfum viril et, tout à coup, elle se prit à souhaiter que le soleil ne se lève pas et qu'ils demeurent ainsi, enlacés, jusqu'à la fin des temps.

— Les étoiles ont l'air si proches ce soir, murmura-t-elle au bout d'un long silence apaisant. J'ai l'impression que je n'ai qu'à tendre le bras pour les décrocher.

— Dans la montagne, elles paraissent plus proches encore. Une nuit, j'ai vu le ciel se colorer d'étranges rayons bleus et verts. Il faisait froid, si froid que j'ai tiré une perdrix et qu'elle a gelé en plein vol. Je suis monté dans l'arbre pour la décrocher, mais rien à faire, elle est restée suspendue là jusqu'au dégel.

Rebecca se mit à rire doucement.

— Tu es aussi menteur qu'un marin d'eau douce !

— C'est la vérité, du moins pour ces lumières que j'ai vues dans le ciel. Les Indiens en parlent dans leurs légendes. Certains prétendent qu'elles portent bonheur, d'autres affirment que c'est au contraire un mauvais présage.

— Et toi, quel est ton avis ?

— Je ne crois pas aux augures. Je pense que c'est à nous de provoquer la chance.

Les lucioles dansaient dans la nuit et, près d'eux, la flamme d'une lanterne vacillait.

— Parle-moi de la Californie, le pria-t-elle.

— C'est un pays merveilleux, incroyablement varié. Il y a des déserts et des montagnes. Il paraît que dans le sud, il ne fait jamais froid.

Rebecca tenta de se représenter la Little Smoke River sans hiver, sans ces flocons qui tapissaient les berges gelées, sans la bise hurlante de janvier, sans le renouveau d'avril. Mais c'était impossible.

— Aimerais-tu y retourner pour t'y installer ?

— Pas vraiment. Je ne sais pas si un homme du Missouri réussirait à se sentir vraiment chez lui là-bas.

— Corbett prétend qu'on peut y faire fortune. Et il y a tellement d'aventuriers qui prennent la route de l'Ouest à la recherche de la Terre promise !

— Ton frère a raison. Ce pays est plein de promesses. Parfois, il n'y a qu'à se baisser pour ramasser des pépites grosses comme des noisettes. Mais la plupart de ceux qui partent le cœur empli d'espoir ne trouveront là-bas que leur tombe.

— Comme ton associé ?

Shaw hocha la tête et sa voix s'assourdit brusquement.

— J'ai vu un homme poignarder son propre frère parce qu'ils se disputaient les faveurs d'une prostituée. Et trois Mexicains se faire descendre sans aucune raison. La Californie est une contrée sauvage où échouent beaucoup de désespérés. Je n'ai jamais eu peur de la mort, mais je ne veux pas mourir pour rien. Je ne veux pas que des *desperados* me volent mes vêtements et mes bottes avant de faire rouler mon cadavre dans un canyon pour l'offrir en pâture aux busards.

Le bandonéon se tut et les violons entonnèrent une valse. L'humeur de Shaw changea dans l'instant.

— M'accorderez-vous cette danse, madame MacCade ?

— Avec grand plaisir !

La main posée au creux de sa taille, il l'entraîna aussitôt au rythme envoûtant de la musique. Très vite, Rebecca se força à oublier son père et Eve. Pour cette nuit, elle chasserait de son esprit peur et regrets. Elle s'abandonnerait à ce rêve enchanteur, le vapeur, la valse, la chaleur des bras de Shaw, pour en chérir le souvenir durant le restant de ses jours.

Rebecca fut sidérée par Saint Louis, ville immense en dépit du terrible incendie qui l'avait ravagée un an plus tôt. En mai 1849, un vapeur baptisé le *White Cloud* avait pris feu. Les flammes s'étaient propagées d'un bateau à l'autre dans le port et, malgré tous les efforts de la population, plus de vingt embarcations avaient été détruites. Hélas, l'incendie ne s'était pas arrêté là ! Le vent avait poussé des flammèches jusqu'aux bâtiments les plus proches qui s'étaient embrasés à leur tour. La fournaise avait calciné quatre cents habitations, avant que la brigade des pompiers réussisse enfin à arrêter l'incendie à l'aide de barils de poudre.

Alors qu'elle descendait la passerelle au bras de Shaw, Rebecca vit les nouvelles constructions qui se dressaient près du port. Partout, des charpentiers, des maçons et des ouvriers étaient à l'œuvre. Les quelques structures de brique noircies qui subsistaient du sinistre formaient un contraste saisissant avec les demeures et magasins érigés depuis peu.

— Par quoi commençons-nous ? cria-t-elle à Shaw pour couvrir le tintamarre des marteaux et scies en action.

Il y avait foule autour d'eux. Les gens discutaient, riaient, juraient et vociféraient. Les dockers déchargeaient les marchandises des soutes. Des familles entières d'immigrants, parmi lesquelles se trouvaient des nouveau-nés et des vieillards presque grabataires, se massaient sur les quais, au milieu des capitaines, joueurs de poker professionnels, trappeurs français, marins, esclaves enchaînés, ainsi que deux Indiens mandan au visage impassible. Certains voyageurs s'exprimaient en français, d'autres en allemand, suédois ou diverses autres langues. La plupart étaient chargés de lourds bagages et semblaient encore plus désorientés que Rebecca.

— Ne lâche pas ma main, lui recommanda Shaw.

Il fit signe à un cocher de fiacre et échangea quelques mots avec ce dernier avant d'aider Rebecca à monter dans la voiture.

— Je lui ai demandé de nous conduire dans un hôtel respectable, expliqua-t-il quand le véhicule s'ébranla.

— Je ne veux pas aller à l'hôtel, je veux avant tout retrouver Eve !

— Chaque chose en son temps. Tu as besoin de repos. Tu n'arrangeras pas les affaires de ta sœur en tombant malade.

— Peuh ! J'ai une santé de cheval !

— Peut-être, mais même les chevaux ont besoin de dormir de temps en temps.

Le fiacre longea un magasin d'accastillage, une forge, l'échoppe d'un charretier, une boucherie, une église, une épicerie, une gargote, les bureaux d'un journal, ainsi que divers immeubles administratifs. D'élégants équipages se frayaient un passage entre les chariots, charrettes et diligences qui encombraient la chaussée, et même un corbillard tiré par quatre chevaux noirs au front surmonté d'une houppe de plumes. Les trottoirs grouillaient de femmes et d'hommes qui semblaient tous très pressés.

Comme ils quittaient le quartier des affaires pour entrer dans une zone résidentielle, Rebecca observa avec curiosité les passantes vêtues à la dernière mode, suivies de leurs caméristes et d'enfants noirs qui allaient nu-pieds.

— D'où sortent tous ces gens ? s'étonna-t-elle. Et tu as vu ces maisons ? Elles sont immenses !

— Serais-tu en train de prendre goût aux fastes de la grande ville ?

— Non ! Mais tout cela est si excitant et si nouveau ! Regarde cette demeure ! C'est au moins un prince qui habite là.

— Plutôt un riche commerçant, corrigea Shaw en riant.

Bientôt, ils tournèrent dans une rue secondaire, puis le cocher immobilisa le fiacre devant la façade d'un petit immeuble de deux étages. Près de la porte, une pancarte en bois annonçait : *MacIntosh House*.

Quelques minutes plus tard, une gouvernante d'âge moyen portant un tablier amidonné les introduisit dans une jolie chambre dont le balcon donnait sur un jardin bien entretenu. Un lit à baldaquin, une table au plateau de marbre et aux pieds griffus, deux chaises à dossier droit, un petit secrétaire et une chauffeuse en velours constituaient le mobilier. Un angle de la pièce était dissimulé par un paravent chinois. Curieuse, Rebecca tendit le cou pour voir ce qu'il y avait derrière.

— C'est la baignoire, madame, l'informa la gouvernante. Nous avons l'eau courante, froide et chaude. Seuls les meilleurs hôtels de la ville possèdent ce confort. Quand vous voudrez prendre votre bain, vous n'aurez qu'à tirer sur ce cordon et Toby montera sur le toit pour allumer la chaudière. Lorsque l'eau des réservoirs sera bien chaude, il ouvrira les robinets. Le prix de la chambre comprend un bain par jour. Et il n'y a aucun supplément pour les serviettes ou le savon. Un bain par jour, vous vous rendez compte ! insista-t-elle fièrement, comme si ce luxe dépassait l'entendement.

— Merci, fit Shaw. Mme Thompson et moi serons très bien ici.

Sur ces mots, il poussa fermement la gouvernante vers la porte. Rebecca lui lança un regard interloqué et il haussa les sourcils, pour lui signifier de garder le silence, supposa-t-elle.

— Le petit déjeuner est servi entre 6 et 8 heures, précisa encore la gouvernante. Je m'appelle Mme Baker. Si vous avez besoin de quoi que ce soit, adressez-vous à moi. Pour le dîner, je peux demander à Toby de vous monter votre repas sur un plateau.

Shaw marmonna une réponse que Rebecca ne comprit pas. Soudain saisie de fatigue, elle se laissa tomber sur une chaise et ferma les yeux une seconde.

— Mets-toi au lit, lui ordonna Shaw d'une voix qui lui parut lointaine.

— Pourquoi m'as-tu appelée Mme Thompson ?

— Pour brouiller les pistes, au cas où ton père nous suivrait jusqu'ici. Pourquoi, ce nom ne te plaît pas ?

Rebecca répondit par un bâillement sonore. La seconde d'après, elle sentit que Shaw la soulevait.

— Que fais-tu ? Je ne vais pas me coucher en plein jour ! protesta-t-elle.

Cependant, elle était trop faible pour lui opposer la moindre résistance, et lorsqu'il la déposa sur le matelas moelleux, elle laissa échapper un soupir de bien-être. Shaw entreprit de délacer ses bottines. Elle n'aurait pas dû lui permettre de la déshabiller, mais c'était si bon de se laisser aller…

— La robe, maintenant, murmura-t-il en la faisant rouler sur le ventre.

Rebecca eut le temps de se dire qu'il semblait décidément bien familiarisé avec les toilettes féminines. Elle tenta de se concentrer sur cette pensée, puis ses paupières s'alourdirent… et elle sombra dans un sommeil de plomb.

Rebecca ouvrit les yeux. Il faisait nuit noire dans la chambre. Près d'elle, une respiration régulière se faisait entendre. Revivait-elle ce rêve qui l'avait tellement désorientée lorsqu'elle avait passé la nuit dans la pension de famille ?

Sa main hésitante tâtonna et rencontra une large poitrine masculine. Aussitôt, Shaw se réveilla.

— Rebecca ?

Les craintes de la jeune femme s'évanouirent sur-le-champ. Sa main remonta jusqu'à la joue de Shaw.

— Tu t'es rasé, remarqua-t-elle dans un chuchotement.

Peu à peu, ses yeux s'habituèrent à la pénombre et elle distingua les contours de la pièce, estompés par la moustiquaire qui pendait du ciel de lit. Shaw se redressa sur un coude et lui prit la main. Doucement, il lui embrassa les doigts, un à un, puis fit courir le bout de sa langue sur ses phalanges.

— Chérie, je t'ai attendue si longtemps…

— Serre-moi dans tes bras.

Il obtempéra et observa :

— Tu trembles.

— J'ai peur.

— De moi ?

Parfaitement réveillée à présent, elle inspira profondément pour maîtriser la panique qui était en train de la gagner.

— J'ai surtout peur… d'avoir mal.

— Ce ne sera pas si terrible que ça, mon ange, promit-il avec un petit rire plein de tendresse.

Il se mit à lui masser les épaules habilement, faisant rouler les muscles contractés sous ses doigts. Rebecca sentit sa peau la picoter là où il la touchait. Respirer devint de plus en plus difficile. Elle avait l'impression de tomber dans un puits sans fin.

— À propos, qui t'a dit que les femmes souffraient ? demanda-t-il.

— Grandma. Selon elle, la première fois est la pire. Ensuite…

Ses joues s'enflammèrent. Elle n'allait tout de même pas lui dire que, toujours d'après Grandma, les muscles intimes des femmes finissaient par s'assouplir, au bout d'un an ou deux ; ni que Pilar racontait que sa sœur avait eu si mal lors de sa nuit de noces que ses hurlements avaient alerté les invités qui étaient accourus, persuadés qu'elle était en train de se faire égorger.

Grandma affirmait également que les femmes souffraient pour racheter le péché d'Ève qui avait mangé la pomme.

— Certaines femmes saignent lors du premier rapport sexuel, confirma Shaw, dont la voix frémissait légèrement comme s'il se retenait de rire. Quoi qu'il en soit, ce ne sera pas aussi douloureux que le jour où tu t'es enfoncé cet hameçon dans le pied. Tu t'en souviens ?

Se sentant un peu stupide, Rebecca acquiesça.

— Bon, allons-y, soupira-t-elle. Fais ce que tu as à faire et finissons-en !

Cette fois, il ne put contenir son hilarité.

— L'agneau sur le point d'être sacrifié !

— Vas-y, moque-toi de moi ! se rebiffa-t-elle, vexée. Elle avait conscience de se comporter comme une enfant, mais les sensations agréables avaient disparu pour céder la place à la nervosité. D'un autre côté, si toutes les femmes mariées avaient supporté cette épreuve, elle devait en être capable, elle aussi.

— Pardonne-moi, murmura-t-elle, radoucie. Je ne veux pas gâcher ce moment. Dis-moi juste ce que je dois faire et je le ferai.

— Est-ce une promesse ?

— Oui.

— Très bien, madame Thompson. Alors, avant toute chose, vous allez prendre un bain !

18

— Un bain ? Tu veux que je prenne un bain ?

Rebecca frissonnait. Jamais elle ne s'était sentie si vulnérable, si peu sûre d'elle. Pourtant, pour la première fois, elle se sentait vraiment femme.

— Tu m'as promis de faire tout ce que je te demanderai, n'est-ce pas ? Tu me fais confiance ? Alors obéis sans poser de questions. En es-tu capable ?

Sa voix était calme, apaisante. Il se pencha pour l'embrasser gentiment sur le nez. Toutefois, Rebecca percevait l'énergie à l'état brut qui l'habitait et qu'il avait du mal à contrôler.

— Je... je vais essayer, balbutia-t-elle, avant de reprendre d'un ton plus affermi : Oui, je vais le faire.

Shaw lui prit la main et l'obligea à se lever.

— Ferme les yeux, commanda-t-il.

Le cœur battant, Rebecca obtempéra. Dans la chambre, l'air était humide. Du jardin montait le parfum léger des roses. Elle percevait presque le goût de la rivière sur sa langue. Ces sensations familières calmaient ses craintes.

Un frôlement soyeux contre sa joue la fit tressaillir.

— Qu'est-ce que c'est ?

— Chut ! Souviens-toi de ta promesse.

Elle sentit qu'il lui nouait un foulard sur la tête et sourit en se remémorant leurs jeux d'enfants.

— Tu te rappelles ? C'est ce que tu as fait la première fois où tu m'as emmenée dans ta grotte. Tu ne voulais pas que je connaisse le chemin.

— J'avais trop peur que tu révèles ma cachette à l'un de tes frères.

— Corbett ne t'a jamais beaucoup aimé, hein ?

— En effet.

Rebecca se souvenait avec précision du garçon qu'il était à l'époque : longs cheveux emmêlés, genoux écorchés visibles à travers son pantalon troué. Elle-même n'était qu'une gamine toute en os, au nez semé de taches de rousseur, au visage mangé par de grands yeux gris.

Elle rit à ce souvenir attendrissant. D'autres lui revinrent dans la foulée : la fois où Shaw l'avait poussée à escalader un à-pic pour admirer l'aire d'un aigle. Ils avaient bien failli se rompre le cou ! Et celle où ils s'étaient introduits dans le tipi de trois chasseurs potawatomis qui s'étaient assoupis près de la rivière. Là encore, Shaw avait utilisé le même stratagème pour aider Rebecca à surmonter sa peur. Puis il avait rampé jusqu'à la tente et s'était emparé d'une flèche qu'il destinait à sa collection personnelle, cachée dans la grotte. Il avait laissé la paire de ciseaux de sa mère en guise de dédommagement. Garnement mais pas voleur…

Combien de fois l'avait-il entraînée dans des péripéties de ce genre ? Elle ne les comptait plus. Et, chaque fois, il l'avait ramenée saine et sauve à Angel Crossing.

« Ce sera pareil aujourd'hui », se rassura-t-elle.

Un sentiment d'exaltation l'envahit et elle se rappela encore les paroles de Shaw, le jour où ils avaient escaladé Redemption Bluff : « Bon sang, Rebecca, si tu refuses de prendre le moindre risque, tu ne connaîtras jamais rien de la vraie vie ! »

Souriante, elle tendit les mains pour lui toucher le visage. La seconde suivante, les lèvres de Shaw fondaient sur les siennes. Son baiser se fit passionné, allumant en elle une flamme d'abord timide, qui grandit peu à peu. Puis ses mains parcoururent son corps, doucement, tendrement. Sa proximité la grisait. Il sentait le savon, le cuir huilé et ce parfum boisé et viril qui n'appartenait qu'à lui. Dieu, comme elle aimait cet homme !

Sa voix rauque d'émotion résonna dans le noir :

— Je n'ai jamais pu t'oublier, Rebecca. Je n'ai pas oublié une strophe des poèmes que tu me récitais. Ta voix et ton image m'accompagnaient partout, où que j'aille. Il y avait un lien invisible entre nous. Les Nez Percés diraient que tu m'as ensorcelé.

— Moi ? Alors que c'est moi qui ai les yeux bandés ? Non, c'est toi le magicien, Shaw.

Il s'écarta d'elle, et, bientôt, elle entendit le bruit de l'eau qui coulait dans la baignoire de cuivre entrevue à leur arrivée. Comme elle tournait la tête dans cette direction, il lui intima :

— Non, ne bouge pas. Ce soir, tu es entre mes mains.

— Tu ne vas tout de même pas me plonger dans l'eau froide !

— L'eau est encore chaude, elle a chauffé toute la journée au soleil sur le toit.

Il revint près d'elle et lui ôta ses peignes et ses épingles à cheveux, libérant sa chevelure qui cascada sur ses épaules, sans cesser de déposer une pluie de baisers sur son visage.

Rebecca attendit, docile, tremblante, impatiente, tandis que la tension s'accumulait lentement en elle. On eût dit que le bandeau qui l'aveuglait décuplait ses sensations, sa capacité à percevoir le moindre contact, la moindre odeur. Shaw avait jeté un sort sur cette chambre et créé une magie dont elle garderait le souvenir sa vie durant.

— Ma douce, douce Rebecca… Ma femme…

Oui, elle était sa femme. Et il lui appartenait. Au moins pour cette nuit.

Elle sentit la caresse de la brise nocturne sur ses épaules tandis qu'il dénouait les lacets de son corset.

Ce dernier tomba sur le sol, aussitôt remplacé par les paumes chaudes de Shaw au creux de sa taille. Rapidement, il fit passer sa camisole par-dessus sa tête, et la débarrassa de ses sous-vêtements.

Immobile, elle sut qu'il contemplait sa nudité offerte. L'émotion lui gonfla la poitrine. Puis la bouche humide de Shaw se posa sur son ventre et un long frémissement la parcourut. Instinctivement, elle enfouit les doigts dans son épaisse chevelure. Elle se crispa quand ses lèvres se déplacèrent plus bas. Il la butinait, taquinait sa chair et des ondes de plaisir roulaient sur son corps.

Soudain, elle perçut son souffle à l'endroit le plus intime de sa personne. Shaw fit remonter sa main le long de sa cuisse, lentement. Quand ses doigts atteignirent sa féminité, Rebecca laissa échapper un gémissement. Tout son être palpitait d'un besoin qu'elle ne comprenait pas. Elle savait seulement que Shaw était en mesure de l'assouvir. Puis sa bouche remplaça ses doigts et Rebecca vacilla. C'était impossible. Cela ne pouvait pas lui arriver. Quelque chose d'aussi indécent ne pouvait lui procurer un tel plaisir…

Éperdue, elle lui griffa les épaules. Il se redressa, lui arrachant un autre gémissement, de frustration, cette fois.

— C'est l'heure du bain, chérie.

— Je ne veux pas prendre de bain ! Je te veux… toi ! S'il te plaît, ne joue pas avec moi, Shaw.

— C'est toi l'élève, ici. Tu dois m'obéir.

— Alors, apprends-moi. Vite ! le pressa-t-elle, les mains déjà posées sur le bandeau pour le retirer.

— Ne touche pas à ça ! Suis-moi.

À contrecœur, elle se laissa guider vers la baignoire.

— Tu es un monstre !

— Je sais !

Riant, il la souleva de terre et la tint serrée contre lui quelques secondes, avant de la déposer dans l'eau chaude qui la recouvrit jusqu'à la poitrine.

— Maintenant, détends-toi.

Il entreprit de la frictionner à l'aide du pain de savon, s'attardant sur son dos et ses fesses. Ses paumes calleuses la rassuraient et l'excitaient en même temps. Chaque fois qu'il osait une caresse plus audacieuse et qu'elle voulait protester, il lui fermait la bouche d'un baiser. Et, à chaque baiser, Rebecca avait l'impression que la température de l'eau montait d'un degré.

— Shaw... Je t'en prie, je n'en peux plus !

Un feu ardent lui embrasait les entrailles. Mais Shaw se montrait sans pitié. Sa main pétrissait doucement un sein, l'enduisait de savon, rinçait la mousse en faisant couler des filets d'eau... Tête renversée, Rebecca gémissait sans retenue. Un petit cri lui échappa quand elle sentit la bouche de Shaw happer son mamelon et le tourmenter délicieusement.

— Mon Dieu, Shaw ! C'est si bon... si bon !

Lorsqu'il comprit qu'elle ne pouvait plus attendre, il lui ôta le foulard et elle se rendit compte qu'une petite veilleuse illuminait faiblement la chambre et la baignoire en cuivre qui se reflétait dans le haut miroir doré.

— Dis-moi ce que tu veux, Rebecca. Je veux l'entendre de ta bouche.

— Je te veux en moi, Shaw ! souffla-t-elle. Maintenant !

Leurs regards enfiévrés s'aimantèrent. Elle lui tendit les bras et il la souleva sans peine pour l'emporter vers le lit. Leurs bouches se joignirent en un baiser avide. Il la déposa sur le matelas et s'allongea sur elle, par réflexe, elle lui enserra les hanches de ses jambes.

Il vint en elle, doucement, et elle s'arqua pour lui permettre de la pénétrer plus profondément.

Il l'emplissait de tout son amour.

Une douleur fugace la transperça, bientôt balayée par l'euphorie. Shaw plongea en elle à coups de reins répétés, jusqu'à la faire crier. Le corps de Rebecca se tendit comme un arc tandis que la jouissance les frappait tous deux de plein fouet. Longtemps après, elle prit conscience du mouvement régulier de sa poitrine tout près d'elle. Elle ouvrit les yeux, aperçut son visage souriant encadré de cheveux noirs et, en arrière-plan, les pans légers de la moustiquaire qui retombaient autour d'eux.

— Où sommes-nous ? murmura-t-elle.

— Au paradis.

Elle rit doucement. Il roula sur le dos, l'entraînant avec lui, et la fixa avec une telle intensité qu'elle reprit aussitôt son sérieux.

— Je ne t'ai pas fait mal ? s'inquiéta-t-il. Je suis désolé... j'ai un peu perdu le contrôle de la situation quand...

— Non, tu ne m'as pas fait mal. Ou si peu. Cela signifie-t-il que je suis convenablement déflorée ?

— Hum... Je n'en suis pas sûr. Peut-être faut-il tout recommencer, par acquit de conscience ?

— D'accord ! Mais je crois que l'irréparable a été commis. Je ne suis plus une innocente brebis.

— Tu aimes l'amour. Tu as bien de la chance que j'aie décidé de faire de toi une honnête femme !

— Brigand !

Il l'embrassa, immisça audacieusement sa langue entre ses dents et explora sans hâte sa bouche. Rebecca perçut le raidissement de son sexe et se trémoussa langoureusement contre lui.

— Je constate que tu n'es pas prostrée de douleur ! la taquina-t-il encore.

— Peut-être as-tu raison. Peut-être n'avons-nous pas fait les choses correctement. Peut-être suis-je encore vierge ?

— Petite dévergondée ! Tu sais très bien que non. Dorénavant, tu es mienne. J'ai apposé ma marque sur toi. Tu m'appartiens.

— Alors, il faut me nourrir ! s'exclama-t-elle joyeusement en se redressant. Je meurs de faim !

— Tant mieux. Car, pour tout dire, il faut au moins attendre un petit quart d'heure avant que je ne retrouve toute ma forme. Même un homme aussi épris que moi subit les lois de la nature.

— C'est à cause de toutes ces femmes que tu as connues avant moi. Elles t'ont épuisé.

— Voyons, tu étais la première !

— Menteur !

Elle rit encore. Elle ne se sentait pas jalouse des anciennes conquêtes de Shaw car, désormais, il était à elle et rien qu'à elle.

— Vos désirs sont des ordres, madame. Je vais trouver de quoi nous restaurer.

— Où ça ? Tu crois que la cuisine...

— Laisse-moi faire, coupa-t-il en remontant le drap sur elle. Un homme du Missouri saura toujours où trouver sa pitance. Ne bouge pas. Je te rapporte de quoi reprendre des forces.

Il s'habilla rapidement avant de quitter la chambre. Une fois seule, Rebecca enfila sa camisole qu'elle trouva abandonnée par terre. Une brusque timidité l'envahissait, à présent que le délire sensuel qu'elle venait de vivre s'était apaisé. Elle se sentait légèrement endolorie, mais ce n'était rien comparé au plaisir que Shaw lui avait procuré.

— Pas étonnant que les femmes soient tentées par le péché, murmura-t-elle à mi-voix.

Immobile, elle considéra son reflet dans le miroir. Ses joues étaient empourprées, ses yeux brillaient et ses lèvres étaient gonflées par les baisers. Était-elle différente ? Les autres seraient-ils capables de déceler le changement qui venait de s'opérer en elle ?

Une idée lui traversa l'esprit. Si Shaw n'avait pas été stérile, peut-être auraient-ils conçu un enfant au cours de cette nuit d'amour ? En l'occurrence, il y avait bien peu de chances. Elle aurait dû en être soulagée, étant donné les circonstances, et pourtant un regret lancinant s'était emparé d'elle.

Résolument, elle s'arracha à sa tristesse.

« Je devrais déjà être reconnaissante du bonheur que nous partageons en ce moment », songea-t-elle.

Leur union n'était que temporaire. Et tant qu'elle n'attendait pas d'enfant, elle pourrait toujours retourner à Angel Crossing. Poppa aurait peut-être des soupçons sur ce qui s'était passé, mais il ne serait pas en mesure de le prouver.

Sachant que Shaw ne tarderait pas à revenir, elle s'empressa d'aller dans la baignoire faire une nouvelle toilette. Puis elle sortit la chemise de nuit en dentelle de son vanity-case, l'enfila, et refit le lit. Elle avait à peine terminé que Shaw frappait discrètement à la porte.

Elle se précipita pour lui ouvrir et, à le voir si beau et si grand sur le seuil, elle crut que son cœur allait éclater. Elle se jeta dans ses bras.

— Je t'ai manqué ?

— Tu ne peux pas imaginer à quel point !

De baiser en baiser, Rebecca découvrit qu'elle avait plus faim de son mari que de nourriture. Et ce n'est qu'après avoir fait l'amour une seconde fois qu'ils s'assirent en tailleur sur le lit pour partager avec gourmandise des tranches de jambon froid et des tartines de miel. Finalement, ils s'endormirent, blottis l'un contre l'autre, et s'éveillèrent juste après le lever du soleil pour s'aimer de nouveau, avant de faire couler un autre bain.

— Mme Baker a été très claire : un seul bain par chambre et par jour. Cela signifie que si je me lave, tu ne pourras pas en faire autant, fit remarquer Shaw.

Rebecca pouffa.

— La règle est déjà enfreinte ! J'ai utilisé la baignoire hier soir, pendant que tu étais parti chercher à manger.

— Bien, dans ce cas, il n'y a qu'une seule solution : nous allons prendre notre bain ensemble.

— Shaw ! La baignoire est trop petite. Il faudrait...

— Exactement ! Je vais entrer en premier et toi...

Rebecca savait déjà que Shaw aurait le dernier mot. Et le résultat fut très satisfaisant, conclurent-ils d'un commun accord une bonne heure plus tard.

Ils ne furent pas prêts à temps pour prendre le petit déjeuner dans la salle à manger, aussi allèrent-ils se restaurer dans l'une des gargotes qui pullulaient dans le quartier le plus animé de la ville. Une fois rassasiés, ils se rendirent, sur l'insistance de Shaw, dans une boutique de mode féminine.

— Ces habits sont bien trop chers ! protesta Rebecca, en arrêt devant la vitrine. J'ai un peu d'argent et je préfère aller...

— Nous en avons déjà discuté. Tant que nous serons à Saint Louis, c'est moi qui subviendrai à tes besoins. Je vais t'inviter dans un bon restaurant et je veux que tu sois élégante. Tu es ma femme, après tout.

— Au restaurant ? Mais le plus urgent est de trouver Eve. Tu m'as promis de m'aider.

— Et je tiendrai parole. Toutefois, nous ne sommes pas obligés de nous ruer chez elle dès l'aube. J'ai envie de passer du temps avec toi. Ne me prive pas de ce plaisir. Je veux te voir briller de mille éclats et clouer le bec à toutes ces péronnelles de la ville !

— Songe à la dépense...

— J'ai en ma possession un peu de cette poussière précieuse qu'on trouve en Californie. Ne te fais pas de souci pour l'argent. Contente-toi de profiter du moment présent.

Il n'en dit pas plus. Il aurait tout le loisir, plus tard, de lui parler des pépites qu'il avait cachées dans sa grotte, non loin du ranch de son père. Pour l'heure, rien ne devait gâcher leur bonheur.

— Je ne pourrai pas porter toutes ces jolies choses quand je serai de retour à la maison, protesta-t-elle faiblement.

— Quelle importance ? Allez, pousse la porte.

— Et je ne connais rien à la mode…

— Les vendeuses te renseigneront.

Il avait réponse à tout. Rebecca capitula. À l'intérieur du magasin, Shaw annonça son intention d'acheter trois tenues complètes pour sa jeune épouse et les employées devinrent aussitôt tout sucre tout miel. Une vendeuse trouva une chaise pour Rebecca, une autre courut lui chercher une tasse de thé et la propriétaire, une certaine Mlle Philippa, entreprit de sélectionner les toilettes qu'elle comptait montrer à sa cliente.

Sachant Rebecca entre de bonnes mains, Shaw alla choisir un buggy dans une écurie de louage. En effet, il ne voulait pas dépendre des fiacres pour leurs déplacements durant leur séjour à Saint Louis. La matinée était déjà bien avancée quand il retrouva Rebecca à la boutique. Il réussit à la convaincre de déjeuner avant de se mettre à la recherche d'Eve et, comme promis, il la conduisit dans un restaurant chic.

Lorsqu'ils firent leur entrée dans la salle, Rebecca toute de bleu vêtue à son bras, tous les regards convergèrent vers elle et Shaw éprouva une bouffée de fierté.

Ils mangèrent rapidement et, après s'être renseignés, se rendirent à l'adresse indiquée par Eve dans ses lettres. High Street se trouvait dans un quartier pauvre aux ruelles tortueuses. Ils se perdirent plusieurs fois et furent obligés de s'arrêter à deux reprises afin de demander leur chemin. Enfin, Shaw immobilisa le buggy devant un immeuble… dont il ne restait que quelques poutres calcinées et des murs de brique à demi écroulés.

— Ce n'est sûrement pas ici ! s'exclama Rebecca. Il doit y avoir une autre rue qui s'appelle High Street. Je ne comprends pas…

Shaw leva les yeux vers le ciel menaçant. La température et l'humidité de l'air augmentaient sensiblement. Au loin, le tonnerre grondait sourdement.

— Nous avons parcouru toute la rue, fit-il. Plus haut, il y avait deux saloons, une tannerie, une briqueterie et un club, mais aucune résidence privée. Eve t'a peut-être menti ? Peut-être t'a-t-elle donné une fausse adresse ?

— C'est impossible, sinon elle n'aurait jamais reçu mon courrier. J'ai envoyé toutes mes lettres à la pension de famille de Mme Brown.

Shaw aperçut un garçon qui courait après un chat dans la venelle perpendiculaire qui séparait la briqueterie d'une taverne d'aspect plutôt louche.

— Eh, toi ! l'appela-t-il.

Le gamin, qui avait environ huit ans, lâcha une bordée de jurons effroyables en voyant le chat disparaître dans un trou du mur. Il se tourna et, de mauvaise grâce, s'approcha de Shaw qui faisait sauter une pièce dans sa main.

— J'ai besoin d'un renseignement, reprit ce dernier. Tu connais le quartier ?

— Ben ouais. J'ai grandi ici.

— Nous cherchons une pension de famille dirigée par Mme Brown. Mme Thelma Brown. Sais-tu où elle se trouve ?

— Donnez-moi d'abord l'argent, exigea le gamin d'un ton rogue.

— Non, tu me réponds d'abord.

Le garçon haussa les épaules et cracha par terre, avant de pointer un index crasseux vers les ruines :

— C'était juste ici.

Shaw lui lança la pièce qu'il attrapa au vol avant de détaler. Mais il s'arrêta brusquement quelques mètres plus loin et fit volte-face pour apostropher Rebecca :

— T'arrives trop tard, beauté ! Les bigots ont cramé le bordel de mam'zelle Thelma il y a deux mois. Va falloir chercher du turbin ailleurs !

19

— Comment allons-nous retrouver Eve ? se désola Rebecca.

Shaw venait d'arrêter la voiture devant leur hôtel. Un garçon d'écurie s'approcha pour s'occuper du cheval. Au moment où ils descendaient, les premières gouttes de pluie se mirent à tomber. Mais Rebecca se souciait fort peu de l'orage qui s'annonçait. La pensée torturante que sa sœur ou Jamie aient pu être blessés lors de l'incendie la glaçait. Et puis, il y avait cette maison close...

— Je ne peux croire qu'Eve soit tombée si bas ! Je la connais, cela ne lui ressemble pas.

Elle chercha le regard de Shaw.

— J'aurais dû admettre dès le début que tu ne pouvais être le père de Jamie. Jamais tu n'aurais abandonné Eve si tu l'avais mise dans une telle situation.

— Je n'ai cessé de te le répéter. Maintenant, viens te mettre à l'abri. Je me charge des paquets.

Un éclair zébra le ciel et le tonnerre éclata dans un grondement sourd. Nerveux, le hongre s'agita entre les brancards du buggy.

Rebecca continua de se cramponner à la main de Shaw.

— Retrouve-les, je t'en prie ! supplia-t-elle. Je ne peux compter que sur toi.

— Si Eve est à Saint Louis, je la trouverai, je te le promets.

Il rassembla leurs achats et ils coururent vers le porche latéral tandis que de grosses gouttes s'écrasaient sur le sol.

— Je t'aiderai, déclara Rebecca. Ensemble, nous aurons plus de chances de...

— Non. Là où je vais, tu ne ferais que me gêner. Je serais obligé de te protéger et les choses pourraient se gâter sérieusement.

Il n'avait pas besoin de lui expliquer qu'il avait l'intention de se rendre dans des saloons et autres établissements de réputation douteuse. Et il fallait reconnaître qu'elle ne lui serait d'aucune utilité en de tels lieux.

— Si je ne t'accompagne pas, je peux au moins effectuer des recherches de mon côté, poser des questions dans les blanchisseries et les pensions de famille, suggéra-t-elle.

— Très bien. Tu prendras le buggy. Je vais te louer les services d'un cocher.

La pluie crépitait sur la marquise du perron. Shaw ouvrit la porte et ils traversèrent le vestibule pour se diriger vers l'escalier principal.

— Je suis capable de conduire le buggy, objecta Rebecca, quand ils s'immobilisèrent devant la porte de leur chambre, peu après.

— À Angel Crossing, peut-être, mais ici certainement pas. Saint Louis est une grande ville. Tu pourrais disparaître sans laisser de traces. Et puis, si ta voiture est conduite par un cocher, cela te posera d'emblée comme une femme respectable.

Il déposa les paquets sur le lit, tandis que Rebecca ôtait ses gants et son chapeau.

— Je serai prudente, assura-t-elle. Et j'espère que tu en feras autant. Tu es habillé comme un homme riche et cela attire les malandrins en quête d'un mauvais coup.

Shaw s'était fait couper les cheveux et l'on voyait au premier coup d'œil que son habit était de qualité et ses bottes neuves. Évidemment, personne ne l'aurait pris pour un paisible citadin. Son assurance, son regard fier et déterminé devraient dissuader n'importe quel voleur en quête d'un gogo à dévaliser. Sans compter que Shaw était grand et bâti en force. Même désarmé, personne ne se risquerait à lui chercher querelle.

D'un autre côté, certains individus sans scrupule n'hésitaient pas à attaquer leur victime par-derrière. Rebecca le savait et ne pouvait s'empêcher d'avoir peur. Elle voulait retrouver Eve, certes, mais pas si Shaw devait mettre sa vie en danger.

La pluie battait au carreau de la fenêtre qui donnait sur la rue. Il faisait moite et sombre dans la chambre. L'atmosphère était lourde.

— Que regardes-tu ? s'étonna Shaw.

— Toi.

Depuis quand Shaw MacCade était-il devenu le centre de son univers ? Ils n'avaient pas d'avenir ensemble et, bientôt, elle devrait renoncer à lui. Mais comme ce serait dur ! En le perdant, elle perdrait la moitié de son âme, elle le savait. Jamais elle ne regarderait un autre homme.

— S'il t'arrivait quelque chose, je ne pourrais pas le supporter, souffla-t-elle, harcelée par la vision horrible de Shaw poignardé dans le dos et saignant à mort dans une ruelle déserte.

Une étincelle amusée pétilla dans ses yeux sombres. Poing sur la hanche, il répliqua :

— J'en suis heureux ! Moi-même, je tiens beaucoup à ma peau.

Rebecca déglutit avec peine. Elle hésitait à le laisser partir, à le perdre de vue un seul instant. Elle voulait qu'il la prenne dans ses bras et qu'ils oublient le reste du monde.

— Ce n'est pas raisonnable de sortir maintenant. La tempête...

— Ce n'est qu'un orage, chérie. Il va passer.

— Saint Louis est une ville dangereuse, tu l'as dit toi-même...

— Je suis un grand garçon !

Il lui tendit les bras et elle se blottit contre lui, désemparée, éperdue, de nouveau en proie à de sinistres pressentiments.

— Ne me quitte pas, Shaw !

— Voyons, que se passe-t-il ?

— J'ai besoin de toi. Je mourrai si tu me quittes ce soir !

Elle releva la tête et, dans un élan, chercha ses lèvres. Ses mains s'immiscèrent sous la chemise de Shaw, s'égarèrent sur son large torse si réconfortant. Il eut un grognement sourd, s'écarta le temps de déboucler son ceinturon auquel pendait son holster et de le poser sur le manteau de la cheminée.

— Viens ! murmura-t-il.

Rebecca se jeta dans ses bras. Fébrile, elle lui couvrit le visage de baisers, tout en répétant inlassablement son nom. Elle lui caressa les joues, s'extasia du contact de sa peau râpeuse. Leur baiser se fit plus profond. Il explora sa bouche tandis qu'elle gémissait, arquée contre lui. Les lèvres de Shaw glissèrent dans son cou, à la naissance de sa gorge. Avec impatience, il dégrafa son corsage, écarta les pans de sa camisole et libéra ses seins. Rebecca frémit quand il se mit à agacer de la langue l'une des pointes durcies, à la mordiller doucement. Des vagues de plaisir la submergèrent. À la hâte, ils se débarrassèrent mutuellement de leurs vêtements, le silence uniquement brisé par leurs souffles haletants et le roulement du tonnerre au-dehors.

L'esprit enfiévré par la passion, Rebecca eut vaguement conscience que Shaw la portait sur le lit. D'un geste, il balaya les paquets qui tombèrent sur le sol dans l'indifférence. Plus rien ne comptait, excepté Shaw et le besoin torturant qu'elle avait de le sentir en elle. Elle était nue devant lui, brûlante de désir, et pourtant, elle n'éprouvait aucune honte, seulement un émerveillement intense devant la puissance de cette attirance qui les poussait à s'unir charnellement.

La gorge sèche, elle regarda Shaw arracher ses derniers vêtements et se dresser, nu, sa virilité fièrement érigée. Il était magnifique. Et, tout naturellement, elle s'ouvrit pour le recevoir.

Rebecca reposait contre Shaw, encore palpitante, étourdie par l'extase qu'elle venait d'éprouver.

— Il y a sûrement… des lois… contre ça ! haleta-t-elle.

— Je t'ai fait mal ?

— Non.

— Tu m'as littéralement embrasé, Rebecca. Quand je pense à toutes ces années que nous avons perdues…

— Pas perdues. Nous avons juste attendu le bon moment.

Il frotta sa joue contre son sein, se redressa avec un soupir.

— Malheureusement, le devoir m'appelle. Ne t'inquiète pas, je ne serai pas long.

Comme il se levait, elle voulut rabattre le drap sur sa nudité, mais il l'en empêcha en souriant.

— Non. Je veux que tu m'attendes exactement dans cette position.

— Es-tu sûr de vouloir partir ? le taquina-t-elle en bombant la poitrine de manière provocante.

— Sois sage. À mon retour, tu pourras être aussi coquine que tu le voudras.

Elle attendit qu'il se soit habillé et que la porte se referme sur lui pour murmurer dans la pièce vide :

— Sois prudent. Je t'en prie, sois prudent, Shaw !

Elle alla écarter le rideau qui occultait la fenêtre. L'orage était passé, mais il faisait trop sombre pour qu'elle puisse distinguer la silhouette de Shaw sur le trottoir. Résignée, elle se dirigea vers la baignoire et ouvrit le robinet. Une fois lavée, elle enfila une chemise de nuit propre et se sentit mieux. Ses sombres pressentiments s'étaient évanouis. Elle ne savait même plus pourquoi elle s'était tant affolée un peu plus tôt. Était-ce une sorte de sixième sens qui l'avait alarmée ? Ou la mesure de l'attachement qu'elle portait à Shaw ?

Avec un peu de chance, il trouverait Eve ce soir même. Sinon, elle prendrait le buggy le matin et mènerait l'enquête de son côté.

Tout en dressant un plan pour le lendemain, elle ramassa les habits qui jonchaient le sol de la chambre. Elle ne pouvait pas entrer dans une maison de tolérance afin de questionner les pensionnaires. En revanche, elle se rendrait dans les locaux du *Saint Louis Post* et consulterait les articles relatifs à l'incendie qui avait ravagé l'établissement de Thelma Brown. L'événement serait certainement relaté dans les archives du journal et elle apprendrait au moins si le feu avait fait des victimes.

D'une façon ou d'une autre, ils retrouveraient Eve et Jamie. La situation s'arrangerait. Shaw ne le lui avait-il pas promis ? Et il tenait toujours ses promesses.

Il était 21 heures passées quand Shaw rentra. En quelques mots, il expliqua à Rebecca ce qu'il avait appris, c'est-à-dire rien. Personne n'avait entendu parler d'un incendie sur High Street ni d'une certaine Thelma Brown.

— Je m'attendais bien à rencontrer ce genre de difficultés. Finalement, je suis revenu parce que je voudrais t'emmener quelque part, dit-il en lui montrant une affichette qu'il venait de sortir de sa poche. C'est un spectacle musical donné sur un bateau. La dernière représentation a lieu ce soir. J'ai acheté deux billets.

— Un concert ?

— Le groupe d'artistes s'appelle les *Charleston Steppers*. Apparemment, ils chantent, dansent et jouent des saynètes. Il y a aussi un magicien et des acteurs de Londres qui interpréteront une courte pièce. Voulez-vous m'accompagner au spectacle, madame MacCade?

Rebecca hésita une seconde. Il lui semblait amoral de s'amuser et de profiter des plaisirs de la ville alors que sa sœur était peut-être en danger.

— Je ne sais pas si je suis d'humeur à sortir... Je m'inquiète tellement pour Eve!

— Allons, laisse-toi tenter. Nous n'avons que peu de temps à passer ensemble. Nous reprendrons les recherches dès demain matin. Quelle que soit la situation actuelle d'Eve, cette soirée n'y changera rien.

— Je sais. Et puis, c'est vrai que je n'ai jamais assisté à un spectacle...

— Alors, c'est entendu. C'est censé être notre lune de miel, que diable! Fais-le pour moi, ma douce.

— D'accord, capitula Rebecca.

Elle fut éblouie par le spectacle donné à bord du luxueux vapeur. Le théâtre lui-même était superbe avec ses lustres en cristal, ses tapis de velours rouge, ses boiseries dorées. Lorsque l'ouvreur, à qui Shaw avait glissé une pièce, les conduisit à une table située tout près de la scène, elle se sentit comme une princesse de conte de fées.

Jusqu'à minuit, ils écoutèrent de la musique, admirèrent les acteurs vêtus de splendides costumes et rirent gaiement lors des différents sketches. Ils burent du cidre et de la citronnade, avant de savourer le délicieux repas servi durant la représentation. Enfin, ils rentrèrent à l'hôtel, main dans la main, au clair de lune. Et là, dans l'intimité de leur chambre, ils firent l'amour, passionnément, fougueusement.

Peu à peu, ils prirent leurs habitudes. Chaque nuit et chaque matin, ils se donnaient l'un à l'autre. Ils parlaient, riaient, se taquinaient. Pendant quelques heures, ils oubliaient la haine qui séparait leurs familles, la malédiction qui pesait sur leurs têtes, et même la disparition d'Eve et de son petit garçon.

Durant ces courtes périodes, Rebecca connaissait un bonheur sans mélange.

Mais, l'après-midi et le soir, Shaw la quittait pour faire le tour des bordels, des saloons et des bouges de Saint Louis. De son côté, Rebecca se faisait passer pour la riche Mme Thompson et explorait les boutiques, restaurants et blanchisseries.

Parfois, elle demandait à Amos, son cocher, de la conduire au bord de la rivière. Là, sur les quais, elle assistait aux allées et venues des voyageurs. D'autres jours, elle circulait simplement dans les différents quartiers de la ville, dans l'espoir de reconnaître soudain le visage de sa sœur parmi la foule.

Mais cela n'arrivait jamais.

Ils séjournaient en ville depuis deux semaines quand, un matin, elle crut reconnaître son père qui sortait de chez un barbier. Vivement, elle détourna la tête, heureuse de porter ce jour-là une capeline à large bord. Par chance, il ne faisait pas très beau et Amos avait rabattu la capote du buggy. Et puis, Poppa ne s'attendait sûrement pas à la retrouver sous les traits d'une élégante de la ville. À moins qu'elle ne se soit trompée, que son imagination ne lui ait joué un tour ?

Quoi qu'il en soit, elle décida de se montrer plus prudente à l'avenir et de se dissimuler derrière son ombrelle quand elle parcourait le centre-ville.

Les jours passaient et ils n'avaient toujours aucune nouvelle d'Eve. Rebecca commençait à désespérer. À la mi-juin, la chaleur plombait déjà l'atmosphère de la cité, et même près de la rivière, l'air était moite et lourd. Bien que Shaw et elle vivent des moments extraordinaires ensemble, sa joie se teintait d'amertume. Revoir son père – ou un homme qui lui ressemblait – lui avait rappelé que son bonheur serait de courte durée.

Il était tard ce soir-là, minuit passé. Shaw n'était pas ressorti de l'après-midi et ils avaient dîné dans leur chambre avant de se promener sur les rives du Mississippi, main dans la main, comme n'importe quel jeune couple d'amoureux. Ensuite, ils étaient rentrés pour prendre leur bain ensemble, rituel désormais quotidien. Et enfin ils s'étaient endormis dans les bras l'un de l'autre, peau contre peau.

Rebecca se réveilla en sursaut. Une main s'était brutalement plaquée sur sa bouche. La voix de Shaw résonna à son oreille :

— Chut ! Il y a quelqu'un sur le balcon.

Le cœur de Rebecca se mit à battre follement et, l'espace d'un instant, elle se sentit totalement paralysée.

— Écoute-moi bien, lui intima-t-il à voix basse. Quand je m'élancerai, plonge sous le lit et ne bouge pas jusqu'à ce que je t'appelle. Compris ?

Elle lui pressa le bras en guise d'acquiescement. Les pires hypothèses lui venaient à l'esprit : des pirates du fleuve, des cambrioleurs, des détraqués…

— Maintenant ! cria Shaw.

Rebecca entrevit l'éclat métallique du pistolet. Elle se jeta sur le plancher et rampa sous le lit pour voir ce qui se passait. Shaw, debout devant la porte-fenêtre, lança d'une voix sonore :

— Mains en l'air ou je vous fais sauter la cervelle !

— Non ! Ne tirez pas !

Surprise, Rebecca se redressa et se cogna la tête au cadre du lit. Cette voix flûtée, proche du sanglot, n'appartenait certainement pas à un malfaiteur ! C'était une voix d'enfant.

— S'il vous plaît, monsieur, ne me tuez pas… supplia le gamin.

— Entre dans la chambre que je voie à quoi tu ressembles, lui enjoignit Shaw d'un ton qui ne faiblissait pas. Qui es-tu ? Que fais-tu là ?

Le garçon pleurait maintenant à chaudes larmes. Il franchit la porte-fenêtre. Rebecca tendit le cou sans parvenir à voir son visage.

À l'étage inférieur, quelqu'un se mit à tambouriner contre le plafond. Une voix étouffée protesta avec colère :

— Qu'est-ce que c'est que ce raffut ? Laissez dormir les honnêtes gens !

— Ne bouge pas, ordonna Shaw au gamin.

Il recula et alluma la lampe à huile posée sur la table de chevet. Rassurée, Rebecca s'extirpa de sa cachette. Au passage, elle tira le drap et s'en enveloppa, avant de se mettre debout.

Elle reconnut aussitôt la frimousse sale du visiteur.

— C'est le garçon que nous avons vu sur High Street ! Celui qui courait après le chat.

Shaw se redressa de toute sa taille, son pistolet à la main, et s'avança vers le gamin intimidé.

— Comment t'appelles-tu ?

— Dewey.

Le garçon reniflait et sa lèvre inférieure tremblait. Il ne parvenait pas à retenir les larmes qui roulaient sur ses joues crasseuses. Rebecca nota qu'il avait un œil au beurre noir et une large ecchymose au coin de la bouche. Ses maigres poignets et chevilles, couverts de piqûres d'insecte, sortaient de ses habits élimés trop petits pour lui. Il était nu-pieds et avait un panaris suintant de pus au gros orteil.

— Shaw, pose ton arme, dit-elle. Nous ne courons aucun danger avec ce…

— Ce voleur ? acheva Shaw en fusillant le gosse du regard. Car c'est bien pour cela que tu cherchais à t'introduire ici, hein ? Pour chaparder ?

Dewey, qui avait toujours les mains en l'air, secoua la tête et essuya son nez morveux contre sa manche.

— Non, non ! Je suis pas un voleur !

Suivit une flopée de jurons qui n'auraient pas déparé dans la bouche d'un capitaine.

— Surveille ton langage devant les dames ! Et maintenant, j'attends des explications. À moins que tu ne veuilles que je te traîne chez le shérif ?

Rebecca désigna une chaise.

— Assieds-toi.

— Je préfère rester debout.

Il émanait de lui une odeur repoussante qu'elle percevait nettement alors qu'elle se trouvait à trois mètres de lui. Elle surprit le regard affamé qu'il posait sur les vestiges de leur repas.

— Tu ne veux pas manger quelque chose ?

— Je veux pas de votre charité ! Et j'ai pas peur de vous !

Comiquement, il redressa ses épaules décharnées. Shaw fit un pas en avant, mais Rebecca l'arrêta d'un geste. Elle lui lança un regard éloquent.

— Ce n'est pas de la charité, assura-t-elle. Cette tarte aux myrtilles ne sera plus bonne demain matin. Autant que quelqu'un la finisse. Vas-y, ne te gêne pas.

Le garçon hésita longuement avant de saisir une part de tarte dans laquelle il croqua à belles dents. En un instant, le gâteau fut englouti, ainsi que le quignon de pain, le beurre, deux cuisses de poulet et le fromage.

Rebecca le laissa se restaurer tranquillement avant de l'interroger. Une fois rassasié, Dewey répondit à ses questions sans trop se faire prier. Il avait entendu dire que Shaw parcourait la ville à la recherche d'une femme prénommée Eve qui avait travaillé pour Thelma Brown avant l'incendie. Aussi le suivait-il depuis plusieurs jours dans l'espoir d'obtenir une récompense.

— Tu sais où se trouve ma sœur ? Est-elle en vie ? En bonne santé ?

— En vie, ouais. Mais pas trop vaillante. Elle a attrapé le choléra.

— Le choléra ! Mais... elle est guérie maintenant, n'est-ce pas ? Elle s'est remise ?

— Non, m'dame. Elle est très faible. Elle campe sous une tente, près de la rivière. Vous trouverez jamais l'endroit sans moi. Je vous y conduirai... en échange de deux dollars.

— Tu vas nous emmener là-bas, sinon je tords ton cou de poulet ! gronda Shaw. Et s'il s'agit vraiment de la sœur de ma femme, je te donnerai un dollar.

La bouille de Dewey s'illumina d'un sourire et Rebecca constata qu'il avait encore quelques dents de lait.

— Quel âge as-tu ? s'enquit-elle.

— Douze ans.

— Menteur !

— Dix.

— Si tu as dix ans, j'en ai quarante. Que fais-tu dehors à une heure pareille ? Ta mère doit se ronger les sangs.

— J'ai pas de mère. J'suis tout seul, avoua-t-il, tandis que ses prunelles marron s'embuaient de larmes.

— Qu'est-il arrivé à ta maman ?

— Le choléra l'a emportée. Elle faisait la putain chez Thelma, comme Eve.

Ces paroles et leur cruelle réalité heurtèrent Rebecca de plein fouet. Elle eut du mal à articuler :

— Conduis-nous à ma sœur, s'il te plaît. Elle a un petit garçon, Jamie. Il doit avoir environ trois ans.

Dewey se tourna vers Shaw.

— Vous, je veux bien vous emmener. Mais pas elle, décréta-t-il en parlant de Rebecca.

— Pardon ? Bien sûr que je vais venir ! Il n'est pas question que...

— C'est pas un endroit pour une dame, poursuivit Dewey avec autorité. Y a beaucoup de soûlards près de la rivière, et aussi des gens mal intentionnés.

— Il a raison, décida Shaw. Tu nous attendras ici, Rebecca. Je vais prendre le buggy au cas où Eve ne serait pas en état de marcher.

— Non, vaut mieux pas y aller avec un cheval, prévint Dewey. La dernière mule qu'est passée dans le coin, Duke l'a assommée et on l'a mangée.

Shaw, qui avait déjà enfilé ses bottes, glissa son pistolet dans son holster.

— Ne t'inquiète pas pour ça, répliqua-t-il. Celui qui mangera mon cheval n'est pas encore né !

Presque deux heures plus tard, Shaw réapparut, portant dans ses bras Eve, livide et à peine consciente. Rebecca se précipita vers le lit et repoussa drap et couvertures pour lui permettre de déposer sa sœur sur le matelas.

— Où est Jamie ? s'inquiéta-t-elle, avant de se pencher anxieusement vers sa sœur : Eve ! Eve, c'est moi, Rebecca !

Dewey franchit à son tour le seuil en bâillant à se décrocher la mâchoire.

— Je vous l'avais dit que c'était elle. Donnez-moi mon dollar, maintenant.

— Une seconde !

Rebecca posa la main sur le front d'Eve.

— Elle n'a pas de fièvre, constata-t-elle avec soulagement.

— Je vais... mieux, balbutia Eve.

Son visage blême était marqué par la maladie et l'épuisement, ses cheveux striés de fils gris.

— Nous allons faire venir un médecin. Tu vas guérir, lui promit Rebecca.

— Jamie...

Rebecca tourna un regard interrogateur vers Shaw. Sa gorge se noua de terreur quand elle le vit esquisser un geste d'impuissance.

— Mon bébé ! Il n'est plus... gémit Eve dans un sanglot.

— Oh non ! Mon Dieu, Eve ! C'est affreux ! Je suis... désolée...

— Je veux mon bébé !

Rebecca regarda de nouveau Shaw qui secoua la tête. Elle reporta son attention sur sa sœur.

— Est-il tombé malade, lui aussi ? A-t-il attrapé le choléra ?

— Parti… Jamie est parti…

— Je comprends. Jamie est au Ciel. Le Seigneur l'a accueilli en Son paradis.

— Non ! Non ! Rebecca, tu dois le retrouver, je t'en supplie !

— Eve, calme-toi.

— Il n'est pas mort ! Pas mort !

— Eve…

Dewey s'avança alors et lança :

— Elle dit la vérité. Son bébé est vivant. On l'a enlevé. Ce sont ces culs-bénits qui ont brûlé la maison de Thelma. Ils lui ont volé Jamie.

20

— De quoi parles-tu ? s'exclama Rebecca. Qui a enlevé Jamie ?

Eve s'agrippa au bras de sa sœur jusqu'à ce que ses ongles sales s'enfoncent dans sa chair.

— Les membres d'une Église, haleta-t-elle. Ils étaient conduits par un certain Edward Penny qui s'est autoproclamé diacre. Il est propriétaire d'un magasin d'accastillage sur les quais, possède des parts dans un journal et Dieu sait combien d'autres intérêts économiques. C'était un client régulier chez Thelma. Il réclamait toujours des métisses et il les battait…

La voix d'Eve mourut. Elle avait du mal à garder les yeux ouverts. Au prix d'un effort visible, elle poursuivit :

— Ne me regarde pas comme ça, Rebecca. Je sais ce que tu penses… Que je suis une moins-que-rien. Mais ce n'est pas facile de nourrir un enfant dans cette ville. J'ai travaillé très dur. J'ai fait la vaisselle dans des restaurants et lavé des tonnes de linge à la blanchisserie. Mais Jamie est tombé malade et j'ai dû m'absenter du travail pour le soigner. Il avait besoin de médicaments que je n'avais pas les moyens d'acheter. Il a mis beaucoup de temps à guérir. Et quand enfin il s'est rétabli, j'ai découvert qu'on avait engagé une autre fille à ma place.

Les yeux noyés de larmes, Eve porta la main à sa bouche.

— Jamie était devenu si maigre ! hoqueta-t-elle. Il se réveillait la nuit et pleurait de faim, mais je n'avais plus de lait. Je ne pouvais lui donner que de l'eau épaissie d'un peu de farine…

— Tu as fait ce que tu as pu pour sauver ton enfant, l'interrompit Rebecca avec fermeté. Dieu ne peut en vouloir à une mère pour cela. À ta place… oui, à ta place, j'aurais fait la même chose. J'aurais volé… J'aurais vendu mon corps s'il l'avait fallu !

— Je voulais rentrer à la maison… Mais j'avais peur… peur que Poppa me claque la porte au nez.

— Ce n'est pas ta faute. C'est nous tous qui sommes responsables. Nous aurions dû te tendre la main, moi, Poppa, les garçons…

Shaw intervint :

— Il y a une chose que nous devons savoir, Rebecca et moi. C'est très important et, cette fois, nous voulons la vérité. Qui est le père de Jamie ?

Eve lui décocha un regard dur.

— Tu ne poserais pas la question si tu voyais le visage de mon fils, Shaw MacCade !

Un frisson glacé secoua Rebecca. Non, impossible ! Si Shaw était coupable finalement, ce qu'elle croyait être leur amour était aussi vide et inconsistant qu'un voile de brume sur la rivière…

S'efforçant de maîtriser sa voix, elle objecta :

— Tu as dit à tout le monde que Shaw était le père du bébé. Mais ce n'est pas vrai, je le sais. Alors qui, Eve ? Pourquoi m'as-tu menti ?

— Pourquoi ? répéta Eve avec un rire amer qui donna la chair de poule à Rebecca. Parce que Shaw était parti en Californie ! On disait qu'il ne reviendrait jamais. J'avais peur d'avouer la vérité. Poppa aurait tué…

— Qui, Eve ? Qui aurait-il tué ? la pressa Rebecca qui tremblait de soulagement.

Eve retomba contre l'oreiller et l'enveloppa d'un regard vide. Machinalement, elle se gratta le cuir chevelu.

— Shaw l'a deviné, je pense, murmura-t-elle.

— Oui, je crois, acquiesça ce dernier.

— Jamie est un MacCade. J'ai inscrit son nom dans ma Bible : James Raeburn MacCade. Je n'ai jamais parlé de lui, mais ils l'ont découvert quand même et ils l'ont tué...

Shaw s'approcha du lit.

— Laird. C'est Laird le père de Jamie, n'est-ce pas, Eve ?

— Oui. Je l'aimais si fort ! C'est le seul homme à qui j'avais permis de... Il m'avait juré qu'il m'aimait lui aussi, il m'avait promis que nous nous enfuirions pour nous marier. Mais il ne cessait de trouver des prétextes pour retarder la date... Vous autres, les MacCade, vous êtes très doués pour les promesses, hein ?

— Qui a tué mon frère ?

Derrière Shaw, Dewey se frotta les yeux.

— Je peux avoir mon dollar ? J'ai sommeil...

Shaw le réduisit au silence d'un geste impérieux.

— Plus tard ! Tu n'as qu'à dormir ici, je te donnerai ton argent demain matin.

Puis, dévisageant Eve intensément :

— Qui a tué Laird ?

— Je n'en sais rien. Peut-être Poppa ou l'un de mes frères. Ou peut-être oncle Quinn. Tout ce que je sais, c'est qu'on l'a retrouvé mort, tué par une balle du fusil de Poppa.

— Je m'en vais ! annonça Dewey qui se dirigeait vers la porte. Je passe pas la nuit ici ! J'ai donné un coup de couteau au dernier qui a voulu me...

Rebecca se hâta de le rattraper.

— Non, personne ne te fera de mal. Tu es en sécurité ici.

— Je veux mon argent. Si vous essayez de me filouter, je dirai à la propriétaire que vous avez amené une putain dans son hôtel.

— Je vais te payer, assura Shaw en saisissant un oreiller et une couverture sur le lit. Pour le moment, tu n'as qu'à dormir par terre. Et demain, tu auras peut-être l'occasion de gagner un autre dollar.

Dewey le considéra d'un air sceptique avant de répliquer :

— Et je pourrai manger ?

— Oui, autant que tu voudras, promit Rebecca.

Eve, qui observait sa sœur depuis un moment, demanda enfin :

— Que fais-tu à Saint Louis avec Shaw ? Tu es folle ! Je vous suis très reconnaissante, mais... une putain suffit dans la famille !

— Ne dis pas cela ! Shaw et moi sommes mariés. En toute légalité.

— Mariés ?

Abasourdie, Eve secoua la tête.

— Si Poppa ne le tue pas, un des MacCade le fera, prophétisa-t-elle sombrement.

— Personne ne me tuera, décréta Shaw. Contrairement à Laird, je suis sur mes gardes. Maintenant, revenons à Jamie. Pourquoi ces gens l'ont-ils enlevé ? Quand cela s'est-il passé ? Et où se trouve-t-il maintenant ?

— C'est ce pseudo-diacre, ce Penny ! C'est lui qui est à l'origine de tout cela. Il a tellement molesté la pauvre Rose qu'elle n'a pas pu travailler pendant une semaine. Alors, Thelma a interdit sa porte à Penny. Quand il a menacé de lui créer des ennuis, elle a répondu qu'elle irait trouver sa femme pour lui expliquer ce qu'il faisait chaque mardi et chaque vendredi, tandis qu'il prétendait être à la chorale...

— Alors, ils ont fait irruption chez Thelma en pleine nuit ! enchaîna Dewey. Ils ont réveillé tout le monde et mis le feu à la maison. Puis ils sont partis en emmenant Jamie et Samantha, la fille de Betty. Moi aussi, ils ont essayé de m'attraper, mais je leur ai lancé des briques.

Eve reprit :

— Penny a dit que ces enfants n'avaient pas leur place dans un bordel, qu'il les mettrait à l'orphelinat avant de leur trouver des familles honnêtes. Et il m'a arraché Jamie des bras !

— Tu n'as pas été te plaindre aux autorités ?

— Pour accuser Penny de kidnapping ? Sois lucide, Rebecca, personne ne m'aurait écoutée ! Et Penny avait promis qu'il arriverait pire si nous disions quoi que ce soit.

Dewey ricana :

— Parler aux argousins ? Ils l'auraient jetée au cachot, pour sûr !

— Eve, sais-tu où Penny a emmené Jamie ? demanda Shaw.

Il n'avait pas élevé la voix, mais Rebecca n'eut qu'à lui lancer un coup d'œil pour deviner ce qu'il pensait. Jamie était le fils de Laird. Le neveu de Shaw. Cette histoire le touchait de façon très personnelle.

— La maison de Thelma a brûlé avec tout ce que nous possédions, expliqua Eve. Et les pompiers ne se sont même pas déplacés. Bande de fumiers !

— Eve ! se récria Rebecca, choquée par un tel langage.

— Cela s'est passé il y a deux mois, peut-être trois. Ensuite, j'ai attrapé le choléra. Je souhaite de tout cœur retrouver Jamie. Je n'ai que lui au monde. Même si je ne suis qu'une putain, il est mon fils. Ils n'avaient pas le droit de me le prendre ! Il faut m'aider, Rebecca !

— Nous le retrouverons, déclara calmement Shaw. Demain matin, au plus tôt, j'irai voir Edward Penny.

— C'est vrai ? Ou n'est-ce qu'une promesse de plus... de la part d'un MacCade ?

— Ça suffit, Eve ! Si Shaw te le dit, tu peux le croire.

Eve hocha la tête et se gratta de nouveau le crâne. Penchée vers elle, Rebecca poussa soudain un cri horrifié :

— Mon Dieu, Eve ! Tu as... tu as des poux !

— Évidemment. Qui n'en a pas dans ce campement pourri où je vis ? Les enfants sont couverts de vermine, eux aussi. Regarde Dewey !

Rebecca soupira profondément et se tourna vers Shaw.

— Peux-tu faire couler un bain ? Il n'est pas question qu'Eve dorme dans mon lit tant qu'elle aura des poux !

Dewey éclata de rire et claironna :

— Eve a des poux ! Eve va se faire laver comme un bébé !

— Ris, mon garçon, lui dit Shaw en le saisissant par le col, parce que c'est toi qui vas le premier dans la baignoire !

Dewey se débattit et lui décocha un coup de pied dans le tibia.

— Non, je me laverai pas ! brailla-t-il. Je vais pas me mettre tout nu devant des filles ! Plutôt mourir !

Sans écouter ses cris d'orfraie, Shaw le traîna vers la baignoire.

Les premiers rayons de l'aube filtraient par la haute porte-fenêtre et venaient baigner le lit où Eve et Dewey dormaient côte à côte, nus sous les draps. Rebecca n'avait pu leur rendre leurs vêtements qui étaient troués et infestés de vermine. Allongée sur la chauffeuse, cette dernière ouvrit les yeux et regarda Shaw qui était étendu par terre. Elle n'était pas encore bien réveillée, lui n'avait pas fermé l'œil de la nuit.

Sans bruit, elle se pencha pour lui presser la main.

— Tu crois que tu réussiras à retrouver Jamie ?

— Je te le garantis.

— Le pauvre ! Il doit être terrifié.

Shaw ne cessait de penser à cet enfant dont il ne s'était préoccupé auparavant que pour en nier la paternité. À présent, il avait honte. Pire, il savait désormais qu'il existait une raison supplémentaire pour qu'un Raeburn ait tué Laird. Même Eve semblait croire que c'était un des hommes de sa famille qui avait fait le coup.

Shaw était déchiré. Il avait juré de venger la mort de son frère. Mais si le coupable était un proche de Rebecca ? Il l'aimait plus que tout, cependant il était un MacCade, dans chaque fibre de son être. Il avait fait un serment à son défunt frère, un serment dont il ne pouvait se dédire aujourd'hui. S'il découvrait qui avait pressé la détente, il serait obligé de tuer cette ordure. Par la même occasion, il briserait le cœur de Rebecca et anéantirait tout espoir d'un avenir à ses côtés.

— Comment peut-on être cruel au point de séparer un enfant de sa mère ? murmura-t-elle, incrédule, avant de s'inquiéter : Et si Jamie n'était plus à Saint Louis ? Si on l'avait envoyé sur la côte Est, par exemple ?

— Je t'ai dit que je le retrouverai. On ne m'intimidera pas aussi aisément qu'une poignée de femmes vulnérables.

Rebecca s'assit lentement sur la chauffeuse.

— Je suis si fatiguée que les yeux me brûlent ! marmonna-t-elle. Quand je pense que nous avons passé la moitié de la nuit à décrotter ces deux-là !

Des mèches brunes jonchaient le plancher sous la table. Comme Eve l'avait prédit, le crâne de Dewey grouillait de poux. Rebecca avait tout d'abord essayé de lui tailler les cheveux au plus court, mais le résultat avait été si désastreux que, finalement, Shaw s'était servi de son coupe-chou pour lui raser la tête.

— C'est ma lune de miel et ma chambre est pleine d'étrangers ! murmura Shaw, le regard rivé au plafond.

— Eve n'est pas une étrangère. C'est ma sœur, je dois m'occuper d'elle. D'ailleurs, l'un de nous deux va devoir sortir pour leur acheter des vêtements.

— Pendant que l'autre empêchera Dewey de s'enfuir tout nu dans la rue !

Rebecca pouffa.

— J'en doute ! Tant qu'il n'aura pas le ventre plein, nous n'arriverons pas à nous débarrasser de lui.

— Surtout qu'il n'a pas encore reçu son argent. Le sale petit rat ! Tu sais, ce campement où ils vivaient… C'était vraiment sordide, misérable. Je me demande comment ils ont survécu dans un endroit pareil.

— Comment peut subsister un enfant de cet âge livré à lui-même ?

— Il doit chaparder à droite à gauche, effectuer quelques emplettes pour des prostituées et des joueurs professionnels, grignoter ce qui lui tombe sous la main…

— Il faut faire quelque chose pour lui, Shaw. Il doit bien exister des orphelinats où on le recueillerait. À en juger par ses manières à table et sa façon de s'exprimer, j'imagine qu'il n'a jamais été à l'école.

— Je te l'ai dit, ce n'est pas un gamin, c'est un rat.

— Shaw !

— Bon, très bien. J'y réfléchirai, concéda-t-il en soupirant. Mais d'abord, je dois m'occuper de Penny.

— Et s'il refuse de révéler où se trouve Jamie ? S'il est aussi vicieux que l'affirme Eve, il ne va certainement pas…

— Oh ! il parlera. S'il veut garder son scalp…

Rebecca devint toute pâle dans la lumière du matin.

— Et ensuite ? s'inquiéta-t-elle. Nous n'allons tout de même pas laisser Eve et Jamie seuls à Saint Louis ?

— J'entrevois une solution très simple. Ma voudra certainement récupérer son petit-fils. Elle offrira le gîte à Eve. Sa maison n'est peut-être pas aussi confortable que celle des Raeburn, mais elle est assurément luxueuse comparé au bouge où j'ai découvert Eve.

— Tu crois que ta mère ferait cela… Après tout ce qui s'est passé ? Même si elle apprend que, pour vivre, Eve a été obligée de se…

Rebecca s'interrompit, incapable de prononcer le mot honni. Shaw lui caressa doucement la joue.

— Au cours de ma vie, j'ai fait certaines choses dont je ne suis pas fier. Ce n'est certes pas moi qui lui jetterai la pierre, assura-t-il.

— Ni moi.

— De toute façon, personne n'est au courant à part nous, et il n'y a aucune raison de trahir son secret. Jamie est le fils de Laird, ce qui fait d'Eve sa veuve. Et c'est tout ce qui compte. En tout cas, je te garantis que Ma ne verra pas les choses autrement.

— Ta mère, peut-être, mais… ton père ? Il déteste les Raeburn. Eve sera-t-elle vraiment en sécurité chez lui ?

Shaw se permit un gloussement.

— As-tu déjà vu une louve défendre sa portée ? Si Ma décide d'accueillir Eve et Jamie, je peux t'assurer que Pa n'aura pas son mot à dire !

À 9 heures, Shaw et Rebecca, convenablement vêtus, se rendirent au bureau d'Edward Penny, situé au premier étage du magasin d'accastillage. Ils se présentèrent sous le nom de M. et Mme Peregrine Carr, de Jefferson City.

Penny, un homme entre deux âges, falot et affligé d'une bedaine, se leva pour les accueillir.

— Entrez, entrez ! leur dit-il aimablement, avant de demander à Shaw : Vous êtes l'un des fils de Talbot Carr, n'est-ce pas ? Comment va l'oncle de votre père, le sénateur Madison ? Désirez-vous un café, madame Carr ? Ou peut-être du thé ?

Rebecca s'assit sur la chaise face au bureau, tandis que Shaw refermait la porte.

— En fait, ce qui nous amène est une affaire d'ordre personnel, déclara-t-elle.

Le sourire professionnel de Penny disparut aussitôt.

— De quoi s'agit-il ? s'enquit-il avec méfiance.

— D'un enfant.

— Oh !… Je suis désolé, vous vous trompez d'endroit. Je ne traite aucune demande de ce type à mon bureau.

— Je croyais cependant…

— J'inscrirai volontiers votre nom sur la liste d'attente pourvu que vous fassiez une donation aujourd'hui. Malheureusement, nous sommes à court d'orphelins en ce moment. Qu'auriez-vous préféré, un garçon ou une fille ?

Comme aucune réponse ne lui parvenait, il poursuivit :

— En tout cas, un enfant en âge de donner un coup de main à la maison, je suppose ? Dommage que vous ne soyez pas venus plus tôt, je…

— En réalité, nous recherchons un enfant en particulier, coupa Rebecca. Un petit garçon de trois ans que vous avez volé à sa mère, la nuit où vous avez incendié la maison de Thelma Brown sur High Street.

Les petits yeux porcins de Penny se rétrécirent. Ses sourcils grisonnants se froncèrent et son teint vira à l'écarlate.

— Sortez immédiatement ! jeta-t-il d'une voix sourde. Comment osez-vous venir jusqu'ici m'accuser de…

Déjà, il s'avançait vers la porte. La haute silhouette de Shaw s'interposa. Penny n'eut pas le temps de reculer. Saisi au collet, il se retrouva projeté contre le mur.

Tranquillement, Rebecca se leva pour aller donner un tour de clé dans la serrure.

Penny ouvrit la bouche pour crier, mais la referma aussitôt quand la lame impressionnante d'un coutelas se posa sous son nez. Il émit un gémissement plaintif.

— Parfait, dit Rebecca. Nous nous comprenons, monsieur Penny. Mon mari a très mauvais caractère et très peu de patience. Le garçon dont nous parlons est son fils.

Avec un petit soupir fataliste, elle joignit les mains et reprit :

— La naissance de Jamie a été, disons… accidentelle. Néanmoins, il est le fils de mon époux, aussi sommes-nous venus le réclamer.

— Vous… vous… vous… impossible… parti… ne peux plus… intervenir… bredouilla Penny.

Shaw lui plaça la lame du couteau sur la pomme d'Adam.

— Mon Dieu ! Vous avez irrité Peregrine ! s'inquiéta Rebecca. Il a énormément de mal à se contrôler depuis qu'il a reçu une ruade de cette mule. Lors de sa dernière crise... Ô Seigneur, non ! Je ne veux pas revivre ces moments horribles ! se récria-t-elle en tirant un mouchoir en dentelle de sa poche pour se tamponner les yeux. Tout ce sang... ces cris épouvantables...

— J'ignore où se trouve le gamin ! glapit Penny, terrorisé.

Impassible, Shaw se tourna vers Rebecca.

— Je peux le tuer maintenant, chérie ?

Penny roula des yeux exorbités et chuchota d'une voix presque inaudible :

— Ce lot est parti avec un convoi de chariots... en Californie ou dans l'Oregon... quelque part dans l'Ouest.

— Bien, nous avançons ! Attends un peu, Peregrine. M. Penny essaie de se rappeler le nom de la personne qui a emmené Jamie. Faites un effort, monsieur Penny. Mon époux est un impulsif.

— Je n'en sais rien, je le jure ! Le convoi est passé en juin. Il comptait vingt familles, peut-être vingt-cinq...

— Des noms, monsieur Penny. Nous avons besoin de noms si nous voulons retrouver le fils de Peregrine.

— C'étaient d'honnêtes fermiers, je vous assure. Je... je ne pouvais pas me douter que ce gamin...

— Maintenant, chérie ? demanda Shaw d'un ton impatient.

— Yoder ! Le chef du convoi s'appelle Daniel Yoder ! Je ne me souviens plus du nom de ceux qui ont recueilli le gosse. Yoder a dit qu'ils allaient s'installer près d'Oregon City. Je me le rappelle très bien parce que je lui ai dit qu'il s'y prenait bien tard dans l'année pour entreprendre un tel voyage. Ne... ne me tuez pas ! supplia Penny, tremblant d'effroi. Je vous en prie ! Je vais vous rendre la donation de cent dollars qu'on m'a remise en échange du garçon. Je vous donnerai…

— Je devrais le laisser vous trancher la gorge, espèce de porc ! gronda Rebecca. Vous enlevez des enfants que vous revendez ensuite pour cent dollars ? Joli trafic !

— Je ne les vends pas, j'accepte des donations pour la fondation. Nous veillons sur les enfants des femmes déchues. Ne comprenez-vous pas que ces petits anges sont bien mieux au sein de familles honorables que dans des lieux de débauche comme…

— Vas-y, Peregrine. Saigne-le !

— Nooooon ! S'il vous plaît… Je ferai tout ce que vous voudrez. Ne me faites pas de mal ! Je suis moi-même père de famille, j'ai quatre…

Rebecca interrompit son vibrant plaidoyer :

— Y a-t-il un escalier de service dans cet immeuble ?

— Oui… oui. Par cette porte. Au bout du couloir…

— Ligote-le, Peregrine. Nous n'allons pas vous tuer aujourd'hui, monsieur Penny. Mais si vous nous avez menti, si jamais il est arrivé malheur à l'enfant, nous reviendrons, je vous le promets. Et la prochaine fois… La prochaine fois, Peregrine vous découpera en morceaux que nous irons jeter dans la rivière pour appâter les poissons. Je me suis bien fait comprendre ?

— Oui, oui…

Penny hochait la tête vigoureusement. Rebecca réprima un sourire et poursuivit :

— Ne vous avisez plus d'enlever un seul enfant à l'avenir. Si jamais nous apprenons que cela s'est reproduit, je ne réponds de rien.

Bras croisés sur la poitrine, elle le toisa pendant que Shaw lui liait les mains et les chevilles. Puis il lui enfourna un mouchoir dans la bouche pour le réduire au silence.

— Chuuut ! fit-elle encore, l'index sur les lèvres. N'essayez pas d'appeler à l'aide. Nous allons attendre quelques minutes dans le couloir pour être certains que vous avez bien saisi nos instructions.

Elle tapota le crâne dégarni de Penny et lui assena le coup de grâce :

— Encore un détail. Votre tête est mise à prix sur High Street. Si j'étais vous, je n'y mettrais plus les pieds et je resterais sagement dans le lit conjugal le soir. Il serait dommage que votre femme devienne veuve si jeune, vous ne trouvez pas ?

21

— *Peregrine !* Où diable es-tu allée chercher un nom pareil ? Je te préviens, je me vengerai.

— Cela me semblait approprié pour une tête brûlée, répliqua Rebecca en riant.

— Ou un illuminé !

— Justement, on a toujours prétendu que tu étais fou.

Il l'attrapa par la taille et la poussa contre un ballot de couvertures destinées à être vendues aux tribus indiennes. Cachés dans la cale du vapeur *Lexington*, ils se retrouvaient seuls pour la première fois depuis que Dewey avait fait irruption sur leur balcon. Et Shaw était bien décidé à en profiter.

Après avoir fui l'entrepôt de Penny et échappé à trois de ses employés et à un shérif adjoint, ils étaient retournés à MacIntosh House. Shaw avait donné à Eve de quoi vivre pendant quelque temps et Dewey avait accepté de rester auprès d'elle – du moment qu'on le payait grassement et qu'on ne l'obligeait pas à prendre de bain. Rebecca lui avait également fait promettre d'aller chercher un médecin si jamais l'état de santé d'Eve empirait brusquement.

Juste avant de rendre visite à Edward Penny, Rebecca avait acheté des vêtements à Dewey. Elle avait demandé qu'on les livre à l'hôtel. Ainsi, le gamin aurait au moins de quoi se vêtir décemment. Quant à Eve, qui avait à peu près le même gabarit qu'elle, elle se servirait dans sa garde-robe neuve. De toute façon, Rebecca ne pouvait pas emporter toutes ces toilettes à dos de cheval.

Comme Shaw s'en était douté, Eve ne voyait aucune objection à trouver refuge chez les MacCade, du moment que l'on passait sous silence son passé de prostituée. Au moment de se séparer, tous quatre firent donc serment de ne pas divulguer ce secret.

— Et maintenant, ne pense plus qu'à l'avenir, lui conseilla Shaw.

Le lendemain matin, il acheta deux billets pour voyager à bord d'un vapeur qui remontait le Missouri et qui les emmena à Jefferson City. Là, ils se procurèrent de simples habits de fermiers et changèrent de nouveau d'identité. Se présentant sous le nom de John et Mary Wright, censés arriver du Tennessee, ils commencèrent à poser des questions sur les caravanes de pionniers qui avaient traversé la ville dernièrement.

C'est ainsi que Shaw rencontra une femme forgeron qui se souvenait d'avoir ferré les mules d'un convoi de colons mené par un certain Yoder.

— Ils sont passés il y a environ un mois. Je leur ai dit qu'ils s'y prenaient trop tard, que leurs mules ne supporteraient jamais le climat en Oregon, qu'il leur fallait des bœufs, plus rustiques. Les mules s'adaptent bien dans le désert, mais pas dans les montagnes. Et puis, à cette époque de l'année, ils seront certainement bloqués par la neige avant d'avoir atteint les cols. Mais ces satanés fermiers n'ont rien voulu entendre ! Ils arrivaient de Pennsylvanie et prétendaient que leurs mules étaient différentes, plus robustes, plus endurantes…

La femme au visage taillé à la serpe était presque aussi grande que Shaw et portait des vêtements masculins. Elle cracha sa chique de tabac par terre avant de prédire moult mésaventures aux colons imprudents.

— Il y a des gens qui pensent connaître la montagne parce qu'ils ont traversé l'Allegheny ! fit-elle avec un ricanement de mépris. Mais ce n'est rien comparé à ce qui les attend là-bas !

Sachant que le convoi de Yoder se déplaçait toujours vers l'Oregon, Shaw décida de gagner Miles City par la rivière pour y récupérer les chevaux. Les époux « Wright » se mêlèrent donc aux passagers du *Lexington*, des ouvriers et des immigrants pour la plupart.

Et c'est parce qu'ils recherchaient un peu d'intimité qu'ils s'étaient glissés dans la cale un peu plus tôt.

Shaw retroussa les jupes de Rebecca. Il posa la main sur son genou et la fit lentement remonter sur sa cuisse.

— J'imagine que tu voudras bientôt porter la culotte, comme cette femme forgeron. Pourtant, ce serait dommage de cacher d'aussi jolies jambes sous un pantalon !

— Peut-être, mais ce serait beaucoup plus pratique pour monter à cheval.

Les doigts de Shaw s'aventurèrent plus haut encore. Il se pencha et posa le front contre ses seins gonflés.

— Mmmm… Je te préfère comme tu es, murmura-t-il.

Son sang circulait déjà plus vite dans ses veines. Il se redressa pour l'embrasser et fouiller sa bouche de sa langue, tandis que ses doigts exploraient son intimité moite de désir. Haletante, Rebecca saisit son autre main pour la presser contre son sein. Aussitôt, la pointe se dressa. Il la saisit entre le pouce et l'index et la pinça délicatement, ravi de l'entendre gémir de plaisir.

Il la désirait comme un fou. Son sexe était si dur que la pression du pantalon devenait douloureuse. Il avait un besoin absolument vital de se fondre en elle, de prendre possession de son corps doux et chaud. Des souvenirs enchanteurs lui revenaient en mémoire : Rebecca étendue sur le lit, cambrée, offerte, la flamme de la lampe créant des reflets dansants sur sa peau nacrée; Rebecca nue dans la baignoire de cuivre, des gouttes d'eau perlant sur ses seins, une moue provocante sur les lèvres...

Impatiente, Rebecca s'attaqua à son ceinturon. La minute suivante, ses doigts fins se refermaient sur son sexe rigide. Shaw tressaillit violemment. Bientôt, leurs vêtements volèrent en tous sens et ils se retrouvèrent étroitement enchevêtrés, peau contre peau. La soulevant par les hanches, Shaw chercha sa voie en elle.

— Oui ! oui ! l'encouragea Rebecca.

D'un puissant coup de reins, il l'empala. Elle cria d'extase, ouvrit davantage les cuisses pour lui permettre de s'enfoncer plus profond, puis se plia à son rythme tandis qu'il plongeait inlassablement en elle. Ses gémissements devinrent plus sonores et, bientôt, elle cria son prénom à chaque coup de boutoir.

Shaw perdit toute retenue. Il n'avait que faire de la chaleur oppressante qui régnait dans la cale, de la sueur qui lui coulait du front, des passagers massés sur le pont supérieur, tout près. Il aurait été incapable de ménager Rebecca si elle avait protesté. Mais elle ne paraissait pas gênée par sa brutalité, bien au contraire.

Il atteignit l'orgasme une fraction de seconde après elle, dans une explosion sensuelle qui le laissa étourdi. Comblé, ébloui, submergé par une émotion dont l'intensité lui signifiait clairement à quel point Rebecca comptait pour lui, il murmura :

— Je ne te laisserai jamais partir, Rebecca. Tu es à moi. Pour toujours.

— Toi aussi, tu m'appartiens, Shaw. Pour toujours.

Le temps s'écoula. Une heure ? Deux ? Trois ? Shaw aurait été incapable de le préciser. Ils refirent l'amour deux fois dans l'intimité ténébreuse de leur cachette, puis, en chuchotant, se confièrent des rêves et projets secrets qui ne prendraient sans doute jamais corps.

— Je t'aime, souffla Rebecca. Plus que ma propre vie...

Et ces mots chantèrent délicieusement à l'oreille de Shaw.

— Je ne suis pas convaincu d'avoir fait le bon choix en t'emmenant avec moi, déclara-t-il le lendemain matin, alors qu'ils posaient le pied sur le quai de Miles City. Si j'y avais réfléchi à deux fois, je serais parti seul à la recherche de Jamie.

— Il n'est pas question que je te laisse. Comment le reconnaîtrais-tu ? D'ailleurs, je suis capable de chevaucher aussi vite et aussi longtemps que toi. Tu sais bien que je ne suis pas une mauviette !

Elle avait répliqué avec véhémence. Elle serait devenue folle si elle avait dû rester à ronger son frein à Saint Louis pendant qu'il se lançait sur la piste des colons. Et puis, en accompagnant Shaw, elle reculait la date fatidique de leur séparation. Bientôt, il lui faudrait retourner à Angel Crossing où la vie sans Shaw serait un véritable supplice. Autant prolonger au maximum le bonheur qu'elle goûtait auprès de lui.

— Parce que tu es sûre de reconnaître Jamie au premier coup d'œil ? rétorqua Shaw. Voyons, depuis combien de temps ne l'as-tu pas vu ? Un an ? Deux ? Les enfants changent beaucoup à cet âge.

— Peut-être, mais je sais que je ne me tromperai pas. Sans compter que tu auras besoin de moi pour le rassurer. Toi, il ne te connaît pas plus que ces gens qui l'ont arraché aux bras de sa mère. Moi, je suis sa tante.

— Et moi, son oncle !

— Il m'a déjà vue et la présence d'une femme l'apaisera. Tu ignores comment on s'occupe des jeunes enfants.

Elle-même n'en savait guère plus à ce sujet, mais elle n'allait pas l'admettre. Avec hypocrisie, elle enchaîna rapidement :

— Autant t'y faire. Je viens avec toi, quoi qu'il advienne !

— Tu vas nous créer des ennuis, j'en suis certain.

— Pas du tout !

La colère éclata en elle mais, comme elle le fusillait du regard, elle se rendit compte qu'il souriait. Il la taquinait depuis le début, car lui aussi avait envie qu'ils restent ensemble.

— Pourquoi faut-il que tu sois aussi contrariant ? soupira-t-elle.

— Je n'y peux rien, j'ai ça dans le sang. Je suis un MacCade, ne l'oublie pas !

— Poppa prétend que ton grand-père était le diable en personne. Est-ce vrai ?

— Je n'en sais rien, en tout cas, il n'ôtait jamais son chapeau, même à la maison. C'était peut-être pour cacher ses cornes.

Rebecca éclata de rire. Ils longèrent un pâté de maisons en silence, puis elle reprit :

— J'espère que tout se passera bien pour Eve, en attendant que quelqu'un vienne la chercher pour l'emmener chez toi.

Elle ne cessait de songer à sa sœur et s'inquiétait également de ce que cette dernière avait laissé entendre : Poppa, oncle Quinn, ou un de leurs frères était peut-être responsable de la mort de Laird. Cette pensée la hantait. Eve avait-elle émis une simple hypothèse ou en savait-elle plus qu'elle ne le disait ? Quoi qu'il en soit, si elle avait raison, les conséquences seraient désastreuses pour Rebecca et Shaw. Elle l'aimait de toute son âme, et lui aussi, sans doute, même s'il n'avait pas encore prononcé les mots qu'elle se languissait d'entendre. Mais cet amour ne serait pas assez puissant pour l'empêcher de tuer l'assassin de son frère.

« C'est à cause de cette malédiction, songea-t-elle avec effroi. Grandma a raison. Nous ne cesserons jamais de nous entre-tuer tant qu'il restera un Raeburn et un MacCade sur terre... »

La voix de Shaw l'arracha à ses pensées :

— En premier lieu, il faut récupérer les chevaux. J'espère qu'on s'est bien occupé d'eux. J'avais laissé des consignes très strictes à ce sujet.

Ils trouvèrent les deux appaloosas en parfaite santé à l'écurie de louage. Shaw régla leur pension, pendant que Rebecca les sellait. Ensuite, ils cherchèrent une épicerie pour faire quelques emplettes.

— Peux-tu te débrouiller seul ? s'enquit Rebecca devant le magasin général. Je vais passer au bureau du juge Thomas chercher nos certificats de mariage.

— Pas question que nous nous séparions. Imagine qu'un de tes frères rôde dans les parages et que tu tombes nez à nez avec lui ? Je préfère t'accompagner. Ensuite, nous décamperons dès que nous aurons acheté nos provisions.

Ils se rendirent au palais de justice et trouvèrent sans problème le bureau du juge. Mais la porte était close et tristement ornée d'une draperie noire. Rebecca partit se renseigner. Dans un bureau voisin, elle apprit d'un jeune homme en costume rayé que le juge Thomas était malheureusement décédé deux semaines plus tôt.

— Peut-être puis-je vous aider ? proposa le jeune homme avec amabilité. Je m'appelle Joshua Newport, je suis avocat.

— Je venais récupérer mon certificat de mariage. C'est le juge Thomas qui nous a mariés le mois dernier. Peut-être son assistant pourrait-il...

— Harvey Nation ? Il se trouve à Jefferson City pour traiter une affaire importante. C'est à lui que vous devrez demander une copie des certificats. Quand il sera rentré, bien sûr...

— Mais nous ne faisons que passer à Miles City ! Nous nous rendons dans l'Ouest. Il doit sûrement y avoir un moyen de...

— Je suis navré. Les dossiers du juge sont dans un désordre épouvantable. Le mieux est encore d'attendre le retour de Harvey.

— C'est impossible !

— Dans ce cas, laissez-moi votre nom et votre adresse. Je mettrai Harvey au courant dès son retour et il vous fera parvenir les documents par courrier. Il me faut un dollar pour couvrir les frais d'envoi et le travail administratif. Maintenant, désolé, mais j'ai une audience dans dix minutes, conclut-il en jetant un coup d'œil à sa montre de gousset.

Accablée, Rebecca chercha l'argent dans sa bourse.

— Vous ne pouvez vraiment rien faire ? insista-t-elle.

— Non. Libellez votre adresse avec exactitude. Si Harvey trouve trace de la cérémonie dans les archives, vous avez ma parole que les papiers vous seront envoyés sans délai. Et je ne vous facture rien pour ma peine, ajouta-t-il en guise de consolation.

Ils perdirent cette journée et la suivante à essayer de dénicher quelqu'un qui se serait souvenu du passage de la caravane Yoder. Le lendemain soir, la femme d'un fermier leur parla d'un colon, un certain Byler, qui avait abandonné le convoi pour s'installer dans la région jusqu'au printemps suivant.

Au bout d'une heure de chevauchée, Rebecca et Shaw atteignirent la scierie où Andrew Byler avait trouvé du travail. Rebecca demeura auprès des montures pendant que Shaw allait questionner le Hollandais, un grand type blond à la silhouette dégingandée. Il revint quelques instants plus tard, la mine impavide.

— Nous sommes sur la bonne piste. Selon Byler, Daniel Yoder est un individu particulièrement borné. Il veut absolument rejoindre l'Oregon avant l'hiver. Les Byler et une autre famille ont jugé plus prudent d'abandonner. Yoder a acheté des provisions et remplacé certaines de ses mules, mais il a catégoriquement refusé d'attendre l'année prochaine.

— Et Jamie ?

— J'ai interrogé Byler à ce propos. Il se souvient de deux fermiers, Mast et Aaron Beachy, des frères, qui sont allés chercher un petit garçon et une petite fille dans un orphelinat de Saint Louis. Le garçon a environ trois ans…

— C'est sûrement Jamie ! Oh ! allait-il bien quand Byler l'a vu ? Était-il bien traité ?

Comme Shaw ne répondait pas, Rebecca s'alarma :

— Il n'était pas malade, au moins ?

— Non, d'après Byler, il était en bonne santé.

— Alors ? Que me caches-tu ?

Le visage de Shaw se durcit.

— Eh bien, Byler prétend que les Beachy sont des brutes qui molestent leurs femmes et maltraitent leurs bêtes. Il a vu Aaron corriger le petit garçon avec son ceinturon pour une histoire de lanterne cassée. Byler affirme aussi… que l'enfant portait des traces de coups.

Rebecca eut soudain la nausée.

— Mon Dieu ! Comment peut-on frapper un enfant de trois ans ! C'est ce sale rat qui devrait être fouetté jusqu'au sang ! s'exclama-t-elle.

— Si Byler dit vrai, je m'en chargerai moi-même, crois-moi.

— Il faut les rattraper le plus vite possible. La caravane a-t-elle beaucoup d'avance sur nous ?

Sans répondre, Shaw mit le pied dans l'étrier et enfourcha Chinook.

— Il est temps de nous mettre en route, chérie. Byler m'a indiqué l'itinéraire choisi par Yoder. Il passe tout près d'Angel Crossing. Je te laisserai là-bas et je continuerai la route seul.

— Quoi ? Il n'en est pas question !

— Ne discute pas. Je voyagerai plus rapidement ainsi. De ton côté, tu iras trouver Bruce pour lui demander de ma part d'aller chercher ta sœur à Saint Louis. Il m'obéira sans poser de questions.

Rebecca amena Sasha à la hauteur du grand étalon.

— Cela ne change rien à la situation, Shaw. Tu auras toujours besoin de moi pour identifier Jamie. Imagine que les Beachy essaient de le dissimuler ?

— Écoute, si je dois veiller à ta protection, je serai handicapé. En revanche, si je te sais en sécurité à Angel Crossing, je pourrai me concentrer sur...

— Je ne suis pas une MacCade ! coupa Rebecca d'une voix tranchante. Je ne baisse pas benoîtement la tête en écoutant les ordres. J'ai du plomb dans la cervelle et...

— Voilà donc l'opinion que tu as de ma mère ? Et de mes sœurs ? Tu crois qu'elles obéissent au doigt et à l'œil ? Les femmes ne sont pas des brebis, chez nous. Elles ont du caractère. Mais elles savent également ne pas se mêler des affaires des hommes.

— Les affaires des hommes ! répéta-t-elle, sarcastique. Jamie ne serait pas en danger aujourd'hui si ton frère avait assumé ses responsabilités. Il aurait dû épouser Eve et donner son nom à son fils s'il avait eu le moindre sens du devoir et de la justice !

Shaw la foudroya du regard.

— Tu en as assez dit. Restons-en là.

— Non, je ne me tairai pas ! Eve a payé très cher pour la faute qu'ils avaient tous deux commise. Et comment oses-tu prétendre que je serai en sécurité à Angel Crossing quand tu sais que tes frères ont mis le feu chez nous ?

— Des gamineries ! C'étaient Ewen et Payton. Ils voulaient juste vous faire peur. S'ils avaient réellement eu l'intention de nuire, ils auraient mis le feu à la maison et non à la remise. Il n'en reste pas moins que c'était stupide de leur part. Je veillerai plus tard à ce qu'ils paient les dégâts qu'ils ont occasionnés.

Rebecca le dévisagea avec stupeur.

— Tu... tu l'admets ? Depuis le début, tu savais qu'ils étaient coupables ? bredouilla-t-elle, incrédule.

Elle avait épousé cet homme, s'était donnée à lui, dormait à son côté chaque nuit et, cependant, il demeurait un étranger pour elle.

— Je te ferai remarquer que ce genre d'incidents se multiplie chez nous également, riposta-t-il. Depuis des mois, voire des années. Des débuts d'incendie, des clôtures brisées, du bétail effrayé… Et la piste conduit toujours à Angel Crossing. Ewen et Payton se sont peut-être mal comportés, mais ils n'ont tiré dans le dos de personne, eux !

Indignée, Rebecca porta la main à sa bouche.

— Tu penses toujours que c'est Poppa qui a tué Laird ?

— Eve le croit manifestement. N'oublie pas que Bruce a aperçu le cheval de ton père dans les bois ce jour-là. Même s'il n'a pas pu distinguer les traits du cavalier, il est certain d'avoir reconnu la monture. Et Laird a été tué par une balle qui provenait du fusil de ton père.

— Tu as réponse à tout, n'est-ce pas ? Et tu crois que je te laisserai te venger sur l'un des miens sans réagir ?

— Si j'y suis obligé, tu ne m'arrêteras pas.

— C'est bien cela qui me fait peur ! articula-t-elle d'une voix blanche.

22

Shaw et Rebecca parcoururent presque cinquante kilomètres avant le coucher du soleil, durant lesquels ils s'adressèrent à peine la parole. Rebecca se sentait à la fois fâchée et peinée que Shaw lui ait caché la responsabilité de ses frères dans l'incendie. En même temps, elle était désolée de ce soudain antagonisme qui dressait un mur invisible entre eux.

Comment expliquer à Shaw le sentiment de dévotion qui la liait à Poppa, à Grandma, à ses frères et surtout à Noah ? Oncle Quinn était peut-être un meurtrier, mais il n'en restait pas moins le tonton qui la portait sur ses épaules quand elle était petite, celui qui lui avait appris à tenir un fusil et à pister le bétail égaré sur le sol rocailleux. Son père et son oncle lui avaient toujours prodigué amour et attention. Elle ne pouvait les trahir.

D'un autre côté, les MacCade n'étaient certainement pas aussi abominables que le prétendaient les Raeburn. Rebecca se souvenait d'une multitude d'anecdotes qu'on lui avait racontées et dans lesquelles les MacCade tenaient toujours le mauvais rôle. Mais, en définitive, qu'y avait-il de vrai là-dedans ?

Se pouvait-il que les Raeburn soient en fait les véritables fautifs dans cette guerre sans merci que se livraient les deux familles ? Se pouvait-il que des gens qu'elle aimait de tout son cœur soient en réalité des assassins sans scrupule ? Avait-elle le droit de défendre un frère ou un père capable de violer les lois de Dieu et des hommes ?

Une autre question la taraudait sans répit : avait-elle commis un sacrilège en acceptant d'être la femme de Shaw pendant un laps de temps déterminé ?

Elle s'était montrée puérile et sotte.

Aimer Shaw ne suffisait pas. Elle devait se fier à lui les yeux fermés et le faire passer avant quiconque si elle voulait mériter le titre d'épouse. Mais en aurait-elle le cran ?

Ces dernières semaines, elle avait été parfaitement heureuse. Mais aujourd'hui, elle était totalement désorientée. Elle avait toujours cru que leur histoire n'aboutirait jamais à rien. À présent qu'ils s'étaient retrouvés, aurait-elle le courage de lui tourner le dos pour éviter un bain de sang entre leurs deux familles ?

Au bout d'un long moment, Shaw donna l'ordre de mettre pied à terre.

— Nous allons laisser les chevaux se rafraîchir un peu avant de dresser le camp pour la nuit, déclara-t-il d'une voix distante, comme s'ils étaient deux étrangers et non un homme et une femme qui s'étaient promis de s'aimer et de se respecter jusqu'à ce que la mort les sépare.

Ils marchèrent sur un kilomètre ou deux en tenant leurs montures par la bride. Finalement, Rebecca déclara :

— Tu avais raison, tout à l'heure. La plupart des choses que tu m'as dites étaient justes. Mais je veux que tu saches une chose : si jamais nous sommes obligés de nous séparer, jamais je ne me remarierai. Si nous ne pouvons vivre ensemble, je ne serai la femme de personne !

Elle était capable de vivre sans lui. Elle l'avait fait pendant des années. Elle reprendrait son ancienne existence, voilà tout. Poppa serait furieux contre elle, mais cela finirait par lui passer et il lui accorderait son pardon. Elle confesserait son péché et promettrait de ne plus jamais revoir Shaw. Oui, elle pouvait redevenir la fille obéissante qu'elle avait été.

Mais jamais elle ne supporterait que le sang coule à cause d'elle.

Au prix d'un effort, elle poursuivit :

— Je… je refuse que quelqu'un soit blessé… ou tué par ma faute. Je ne fais pas passer ma famille avant toi. Je suis juste… écartelée entre les deux. Mon cœur t'appartient mais ma tête m'ordonne de rester loyale envers les miens, tu comprends ?

Shaw marchait à son côté et calquait son allure sur la sienne. Elle lui jeta un coup d'œil. Son visage demeurait impassible.

— J'ai peur de te perdre, avoua-t-il finalement.

Rebecca demeura coite quelques secondes. Shaw avait peur ? Lui qui avait toujours paru aussi solide que le roc ? Lui si sûr de lui ? Incroyable !

— Alors, ne m'éloigne pas de toi. Cesse de clamer que tu vengeras ton frère à tout prix. Si Poppa ou oncle Quinn sont coupables, ils méritent une punition, certes. Mais tu devras les livrer aux autorités au lieu de devenir à ton tour un assassin.

— Les autorités n'ont pas fait grand-chose quand Laird a été tué, il me semble.

— Shaw, je ne connais pas la réponse, ni toi, d'ailleurs. Ce que je sais, c'est que la violence est la pire des solutions. Les MacCade et les Raeburn s'entretuent depuis des siècles. Et qu'en a-t-il découlé ?

— Rien que du chagrin des deux côtés.

— Précisément. Nous avons la chance d'être ensemble. Ne gâchons pas ces instants en vaines disputes. Tu sais depuis le début que notre mariage ne durera pas. Tu as promis de me laisser partir quand…

— Bon sang, Rebecca, j'avais tellement envie de toi que je t'aurais sans doute promis la lune ! Je ne peux pas renoncer à toi si facilement !

— Je ne dis pas que c'est facile. C'est très dur, au contraire. Te quitter sera pour moi la pire des épreuves. Mais qui sait? notre séparation ne sera peut-être pas définitive? Peut-être réussirons-nous à mettre un terme à ce conflit inepte? Il doit y avoir un moyen de...

Le rire sardonique de Shaw l'interrompit.

— Tu crois que je n'y ai pas réfléchi? C'est ce que je souhaite plus que tout au monde. Mais je suis dans la même situation que toi, je me débats avec les mêmes problèmes...

— Je sais.

— Vraiment? On ne le dirait pas.

Il l'enveloppa d'un regard acéré avant de reprendre :

— Écoute-moi. Tu ne me changeras pas. Je serai toujours un MacCade, jusqu'à mon dernier souffle. D'accord, nous sommes mal dégrossis et bagarreurs, mais cela ne m'empêche pas d'aimer les miens autant qu'ils m'aiment. Même Pa. C'est un vieux bougre, pourtant, il est foncièrement intègre. Un jour, je l'ai vu sauter dans la Little Smoke River en crue pour sauver le chien d'un parfait inconnu. Et je l'entends prier parfois, quand il se croit seul. Pa vit selon son propre code de valeurs. Il ne va peut-être pas à l'office mais, ivre ou sobre, il ne laisse jamais passer un dimanche sans demander à Ma de lui lire un passage de la Bible.

— Je suis désolée. J'ai été trop prompte à juger les tiens. Mais il n'en reste pas moins que je ne peux pas m'enfuir avec toi sans un regard en arrière.

— À cause de Noah? Je te l'ai déjà dit, il peut venir avec nous. Et nous l'emmènerons si nous partons dans l'Ouest.

— Ce n'est pas si simple. Noah aura toujours l'âge mental d'un enfant. C'est assez éprouvant, parfois. Et je crains qu'il ne soit totalement déboussolé s'il quittait Angel Crossing. Là-bas, tout le monde le connaît. Aux yeux de tous, il est Noah, l'un des meilleurs pêcheurs du coin, celui qui donne toujours volontiers un coup de main aux voisins. Mais dans une région où il ne connaîtra rien ni personne, qui sera-t-il ? Noah le demeuré ? Noah le nigaud ? J'aime mon frère, Shaw. Je ne veux pas le voir malheureux. Et cela me briserait le cœur de le quitter. Et puis, il y a Grandma. Elle est trop âgée et trop fragile pour traverser les montagnes de Californie ou d'Oregon. Elle s'occupe de moi depuis que je suis toute petite. Je ne peux pas l'abandonner dans ses vieux jours.

Shaw la regarda soudain droit dans les yeux et elle eut l'impression qu'il lisait dans le tréfonds de son âme.

— Et Angel Crossing ? murmura-t-il. Y renoncerais-tu pour moi ?

— Oui, répondit-elle sans hésiter, en dépit des larmes qui lui embuaient les yeux. J'adore la maison et la rivière mais… ce n'est qu'un endroit, après tout. Je t'aime. Mon foyer sera là où tu vivras.

Shaw attendit quelques secondes, puis hocha la tête :

— Eh bien, c'est un début. Beaucoup de choses nous séparent encore, mais il y a toujours une solution lorsqu'on se trouve dans une impasse : on peut la contourner, la survoler…

— Le plus important est d'essayer, conclut-elle doucement. Et c'est ce que nous faisons tous deux.

— Pardonne-moi d'avoir voulu t'influencer et t'intimider… J'ai eu tort. Je dois ressembler à Pa beaucoup plus que je ne le croyais.

Elle s'arrêta, le retint par le bras et, dressée sur la pointe des pieds, déposa un baiser sur sa joue râpeuse. Son cœur se gonflait d'amour pour lui. Elle ne voulait pas de querelle entre eux.

— Acceptes-tu que nous cherchions Jamie ensemble ?

Il poussa un profond soupir et répliqua :

— Je te préviens, si je me fais tuer, je reviendrai te hanter toutes les nuits !

— Il n'est pas question que tu meures.

— Je te prends au mot !

— Que ferons-nous quand nous aurons rejoint la caravane ? Nous n'allons pas faire irruption chez les Beachy et réclamer Jamie. Ils ne se laisseront certainement pas faire.

Shaw haussa les épaules.

— Il y a au moins une chose que j'ai apprise de Pa, Rebecca : il ne faut jamais vendre la peau de l'ours avant de l'avoir tué.

Ils dormirent enroulés dans la même couverture cette nuit-là, et firent l'amour avec une passion quelque peu désespérée. Le lendemain, ils se levèrent tôt, prirent un petit déjeuner froid, puis se remirent en route.

Shaw ne tentait pas de suivre à la trace le passage de la caravane. Il n'y avait de toute façon que peu d'endroits où l'on pouvait franchir la rivière. Tôt ou tard, ils retrouveraient les colons.

— Ils seront peut-être avant nous à Fort Laramie, mais nous les aurons rattrapés avant qu'ils ne passent la fourche où la piste se scinde en deux vers la Californie et l'Oregon.

Il ne voyait pas l'utilité de communiquer son inquiétude à la jeune femme. En effet, les colons n'avaient aucune chance de franchir les Wasatch Mountains si tard dans l'année. Les chutes de neige rendraient infranchissables les canyons et les cols rocheux. Yoder n'aurait alors que deux solutions : soit faire demi-tour, soit s'obstiner et essuyer de lourdes pertes humaines. L'aventure risquait fort de se terminer tragiquement, comme cela avait été le cas en 1847 pour la caravane Donner qui avait connu les pires horreurs : blizzard, famine et cannibalisme.

— Retrouver Jamie ne sera pas une partie de plaisir. Auras-tu la force de tenir jusqu'au bout, Rebecca ?

Au lieu de répondre, elle talonna Sasha. Shaw secoua la tête et maugréa :

— Ces Raeburn ! Aussi têtus que des bourricots !

Lorsqu'ils atteignirent la limite des terres des MacCade, Shaw laissa Rebecca cachée dans un petit bois, près de leur grotte, puis il se mit en quête de Bruce. Les deux hommes revinrent au crépuscule avec quatre chevaux frais et trois mules chargées d'une tente et du ravitaillement.

Après avoir entendu Shaw siffler trois fois, Rebecca émergea du couvert des arbres. Face à Bruce, elle inclina brièvement la tête en guise de salut, mais demeura silencieuse. Bruce ôta son chapeau et le coinça sous son bras.

— Tout va bien, Rebecca, assura-t-il. Nous sommes seuls. Et ne te tracasse pas pour ta sœur. Je la ramènerai saine et sauve.

Se tournant vers Shaw, il ajouta :

— Si j'ai bien compris, tu vas te lancer à la poursuite du fils de Laird ?

— *Nous* allons nous lancer, corrigea Rebecca. Tu y vois une objection, Bruce ?

— Moi ? Aucune. Mais vous imaginez bien qu'oncle Murdoch n'en sera pas plus ravi que les Raeburn. Ils seront obligés de tirer à la courte paille pour savoir qui vous descendra à vue.

— Occupe-toi d'Eve, moi, je veillerai sur Rebecca, décréta Shaw, avant de préciser à cette dernière : Je lui ai dit de ramener Dewey avec lui, si le garçon est d'accord, bien sûr. Chez nous, il y a toujours de la place pour un honnête travailleur.

— As-tu des nouvelles de Noah ?

— Oui. Il se remet de sa blessure, tout comme Ewen. Pour le reste, tout va à peu près bien. Nigel et Corbett se sont battus la semaine dernière au moulin, mais rien de grave. Ton père et les jumeaux sont de retour à Angel Crossing. Bruce les a aperçus en ville samedi dernier.

Rebecca poussa un petit soupir.

— Oncle Murdoch a proprement étrillé Payton pour avoir mis le feu à la remise des Raeburn, l'informa Bruce. Il m'a envoyé chez ton père avec deux bœufs en guise de dédommagement. Ewen aura certainement droit à une correction quand il sera guéri mais, pour le moment, tante Fiona a interdit qu'on lève la main sur lui.

— Shaw m'a raconté ce qui s'était passé. Et toi, Bruce ? Puis-je être certaine que tu n'as pas pris part à l'expédition punitive ? Puis-je vraiment te confier ma sœur ? Eve sera-t-elle bien accueillie chez vous ? ajouta-t-elle à l'intention de Shaw.

Ce dernier, qui était en train de seller le grand rouan, prit la parole :

— Tu prendras le hongre noir, Rebecca. Je vais laisser Sasha se reposer ici. En ce qui concerne Eve… J'ai parlé à Ma, je lui ai tout expliqué.

Quelques secondes s'écoulèrent. Rebecca finit par l'interroger anxieusement :

— Alors ? Qu'a-t-elle répondu ?

— On voit que tu ne connais pas tante Fiona, sinon tu ne poserais pas la question, intervint Bruce en souriant. Pour un de ses petits-enfants, elle serait capable de tout, y compris de scalper un Comanche ! Ne te fais pas de souci pour Eve. Elle sera traitée avec respect ici.

Rebecca posa la couverture de selle sur le dos du hongre noir. Celui-ci tourna la tête pour la considérer de ses grands yeux humides. Il avait une étoile blanche au milieu du front et une chaussette blanche à l'antérieur droit. Il semblait robuste et de bonne composition.

Comme elle se saisissait de la selle, une autre question lui traversa l'esprit :

— Et Jamie ? Sera-t-il considéré comme un bâtard chez les MacCade ?

Cette fois, Bruce rit franchement et il se claqua la cuisse avec bonne humeur.

— Pas tant que tante Fiona aura un souffle de vie !

— Et moi, Shaw ? As-tu parlé de moi à ta mère ?

Shaw prit le temps de nouer soigneusement la corde qui reliait les mules avant de répondre :

— J'ai pensé qu'il valait mieux que nous lui annoncions la nouvelle ensemble. Si nous en arrivons un jour à ce stade ! Tu sais, tu peux encore changer d'avis, Rebecca. Cela me soulagerait de te savoir en sécurité à Angel Crossing.

— Jamais de la vie ! Je connais ta réputation, je ne te quitte pas des yeux ! rétorqua-t-elle avec malice.

Et Bruce éclata de rire une fois de plus.

Il plut durant la première journée. Ils chevauchèrent des heures durant sous l'averse et trouvèrent finalement refuge sous un surplomb rocheux. L'orage était si violent que poursuivre leur route aurait été dangereux.

Rebecca fit du feu et Shaw coinça un pot de café entre trois pierres plates disposées sur les braises. Ils dînèrent de bœuf séché, de biscuits et de patates douces froides que Ma avait glissés dans les sacs de selle. Plus tard, alors que le soleil descendait sur l'horizon et que la tempête se calmait, ils admirèrent le ciel piqueté d'étoiles et le croissant argenté de la lune.

Rebecca, pelotonnée contre Shaw, avait calé sa joue contre sa poitrine. Au loin, les hurlements des coyotes déchiraient le silence de la nuit.

— Tu as des regrets ? demanda-t-il.

— Non.

Il lui souleva le menton et l'embrassa tendrement.

— Tu es un sacré numéro, Rebecca MacCade !

Leurs bouches se cherchèrent à nouveau. Ils firent l'amour, lentement, délicieusement, près des flammes qui virevoltaient. Puis Shaw attisa le feu et entrava les chevaux avant de revenir s'étendre près de Rebecca. Celle-ci ferma les yeux et se mit à rêver de bateaux à aube et de musique qui s'élevait sur les eaux sombres du Mississippi.

À l'aube, ils sellèrent leurs montures et repartirent pour une journée de chevauchée.

Les jours, puis les semaines passèrent. Suivre la piste en direction de l'Ouest ne posait aucun problème. Des centaines de chariots avaient creusé la terre de profondes ornières. Parfois, ils dépassaient un squelette de cheval ou de bœuf dépecé par les vautours ; parfois, une croix rudimentaire placée sur la tombe d'un immigrant qui ne verrait jamais le Pacifique. Ces visions avaient toutes quelque chose de pathétique, mais c'étaient surtout les tombes d'enfants qui démoralisaient Rebecca et lui donnaient la chair de poule.

Oliver Laurence McCoy
10 mois et trois jours
Emporté par les fièvres

Lorsque les sépultures ne comportaient aucun nom, elle redoutait toujours que l'enfant disparu ne soit Jamie. Alors, rien de ce que lui disait Shaw ne parvenait à l'apaiser et ils chevauchaient ensuite de longues heures sans qu'elle desserre les dents. Dans ces moments lugubres, elle songeait aux immenses sacrifices consentis par ces pionniers pour aller au bout de leurs rêves de conquête. Bien sûr, il pouvait arriver à n'importe qui de perdre un enfant. Mais le long de la piste, les petites tombes étaient si nombreuses ! Enfants et adultes étaient indifféremment victimes des eaux polluées, des accidents de chariot, des crues, des morsures de serpents et des maladies.

Pourtant, l'attrait de la liberté et de l'Ouest inconnu restait le plus fort, tel le chant d'une sirène qui envoûtait les pauvres et les aventuriers par milliers.

À quoi rimait ce besoin irrépressible de découvrir des contrées nouvelles ? Rebecca adorait voyager à travers la prairie, mais c'était surtout la compagnie de Shaw qu'elle savourait. Plus ils s'éloignaient d'Angel Crossing, plus elle pensait avec mélancolie à sa petite rivière sinueuse, à sa famille et à sa maison.

Au fil des jours, elle perdit du poids. Ses joues se creusèrent, sa peau brunit sous les rayons ardents du soleil. Ils passaient des gués, traversaient des prairies de hautes herbes, affrontaient des orages et des coups de vent qui soulevaient des tourbillons de poussière âcre. Les mains de Rebecca, pourtant habituées à tenir des rênes depuis qu'elle était toute petite, devenaient dures et calleuses. Ses muscles s'accoutumaient aux longues chevauchées qui duraient de l'aube jusqu'au crépuscule. Ensuite, il fallait encore monter la tente, préparer le repas, et faire du feu avant de dormir à même le sol.

Avec Shaw, elle n'avait jamais peur, pas même quand ils voyaient le ciel noircir rapidement au sud, ce qui signifiait qu'un feu de prairie s'était déclaré. Le jour, ils bavardaient et riaient, ou bien se contentaient de chevaucher côte à côte dans un silence serein. Rebecca vit des troupeaux de bisons et, un jour, une meute de loups qui dévoraient un daim. Le matin, quand elle s'éveillait, elle entendait le piaillement des faucons et les trilles joyeux des roitelets.

Il lui semblait que ce périple ne prendrait jamais fin. Puis, un dimanche matin, à deux jours de route de Fort Bridger, là où la piste se divisait en deux, ils gravirent une colline et découvrirent en contrebas la caravane Yoder installée dans la prairie.

Leur présence fut aussitôt repérée et deux hommes armés, vêtus de leurs habits du dimanche, se portèrent à cheval à leur rencontre. Tous deux étaient blonds et avaient des physiques similaires : menton en galoche, courte barbe, épaisses moustaches. L'un montait une mule, l'autre un cheval de trait. Les hommes comme les bêtes étaient d'une maigreur effrayante.

— Bonjour. Nous voudrions voir Daniel Yoder, déclara Shaw avec calme.

— Et que lui voulez-vous ? grogna le fermier juché sur sa mule.

Le canon de son fusil restait braqué sur la poitrine de Shaw. Rebecca remarqua que la main droite de l'homme était enveloppée d'un bandage rudimentaire et que deux de ses doigts étaient rouges et gonflés.

— Nous voulons juste demander l'hospitalité.

— Le dernier convoi que nous avons croisé nous a apporté les fièvres. Vous feriez mieux de passer votre chemin.

— Il y a des gens malades parmi vous ? intervint Rebecca. Je connais certains remèdes et, si vous voulez…

— Nous avons notre médecin. Nous n'avons besoin de rien.

— Vous… vous ne vous appelleriez pas Beachy, par hasard ? Aaron Beachy, précisa-t-elle en voyant une expression de stupeur s'inscrire sur les traits de l'homme.

— Lui, c'est Mast, intervint le fermier monté sur le cheval. Aaron, c'est moi. Comment vous connaissez notre nom ?

— Il y a eu un malentendu. Nous sommes à la recherche d'un petit garçon qui se trouvait dans un orphelinat de Saint Louis et que vous avez recueilli. Il se nomme Jamie Raeburn. C'est mon neveu et…

— Vous faites erreur ! aboya Mast. Le gamin n'est pas…

— Il est mort, coupa Aaron. Les fièvres l'ont emporté.

Rebecca eut l'impression que son cœur s'arrêtait de battre dans sa poitrine.

— Non, c'est impossible ! gémit-elle. Pas Jamie… Il n'avait que trois ans. Il…

— Il est mort, je vous dis ! Mort et enterré dans le cimetière d'Independance, dans le Missouri !

23

— Vous mentez ! cria Rebecca, terrifiée jusqu'à la nausée. Je le lis sur vos visages ! Jamie a été enlevé, il...

— Tais-toi ! lui intima rudement Shaw. Ces gens sont honnêtes, pourquoi nous raconteraient-ils des sornettes ?

Mains crispées sur les rênes du hongre, Rebecca pivota vers lui, médusée. Shaw n'allait tout de même pas se laisser duper ? Il n'était pas aussi naïf ?

— Enfin, ils mentent, c'est évident ! Tu vois bien que...

Un éclair étincela dans le regard de Shaw et elle ravala ses protestations. Non, bien sûr, Shaw ne croyait pas les Beachy. Comme elle avait été sotte de le supposer ! Entrant dans son jeu, elle baissa la tête et, épaules voûtées, se lamenta bruyamment :

— Jamie... mon neveu ! Nous l'avons... perdu !

Shaw reporta son attention sur les deux frères.

— Veuillez excuser ma femme. Elle est très émotive et parle souvent sans réfléchir. Je suis certain que vous avez fait tout ce qui était en votre pouvoir pour sauver Jamie. Ne soyez pas offensés par ses propos, je vous en prie.

Il enleva son chapeau et, du revers de la main, essuya son front moite de sueur.

— Nous avons parcouru une grande distance, aujourd'hui. Mes bêtes ont besoin de se rafraîchir, insista-t-il.

À cet instant, un groupe d'hommes à cheval s'écarta du cercle formé par les chariots pour gravir la colline. Derrière eux, dans le campement, il y avait peu de mouvement. Des femmes faméliques, coiffées de bonnets austères et habillées de robes informes brunes ou noires vaquaient mollement à leurs occupations. On apercevait aussi quelques enfants dont les vêtements de couleurs ternes se confondaient avec les bâches délavées des chariots. Immobiles et silencieux, ils formaient une curieuse vision qui s'apparentait un peu à un mirage.

Les fermiers venus en renfort immobilisèrent leurs montures près de celles des Beachy. La mine fermée, le fusil pointé en avant, ils dévisagèrent les nouveaux arrivants avec méfiance.

— Que se passe-t-il ? lança l'un d'eux, un homme d'âge moyen à la barbe rousse et aux favoris grisonnants.

— Ces étrangers sont venus chercher le gamin que nous avons pris à l'orphelinat, expliqua Aaron Beachy à la cantonade. Je leur ai dit qu'il était mort des fièvres, mais la femme ne veut pas me croire.

Rebecca se tourna vers l'homme à la barbe rousse qui semblait détenir une certaine autorité sur le groupe.

— S'il vous plaît… Je suis la tante de l'enfant. Ce n'est pas un orphelin. Jamie a été arraché à sa mère en toute illégalité.

— Je suis Dan Yoder, capitaine de ce convoi, annonça l'homme à Shaw sans se préoccuper de Rebecca. Vous avez entendu ce qui était arrivé à l'enfant.

Shaw s'éclaircit la voix :

— Nous sommes Joseph et Brunehilde Brown. Nous avons parcouru un très long chemin pour retrouver le neveu de ma femme. Apprendre sa mort lui a causé un choc terrible. Je vous serai très reconnaissant de laisser nos chevaux s'abreuver avant que nous repartions.

— Il y a des maladies qui circulent, grommela Mast Beachy. Je ne veux pas parler pour les autres, mais moi, je refuse que ces étrangers s'approchent de ma femme et de mes enfants. Ils pourraient les contaminer.

Quelques murmures d'assentiment s'élevèrent. Yoder considéra ses compagnons, puis déclara :

— Attendez un instant. Nous allons nous concerter.

Il fit tourner bride à son cheval et entraîna les autres à l'écart. Les fermiers se mirent à discuter à voix basse. Rebecca se pencha vers Shaw.

— Je ne comprends pas ce que tu…

— La paix, Brunehilde ! Combien de fois t'ai-je dit de ne pas jacasser à tort et à travers !

Elle n'eut d'autre choix que de retomber dans son rôle de femme soumise.

— Très bien. Nous en reparlerons plus tard, en privé… mon époux, grinça-t-elle entre ses dents.

Yoder revenait vers eux en talonnant sa mule. Rebecca remarqua que l'animal boitait légèrement. On pouvait lui compter les côtes et les autres montures n'étaient pas en meilleur état.

— Laissez-nous le temps de prévenir nos familles et de les mettre à l'abri. Ensuite, votre femme pourra conduire vos mules au campement et les faire boire. Nous vous autorisons à remplir vos gourdes, mais nous n'avons pas de provisions à vous offrir. Pardonnez notre manque d'hospitalité, mais nous jouons de malchance depuis un moment. Notre éclaireur s'est sauvé il y a une semaine en nous volant un fusil et trois de nos meilleurs chevaux. Les Indiens nous harcèlent, les fièvres nous menacent, le temps est contre nous et, maintenant, nos mules souffrent d'un échauffement de la fourchette.

— Désolé, compatit Shaw.

— Je suis navré pour le garçon mais… vous comprenez, nous aussi nous avons perdu des enfants, ajouta Yoder, l'air sombre.

— J'ai entendu dire que vous alliez dans l'Oregon. Vous n'aurez pas le temps de franchir les montagnes. Je vous conseille de faire demi-tour pendant que c'est encore possible. Emmenez les vôtres au sud, à Salt Lake City, par exemple, où ils pourront se reposer durant l'hiver. Si vous vous obstinez à poursuivre sur cette piste en cette saison, vous serez bloqués par la neige en altitude.

— Vous n'êtes pas le seul à nous tenir ce langage, répondit Yoder. Mais nous savons de source sûre que...

— Si vous accordez la moindre valeur à la vie de vos familles, il faut renoncer immédiatement à cette folie, coupa Shaw.

— Ce sont des racontars de bonne femme ! intervint un fermier. Des paroles de blanc-bec trop trouillard pour...

— Non, ce ne sont pas des racontars. J'ai moi-même traversé par deux fois les Rocheuses, dont une par la route que vous comptez suivre. Croyez-moi : laissez vos chariots, vos affaires personnelles, vos outils, sellez vos bêtes et partez. Vous réussirez peut-être. Sinon...

Shaw se pencha en avant pour donner plus de poids à ce qu'il allait dire et haussa la voix :

— ... sinon, vous condamnez vos femmes et vos enfants à la mort !

— Mon mari sait parfaitement de quoi il parle, renchérit Rebecca. Vous devriez l'écouter...

— Je crois que nous en avons assez entendu, trancha Yoder. Voulez-vous abreuver vos chevaux, oui ou non ?

— Non, répondit Shaw en adressant un signe à Rebecca. Si nous ne sommes pas les bienvenus chez vous, tant pis. Nous allons poursuivre notre route.

Yoder haussa les épaules avec indifférence.

— Si c'est ce que vous voulez...

— C'est idiot, *Joseph* ! protesta Rebecca. Je peux très bien emmener les mules au campement et...

— Cesse de discuter, Brunehilde ! Viens.

Rebecca jeta un dernier regard en direction des chariots, avant de suivre Shaw qui s'éloignait déjà. Lorsqu'ils eurent parcouru quelques centaines de mètres, elle lui demanda :

— Pourquoi cette retraite ? J'aurais pu m'introduire dans le campement et repérer Jamie ! Ils mentent, c'est clair ! Pourquoi as-tu refusé que je…

— Si leurs mules sont malades, je ne veux pas que mes bêtes les approchent. Et puis, je ne leur fais pas confiance. Qui dit qu'ils n'auraient pas décidé de nous *acheter* nos mules ? Ou nos chevaux ? Les leurs font pitié à voir.

— Tu crois que ce sont des voleurs de chevaux ? Non… Ils sont antipathiques et fort peu accueillants, mais ce ne sont tout de même pas des criminels. Et puis, Jamie est plus important que nos mules !

Résolument, elle tira sur les rênes et immobilisa le hongre.

— Je ne m'en irai pas avant de m'être assurée que Jamie n'est pas là-bas ! Je ne crois pas un mot de leur histoire.

— Bien sûr que Jamie est avec eux ! répliqua Shaw avec un petit rire. Ils ne veulent pas s'en séparer, voilà tout.

— Alors… pourquoi avons-nous fait demi-tour ?

— Parce que, Brunehilde… je veux que tu sois très loin du campement quand la nuit tombera.

— À propos, tu m'as choisi un prénom particulièrement seyant !

— Je savais qu'il te plairait.

— Maintenant, aurais-tu l'amabilité de me dire ce que tu as en tête ?

— Fie-toi à moi. Je récupérerai Jamie.

— Tu ne sais même pas à quoi il ressemble ! Que comptes-tu faire ? Te glisser dans le campement et attraper le premier gamin de trois ans qui te tombera sous la main ?

— Non, chérie. Fais-moi confiance. Je le trouverai, mais je ne veux pas qu'ils nous surprennent. J'ai déjà vu d'honnêtes citoyens commettre des actes à faire dresser les cheveux sur la tête, tu sais. Je tiens à protéger nos bêtes, mais avant tout à sauver notre peau.

— Tu crois... qu'ils iraient jusqu'à nous tuer ?

— Nous sommes tout près de Fort Bridger. S'ils sont vraiment décidés à s'emparer de nos chevaux, ils ne voudront pas laisser de témoins derrière eux.

Rebecca lui jeta un regard soupçonneux.

— Si je comprends bien, tu veux que je me cache pendant que tu vas risquer ta vie en retournant chercher Jamie là-bas ?

— En quelque sorte, admit-il. Si je te sais en sécurité, je pourrai...

— Non, Shaw. Nous nous sommes lancés ensemble dans cette aventure. Je suis ta partenaire à part entière. Ne me traite pas comme une gamine. Si nous joignons nos forces, nous doublons nos chances de réussite.

— Ce n'est pas du tout évident. Et puis, c'est dangereux. Nous pourrions nous faire tirer dessus.

— Si tu souhaites que notre mariage dure, tu vas devoir me traiter autrement et, pour commencer, respecter un peu plus mon jugement !

Il se rembrunit, replongea dans le silence. Rebecca talonna le hongre pour le placer à la hauteur de Chinook et elle tendit la main à Shaw.

— Alors ? Suis-je toujours ton associée ?

À contrecœur, il finit par lui prendre la main. Rebecca lui sourit.

— Tu ne t'inquiétais pas autant pour moi le jour où nous nous sommes glissés dans ce tipi indien pour voler une flèche !

— C'est vrai. Mais, à l'époque, tu étais juste une petite sotte avec des nattes dans le dos. Aujourd'hui... je ne sais pas si je pourrais vivre sans toi.

L'aube blanchissait à peine à l'horizon quand Rebecca et Shaw atteignirent le sommet de la colline qui surplombait la prairie. À plat ventre dans les hautes herbes qui couvraient le plateau rocheux, ils épièrent le campement.

Apparemment, les colons n'avaient pas de chiens de garde, fait assez surprenant, qui jouait en leur faveur. Pour le moment, leur présence n'avait pas été détectée.

— C'est un miracle qu'on ne leur ait pas déjà volé toutes leurs bêtes, observa Shaw à voix basse.

Ils avaient laissé les mules dans un bois, à quelques kilomètres de là. Le hongre noir, sellé et bridé, était caché non loin, dans un bosquet. Quant à Chinook, il était tout près, couché dans l'herbe et parfaitement invisible, n'attendant que le sifflement de Shaw pour se redresser et galoper à la vitesse de l'éclair…

Rebecca et Shaw avaient élaboré leur stratégie avant de passer à l'action. S'ils parvenaient à s'emparer de Jamie, les hommes de Yoder les chercheraient vraisemblablement le long de la piste, vers l'est. Aussi Shaw avait-il décidé de fuir en direction du nord afin de les induire en erreur.

Ils avaient soigneusement mis au point leur manœuvre. Mais Rebecca commençait à trouver l'attente insupportable. Des insectes rampaient sur elle et la piquaient. De mystérieuses créatures grouillaient dans l'herbe et, en dépit de l'heure matinale, la chaleur était déjà oppressante.

En contrebas de la colline, le campement était très calme. Le bétail paissait tranquillement à l'intérieur du cercle de chariots. Un vagissement de bébé s'élevait. On entendait parfois des ronflements et quelques quintes de toux. De temps à autre, un fermier sortait d'un chariot pour se soulager.

Des guetteurs, qui allaient toujours par deux, se relayaient pour patrouiller dans les alentours. Ils ne s'aventuraient jamais bien loin des feux de camp et, pour le moment, aucun ne semblait avoir suspecté la présence de Shaw et de Rebecca.

— Heureusement pour eux que nous n'avons pas de mauvaises intentions à leur égard ! souffla Shaw. Approchons-nous encore...

En silence, ils rampèrent dans les herbes et s'immobilisèrent à une cinquantaine de mètres du premier chariot.

Lentement, le soleil se leva sur la prairie. Les familles s'éveillèrent peu à peu et commencèrent à s'acquitter de leurs tâches matinales. Des enfants aux yeux gonflés de sommeil, accrochés aux jupes de leurs mères, réclamèrent leur petit déjeuner.

Plusieurs hommes déplacèrent un chariot pour permettre à d'autres de lâcher les mules et les chevaux dans la prairie. Les bêtes devaient brouter avant de reprendre la route. Elles s'égaillèrent en tous sens et une mule passa tout près de Rebecca qui s'aplatit le plus possible afin de ne pas attirer son attention. L'animal la huma avec curiosité, avant de trotter en direction d'un corbeau.

— Tu vois Jamie ? chuchota Shaw.

Rebecca secoua la tête. La tâche n'était guère aisée. Jamie était-il toujours un bébé joufflu ou s'était-il affiné, tel un jeune poulain tout en jambes ? Une chose était sûre : il possédait la chevelure noire des MacCade. Malheureusement, toutes les petites filles portaient des foulards et les petits garçons des chapeaux, si bien qu'on ne voyait même pas la couleur de leurs cheveux.

Tout à coup, Rebecca fixa son attention sur un jeune enfant qui jouait sous un chariot. Elle l'étudia, s'efforça de distinguer ses traits, jusqu'au moment où il sortit de sa cachette et tourna son visage vers le soleil. Elle remarqua alors la large tache de vin qui lui couvrait la joue.

Un soupir de découragement lui échappa. Et s'ils s'étaient trompés ? Si Jamie ne se trouvait pas parmi les colons ? On pouvait tout imaginer, qu'il ait été abandonné en cours de route, ou bien qu'on l'ait vendu à une famille faisant partie d'un autre convoi... Comment le retrouver, alors ?

À mesure que les minutes passaient, le désespoir menaçait de la submerger. Puis, soudain, alors qu'elle était sur le point d'abandonner, elle vit une femme réprimander brutalement un enfant avant de le gifler à la volée.

Rebecca s'attendait à voir le petit pleurer, mais celui-ci demeura parfaitement stoïque. Il gardait la tête baissée et son chapeau lui couvrait une bonne partie du visage. La femme lui tendit un seau et lui désigna la source auprès de laquelle la caravane s'était installée.

— Shaw ! Là-bas... Regarde, c'est peut-être Jamie, souffla Rebecca.

Une petite fille blonde vêtue de haillons saisit à son tour l'anse du seau et les deux bambins trottinèrent vers la source, là où le terrain spongieux portait de multiples traces de sabots. Quelques arbres et buissons poussaient autour du trou. L'eau jaillissait d'une fissure rocheuse et cascadait sur de gros cailloux avant de se perdre dans l'herbe.

Rebecca embrassa le paysage du regard. Pour atteindre l'endroit où l'eau coulait, pure et claire, les deux enfants devraient contourner les buissons, ce qui les cacherait un instant aux yeux des colons restés à l'intérieur du cercle. C'était maintenant ou jamais...

Shaw l'avait également compris. Il commença à reculer lentement et fit signe à Rebecca de l'imiter. Puis tous deux rampèrent sur leur gauche. Ce faisant, ils perdirent de vue les enfants qui étaient à peine plus grands que l'herbe de la prairie.

Comme ils atteignaient les abords immédiats de la source, un corbeau juché sur le faîte de l'arbre le plus haut les repéra. Aussitôt, il se mit à croasser en battant des ailes. Heureusement, les colons ne lui prêtèrent pas attention.

— Qu'allons-nous faire ? S'il s'agit bien de Jamie, il n'est pas seul, s'inquiéta Rebecca.

— Je n'en sais fichtrement rien. Mais ça ne sert à rien de rester cachés dans l'herbe en attendant qu'une mule nous piétine.

Rebecca atteignit le couvert des arbres quelques secondes après Shaw. Prudemment, ils se redressèrent en se dissimulant derrière des troncs, et risquèrent un œil en direction de la source.

Les enfants, agenouillés sur les rochers, avaient déjà rempli leur seau. Ils étaient à peu près de la même taille, bien que la fillette soit d'une morphologie plus élancée. Le petit garçon était râblé et robuste. Quand il se releva, la main fermée sur l'anse du seau, une longue mèche brune retomba sur son front bronzé...

« C'est lui ! » se dit Rebecca avec une certitude inébranlable.

Le cœur battant, elle appela doucement :

— Jamie ? Jamie Raeburn ?

Le gamin sursauta et laissa tomber le seau. Dans un même mouvement, les deux enfants pivotèrent vers les arbres, bouche bée, yeux écarquillés. Puis, par réflexe, la fillette se plaça devant le petit garçon pour le protéger.

— Qui vous êtes ? lança-t-elle avec audace. Comment vous connaissez son nom ? Vous allez vous faire disputer si Ada vous entend !

— Tu es Jamie, n'est-ce pas ? murmura Rebecca.

— Ne dis rien ! ordonna la fillette au petit.

Rebecca remarqua des hématomes sur le visage des deux enfants dont les chevilles étaient marquées de piqûres d'insectes. Sa gorge se serra de compassion.

— Est-ce qu'on vous maltraite ?

— Ça vous regarde pas ! rétorqua la fillette.

Elle n'avait guère plus de six ans, mais son regard bleu limpide reflétait déjà toute la misère du monde.

— Je suis Rebecca, la sœur de la maman de Jamie. Je suis venue le chercher.

— Jamie, pas de maman ! dit le garçon d'une voix flûtée.

— Sa mère est morte. Brûlée. Crac ! Comme Betty, précisa la fillette. Ada dit que c'est le diable qui les a emmenées en enfer.

Shaw intervint pour la première fois :

— Ta maman s'appelle Betty ? Alors, tu dois être... Samantha ?

— Elle : Sam. *Ma* Sam ! décréta Jamie qui se saisit de la main de la petite fille pour s'y cramponner.

— Je suis ta tante, Jamie. Ta maman n'est pas morte. Elle attend que je te ramène à la maison.

— Menteuse ! siffla Samantha. Vous voulez voler Jamie, hein ? Mais je vous laisserai pas faire ! Il est trop petit. Moi, j'ai cinq ans. C'est moi qui m'occupe de lui.

Rebecca s'agenouilla devant Samantha et lui demanda doucement :

— Crois-tu en Dieu, Sam ?

— Ada dit qu'elle Lui parle, mais moi, je L'ai jamais vu.

— Moi, je crois en Lui. Et je te jure que la maman de Jamie est en vie, tout comme la tienne.

Rebecca jeta un coup d'œil interrogateur à Shaw qui acquiesça d'un hochement de tête avant de déclarer :

— Nous sommes venus vous chercher tous les deux. Nous allons vous ramener à la maison. Voulez-vous venir avec nous ?

— Moi aussi ? demanda Sam.

— Qu'en penses-tu ? N'as-tu pas envie de revoir ta mère ?

— Et Ada ? Elle va venir aussi ?

— Non. Ada va rester ici. Plus personne ne vous battra.

Sam regarda Jamie, puis Shaw, puis de nouveau Rebecca.

— Tu promets qu'Ada ne viendra pas ? insista-t-elle.
— Je te donne ma parole.
— Alors, d'accord ! lança Sam sans hésiter. J'irai n'importe où du moment qu'elle y est pas !

Tels des Indiens sur le sentier de la guerre, tous quatre rampaient dans l'herbe quand, tout à coup, une voix aiguë de femme s'éleva :
— Sarah ? Thomas ? Où êtes-vous ? Revenez tout de suite ! Obéissez, sinon je vous promets que vous le sentirez passer !
— Maintenant ! jeta Shaw.
Il porta les doigts à sa bouche et émit un sifflement strident. À trente mètres sur la droite, Chinook se dressa soudain en hennissant.
— Cours ! ordonna Shaw à Rebecca.
Il saisit Jamie sous un bras, cala Sam sous l'autre et s'élança vers le grand appaloosa.
— Tu crois que Chinook peut nous porter tous les quatre ? cria Rebecca.
— Nous allons vite le savoir…
Il lâcha les enfants le temps de se jucher en selle, au moment même où des clameurs furieuses éclataient non loin.
— Passe-moi Jamie !
Rebecca posa le garçon devant Shaw avant d'installer Sam derrière. Puis Shaw lui prit la main et la hissa à son tour. D'une pression des genoux, il lança le grand étalon qui entreprit de gravir la colline, sa crinière noire claquant au vent.
On les poursuivait. Rebecca entendit un martèlement de sabots dans leur dos. Une détonation retentit. Agrippée à Shaw, encerclant Samantha des deux bras, elle ferma les yeux pour se concentrer sur son équilibre.
Parvenu au sommet de la colline, Chinook prit de la vitesse et fila de son galop ample et puissant. Soudain,

Shaw tira sur les rênes et arrêta net l'appaloosa. Rebecca ouvrit les yeux et mit quelques secondes à comprendre qu'ils venaient de rejoindre le hongre noir.

Shaw se laissa glisser à terre.

— Garde les enfants ! Laisse filer Chinook, il ira tout droit retrouver les mules.

— Sam, tu peux te tenir à moi ? haleta Rebecca en faisant passer la fillette derrière elle avant d'attraper les rênes.

— Évidemment ! Je suis pas un bébé !

— Shaw ?

— Oui ?

Rebecca lui lança un regard éperdu. Elle avait désespérément envie de l'embrasser, mais ils n'en avaient pas le temps.

— S'il m'arrive quelque chose, rentre à la maison, va voir dans notre grotte et déterre ce que j'y ai caché. Ne cesse pas de creuser avant d'avoir trouvé.

— Quoi ? Je ne comprends pas... Qu'y a-t-il dans la grotte ?

— Fais ce que je te dis, c'est tout !

Shaw arracha son fusil de la selle avant de claquer la croupe de Chinook du plat de la main.

— Yaaaa ! rugit-il.

L'étalon bondit. Jamie plaqué contre sa poitrine, Rebecca jeta un coup d'œil en arrière et vit Shaw, qui venait d'enfourcher le hongre, s'élancer dans la direction opposée. Elle lâcha alors la bride et Chinook partit ventre à terre sur le sol inégal de la prairie.

24

Soudain, Chinook trébucha dans un trou et fit un écart. Sam, déséquilibrée, glissa sur la croupe. Le bras de Rebecca se détendit automatiquement et elle empoigna la fillette par le plastron de sa robe. Sam se raccrocha à elle désespérément et réussit à se redresser.

Des coups de feu éclatèrent non loin. Rebecca s'obligea à ne pas regarder en arrière. L'encolure luisante de sueur, l'appaloosa se lança dans l'ascension d'un raidillon rocheux. Ses sabots délogèrent cailloux et graviers de leur gangue de terre tandis qu'il se hissait en force jusqu'au sommet, avant de dévaler la descente par petits bonds et glissades périlleuses.

Ils franchirent ensuite un ruisseau étroit. Rebecca sentait le corps menu de Jamie palpiter contre elle. Elle le serrait si fort qu'elle avait peur de l'étouffer. Les doigts de Sam lui entraient dans les côtes. La fillette n'avait pas poussé un cri depuis le début de leur folle cavalcade.

Brutalement, Chinook s'arrêta, leva la tête et poussa un bref hennissement. Il bifurqua à travers un éboulement rocheux en levant bien haut ses jambes robustes, puis, quand le terrain devint plus praticable, se remit de lui-même au trot.

Rebecca avait perdu tout sens de l'orientation. Shaw et elle n'étaient pas venus par ce chemin. Il n'y avait plus qu'à souhaiter que l'instinct de Chinook ne le trompe pas. Car s'ils croisaient un colon...

L'étalon s'immobilisa de nouveau, souffla bruyamment par les naseaux et s'enfonça dans un épais bosquet pour tomber presque nez à nez avec une des mules. Celle-ci se mit à braire hystériquement, coucha ses longues oreilles et regarda l'étalon d'un air vicieux.

Sam lâcha la taille de Rebecca et dégringola à terre pour se retrancher derrière le flanc de Chinook.

— Attention ! C'est méchant, les mules !

Rebecca mit pied à terre à son tour. Jamie dans les bras, elle préféra laisser l'étalon entre elle et la mule qui retroussait maintenant les lèvres sur ses dents et virait de la croupe, prête à ruer.

— Ça va, Sam ?

— J'ai peur des mules ! Je me suis fait mordre une fois, quand j'étais petite.

— Les colons ne sont pas loin. Il faut continuer. Mon cheval ne peut pas nous porter tous les trois, alors je vais vous mettre sur Brandy.

Ce disant, elle délia la bride de la plus douce des juments. Elle faisait tout son possible pour ne pas penser à Shaw et ne pas écouter la petite voix perfide qui lui soufflait qu'il avait peut-être été capturé, ou tué...

— Ça ne marchera jamais, Jamie ne sait pas monter à cheval, objecta Sam. Il va tomber et moi aussi.

— Non, n'aie pas peur. Nous devrons galoper, mais Brandy suivra les autres chevaux sans problème, tu verras.

Rebecca hissa les deux enfants sur le dos de la jument. Puis elle fixa une corde à la cheville droite de Sam et la glissa sous le ventre de Brandy, avant de nouer l'autre extrémité à la cheville gauche de la petite fille. Brandy tourna la tête, visiblement perplexe, mais ne broncha pas. Rebecca prit alors une autre corde et s'en servit pour attacher les deux petits ensemble au niveau de la taille.

— C'est ainsi que mon oncle Quinn m'a appris à monter, expliqua-t-elle. Comme ça, vous ne risquez rien.

Mentalement, elle adressa une courte prière au Ciel pour que la jument ne trébuche pas. Rapidement, elle relia les mules à l'aide d'une longe, enfourcha de nouveau Chinook et, suivant les instructions de Shaw, prit la direction du nord.

Tout d'abord, elle n'eut pas le courage de regarder en arrière. Finalement, bravant sa peur, elle constata avec soulagement que Brandy s'était tout naturellement mise à trotter derrière la dernière mule. Les enfants se tenaient bien droits et Jamie, hilare, se cramponnait à la crinière de la jument.

Ils chevauchèrent ainsi à bonne allure pendant presque deux heures. Shaw ne reparaissait toujours pas, mais Rebecca savait qu'elle devait continuer pour mettre les enfants à l'abri. Elle avait des armes, une tente, des provisions. Shaw lui avait bien expliqué ce qu'elle devrait faire. Mais elle ne se doutait pas qu'il serait aussi dur de fuir droit devant soi sans même savoir s'il était vivant ou mort...

Il lui avait enjoint de prendre une direction quand son âme et son cœur brûlaient de partir en sens inverse.

Le soleil brillait haut dans le ciel lorsqu'ils atteignirent un torrent boueux. Rebecca décida de faire une halte. Les enfants avaient besoin de repos. Elle leur donna à boire l'eau de la gourde et leur tendit à chacun un morceau de pemmican et une tranche de pain de maïs.

Voir les miettes au fond du sac lui rappela le dernier repas pris en compagnie de Shaw. Elle se revit, assise avec lui devant le feu, et les larmes lui montèrent aux yeux. Ils avaient tant partagé récemment ! Le soir, ils contemplaient les étoiles en silence, pelotonnés l'un contre l'autre. Pourquoi parler ? Ils n'en avaient nul besoin. Sa tête reposait contre la poitrine de Shaw, elle se sentait en parfaite sécurité, si heureuse qu'il lui arrivait même de croire que tout se terminerait bien pour eux.

Mais à présent, Shaw n'était plus là et elle était terrifiée à l'idée de ne plus jamais le revoir.

Jamie se mit à ronchonner parce que le pain était rassis. Ramenée à la réalité, Rebecca reporta son attention sur les enfants. Ils étaient tellement harassés qu'ils avaient à peine la force de mâcher les aliments. Elle les raisonna :

— Je sais bien que ce n'est pas très bon, mais si vous ne vous nourrissez pas, vous serez trop faibles pour continuer le voyage. Allons, mangez.

Ensuite, elle les installa sur une couverture, à l'abri d'un gros rocher. Elle les abandonna quelques instants, le temps d'abreuver les bêtes à l'eau du ruisseau. Lorsqu'elle revint, ils dormaient à poings fermés.

Rebecca n'avait même pas pris le temps de se désaltérer. Elle tremblait, d'épuisement sans doute, ou parce qu'elle subissait le contrecoup des événements. Suivant ses propres conseils, elle s'obligea à boire un peu d'eau tiède et à manger un bout de viande séchée.

— Seigneur, dans quel pétrin nous sommes-nous fourrés ? murmura-t-elle avec accablement.

Elle se trouvait au fin fond de l'Amérique, très loin de chez elle, responsable de deux jeunes enfants qu'elle n'était même pas certaine de savoir ramener à la maison si jamais Shaw ne revenait pas...

Trop inquiète pour demeurer assise, elle s'empara du fusil et grimpa sur une arête rocheuse qui lui permettait de surveiller le chemin par lequel elle était venue. Au loin, elle entrevit la silhouette bondissante d'un cerf. Le paysage brun et vert était aussi désert qu'au premier jour de la Création.

De nouveau, une vague de terreur l'assaillit. Elle eut envie de crier, de donner des coups de poing, de se rouler par terre. Les larmes, elle ne pouvait se permettre d'y céder pour l'heure...

— Oh, Shaw ! Où es-tu... ? Reviens... reviens...

Un moment plus tard, elle réveilla les enfants et les ligota de nouveau sur la jument. Ils reprirent la route du nord, additionnant les kilomètres entre eux et les frères Beachy. À l'aide d'une boussole trouvée dans le paquetage de Shaw, Rebecca avait défini une vague trajectoire et s'y tenait plus ou moins. Déterminée, elle progressa jusqu'au coucher du soleil, avant de finalement dresser le camp pour la nuit au cœur d'une petite clairière.

Là, une fois les enfants nourris et endormis, elle resta assise près du feu, son fusil posé en travers des genoux, la main sur la crosse.

Elle venait de se lever dans l'intention de faire un dernier tour d'inspection quand une brindille craqua dans la nuit. Rebecca fit volte-face, le fusil pointé vers les buissons.

— Qui va là ? Répondez ! Je suis armée.

— Eh ! Je me rends, ne tire pas !

Les branches s'écartèrent et Shaw apparut, un large sourire aux lèvres. Rebecca mit une demi-seconde à comprendre qu'il se trouvait bien devant elle, en chair et en os. Lâchant le fusil, elle courut se jeter dans ses bras avec un cri d'infini soulagement.

Ils s'embrassèrent fougueusement et elle se cramponna à lui comme si elle craignait de le voir disparaître brusquement. Il la souleva de terre et la fit tournoyer dans les airs.

— Enfin, je te retrouve, ma douce ! Tu croyais réussir à me filer entre les doigts, hein ? Mais on ne me sème pas aussi facilement...

Rebecca se mit à trembler. Une larme roula sur sa joue, puis deux, puis trois... Puis ce fut un véritable déluge. Incapable de se dominer, elle hoquetait, la poitrine déchirée de sanglots. Shaw lui parla avec douceur, en vain. Il la taquina gentiment, sans plus de succès. Finalement, il se contenta de la serrer dans ses bras.

— ... pas... mort... Je... croyais... peur...! bredouillait-elle sans parvenir à aligner deux phrases cohérentes.

— Chut! chut! C'est fini, Rebecca. Tout va bien, maintenant. Je suis là et je ne te quitterai plus jamais.

— Personne ne... nous séparera... Non, personne! Personne!

Il attendit que ses spasmes s'apaisent enfin. Puis il la regarda droit dans les yeux et, d'un ton solennel, déclara :

— Je vais faire ce que j'aurais dû faire depuis longtemps. Je vais aller trouver ton père, lui dire que nous nous sommes mariés et que nous allons vivre ensemble. Je ne souhaite pas t'arracher à ta famille, mais si les tiens s'obstinent, je n'aurai d'autre choix que de t'enlever. Ils ne pourront s'en prendre qu'à eux-mêmes.

Rebecca soutint son regard.

— Quoi qu'il advienne désormais... nous resterons ensemble, murmura-t-elle.

Tôt dans l'après-midi du 5 octobre, les quatre voyageurs atteignirent les berges de la Little Smoke River. Ils sonnèrent la cloche qui appelait le bac et, anxieuse, Rebecca vit Noah sauter sur l'embarcation, de l'autre côté de la rivière. Son cœur se serra d'appréhension. Même si elle avait envie de revoir son père, ses frères, sa grand-mère et son oncle, elle savait bien que les retrouvailles seraient houleuses.

— Rebecca! hurla Noah dès qu'il se fut suffisamment approché pour la reconnaître. Hé, Rebecca!

La figure illuminée d'un sourire radieux, il agita frénétiquement les bras. Rebecca soupira :

— Au moins, il y en a un qui est content de me revoir.

— Oui. Profite de l'accalmie avant la tempête.

— Ils vont hurler quand je vais leur apprendre la nouvelle…

— Quand *nous* leur apprendrons, rectifia Shaw.

— Ne sois pas surpris si, au bout du compte, ils te traînent devant le pasteur. Aux yeux de Poppa, une union civile n'a aucune valeur.

— Cela m'est égal, chérie.

Il fallut un bon moment pour faire monter les chevaux et les mules à bord du bac. Noah était si excité qu'il sautait partout, au risque de tomber à l'eau.

— Eve. Eve ici ! Eve et Rebecca ! clama-t-il.

— Eve est ici ? s'étonna Rebecca.

— Oui, Eve ici ! acquiesça Noah. Elle a amené un chien. Le chien de Noah !

— Et Grandma ? Et Poppa ?

— Ils sont ici aussi ! confirma son frère dans un éclat de rire.

Au moment d'accoster, Rebecca vit plusieurs femmes sortir sur le perron de la maison. Elle appela et agita les bras pour attirer leur attention. Dès que le bac cogna contre le ponton de bois, elle saisit les enfants par la main.

— Laisse-moi quelques minutes d'avance, veux-tu, Shaw ?

— D'accord. Je décharge les chevaux et je te rejoins.

Rebecca se mit à courir en direction de la maison, entraînant les deux petits dans son sillage.

— Grandma ! Eve ! Nous l'avons retrouvé ! Nous avons retrouvé Jamie ! hurla-t-elle.

Eve poussa un cri perçant et se précipita vers son fils. Derrière elle, Pilar et Grandma demeurèrent en haut des marches. Elles souriaient. Dagmar Hedger apparut à son tour, la petite Annika dans les bras.

Rebecca s'était immobilisée dans la cour. Intimidé, Jamie tenta de se cacher dans les plis de sa jupe.

— Tout va bien, souffla-t-elle. Voici ta maman.

Elle posa une main rassurante sur son épaule et lui donna une petite poussée. Hésitant, il s'avança vers Eve qui riait et pleurait tout à la fois, agenouillée devant lui. N'y tenant plus, elle referma les bras sur le petit garçon et l'étreignit avec passion.

— C'est bien la maman de Jamie, constata Sam, les yeux fixés sur Eve. Tu ne mentais pas, alors ?

— Non, mon lapin, répondit Rebecca. Et je ne mentais pas non plus à propos de ta maman. Betty est en vie.

— Est-ce qu'elle est là, elle aussi ?

Rebecca sentit son cœur se serrer en voyant la lueur d'espoir qui s'allumait dans les grands yeux bleus.

— Non. Je crois qu'elle est à Saint Louis. Tu iras la rejoindre dès que nous l'aurons retrouvée.

Grandma interrompit leur aparté en criant du perron :

— Rebecca ! Vas-tu rester plantée là des heures ou venir enfin me dire bonjour ?

— Viens, Sam. Je vais te présenter à ma grand-mère. Tu verras, elle te plaira. Les deux autres dames sont des amies. La brune s'appelle Pilar, la blonde Dagmar. Allons, viens. Personne ne te fera de mal, je te le promets.

— Est-ce que je peux caresser les chiens ? J'aime bien les chiens, ils me font moins peur que les gens.

— Vas-y. Ils ne te mordront pas.

Sam courut vers les molosses couchés dans la cour. L'instant suivant, assise par terre, elle riait tandis que Jess lui léchait le visage de sa langue râpeuse.

Pour la deuxième fois, Rebecca embrassa Eve et la serra dans ses bras. Elle se demandait comment annoncer à sa grand-mère qu'elle avait épousé Shaw quand son père apparut soudain sur le pas de la porte, un fusil à la main.

— Poppa ! Poppa, c'est moi ! Je suis rentrée ! Et j'ai ramené Jamie !

Le regard de son père la traversa comme si elle n'existait pas. Il leva le canon de son fusil et apostropha Shaw qui était en train de traverser la cour :

— Que fais-tu ici, Shaw MacCade ?

— Poppa, ce n'est pas ce que tu crois ! s'écria Rebecca. Shaw et moi, nous sommes…

— Tais-toi ! lui intima son père avec rudesse. C'est une affaire entre lui et moi.

Rebecca voulut rejoindre Shaw, mais Eve et Grandma l'en empêchèrent en l'agrippant chacune par un bras.

— Laissez-moi, voyons ! Je…

— Ce n'est pas grave, intervint Shaw. Ton père a raison. Nous allons régler cela.

Puis, tourné vers Campbell, il annonça :

— Rebecca et moi, nous nous sommes mariés.

En guise de réponse, Poppa releva le chien de son fusil.

— Ne fais pas un pas de plus. Je ne veux pas que tu approches de mes filles. Drummond ! Corbett ! appela-t-il d'une voix sonore.

Corbett apparut à l'angle de la maison, son colt neuf pointé sur la poitrine de Shaw. Rebecca poussa une exclamation étouffée en voyant Drum accourir avec sa carabine.

— Poppa, tu n'as donc pas compris ce que Shaw vient de dire ? Il est mon époux, maintenant. Nous sommes légalement mari et femme.

Elle se libéra enfin et s'élança, prête à se dresser au côté de Shaw, quand la haute silhouette d'oncle Quinn, surgi de nulle part, lui barra soudain le passage. Sa grosse main implacable se referma sur son poignet.

— Tiens-toi tranquille !

Pilar et Dagmar échangèrent un coup d'œil et, d'un accord tacite, s'empressèrent de faire entrer les enfants dans la maison. Rebecca sentit les battements de son cœur s'affoler.

— Écoutez-moi ! C'est la vérité, Poppa ! Nous sommes mariés. Tu ne vas tout de même pas…

Sans même la regarder, Campbell l'interrompit d'une voix grondante, son regard haineux posé sur Shaw :

— D'abord Eve, et ensuite Rebecca. Je devrais te loger une balle dans la tête, espèce de fils de pute !

D'une voix chevrotante, Eve tenta de prendre la parole :

— C'est Laird, le père de Jamie. Je te l'ai déjà dit, Poppa…

— Tu cherches à protéger ce chacal, mais c'est inutile. Je t'ai pardonné, Eve. J'ai eu tort de t'en vouloir si longtemps. La Bible nous enseigne le pardon.

— Elle dit aussi : « Œil pour œil… » cita oncle Quinn entre ses dents.

— J'ai dû être un bien mauvais père pour que mes deux filles se soient ainsi écartées du droit chemin, poursuivit Campbell. Mais c'est fini. Je ne tolérerai pas qu'on traite cet enfant de bâtard. Tu as engrossé Eve, Shaw MacCade, tu l'épouseras.

— Mais… c'est insensé ! se récria Eve.

Shaw demeurait parfaitement immobile. Son regard noir étincelait de colère.

— Non, je ne l'épouserai pas, rétorqua-t-il d'une voix sourde. Je ne suis pas le père de son enfant. Laird était son père. Et je suis déjà marié à Rebecca.

— C'est vrai, Rebecca ? demanda oncle Quinn.

— Oui, c'est vrai. Nous nous sommes mariés à Miles City.

— Dans quelle église ?

— Nous avons été unis… par un juge.

— Où est le certificat de mariage ?

Des larmes de rage coulèrent sur les joues de Rebecca.

— Je vous en prie, croyez-moi… Nous n'avons pas le certificat, mais nous le récupérerons bientôt. Poppa, t'ai-je jamais menti ?

— Un mariage célébré par un juge ne compte pas. Alors, que tu dises ou non la vérité, cela n'a aucune importance. Shaw a le devoir d'épouser Eve et de donner un nom à son fils.

— C'est le fils de Laird ! hurla Eve, presque hystérique.

Drummond se rapprocha de Shaw pour lui enfoncer le canon de sa carabine dans les côtes.

— Tu n'as qu'un mot à dire, Poppa, et je lui fais payer le déshonneur de mes sœurs ! Alors, MacCade, tu n'es plus aussi fier maintenant, hein ?

Shaw soutint tranquillement son regard et répondit :

— Doucement, fiston. Si tu agis sans réfléchir, tu le regretteras toute ta vie.

Welsh jaillit alors de la grange et se rua sur Shaw pour le frapper par-derrière. Sonné, celui-ci s'effondra face contre terre. Au moment où il tentait de se relever, Drum lui appliqua le canon de sa carabine contre la nuque. Shaw retomba sur le sol poussiéreux, bras écartés, et ferma les yeux.

Un frisson glacé secoua Rebecca.

— Que diriez-vous d'un mariage… et d'une pendaison dans la foulée ?! ironisa oncle Quinn. Les garçons, allez préparer les chevaux. Et toi, Corbett, va prévenir le pasteur.

Il lâcha enfin Rebecca qui se précipita vers Shaw. Elle s'agenouilla près de lui et lui soutint la tête.

— Il saigne ! Noah, Eve ! Apportez-moi de l'eau et des bandages.

— Ne t'approche pas de lui ! gronda Poppa en s'avançant d'un pas. Il n'a rien du tout. Il faut plus qu'un coup sur la tête pour terrasser un démon de MacCade !

— Pourquoi refuses-tu de m'écouter ? Jamie est le fils de Laird. Shaw et moi sommes mariés. Si tu le forces à épouser Eve, il sera bigame !

— Seul un mariage sanctifié par Dieu est légitime. N'importe quel tribunal du Missouri sera d'accord avec moi.

— C'est facile de rejeter la faute sur un mort, ajouta oncle Quinn, caustique. Nous ne sommes pas aussi naïfs, ma petite.

Rebecca suffoquait. Des larmes brûlantes roulaient sur ses joues.

— Je... je ne vous pardonnerai jamais. Jamais!

L'expression de son père s'adoucit un instant.

— Tu me remercieras plus tard, ma fille. C'est sur Eve que tu devrais pleurer, pas sur cette fripouille. Je te donne ma parole qu'il va réparer ses torts!

Noah arrivait avec une bassine d'eau tiède. Poppa se détourna brusquement et s'éloigna à grands pas.

— Corbett! héla-t-il. Aide tes frères à seller les chevaux. Attelle deux mules au chariot. Et trouve-moi une corde, que je ligote proprement ce MacCade.

Tremblante, Rebecca se releva.

— Viens, Noah, dit-elle. Inutile que tu voies cela...

Comme il la suivait docilement dans la cuisine, elle lui pressa le bras et, fébrile, chuchota :

— Noah, je voudrais que tu fasses quelque chose pour moi. Quelque chose de très courageux. Mais, chut! c'est un secret.

— D'accord, Rebecca.

Rapidement, elle passa dans le salon et alla ouvrir le tiroir du secrétaire de son père, là où il rangeait son papier, son encre et ses stylos.

— Attends que nous soyons tous partis pour la chapelle. Puis tu selleras Echo et tu iras chez les MacCade. Tu as compris?

— Oui.

— Ne traîne pas en route. Et ne t'arrête surtout pas avant d'avoir remis ce message à Mme MacCade.

Rapidement, elle rédigea une courte lettre :

Madame MacCade,

Mon père et mon oncle emmènent Shaw à la chapelle pour le forcer à épouser ma sœur. Mon oncle Quinn menace de pendre Shaw après la cérémonie. Faites quelque chose, je vous en supplie !

Rebecca Raeburn

Le ciel au-dessus de la petite chapelle était plombé. Le tonnerre roulait à intervalles de plus en plus rapprochés. Le vent se levait et les premières gouttes de pluie s'écrasaient sur le sol quand Drum, debout dans le chariot, aperçut la voiture du révérend Jarrell.

— Le voilà ! annonça-t-il.

Péniblement, Shaw tenta de s'asseoir. Son chapeau avait disparu, il avait la joue tuméfiée et une traînée de sang séché tachait son col de chemise. Pieds et poings liés, il était sous la surveillance de Welsh. Corbett, lui, était resté à cheval. Il inclina son chapeau pour protéger son visage de l'averse.

— Il sera bientôt l'heure de te passer la corde au cou ! plaisanta Drum. Dommage, tu ne vivras pas assez longtemps pour profiter de ta nuit de noces !

— Comme s'il avait attendu ! répliqua Welsh avec un ricanement de mépris.

— Taisez-vous ! explosa Rebecca, assise dans un coin du chariot. Il faut vraiment que vous ayez tous perdu l'esprit pour ne pas comprendre que Poppa et oncle Quinn sont en train de commettre une erreur monumentale ! Vous vous apprêtez à perpétrer un meurtre. Vous irez tous en prison, ou pire, vous serez pendus à votre tour !

— C'est inutile, chérie, la raisonna Shaw. Ils veulent ma peau, tout comme ils ont eu celle de Laird. Pour les mêmes raisons, exactement.

— Ça recommence ! jeta Drum. Je te dis que je n'ai pas tué ton frangin ! J'ai peut-être eu tort, mais je ne l'ai pas fait. Ni Welsh, d'ailleurs.

— Peut-être, mais vous savez qui est le coupable.

À présent, la pluie crépitait sur le sol. Rebecca tendit la main pour toucher l'épaule de Shaw, mais Welsh l'en dissuada d'un geste.

— Tu sais bien ce qu'a dit Poppa. Tiens-toi à l'écart de ce type, Rebecca. Tu devrais rentrer dans la chapelle avec les autres femmes. Tu n'as donc aucune fierté ? Je ne comprends pas que tu te contentes des restes d'Eve.

— Oui, laisse-nous. Tu vas être trempée si tu restes ici, renchérit Drum.

— Je m'en fiche ! Pensez-vous vraiment que le révérend Jarrell va accepter de célébrer cette parodie de mariage ? Jamais il ne…

— Bien sûr qu'il acceptera ! À présent, rien ne nous arrêtera. Nous supportons les MacCade depuis trop longtemps. Ils ont essayé de mettre le meurtre de Laird sur le dos de Poppa, ils ont incendié Angel Crossing, ils se sont attaqués à la vertu de nos femmes ! Tu ne crois pas qu'il est temps de réagir ? Ce n'est que justice si…

— Non, cela n'a rien à voir avec la justice ! cria Rebecca. C'est à cause de cette malédiction. Vous le regretterez toute votre vie si vous ne m'écoutez pas.

Son frère haussa les épaules. Exaspérée, elle se détourna et aperçut la voiture du pasteur qui venait de s'immobiliser devant la chapelle. D'un bond, elle sauta du chariot et se mit à courir sous la pluie.

— Révérend, vous ne pouvez pas faire cela ! Ce serait inique ! Shaw et moi sommes mariés. Nous…

Un éclair déchira soudain le ciel, illuminant le visage triste du pasteur.

— Rebecca, je…

— Ne les laissez pas faire ! Refusez de célébrer la cérémonie. Vous ne pouvez pas unir Shaw et Eve !

— Je ne voulais pas venir, petite. Mais ton frère n'a rien voulu entendre. Il m'a dit que si je ne le suivais pas, ils auraient recours à la violence.

Oncle Quinn apparut alors à la porte de la chapelle. Sa voix gronda, plus menaçante que le tonnerre :

— Très bien, Rebecca ! Tu vas avoir ce que tu veux. Si MacCade refuse d'épouser Eve, nous nous passerons du mariage pour assister directement à la pendaison !

25

Un éclair s'abattit avec fracas sur la cime d'un cornouiller enraciné près de la rivière, aussitôt suivi de trombes d'eau. Le pasteur se hâta d'entrer dans la chapelle.

Le vent s'engouffrait en hurlant dans les branches des arbres, arrachant les plus fragiles d'entre elles. Le toit de la chapelle était déjà jonché de feuilles. Glacée et trempée jusqu'aux os, Rebecca se courba en avant tandis que des débris volaient en tous sens autour d'elle.

Dans le chariot, Drum se pencha pour couper la corde qui entravait les jambes de Shaw.

— Allez, descends ! ordonna-t-il. Et si tu essaies de t'enfuir, je t'abats comme un chien. Tu es prévenu.

Shaw se dirigea vers la chapelle, les mains toujours liées dans le dos, suivi par Drummond et Welsh qui le tenaient en joue.

Rebecca se précipita vers Corbett qui attendait près de la porte.

— Corbett, tu ne peux pas laisser faire cela ! Shaw est mon mari. Il ne peut pas épouser Eve !

— Pourquoi ? C'est ce mariage qui comptera en définitive. Les voisins n'en demanderont pas plus et personne n'osera traiter le gosse de bâtard. Même si son père a fini au bout d'une corde.

— Je vous empêcherai de tuer Shaw ! Il faudra me pendre avec lui.

Farouche, elle se planta sur le seuil devant la porte close pour leur barrer le passage. Shaw s'était immobilisé, mains dans le dos. Drummond grogna :

— Rebecca, ne reste pas là. Il va t'arriver des bricoles si...

Tout à coup, un fracas assourdissant retentit, au même moment, le bois de la porte vola en éclats au-dessus de leurs têtes. Rebecca poussa un cri et leva les bras pour se protéger d'une pluie d'échardes. Instinctivement, Drum, Welsh et Corbett se rejetèrent en arrière, mais pas Shaw qui bouscula Rebecca et se laissa tomber sur elle.

Choquée, elle tenta de reprendre son souffle. Que s'était-il passé ? La foudre avait dû tomber sur la chapelle... Pourtant, il n'y avait ni flammes ni suie.

Comme elle ébauchait un mouvement pour se redresser, Shaw pesa sur elle de tout son poids.

— Ne bouge pas ! cria-t-il.

Une autre détonation retentit. Rebecca distingua alors le grondement familier d'une troupe de chevaux qui approchait. Quelques secondes plus tard, une douzaine de cavaliers fit irruption dans la clairière.

Les MacCade.

Retrouvant ses esprits, Welsh ouvrit la porte d'un coup d'épaule et plongea à l'intérieur de la chapelle. Corbett fit feu à deux reprises avant d'imiter son frère. Seul Drummond ne bougea pas. Sa carabine restait pointée sur le dos de Shaw.

— Arrêtez ! N'avancez plus ou je vous jure que je le tue !

Will MacCade fut le premier à descendre de cheval. Souple comme un Indien, il fila se tapir derrière le tronc d'un arbre, mais Rebecca eut le temps d'entrevoir le coutelas glissé à sa ceinture.

— Je tuerai mon frère moi-même plutôt que de le voir marié à une Raeburn ! beugla-t-il en guise de réponse.

Murdoch MacCade tira sur les rênes de sa monture qui se cabra nerveusement.

— Décide-toi, Shaw ! lança-t-il. Es-tu un MacCade ou un Raeburn ? Tu ne peux pas manger aux deux râteliers !

— Eh bien, vas-y, descends-moi ! répliqua Shaw. Tue-moi si tu crois vraiment que la mort d'un deuxième fils te fera oublier celle du premier.

Il roula sur le côté et Rebecca put enfin respirer normalement. Puis, tournant la tête vers Drummond, il chuchota :

— Drum ! Emmène Rebecca dans la chapelle pendant qu'ils discutent. Tout à l'heure, ce ne seront plus des mots mais des balles qui voleront !

— Tu plaisantes ? Lève-toi. Lentement, ordonna Drummond, avant d'ajouter à la cantonade : Nous allons entrer tous les trois dans la chapelle. Si quelqu'un tire, vous atteindrez Shaw.

Shaw obtempéra. Sans le quitter des yeux, Drummond se pencha et saisit Rebecca par le bras pour la relever sans ménagement. Il la tira en arrière d'un geste brutal.

Paupières plissées, elle s'efforça de discerner les visages des MacCade à travers l'épais rideau de pluie. Elle crut reconnaître Ewen et Payton. Un autre cavalier – peut-être Nigel ? – venait de mettre pied à terre à l'autre bout de la clairière. Courbé en deux, il courut en zigzag en direction de la chapelle.

— Maintenant, personne ne fait de mouvement brusque, lança Shaw. Drum, baisse ton arme. Tu veux que Rebecca se fasse tuer ou quoi ?

Le visage décomposé, Drum recula vers la porte, sans lâcher sa sœur que Shaw continuait de protéger en lui faisant un rempart de son corps.

Murdoch MacCade perdit patience et rugit :

— Bon sang, sois un homme, Campbell Raeburn ! Sors, montre-toi ! Que nous en finissions une bonne fois pour toutes, toi et moi ! Espèce de lâche ! Assassin !

— Non ! Arrêtez et taisez-vous tous !

La voix féminine avait vibré dans la clairière, claire et puissante. Fiona MacCade venait de faire son apparition et marchait d'un pas résolu vers la chapelle, ses longues jupes claquant sous la pluie.

— Fiona ? s'exclama Murdoch, estomaqué. Mais que... que fais-tu là ? Retourne tout de suite à la maison ! Sinon...

— Sinon quoi ? Tu vas me tirer dessus ? ricana sa femme sans ralentir.

Alors qu'elle passait entre les cavaliers, Murdoch se pencha pour la retenir, mais elle l'évita avec souplesse tandis que sa main droite plongeait dans sa poche. Elle brandit soudain un revolver et tira deux coups au-dessus de la tête de son époux. Le cheval se cabra et Murdoch faillit être désarçonné.

Fiona poursuivit son chemin d'un pas décidé, sous l'œil furieux de son mari qui levait un poing rageur.

— Le diable t'emporte ! lui cria-t-elle sans se retourner. J'ai entendu ce que tu viens de dire. Vous autres, posez vos armes, et plus vite que ça !

D'une bourrade, elle bouscula Drummond, médusé, et se campa sur le seuil de la chapelle, poings sur les hanches.

— Jeanne Monro Campbell ? Êtes-vous ici ?

— Oui, répondit la voix de Grandma.

— Demandez à vos hommes de ranger leurs armes et je veillerai à ce que les miens en fassent autant.

Au bout de longues secondes, la voix de Grandma s'éleva pour confirmer :

— C'est fait !

Fiona reporta alors son attention sur Drummond qu'elle foudroya du regard.

— Alors, mon gars, personne ne t'a appris le respect ? Je t'ai dit de poser ton arme.

— Non, m'dame. Shaw a déshonoré ma sœur. Il va l'épouser ou bien...

Drum n'eut pas le temps d'achever sa phrase. Fiona venait de lui assener un coup de crosse sur les doigts. Avec un cri de douleur, il lâcha son arme, au moment même où Fiona le déséquilibrait d'un coup de coude dans l'estomac. Plié en deux, Drum bascula en avant, fit un roulé-boulé et atterrit les fesses dans la boue.

— Jeanne ferait bien de vous enseigner les bonnes manières, rouspéta Fiona avant d'aviser Shaw et Rebecca. Et vous ? Qu'attendez-vous ? Entrez au lieu de rester sous la pluie !

Shaw laissa Rebecca franchir le seuil avant de lui emboîter le pas. Fiona patienta un instant, puis déclara d'une voix forte :

— Je vais entrer, Jeanne. Si on me tire dessus, vous aurez cela sur la conscience.

Haletante, Rebecca jeta un coup d'œil autour d'elle. Les femmes avaient l'air hagardes, les hommes furibonds. Seul Noah semblait intrigué et vaguement amusé par ce nouveau jeu. Poppa, debout près de la fenêtre, tenait toujours son fusil, canon pointé vers le sol. Oncle Quinn gardait la fenêtre opposée. Le révérend Jarrell, Eve et Dagmar Hedger étaient assis par terre entre deux travées de chaises.

Eve leva la tête et aperçut sa sœur. Elle se redressa et, tout en prenant soin de rester éloignée des ouvertures, se rapprocha furtivement d'elle.

— Des lâches, tous autant que vous êtes ! lança Grandma qui s'était avancée elle aussi pour jeter son propre manteau sur les épaules de Rebecca. Tu es satisfait, Campbell ? Tu t'es couvert de ridicule et tu as failli nous faire tuer. Et pourquoi ? Pour laver ton honneur ?

Grandma émit un ricanement qui traduisait l'intensité de son mépris.

— Dagmar, donnez-moi votre manteau. Oui, votre manteau ! s'impatienta-t-elle avec un geste impérieux. Il est plus grand que celui d'Eve.

Le manteau de Dagmar atterrit sur les épaules de Fiona.

— Couvrez-vous, Fiona. Vous êtes trempée, vous allez attraper la mort. Le révérend ne saura plus où donner de la tête si les enterrements se succèdent à ce rythme. Toi, Welsh. Va faire du feu dans le poêle.

Poppa leva les mains en signe d'apaisement.

— Tu sais bien que je n'avais pas vraiment l'intention de pendre Shaw... Quinn voulait juste lui flanquer la frousse, pour qu'il accepte d'épouser Eve.

— Ah bon ? On n'allait pas le pendre, alors ? s'étonna Drum.

Les doigts gourds, Rebecca se battait avec le lien qui liait les poignets de Shaw. Les nœuds mouillés refusaient de céder. Elle finit par appeler Noah à la rescousse :

— Coupe cette corde, s'il te plaît.

— Et maintenant, nous allons discuter, déclara Fiona.

— Si vous voulez. Quand Shaw aura épousé Eve ! riposta Poppa.

— Êtes-vous d'accord pour que mon mari et mes fils nous rejoignent ? Ils donneront leurs armes au révérend Jarrell. Moi aussi, précisa Fiona avec un petit rire.

— Ma... commença Shaw.

— Toi, silence, comme les autres ! Il est temps que vous, les hommes, écoutiez un peu. Campbell, si je vous promets qu'Eve sortira d'ici dûment mariée, entendrez-vous la voix de la raison ?

— C'est dans ce but que nous sommes venus !

John Jarrell se leva et toussota :

— Messieurs, apportez-moi vos armes, je vous prie.

— D'abord celles des MacCade ! objecta oncle Quinn.

Fiona retourna sur le seuil et appela :

— Murdoch ! Will ! Payton ! Ewen ! Bruce ! Vous tous, venez et donnez vos fusils au révérend Jarrell. C'est la trêve.

Murdoch MacCade émit une série de blasphèmes à laquelle Fiona répondit d'une invective qui visait à la fois les ancêtres et l'intelligence de son mari.

Shaw se trouva enfin libre. Il posa le bras sur les épaules de Rebecca qui se blottit contre lui.

— Quelle folie ! murmura-t-elle. Nous devrions…

— Chut ! Ma a un plan.

Un par un, ses frères entraient et remontaient l'allée centrale pour remettre leurs armes à Jarrell. Bruce fut le dernier. Quant à Murdoch, il demeurait invisible.

— Bon, je suppose qu'il faut que j'aille le chercher, soupira Fiona. Quelle tête de pioche ! Il est aussi orgueilleux que vous, Campbell. Et convaincu que vous lui cherchez des noises depuis très longtemps. Jeanne, pouvez-vous empêcher ces garçons de s'entretuer le temps que je récupère mon homme ?

— Comptez sur moi, acquiesça Grandma, avant de se tourner vers le pasteur : Révérend, le moment semble bien choisi pour nous lire quelques passages de la Bible.

Jarrell avait les bras chargés de pistolets et de fusils. Il les déposa maladroitement sur une chaise.

— Veuillez baisser la tête. Nous allons prier.

Une fois la prière commune terminée, le pasteur ouvrit sa Bible et en entama la lecture. Rebecca saisit la main de Shaw et la garda dans la sienne tant que résonna la voix paisible de Jarrell. Quand celle-ci s'éteignit et que le silence retomba, les MacCade et les Raeburn se dévisagèrent avec une franche hostilité.

D'un même mouvement, Eve, Dagmar et Grandma se groupèrent autour du pasteur afin de bloquer l'accès aux armes.

— Shaw, chuchota Rebecca, ne crois-tu pas que nous devrions…

À cet instant, une bourrasque de vent chargée de pluie s'engouffra par la porte ouverte. Murdoch MacCade venait de pénétrer dans la chapelle. Il s'avança, suivi de Fiona et de deux de ses gendres.

— Paraît que tu veux discuter, Campbell ? Ne rate pas l'occasion, parce qu'il n'y en aura pas d'autre !

— Pas avant que ton fils n'ait fait de ma fille une honnête femme!

— D'accord, intervint Fiona qui fit signe à Eve. Petite, tu es prête?

— Je ne vais pas l'épouser! s'insurgea Eve en désignant Shaw.

Bruce s'avança alors, le visage écarlate.

— Non, pas lui. Moi, articula-t-il. Voilà, je... je crois que le moment est venu, Eve.

— Bruce? s'exclama Shaw. Mais... qu'as-tu à voir là-dedans?

Un brouhaha incrédule s'éleva de part et d'autre de la chapelle. Enfin, Poppa demanda :

— Bruce, es-tu le père de Jamie?

— Non, monsieur Raeburn. C'était bien Laird son père. Mais il est mort et...

Bruce s'interrompit pour passer la main dans ses cheveux humides. La tension s'accrut soudain entre les quatre murs de l'édifice religieux. Comme le silence se prolongeait, Eve vola au secours de Bruce. Elle s'approcha de lui et lui prit la main.

— J'ai essayé de te le dire, Poppa, mais tu n'écoutes jamais. J'aimais votre fils, monsieur MacCade. Assez pour lui donner un enfant. Mais il n'est plus de ce monde aujourd'hui. Il ne reviendra pas, et Bruce... Bruce m'a demandé de devenir sa femme. Il veut être mon époux et un père pour Jamie. J'ai accepté.

Poppa se mit à bredouiller furieusement :

— Mais... je... Shaw...

— Shaw est comme un frère pour moi, coupa Eve d'une voix tranquille. Dernièrement, il a fait plus pour moi que mes propres frères. Il m'a tendu la main quand j'étais dans le besoin et m'a sauvé la vie. Mais il n'y a absolument rien entre nous.

Sur ces mots, Eve leva les yeux sur le pasteur et ajouta :

— Révérend, si vous voulez bien...

— Oui... Oui, bien sûr.

Jarrell recula vers l'autel. Rebecca jeta un coup d'œil à son père. Celui-ci affichait une expression si honteuse qu'il lui fit presque pitié.

Oncle Quinn grommela :

— Et pourquoi ne pas faire d'une pierre deux coups ? Autant célébrer les deux mariages en même temps, non ? Même si Shaw n'a pas déshonoré Eve, il a certainement pris des libertés avec Rebecca.

— Rebecca et moi sommes déjà mariés, rappela Shaw pour la énième fois.

— C'est la vérité. Shaw me l'a dit, confirma Fiona.

— Mariés par un juge ? Ça ne compte pas ! éructa Poppa.

— D'accord. Je veux bien l'épouser une seconde fois, n'importe où, n'importe quand.

— Non ! Pas comme ça ! se récria soudain Rebecca. Pas dans cette robe tachée de boue, dans une chapelle pleine de fusils, alors que nos deux familles voulaient s'étriper il y a à peine dix minutes ! Je ne veux pas que mon mariage ressemble à cette farce sinistre.

Puis, surprenant l'expression d'Eve, elle rougit jusqu'aux oreilles et bredouilla une excuse confuse :

— Oh, pardon ! Je ne voulais pas dire que… C'est juste…

— Ne t'inquiète pas, coupa sa sœur en souriant. Je suis consciente que cette cérémonie n'a rien de conventionnel. Mais j'ai toujours fait les choses bizarrement, non ? Allons, révérend, finissons-en.

Jarrell hocha la tête. Bien que visiblement perturbé par les événements qui troublaient sa chapelle d'ordinaire si paisible, il réussit à recouvrer la dignité requise. Il bégaya un peu au début, mais son élocution redevint parfaitement claire lorsqu'il demanda si quelqu'un parmi l'assistance avait une raison de s'opposer à cette union. Personne ne se manifesta, au grand soulagement de Rebecca.

Mais quand Jarrell demanda qui donnait cette femme en mariage, Poppa n'esquissa pas un mouvement et Rebecca sentit son cœur se serrer de tristesse.

C'est alors que, sans lui lâcher la main, Shaw s'avança vers l'autel.

— Moi, déclara-t-il tranquillement.

Fiona donna son alliance à son fils qui la tendit à son tour à Bruce. Ce dernier la passa au doigt d'Eve et Noah poussa une clameur joyeuse.

Bruce embrassa la mariée avant de faire face à leurs deux familles réunies.

— Tout d'abord, je tiens à dire que si j'ai épousé Eve, c'est parce que je l'aime. Je l'aime depuis longtemps, avant même qu'elle et Laird... Bref. Et il y a autre chose que je dois vous avouer...

Il se décomposa soudain et la sueur perla à son front. Un long moment s'écoula avant qu'il ne reprenne d'une voix blanche :

— C'est sans doute moi... que vous voudrez pendre ensuite. Parce que c'est moi... c'est moi qui... Mon Dieu ! C'est tellement dur ! gémit-il en plongeant son visage entre ses mains.

Eve lui glissa le bras autour de la taille et l'encouragea :

— Vas-y, Bruce. Dis-leur.

Comme il secouait la tête, elle reprit :

— Laird est venu me voir en cachette, la semaine de sa mort. Ce jour-là, tu étais absent, Poppa et... il a emprunté ton nouveau fusil. Il en avait tellement entendu parler. Il te l'aurait rendu, bien sûr. Laird n'était pas un voleur. Il savait que c'était une arme d'une précision étonnante et il voulait l'essayer pendant la chasse.

Bruce se redressa et retrouva enfin la force de parler :

— Laird et moi sommes partis tirer le daim ensemble. Nous avions fait un pari stupide à propos de je ne sais quoi, il avait perdu et je lui avais donc demandé de me laisser essayer le fusil en premier... C'était un accident ! Je n'avais jamais manipulé une telle arme et… le coup est parti tout seul. Je l'ai tué, oncle Murdoch ! C'est moi qui ai tué Laird !

— Et tu m'as laissé accuser ? tonna Poppa.

Il fit un pas en avant, mais Corbett et Drum le ceinturèrent promptement.

— Tu… tu l'as tué ? Tu as tué mon fils ? bredouilla Murdoch MacCade.

— C'était un accident, un stupide accident qui m'a brisé le cœur, intervint Fiona d'une voix emplie de tristesse.

Les regards stupéfaits de l'assistance convergèrent vers elle.

— Vous le saviez ? murmura Grandma.

— Pas vraiment, mais je m'en doutais. Bruce était si effondré… Et puis, il y a quelques semaines, je lui ai carrément posé la question et il m'a avoué la vérité.

— Sale fils de pute ! gronda Poppa qui frémissait de rage, encadré par ses fils. Tu m'as laissé aller devant le tribunal et…

— Je me serais dénoncé si vous n'aviez pas été innocenté par le jury, monsieur Raeburn, soyez-en sûr. J'ai eu tort, je le sais, mais je n'avais pas le courage de…

Bruce s'interrompit. Il jeta un regard désemparé vers Murdoch et Fiona avant de baisser la tête, l'air misérable.

— Vous m'avez accueilli chez vous, traité comme votre propre fils… Et j'ai tué Laird !

Un sanglot le secoua. Eve, penchée sur lui, lui pressa les épaules.

— Et le cheval de Campbell que tu as prétendu voir ce jour-là ? C'était encore un mensonge ? s'enquit oncle Quinn d'une voix rogue.

— Oui. Enfin, ça ne s'est pas passé comme ça… C'est le shérif qui m'a demandé si j'avais vu le cheval de Campbell et j'ai dû lui dire oui. Je n'ai que de vagues souvenirs de ce soir-là. J'étais anéanti. Je n'avais pas l'intention de charger le père d'Eve mais, après, les choses ont été très vite et…

— Tu aurais dû me le dire, fit Murdoch. Bon sang ! Un stupide accident de chasse ! Et moi qui croyais qu'il s'agissait d'un meurtre !

— Un accident, répéta Shaw à mi-voix. Moi aussi, je recherchais un assassin... et c'était un accident.

— Je te l'ai dit, Poppa ne pouvait pas être impliqué, lui souffla Rebecca. Pourras-tu pardonner à Bruce ?

— J'essaierai...

Fiona alla se placer à côté d'Eve et apostropha l'assemblée :

— Personne ici n'a le droit de juger ! Personne ! Bruce a fait quelque chose de terrible, mais il n'avait pas l'intention de nuire. Il a payé chèrement ses erreurs. Je le considère comme mon fils et je continuerai de l'aimer tout autant.

Rebecca remarqua que Dagmar s'approchait de Poppa pour lui chuchoter quelques mots à l'oreille. Curieusement, il secoua la tête à plusieurs reprises.

— Non ! jeta-t-il soudain.

Rebecca lança un coup d'œil perplexe à Shaw qui les observait également.

— Eh bien, j'ai l'impression que c'est la soirée des secrets, murmura-t-il.

Dagmar discutait toujours avec Poppa. Finalement, elle s'exclama avec son accent si caractéristique :

— Ya, ya ! Le moment est venu.

Elle prit une profonde inspiration et se tourna vers l'assemblée :

— Moi aussi, j'ai quelque chose important à dire vous. Noah... Noah être mon garçon. Quand il né...

Elle se tut. Les mots lui manquaient pour s'exprimer dans une langue qu'elle n'avait jamais réussi à maîtriser. Elle jeta un regard implorant à Grandma qui poursuivit :

— Ce qu'elle veut dire, c'est que Noah n'est pas le fils de son premier mari. À sa naissance, elle a pris peur. Elle avait d'autres enfants à nourrir et elle a pensé qu'elle ne retrouverait jamais un autre époux si elle gardait un enfant handicapé.

— Je préfère donner le bébé à son père, acheva Dagmar.

— Mais Poppa a trouvé Noah attaché à un arbre dans la forêt ! s'exclama Rebecca.

— Ya, ya ! Je attaché lui, confirma Dagmar. Mais pas abandonner. Aimer très fort. Je cachée derrière arbre et attendre.

— Pourquoi ne pas être allé trouver son vrai père ?

— Parce qu'il était marié, répondit Fiona en se tournant vers Murdoch.

Celui-ci devint livide.

— Je… je ne savais pas ! bredouilla-t-il. Dagmar et moi… Je ne me suis pas douté qu'elle attendait un enfant… ni qu'elle s'en était débarrassée…

— Vrai, dit Dagmar. Murdoch pas mentir. Moi veuve… seule… Deux fois seulement.

— Mais pourquoi ne m'avoir rien dit ? s'exclama Murdoch. J'aurais…

— Quoi ? Toi faire quoi ? Trop tard ! coupa Dagmar avec véhémence.

De nouveau, elle regarda Grandma qui expliqua :

— Ce jour-là, Dagmar croyait que vous seriez le premier à passer sur la route, Murdoch. Mais c'est Campbell qui est arrivé et qui a vu Noah. Il l'a ramené à la maison et l'a élevé comme son propre fils.

— Mon fils… Élevé par un Raeburn… toutes ces années, balbutia Murdoch.

— Oui, toutes ces années, répéta Fiona. Campbell Raeburn a pris soin de ton bâtard, un enfant touché par la main de Dieu. Et toi, qu'as-tu fait ? Tu as passé tout ce temps à le haïr, à lui causer des ennuis. Tu devrais avoir honte !

— Si tu le savais… pourquoi ne m'en as-tu rien dit ?

Fiona rougit.

— J'étais trop fière pour supporter que ton infidélité soit étalée sur la place publique. J'avais honte aussi, honte de n'avoir pas su te retenir. À l'époque, jamais je n'aurais accepté Noah au sein de notre foyer. Je n'aurais pas voulu que son visage, chaque jour, me rappelle... Mais j'avais tort. J'étais jeune, prompte à juger. J'avais mes propres enfants et... j'ai perdu une petite fille lors d'une fausse couche cet hiver-là.

Une émotion fugace passa sur le visage de Fiona. Elle ferma brièvement les yeux, puis se tourna vers Noah et ses traits s'adoucirent.

— Aujourd'hui, je regrette que tu n'aies pas vécu sous mon toit, Noah. Et je serais honorée si tu voulais bien m'appeler maman.

D'un regard anxieux, Murdoch scruta son entourage. Son regard s'attarda sur les visages de ses fils et voisins. Il fit deux pas en avant et s'immobilisa devant Poppa.

— Tu savais qui était le père de Noah ?

— Oui, depuis des années. Dagmar me l'avait dit. Mais cela ne faisait aucune différence pour moi. Le Seigneur m'a donné Noah. Il est mon fils. C'est un Raeburn de cœur et d'âme.

Une longue minute s'écoula. Puis, lentement, Murdoch lui tendit la main.

— Je te dois des excuses depuis longtemps, Campbell. Merci.

Tout d'abord, Poppa demeura parfaitement immobile. Dans la chapelle, on aurait entendu voler une mouche. Tout le monde retenait son souffle. Rebecca, pétrifiée, se cramponnait au bras de Shaw. Enfin, Campbell s'avança à son tour et les mains des deux hommes se joignirent.

— Cela fait trop longtemps que la haine divise nos deux familles, dit-il d'une voix enrouée. Sommes-nous quittes, Murdoch ?

— Quittes. Si tu cesses d'abattre mes clôtures et de rendre fou mon bétail. Et si tu me rends Angel Crossing !

Poppa sursauta.

— Quoi ? Jamais tu n'auras ma maison, Murdoch ! Ni toi ni aucun de tes fils. Et jamais les Raeburn ne se sont attaqués à ta propriété. Je le jure ! Ni moi ni aucun de mes fils n'avons…

— Moi ! lança Noah avec un sourire espiègle.

— Hum… Oui, c'est lui qui l'a fait, convint Welsh, les joues écarlates. Drum et moi, on se contentait de l'accompagner là-bas. Il arrachait les poteaux des barrières et courait après les vaches. Un jour, il a jeté un sconse dans leur puits et… un autre, il a mis le feu au blé de M. MacCade…

— Toi, Noah ? s'écria Rebecca. Non, c'est impossible, tu n'as pas pu !

— Personne n'attrape jamais Noah ! répliqua son frère avec fierté.

Furieuse, Rebecca pivota vers les jumeaux.

— Et vous ! Comment avez-vous pu ? C'est pire que si vous l'aviez fait vous-mêmes ! s'emporta-t-elle.

Drummond et Welsh baissèrent la tête, penauds. Poppa se racla la gorge en regardant Murdoch.

— Il me semble que moi aussi, je te dois des excuses, grommela-t-il. Tout ce que je peux dire pour ma défense, c'est que je n'étais pas au courant. Et je te promets que j'aurai une bonne discussion avec ces garçons après le dîner.

Le visage de Murdoch se détendit. Un sourire hésitant joua sur ses lèvres et, finalement, il éclata d'un rire bourru, avant d'assener une claque dans le dos de Noah.

— Évidemment ! Que peut-on attendre d'autre d'un MacCade, je vous le demande ? lança-t-il avec gouaille.

26

Trois semaines plus tard

Shaw MacCade se tourna vers la porte de la chapelle, tandis que l'organiste, Mme Baker, entamait l'hymne pour la seconde fois. Dehors, la première neige de la saison tombait. Pourtant, la maison du Seigneur était emplie de voisins, amis et parents.

Shaw avait très chaud. Il craignait même de se mettre à suer à grosses gouttes. Sa chemise était si amidonnée qu'elle aurait tenu debout toute seule, et son col l'étranglait. Il n'avait pas eu le temps de commander une veste neuve à Saint Louis, aussi avait-il emprunté celle de son frère Tom. La longueur des manches était bonne, mais Tom avait le torse moins large, si bien que Shaw n'osait pas respirer trop profondément.

Raide et nerveux, il jeta un coup d'œil aux invités. Bruce, Eve, Jamie et Dewey étaient assis au second rang, juste derrière la grand-mère de Rebecca. Bruce avait ramené Dewey de Saint Louis en même temps qu'Eve, et Shaw s'était vite rendu compte que le gamin entendait bien rester. On ne s'en débarrasserait pas à moins de l'enfermer dans un tonneau qu'on enverrait flotter sur la rivière !

Dewey remarqua que Shaw le regardait. Aussitôt, il enfonça ses pouces dans ses oreilles, tira la langue et agita les doigts en louchant effroyablement. Ce gosse n'avait manifestement aucune notion de ce qu'était la bienséance. Il avait réussi à survivre dans les rues de Saint Louis mais, dans la vie, il ne savait strictement rien faire, ni monter à cheval, ni nager, ni lire, ni écrire, ni pêcher. Le transformer en vrai cow-boy ne serait pas une sinécure. En tout cas, Rebecca l'aimait bien. Non, en fait, elle l'adorait.

Le père et la mère de Shaw se trouvaient au premier rang, à l'endroit que Nigel avait baptisé « le coin des Amen ». Ma croisa le regard de Shaw et articula silencieusement : « Mouchoir ! » Obéissant, Shaw tira un carré de tissu blanc de sa poche et s'épongea le front.

Où diable était Rebecca ?

Bientôt, Mme Baker plaqua le dernier accord. Pour la troisième fois consécutive, elle reprit le morceau de musique. Shaw serra les dents.

À cet instant, par la grâce de Dieu, la porte s'ouvrit et Dagmar Hedger apparut au bras de Noah. Toute de noir vêtue, elle portait une capeline noire agrémentée d'une voilette qui lui masquait le haut du visage. Sa bouche s'étirait en un sourire radieux. Elle tenait à la main une Bible noire décorée de fleurs séchées et de rubans.

À sa vue, Shaw se demanda si le reste de la communauté avait été aussi surpris que lui en apprenant que Dagmar, déjà deux fois veuve, allait prendre époux pour la troisième fois, et que l'heureux élu n'était autre que Campbell Raeburn.

Le père de Rebecca entra à son tour et remonta l'allée. Parvenu à hauteur de Dagmar, il se dandina d'un pied sur l'autre et leva la main. Mme Baker cessa brusquement de jouer.

— J'ai une déclaration à faire, annonça Campbell. Il y a longtemps que ce mariage aurait dû avoir lieu. Si les choses ont traîné, c'est entièrement ma faute. Cette femme est bien plus raisonnable que moi, ajouta-t-il en s'emparant de la main de Dagmar. Elle a enfin accepté de m'épouser et je suis très heureux de vous voir tous réunis ici aujourd'hui...

Son regard erra au premier rang, là où étaient assis les parents de Shaw, et il reprit en insistant :

— Oui, *tous*, pour célébrer dignement l'événement. Je vous promets qu'à l'avenir je tâcherai d'être un bien meilleur père, grand-père et voisin que je ne l'ai été par le passé.

Dagmar lui glissa quelques mots à l'oreille et il acquiesça.

— Dagmar me dit que je monopolise la parole alors que c'est au révérend Jarrell de s'exprimer, expliqua-t-il.

Les invités gloussèrent. Le pasteur ouvrit sa Bible et commença :

— Nous sommes réunis ici aujourd'hui...

Discrètement, Shaw se tourna à demi pour lancer un regard inquiet en direction de la porte. Ses bottes neuves lui faisaient mal et il avait la bouche sèche. Et si Rebecca avait changé d'avis ? Si elle ne venait pas ?

— La bague, Quinn. Donne-moi la bague ! souffla Campbell.

Shaw ne détourna même pas les yeux de la porte, mais ladite bague dut se matérialiser, car le pasteur poursuivit le cours de la cérémonie.

Shaw n'en pouvait plus. Il se retenait pour ne pas se ronger les ongles.

— ... je vous déclare mari et femme, conclut le révérend Jarrell.

Campbell Raeburn se pencha et embrassa chastement sa nouvelle épouse sur la joue. Un murmure amusé parcourut l'assistance, qui s'acheva en un rire franc quand Dagmar releva sa voilette pour embrasser impétueusement son mari sur la bouche. Campbell rougit, grimaça un sourire, et s'empressa d'entraîner sa femme dans l'allée centrale, au milieu d'un concert de félicitations.

Le couple alla s'asseoir au fond de la chapelle et quelqu'un tendit la petite Annika à Dagmar.

Mary Baker entonna l'hymne pour la quatrième fois.

Le cœur de Shaw se mit à battre à coups désordonnés. « Soit tu entres maintenant, Rebecca, soit je m'enfuis dans les collines ! » songea-t-il, hagard.

La porte s'ouvrit sur la petite Samantha vêtue d'une robe bleue, de socquettes blanches et de bottines en chevreau noires. Au creux de son coude reposait l'anse d'un petit panier d'osier empli de fleurs blanches et de fougères. Ses cheveux sagement nattés étaient ornés de rubans de la même couleur que ses yeux.

Derrière elle se tenait Rebecca. En la voyant, Shaw sentit ses jambes se dérober sous lui. Elle était toute de bleu vêtue et le tartan des Raeburn lui ceignait l'épaule. Une chaîne d'argent étincelait à son cou, au bout de laquelle pendait la pointe de flèche en quartz rose. Ses cheveux soyeux étaient tressés en couronne autour de sa tête. Ses yeux gris brillaient d'un doux éclat.

Shaw n'avait jamais contemplé spectacle plus merveilleux.

Campbell Raeburn se leva pour offrir son bras à sa fille. Mais Shaw ne pouvait plus attendre. Il s'avança à la rencontre de Rebecca. Il entendit Sam pouffer et, indifférent, enlaça sa femme pour l'embrasser avec fougue.

Un rire secoua l'assemblée. Shaw n'en avait cure. Il mena Rebecca vers le pasteur et, l'un après l'autre, ils prononcèrent les mots qui devaient les lier pour le restant de leurs jours.

À la fin de la cérémonie, il se pencha pour l'embrasser de nouveau et chuchota :

— Tu es une vraie MacCade, à présent. Pas moins d'un juge et d'un pasteur l'ont affirmé.

— C'est vrai !

Au milieu de l'allée centrale, Rebecca s'immobilisa et lança son bouquet de fleurs par-dessus sa tête. Shaw pensait qu'une de ses sœurs l'attraperait, mais ce fut la concubine de Leslie qui s'en empara. Ensuite, Eve se fraya un chemin parmi la foule pour poser une cape sur les épaules de Rebecca, tandis que

Will tendait à Shaw son manteau et son chapeau.

Dehors, la neige tombait toujours. Un buggy attelé les attendait. Les invités se massèrent à l'entrée de la chapelle pour lancer des poignées de riz et féliciter les jeunes mariés. Shaw réussit à installer Rebecca dans la voiture et y grimpa à son tour. Il fit claquer les rênes sur le dos d'Echo et le véhicule s'ébranla sous les acclamations et les rires.

— Heureux ? s'enquit Rebecca au bout d'un moment.

— Oui. Heureux que tout cela soit terminé. Si un regard pouvait tuer, tes frères m'auraient assassiné au moins une douzaine de fois depuis que je suis entré dans la chapelle.

— Il va falloir t'y habituer. Je vais à l'office tous les dimanches et je souhaite que tu m'y accompagnes. Avec le temps, ta présence leur deviendra familière, tu verras.

— Tous les dimanches ? Avec une chemise propre et un col empesé ?

— Tu dois montrer le bon exemple à Dewey, n'est-ce pas ?

— Oui, je suppose, marmonna-t-il.

Rebecca se nicha contre lui avec un soupir de bonheur. La jument trottait sur le sentier enneigé et les clochettes accrochées à son harnais tintinnabulaient. Ils devaient être tout près du paradis.

— Où allons-nous ? demanda-t-elle.

— À la maison.

— C'est-à-dire ?

— Tu verras bien quand nous y serons. Je t'aime, c'est tout ce que tu as besoin de savoir pour l'instant.

Elle tressaillit.

— Quoi ? Qu'as-tu dit ?

— Que je t'aimais. Pourquoi ? Qu'y a-t-il de mal à cela ?

— Rien. Rien du tout. C'est juste que... Oh, Shaw ! C'est la première fois que tu me le dis.

Il détourna les yeux de la route pour la considérer et

se rendit compte que ses joues étaient sillonnées de larmes. Attendri, il tira sur les rênes pour ralentir Echo et se pencha pour embrasser sa femme avec tendresse.

— Je pensais que tu étais assez maligne pour l'avoir deviné.

— Une femme aimera toujours entendre ce genre de déclaration.

— Touché ! Alors, écoute bien ceci : JE T'AIME, REBECCA RAEBURN MACCADE ! hurla-t-il. Tu as bien entendu, cette fois ?

Rebecca l'embrassa en riant.

— J'ai attendu ce moment très longtemps, tu sais. Grâce à toi, je suis la femme la plus heureuse du monde.

— Voyons, petite dinde, je t'aime depuis le jour où je t'ai tirée de la Little Smoke River. Bien sûr, j'ai mis du temps à me l'avouer. Mais pas une seconde je n'ai pensé que tu l'ignorais. Je n'offre pas ma plus belle pointe de flèche à n'importe qui.

Il agita les rênes et Echo repartit au trot. À la bifurcation suivante, ils prirent la route d'Angel Crossing et ne s'arrêtèrent qu'une fois parvenus devant l'embarcadère.

— Il n'y a personne pour nous faire traverser, observa Rebecca. Il ne nous reste plus qu'à travailler.

— Tu ferais bien de t'y habituer.

Elle lui décocha un regard interrogateur. Il se baissa alors pour prendre un petit paquet enveloppé de papier brun caché sous la banquette du buggy.

— Tiens. C'est mon cadeau de mariage.

— Un cadeau ? Mais je n'ai rien pour toi...

— Ne t'inquiète pas. En fait, cela nous concerne tous les deux.

Rebecca déchira le papier. À l'intérieur du paquet se trouvait une petite boîte. Elle l'ouvrit et découvrit un morceau de mousseline. Perplexe, elle le froissa dans sa main.

— Je ne comprends pas...

Ses doigts touchèrent quelque chose de dur qu'elle dégagea finalement du tissu vaporeux. Il s'agissait d'un jouet d'enfant grossièrement taillé dans du bois : un petit radeau construit en rondins minuscules reliés par un bout de ficelle.

— C'est un radeau, expliqua Shaw.

— Je le vois bien. Mais...

— Non, tu ne vois rien du tout.

Il sauta à terre et l'aida à descendre avant de l'entraîner vers la rivière. Le bac, amarré au ponton, les attendait. Rebecca se rendit alors compte que, sur le gros poteau de bois, quelqu'un avait noué un énorme ruban taillé dans le tartan des MacCade.

— C'est à toi, chérie. Angel Crossing t'appartient.

— À... à moi ? répéta Rebecca, les yeux écarquillés. Je ne comprends toujours pas... Angel Crossing est à Poppa. Les garçons...

— Je lui ai racheté la propriété. Il pourra donner à tes frères l'équivalent de leur héritage en pépites. J'ai acquis Angel Crossing en échange de l'or que j'ai rapporté de Californie. Je suis devenu un homme riche, madame MacCade ! Bien sûr, maintenant je ne le suis plus autant. Mais nous avons une maison et un gagne-pain.

— Ici ? Nous allons vivre... ici ?

— Si tu le désires.

— Mais... Poppa ?

— La ferme de Dagmar est assez grande pour accueillir deux familles. Tes frères iront vivre là-bas ou bien ils iront se faire pendre ailleurs, je m'en fiche !

— Et... Noah ?

— Je l'ai embauché pour donner un coup de main sur le bac. Mais Dagmar exige qu'il vive sous son toit pendant quelque temps. Plus tard, eh bien... nous aviserons. Noah pourra habiter chez nous, chez Ma ou chez Dagmar. Il n'aura que l'embarras du choix !

— Et Grandma ?

— Grandma et Pilar resteront ici. Il y a de la place pour nous cinq : elles, toi, moi et Dewey.

— Et Sam ?

— N'oublie pas que nous lui avons promis de la ramener à sa mère. J'ai engagé un avocat qui a entrepris des recherches à Saint Louis. S'il ne réussit pas à retrouver Betty, nous garderons Sam avec nous. Enfin, si tu es d'accord, bien entendu. J'ai compris la leçon, je ne prendrai plus jamais de décisions seul.

— Tu sais bien que j'adore Sam. Évidemment qu'elle sera la bienvenue ! s'exclama Rebecca, frémissante d'excitation. Oh ! je n'arrive pas à croire que Poppa t'ait vendu Angel Crossing.

— Et pourquoi ? Il a une nouvelle femme, une nouvelle famille et un nouveau foyer.

— C'est vrai. J'espère... qu'il n'est pas trop vieux pour tout recommencer.

— En tout cas, il ne l'était pas pour engendrer une nouvelle fille ! s'esclaffa Shaw.

Rebecca le dévisagea comme s'il avait perdu l'esprit.

— Annika ? Mais elle n'est pas... Non, tu es fou ! Poppa n'est pas son... Tu... tu crois ?

— C'est l'avis de ta grand-mère. Selon elle, ton père et Dagmar sont amis depuis des années. De très bons amis, si tu vois ce que je veux dire. Mais Dagmar refusait de l'épouser tant que les Raeburn et les MacCade se faisaient la guerre. Elle ne voulait pas que ses propres enfants se retrouvent au milieu de la bagarre.

— Je la comprends ! Mais... j'ai quand même du mal à te croire. Comment Poppa a-t-il pu reprocher à Eve d'avoir conçu un enfant hors mariage alors que, de son côté...

— Que veux-tu, c'est un homme. Il est humain et faillible, comme nous tous. Et puis, Dagmar n'était quand même pas une innocente oiselle ! Les gens sont beaucoup plus indulgents avec les veuves qu'avec les filles mères. D'ailleurs, Annika ressemble à ton père. As-tu remarqué ses yeux ? Ils sont plus gris que bleus.

— Peut-être.

— Ton père était veuf depuis des années. Sans doute était-il las de la solitude.

— Sûrement, admit Rebecca. Vu sous cet angle, nous vendre Angel Crossing devenait logique. Il ne s'est jamais beaucoup intéressé au bac. Il aime travailler la terre, élever le bétail. Et si nous sommes propriétaires d'Angel Crossing, ton père et le mien n'ont plus de raisons de se battre.

— Exactement !

— Reste oncle Quinn. Ne me dis pas que lui aussi va aller vivre chez Dagmar !

— Non. Il a touché sa part de la vente d'Angel Crossing et il compte retourner en Écosse pour voir ce qui se passe là-bas. Il dit qu'il veut entendre de nouveau les cornemuses et manger du « haggis », bien que j'ignore de quoi il s'agit.

— C'est de la panse de brebis farcie, expliqua Rebecca en riant.

— Grand bien lui fasse !

Shaw leva les yeux vers le ciel grisâtre.

— La neige ne semble pas près de s'arrêter, constata-t-il. Nous ferions mieux de rentrer. Il faut nourrir les bêtes et vérifier que Chinook et Sasha s'entendent bien avec les chevaux des Raeburn.

— Nous allons vivre ici ! répéta Rebecca à mi-voix. Nous n'allons pas partir pour la Californie, l'Oregon ou le Mexique ?

— Non. Pas tant que les pieds ne te démangeront pas.

— T'ai-je dit à quel point je t'aime ?

— Pas assez, chérie. Mais si nous expédions le travail, nous aurons le temps de nous glisser dans ton lit et tu pourras me le prouver.

— C'est une idée ! approuva Rebecca.

Puis Shaw fit grimper Echo à bord du bac. Ils traversèrent la rivière et abordèrent sur l'autre rive. Chez eux. Là où les attendait une vie d'amour et de rires partagés.

ÉPILOGUE

Territoire de Washington, mai 1857

Rebecca trempa sa plume dans l'encrier et reprit la rédaction de la lettre destinée à Eve :

Tu n'imagines pas la beauté de ce pays ! La terre est riche et le climat bien plus clément que dans le Missouri. Les pommiers et les cerisiers de Grandma poussent à une allure étonnante. Elle envisage d'ailleurs d'agrandir son verger. Shaw, son frère Ewen et Noah ont transporté une centaine de têtes de bétail sur une petite île que nous avons achetée qui se situe dans le détroit. Les bêtes ont bien passé l'hiver et presque toutes les vaches ont vêlé sans problème.

J'espère de tout cœur que cette lettre te parviendra avant votre départ. N'oublie pas de m'amener un seau de terre d'Angel Crossing et des boutures de mes vieilles plates-bandes de fleurs. Eve, j'ai tellement hâte de vous voir, toi, Bruce et Jamie ! Sam me demande dix fois par jour quand vous arriverez.

Embrasse Corbett et Katie de notre part. Il me manque, mais je suis heureuse que des Raeburn et des MacCade travaillent ensemble à Angel Crossing. Bruce et toi, vous avez initié quelque chose. Tout d'abord, vous vous êtes mariés, puis ce fut notre tour, à Shaw et à moi-même et, ensuite, Corbett a épousé la sœur de Shaw après son veuvage. Qui sait, à l'avenir, peut-être réussirons-nous à attirer d'autres membres de la famille ? Le Territoire de Washington est assez vaste pour accueillir tout le monde et je sais que toi, Bruce et les enfants serez heureux ici. Je suis très impatiente d'être à Noël ! Vous serez enfin installés dans votre ferme et nous…

Rebecca s'interrompit en entendant une voix autoritaire :

— Maman ! Maman !

Elle soupira, essuya sa plume qu'elle remit dans son support en verre, et souffla sur le papier pour faire sécher l'encre plus vite. Puis elle rangea la lettre dans le tiroir central de son secrétaire en bois de rose.

— Maman ! cria de nouveau Emily.

— Maman ! répéta Sam.

— J'arrive, les filles.

— Maman, Luke nous embête ! Dis-lui d'arrêter !

— Si je suis obligée de descendre, vous allez tous le regretter, prévint Rebecca.

Elle se leva, s'avança vers la large porte vitrée à double battant qui donnait sur le balcon et s'arrêta un instant pour admirer la vue magnifique sur les collines boisées, l'océan et les îles. C'est sur son insistance que Shaw avait construit la maison à deux étages face à la mer. Depuis, chaque nuit, ils s'endormaient au son des vagues qui venaient lécher le rivage et, chaque matin, ils s'éveillaient avec l'odeur du sel et les cris des goélands.

Rebecca ne comprenait toujours pas comment une fille du Missouri aussi casanière qu'elle avait pu tomber amoureuse de la côte Pacifique. C'était un véritable miracle. Pourtant, elle ne se lassait jamais de ce panorama incroyable.

Lorsque Shaw lui avait proposé de partir, soit en Californie, soit dans le Nord-Ouest, elle s'était tout d'abord indignée. N'avaient-ils pas tout ce qu'ils désiraient à Angel Crossing ? Et Dewey ? Et Sam ? Et Luke, le petit métis indien de deux ans adopté un an après leur mariage ? Sans compter que tous leurs amis et parents habitaient non loin, et que le commerce du bac était florissant…

En dépit de ses protestations, Shaw avait insisté. Les rumeurs de guerre entre le Nord et le Sud l'inquiétaient. Le Missouri était un État esclavagiste. Les gens avaient le sang chaud dans la région. Il préférait éviter la violence, les mettre à l'abri, elle et les enfants.

Presque au même moment, une lettre était arrivée d'un cabinet juridique californien. Certaines mines dans lesquelles Shaw avait investi, près de Sacramento, se révélaient très riches en minerai. De nouveau, ils avaient de l'argent.

Shaw avait su plaider sa cause :

— Rebecca, accompagne-moi au moins une fois dans l'Ouest pour voir si cela te plaît. Si tu n'aimes pas cette région, je te promets de te ramener à la maison.

Rebecca n'avait jamais envisagé de quitter Angel Crossing. Elle n'éprouvait aucun intérêt pour la côte Ouest, ni pour le Pacifique ni pour les hautes montagnes. Mais la pensée que Shaw pourrait être obligé de partir bientôt à la guerre suffisait à la pétrifier de terreur. Finalement, elle avait accepté d'entreprendre le voyage.

Elle ne s'attendait certes pas à ce qu'elle allait découvrir. Tout de suite, elle avait adoré les couleurs de San Francisco et l'énergie insensée qui se dégageait de la ville. Ils avaient passé six mois là-bas et c'est à Sacramento qu'ils avaient adopté la petite Emily, découverte dans une blanchisserie chinoise abandonnée. Au printemps, ils avaient embarqué à bord d'un clipper, remontant vers le nord, jusqu'au grand détroit de Puget. Et Rebecca avait su aussitôt qu'elle venait d'arriver chez elle. Elle l'avait senti dans son cœur, dès qu'elle avait aperçu la longue plage, les collines verdoyantes et les montagnes aux cimes enneigées en arrière-plan.

— Maman !

Cette fois, Emily était vraiment fâchée. Rebecca savait bien que si elle ne volait pas au secours de Luke, ses sœurs uniraient leurs forces pour lui rendre la vie impossible. Rapidement, elle quitta le balcon dans l'intention de descendre au rez-de-chaussée.

— Oh non ! Tu ne vas pas te sauver comme ça !

La haute silhouette de Shaw venait d'apparaître dans l'encadrement de la porte.

— Tu n'as pas entendu les petits ? Si je n'interviens pas…

— Je te l'interdis ! décréta-t-il en l'enlaçant. Tu es debout depuis 6 heures du matin. Betty et Martha vont s'occuper des enfants. À quoi bon engager des domestiques si c'est pour que tu te charges de tout le travail ?

— Je ne suis pas une invalide, je suis même en pleine forme. En fait, je songeais à demander à Joseph de me seller un cheval pour aller faire une petite promenade…

— Tu es folle, ma chérie ! J'arrête de travailler pour passer du temps avec toi et…

— Voyons, Shaw, cela fait deux mois. Je me sens forte comme un Turc et…

— Un Turc, vraiment ? Vous ai-je dit combien je vous aimais, madame MacCade ?

— Pas aujourd'hui. Et ne change pas de sujet. Tu ne me mèneras pas par le bout du nez.

— Même si j'essaie de te soudoyer ?

Shaw venait de glisser la main dans sa poche dont il retira un long écrin de velours.

— J'ai déjà tout ce que je peux désirer au monde, protesta Rebecca. Toi, les enfants, cette maison, ce pays merveilleux, l'océan…

— À ce propos, il faut que je t'avoue quelque chose : je ne t'ai pas réellement acheté le Pacifique.

— Vraiment ? Espèce de pingre !

Riant, elle ouvrit l'écrin et découvrit un ravissant collier en or, ainsi qu'une paire de boucles d'oreilles assorties.

— C'est magnifique, Shaw. Merci.

— Merci à toi. Je les ai commandés le jour où tu m'as annoncé… Oh ! De toute façon, tu es vraiment une femme hors du commun, Rebecca MacCade ! Tu mérites les plus belles choses.

— La flatterie ne te conduira nulle part, je te préviens. Merci, répéta-t-elle doucement, les yeux soudain embués de larmes.

Elle posa l'écrin sur le secrétaire et, prenant la main de Shaw, l'entraîna vers la petite chambre adjacente.

— Chut ! Ils dorment encore, souffla-t-elle.

Ils pénétrèrent dans la nursery. Dans leurs berceaux en acajou, les jumeaux dormaient en effet comme des anges.

Gordon, qui était né un quart d'heure avant son frère, avait les cheveux noirs. Il dormait sur le dos, ses petits poings potelés serrés contre sa poitrine. Garrett, le blond, tétait tranquillement son pouce.

— Je n'arrive toujours pas à croire que c'est nous qui avons fait cela ! murmura Shaw, les yeux écarquillés. C'est un véritable prodige. Quand je pense que je me suis cru stérile durant toutes ces années…

Rebecca lui sourit.

— Tu aurais dû m'accompagner à l'office bien plus tôt. Tu vois, quand on prie suffisamment fort le Seigneur, Il ne reste jamais sourd.

Shaw se pencha pour déposer un baiser léger sur la tête de chacun des bébés. Rebecca, un doigt sur les lèvres, lui désigna la chambre principale qu'ils regagnèrent sur la pointe des pieds. Une fois la porte refermée, elle se tourna vers son mari.

— Puisque tu refuses que je monte à cheval, il va falloir me procurer une activité physique aussi saine. As-tu une idée à me proposer ?

Il lui sourit mais secoua la tête.

— Je n'en peux plus d'attendre, tu le sais bien, mais... La naissance de jumeaux endolorit le corps d'une mère. Je saurai être patient. Je ne voudrais pas...

— Moi, je veux, coupa-t-elle. Tu me manques et puisque les enfants sont sous bonne garde...

Elle s'assit sur le lit et entreprit lentement de délacer sa bottine en chevreau.

— Rebecca, tu n'imagines pas combien je t'aime ! s'exclama-t-il d'une voix rauque.

Sans la quitter des yeux, il déboutonna sa chemise et la jeta de côté. Rebecca laissa tomber sa bottine sur le sol et s'attaqua à la seconde.

— Dis-le encore, le taquina-t-elle.

— Je t'aime.

— Encore !

— Je t'aime comme un fou, Rebecca.

— Je suis une fille du Missouri, Shaw MacCade. Il va falloir me fournir des preuves.

Et c'est ce qu'il fit, ce soir-là, le lendemain, et tous les jours de leur vie.

Ce mois-ci, découvrez également deux nouveaux romans de la collection

Amour et Destin

Le 3 juin 2002

Magie irlandaise – 2

Les larmes de la lune

de Nora Roberts (n° 6232)

Shawn Gallagher travaille avec joie dans le pub familial en Irlande, au bord de la mer. Depuis le mariage (intervenu dans le premier volet de la trilogie) de son frère Aidan avec Jude, une jeune Américaine, il habite lui aussi le cottage hanté par Carrick, le prince des fées, et lady Gwenn, deux amants aux amours contrariées.
Mais si, comme dans le précédent roman, trois fois de suite, des jeunes gens écoutent leur cœur et vont au bout de leur amour, le sort qui sépare ces deux jeunes gens disparaîtra. La jolie Brenna, secrètement amoureuse de Shawn, y contribuera-t-elle en voyant son amour se concrétiser ?

Le 24 juin 2002

Complot de famille

de Meryl Sawyer (n° 6233)

Gian Hawke, propriétaire d'un vignoble réputé dans la Napa Valley, est retrouvé mort noyé dans sa piscine. Accident ou meurtre ? Dans son testament, il lègue ses biens à son fils Elliott... et à son frère jumeau caché Brody. Tori, la fiancée d'Elliott, avec lequel elle ne s'entend plus, rencontre Brody et en tombe follement amoureuse. Elle décide de mener l'enquête avec lui...

J'ai lu *Amour et Destin*

Quand l'amour donne aux femmes le choix de leur destin

6235

Composition Chesteroc International Graphics
Achevé d'imprimer en Europe (France)
par Maury-Eurolivres à Manchecourt
le 10 mai 2002.
Dépôt légal mai 2002. ISBN 2-290-31766-7

Éditions J'ai lu
84, rue de Grenelle, 75007 Paris
Diffusion France et étranger : Flammarion